Narrativa del Acantilado, 102
EL ENAMORADO DE
LA OSA MAYOR

SERGIUSZ PIASECKI

EL ENAMORADO
DE LA OSA MAYOR

TRADUCCIÓN DEL POLACO DE
J. SŁAWOMIRSKI Y A. RUBIÓ

BARCELONA 2006 ACANTILADO

TÍTULO ORIGINAL *Kochanek Wielkiej Niedźwiedzicy*

Publicado por
ACANTILADO
Quaderns Crema, S.A.

Muntaner, 462 - 08006 Barcelona
Tel. 934 144 906
correo@acantilado.es
www.acantilado.es

© 1964 by Richard Demel, Trustee Sergiusz Piasecki dec'd Trust
© de la traducción, 2006 by Anna Rubió y Jerzy Sławomirski
© de esta edición, 2006 by Quaderns Crema, S.A.

Derechos exclusivos de edición en lengua castellana:
Quaderns Crema, S.A.

ISBN: 978-84-96489-58-5
DEPÓSITO LEGAL: B. 41990-2010

AIGUADEVIDRE *Gráfica*
QUADERNS CREMA *Composición*
ROMANYÀ-VALLS *Impresión y encuadernación*

QUINTA REIMPRESIÓN *noviembre de 2023*
PRIMERA EDICIÓN *julio de 2006*

CONTENIDO

POLONIA 1921-1939

Introducción

Vivíamos a cuerpo de rey. Bebíamos como cosacos. Nos amaban mujeres de bandera. Gastábamos a espuertas. Pagábamos con oro, plata y dólares. Lo pagábamos todo: el vodka y la música. El amor lo pagábamos con amor, el odio con odio.

Me gustaban mis compañeros porque nunca me habían defraudado. Era gente sencilla, sin formación. Pero, a ratos, me dejaba boquiabierto lo extraordinarios que podrían llegar a ser. Y, en aquellos momentos, le daba las gracias a la Naturaleza por haberme hecho un ser humano.

Me gustaban los maravillosos amaneceres de primavera, cuando el sol retozaba como un chiquillo, derramando por el cielo colores y centelleos. Me gustaban los cachazudos ocasos de verano, cuando la tierra exhalaba chicharrina y el viento acariciaba con ternura los campos olorosos para refrescarlos.

Me gustaba también el otoño abigarrado, embelesador, cuando el oro y la púrpura caían de los árboles y tejían tapices floreados sobre las veredas, mientras unas neblinas canosas se columpiaban, colgadas del ramaje de los abetos.

Me gustaban también las gélidas noches de invierno, cuando el silencio convertía el aire en una masa pegajosa y la luna meditabunda adornaba la blancura de la nieve con diamantes.

Y vivíamos entre aquellos tesoros y aquellas maravillas, envueltos en colores y centelleos, como niños extraviados

7

que de pronto despiertan en un cuento de hadas. Vivíamos y luchábamos, pero no por unos despojos de existencia, sino por la libertad de ir de un sitio a otro y trabar amistades... En nuestras cabezas bramaban los vendavales, en nuestros ojos jugueteaban los relámpagos, bailaban las nubes y se reían las estrellas. Salvas de carabinas nos daban la bienvenida y nos despedían, muchas veces anunciando una muerte que bailaba impotente a nuestro alrededor sin saber a quién raptar primero.

A menudo, el placer de vivir me dejaba sin aliento. De vez en cuando, los ojos se me empañaban sin que viniera a cuento. De vez en cuando, alguien soltaba una imprecación soez y, al mismo tiempo, me obsequiaba con una sonrisa infantil y me tendía una mano callosa y fiel.

Se pronunciaban pocas palabras. Pero eran palabras de verdad, que yo podía entender fácilmente a sabiendas de que no eran juramentos ni palabras de honor y, por tanto, podían darse por seguras...

Así los días estúpidos y las noches alocadas, que Alguien nos había regalado en recompensa de algo, galopaban entre serpenteos de colorines.

Y, por encima de todo aquello, por encima de nosotros, de la tierra y de las nubes, en la zona norte del cielo, corría el extraño Carro..., reinaba la magnífica, la única, la embrujada Osa Mayor.

De ella, de nosotros, los contrabandistas, y de la frontera habla esta novela, que ha nacido entre el dolor y la añoranza de la belleza que se esconde en la Verdad, en la Naturaleza y en el Hombre.

1946

PRIMERA PARTE

BAJO LAS RUEDAS
DEL CARRO

La lluvia nos baña en la frontera,
el astro rey nos seca y da calor;
el bosque del disparo atrinchera,
el viento ensordece el rumor.

(Fragmento de una canción
de contrabandistas)

I

Fue mi primera ruta. Éramos doce: yo, nueve contrabandistas más, el «maquinista»[1] Józef Trofida, un guía viejo y fogueado que iba a la cabeza de la cuadrilla, y un judío, Lowa Cylinder, que tenía a su cargo la mercancía. Las portaderas no pesaban mucho, treinta libras cada una, pero hacían bulto. Matuteábamos mercancía cara: medias, bufandas, guantes, corbatas, peines, tirantes...

Sumidos en la oscuridad, nos acurrucamos en un desagüe largo, estrecho y húmedo que corría por debajo de un alto terraplén. Por encima, un camino unía Raków con el sureste. Detrás, titilaban los fuegos de Pomorszczyzna. Enfrente, la frontera. Reposamos un rato. Los muchachos, agazapados dentro del desagüe, fumaban el último cigarrillo antes de ponerse en marcha, escondiendo el ascua en la manga del chaquetón. Fumábamos sin prisas, aspirando el humo con avidez. Algunos ya habían atacado precipitadamente el segundo cigarrillo. Estábamos en cuclillas, con la espalda apoyada contra la pared húmeda del desagüe y llevábamos a cuestas grandes portaderas atadas con correas a modo de mochilas.

Yo estaba sentado en un extremo. A mi lado, cerca de la boca del canal, se vislumbraba sobre el fondo oscuro del cielo la silueta borrosa de Trofida. Volvió hacia mí la

---

[1] En el argot de los contrabandistas, un guía experto. (*N. de los T.*)

mancha blanquecina de su rostro y me susurró con voz ronca, como si estuviese acatarrado:

—No te apartes de mí... ¿Entendido?... Y otra cosa importante... Aunque nos obliguen a correr, pies para qué os quiero..., ¡no sueltes la portadera por nada del mundo!... ¡Pon los pies en polvorosa con la portadera a cuestas!... Si los bolcheviques te trincan sin portadera, te endiñarán espionaje...; y entonces, ¡se acabó la fiesta!... ¡Te mandarán al otro barrio!...

Asentí con un gesto de la cabeza, dándole a entender que lo había comprendido.

Pocos minutos después, retomamos el camino. En fila india, cruzamos a hurtadillas un pequeño prado contiguo al cauce de un arroyo seco. A la cabeza caminaba Trofida. De vez en cuando se detenía. Entonces, nosotros nos deteníamos también y, aguzando el oído y la vista, examinábamos la oscuridad que nos rodeaba.

El atardecer era caluroso. Las estrellas brillaban encapotadas sobre el fondo negro del cielo. Yo cuidaba de mantenerme muy cerca del guía. Nada distraía mi atención. Como no era capaz de distinguir gran cosa, lo único que me importaba era no perder de vista la mancha gris de la portadera que colgaba de los hombros de Trofida... Clavaba en ella la mirada, pero, en la oscuridad, más de una vez no calculé bien las distancias y me di con ella en el pecho.

Enfrente, a lo lejos, divisé un fuego. Trofida se detuvo; me encontré a su vera.

—¿Qué es esto?—le pregunté por lo bajinis.

—La frontera... está ahí mismo...—susurró.

Se nos acercaron algunos de los muchachos. Yo no lograba distinguir el resto de la partida. Nos sentamos sobre la hierba húmeda. Trofida desapareció en la oscuridad: había ido a reconocer el paso fronterizo. Al volver, dijo a media voz y—así me lo pareció—con alegría:

—¡Venga muchachos, moved el culo!... Los militronchos duermen como ceporros...

Proseguimos la marcha. Caminábamos bastante de prisa. Yo estaba algo nervioso, pero no tenía ni pizca de miedo, tal vez por no ser consciente de los peligros que corríamos. Aun así, el silencio, aquel séquito misterioso y la mera palabra «frontera» me excitaban.

De repente, Trofida se detuvo. Me paré a su lado. Durante unos minutos permanecimos inmóviles. Después, el guía hizo un ademán amplio como si cortara el aire de norte a sur y soltó en voz baja: «¡La frontera!». Y, a continuación, se puso en camino. Le seguí sin acusar el peso de la portadera. Me concentraba en no perder de vista el rectángulo gris de la portadera que se dibujaba delante de mí. Volvimos a reducir la velocidad de la marcha. Olí el peligro, pero no supe adivinar cuál. El guía se detuvo. Aguzó las orejas un largo rato. Después, retrocedió, esquivándome. Quise seguirlo, pero me dijo: «¡Espera!» Volvió enseguida. Le acompañaba el Rata, un contrabandista de estatura mediana, flacucho, muy atrevido y avispado. Venía sin la portadera, porque uno de los compañeros se la había cogido por un rato. Se detuvo a mi lado.

—Vas a seguir el cauce... Cruzarás el regato saltando de piedra en piedra...—susurró Trofida.

—¿A la altura de la Cabeza de Yegua?—preguntó el Rata.

—Sí... Y, cuando estés en la otra orilla, ¡espérate!

—¡Esto está hecho!—contestó el Rata, desapareciendo en la oscuridad.

Pronto, nosotros también nos pusimos en marcha.

13

Trofida había mandado al Rata como «reclamo». Si lo descubrían, tenía que pirárselas, y, si lo trincaban, armaría un jaleo lo bastante grande para que lo oyéramos y nos diera tiempo de coger las de Villadiego.

Cruzar el río era siempre peligroso. Precisamente entonces solían prepararnos emboscadas. Era fácil, porque había muy pocos lugares aptos para salvarlo cómodamente, y la guardia fronteriza, que lo sabía muy bien, a menudo se apostaba justo allí. También había vados, pero no siempre nos apetecía meternos en el agua y tener que continuar la caminata calados hasta los huesos. Preferíamos correr el riesgo de atravesar el riachuelo en lugares poco seguros, pero cómodos.

Poco a poco, nos fuimos abriendo paso a través de una ancha faja de tupidos juncos. Y hacíamos bastante ruido. Desde la lejanía, me llegaba el rumor del agua que se precipitaba entre las piedras, y en poco tiempo alcanzamos la margen escarpada del riachuelo. Aferrado a las varas de una mimbrera, me mantenía cerca de Trofida a la espera de los acontecimientos. Él se tumbó en el borde del río para empezar un lento descenso. Al cabo de un rato, oí su voz ahogada por el murmullo del agua:

—¡Baja por aquí!... ¡Garbo!

Me tendí en el repecho de la pendiente y, acto seguido, noté el vacío bajo los pies. Trofida me ayudó a bajar de un salto. Después, sin soltar mi brazo, se dirigió lentamente hacia la otra orilla. Yo resbalaba sobre las piedras mojadas que se tambaleaban y se escurrían bajo mis pies. Finalmente, acabamos la travesía. Mientras esperábamos la llegada del resto del grupo escondidos en la espesura de los juncos, atisbé una figura que emergía de la oscuridad. Rápidamente di un paso atrás y estuve en un tris de caer al agua. Trofida me agarró.

—¿Adónde vas?... ¡Es uno de los nuestros!

Era el Rata.

—¡Todo va que chuta! ¡Andando!—le dijo a Trofida.

Apenas el resto del grupo hubo terminado la travesía, proseguimos la marcha. Ahora avanzábamos de prisa, sin tomar demasiadas precauciones. El cielo se había aclarado un poco. Veíamos mejor. Sin esforzarme especialmente, podía seguir con la mirada la silueta del compañero que tenía delante. Notaba que, de vez en cuando, cambiaba de rumbo, pero no sabía por qué lo hacía. Caminábamos cada vez más de prisa. Yo estaba muy cansado. Me dolían los pies, porque tenía los zapatos rotos y llenos de agua que había entrado por los agujeros durante la travesía del arroyo. Con gusto le hubiese pedido a Trofida que me dejara descansar, pero me daba vergüenza. Así pues, apretaba los dientes, jadeaba y me arrastraba alicaído. Entramos en un bosque. La oscuridad era absoluta. Trepamos por colinas escarpadas, bajamos por desfiladeros. Mis piernas se enredaban en los helechos frondosos, se enzarzaban en las matas y tropezaban con las raíces de los árboles. Ya no sentía cansancio, sino una especie de tumefacción de todos los miembros. Caminaba como un autómata.

Al final, alcanzamos el borde de un inmenso calvero. Trofida se detuvo.

—¡Alto, muchachos!

Los contrabandistas se desprendían de las portaderas y, apenas las dejaban en el suelo, reclinaban sobre ellas la espalda y la cabeza. Me apresuré a seguir su ejemplo. Tumbado boca arriba, miraba el cielo. Aspiraba el aire fresco con avidez, a pleno pulmón. Tenía una sola idea en la cabeza: «¡Que tarden mucho en retomar la marcha!» Trofida se me acercó.

15

—¿Cómo va eso, Władek? Estás molido, ¿verdad?

—No..., no...

—¡No te hagas el chulo! Conozco el percal... Al principio, todos sudan la gota gorda...

—No llevo unas buenas botas. Me duelen los pies.

—Te compraremos unas. ¡De badana! ¡Irás hecho un pincel!

Los contrabandistas conversaban a media voz. Algunos fumaban un cigarrillo.

—Muchachos, ¡no nos vendría mal calentarnos un poco!—dijo Wańka el Bolchevique.

—¡Dices bien!—exclamó precipitadamente Bolek el Lord, que nunca dejaba escapar la ocasión de echarse un trago al coleto.

Oí retumbar palmadas contra el culo de las botellas. Trofida bebió vodka a morro durante un buen rato. Después me pasó la botella.

—¡Toma, remoja el gaznate! Te hará bien.

Por primera vez en mi vida bebía vodka al gallete.

—¡Apúrala!—me animó mi amigo.

Cuando acabé con el vodka, me ofreció una buena tajada de salchicha. Pero no había ni una migaja de pan. La salchicha sabía de maravilla. Me la zampé con avidez, sin siquiera pelarla. Después, encendí un cigarrillo, que me pareció más aromático que nunca. Me puse de buen humor. El vodka se había extendido como un fuego por todo mi cuerpo. Me había proporcionado nuevas fuerzas.

Tras casi una hora de descanso, nos pusimos en marcha. Mis ojos se habían acomodado a la penumbra y, sin gran esfuerzo, podía distinguir la silueta de Trofida que se movía a unos pasos delante de mí. La caminata ya no resultaba tan ardua. El cansancio se había esfumado. Yo no estaba asustado en absoluto. Y, además, confiaba al cien por cien en nuestro maquinista.

Józef Trofida era bien conocido en toda la zona fronteriza como guía experimentado y prudente. Nunca corría riesgos innecesarios. Sólo se lanzaba a tumba abierta cuando no había otro remedio. Conocía a la perfección las rutas que atravesaban la frontera y las alternaba en cada viaje. Un camino para ir a la Unión Soviética y otro distinto para la vuelta. Era él a quien los muchachos preferían para «meterse en faena» y a quien los mercaderes confiaban las mercancías más valiosas. Tenía fama de hombre afortunado, pero su buena suerte se debía más a la prudencia que a ninguna otra cosa. Nunca se equivocaba de camino. Incluso en las noches de otoño más oscuras, se movía por la breña con tanta seguridad como si caminara de día por un sendero bien conocido. «Husmeaba» el rumbo.

Era mi único conocido en el pueblo. Tiempo atrás, habíamos hecho juntos la mili. Había tropezado con él en Vilnius, por donde vagabundeaba sin encontrar trabajo desde hacía semanas. Él había ido allí a hacer unas compras. Cuando me vio sin blanca, me propuso que le acompañara hasta la frontera. No dudé ni un segundo. Una vez en Raków, me instalé en su casa, y ahora hacíamos por primera vez una faena. Él no quería llevarme consigo. Me decía que todavía tenía que descansar y recuperar fuerzas. Pero me empeñé en empezar inmediatamente.

El grupo de Trofida no era estable. Algunos muchachos se separaban para trabajar por su cuenta o como socios de otros contrabandistas. En su lugar, llegaba gente nueva y la faena seguía como antes. Trofida solía conducir entre siete y doce hombres, según la calidad de la mercancía que matuteaba.

Cuando vi a Trofida casi dos años después de haber acabado el servicio militar, apenas lo reconocí. Había adelgazado, tenía la piel curtida. Escondía ligeramente la cabeza entre los hombros como si temiera un golpe por la espalda en el momento menos pensado; siempre mantenía los ojos entornados. Y cuando lo miré de cerca, me llamaron la atención las arrugas de su rostro. Trofida había envejecido a pesar de que me llevaba sólo cinco años. Alegre como en los viejos tiempos, seguía siendo amante de contar chistes y hacer bromas, pero ahora lo hacía de mala gana, como a regañadientes. Sus pensamientos estaban en otra parte. Con el tiempo comprendería qué escondían los ojos entornados de mi compañero.

Caminábamos a través de campos y dehesas. Nuestros pies resbalaban sobre la hierba mojada, perdían el equilibrio en las trochas angostas y se hundían en los barrizales. Atravesábamos bosques, nos abríamos paso entre matorrales. Esquivábamos obstáculos—algunos que podíamos ver, y otros que sólo conocía Trofida—. De vez en cuando, tenía la sensación de que íbamos a la deriva, de que habíamos perdido el norte, de que nos habíamos extraviado... Por ejemplo, no hace mucho hemos subido por una cuesta empinada hasta la cima de una colina, donde un abedul de tronco blanquecino se destacaba en medio de las tinieblas. Ahora volvemos a encaramarnos a una colina por un terruño fangoso y, he aquí... el mismo abedul. He estado a punto de decírselo a Józef, pero no habría sido correcto.

Bordeamos a escondidas un pueblo. Distingo en la oscuridad los contornos grises de los graneros. Salvamos unas vallas. De vez en cuando, a unas decenas de pasos, emergen de la oscuridad los fuegos que arden en las ventanas de las casas. Intento no mirarlos, porque si los miro, la vista se me empaña y me cuesta guipar la silueta de Trofida. De golpe y porrazo, muy cerca, empiezan a ladrar los perros. Nos han olido a pesar de que no hay viento. Aceleramos el paso. Atajamos por un sendero embarrado. El sendero nos engulle los pies. Cada paso me cuesta un esfuerzo considerable. Tengo ganas de agacharme para coger con las manos las cañas de mis botas, porque se me caen a cada paso. Un perro nos persigue. Se ahoga con sus propios ladridos rabiosos. Pienso: suerte que no voy a la zaga. Al cabo de un rato oigo un aullido del perro. Le ha alcanzado una pedrada.

Volvemos a adentrarnos en la oscuridad. Nos abrimos paso entre la breña. Avanzamos hacia una lejanía misteriosa. De repente, me doy cuenta de que me he perdido..., de que ya no veo la portadera de Trofida. Corro hacia delante: nada. Tuerzo a la izquierda: nada. A la derecha: nada. De improviso, oigo detrás de mí la voz enfadada del Lord: «¿Por qué diablos das vueltas como una peonza?» Estoy a punto de llamar a Józef, cuando noto que alguien me agarra por el brazo.

—¿Qué te pasa?—me pregunta Trofida.

—La oscuridad... Me he perdido...

—Un trecho más y todo será más fácil—me contesta Józef, y sigue adelante.

Ahora se anda bien. Veo con claridad la mancha blanca y estrecha que titila delante de mí. No sé por qué me vienen a la cabeza palomas voladoras. Es Trofida, que se ha metido un pañuelo blanco detrás del cuello del chaquetón, dejando colgar una punta para que yo pueda seguirlo con más facilidad... A mi alrededor, no veo más que aquella mancha que aletea en la oscuridad. Ya levanta el vuelo hacia una lejanía tenebrosa, ya oscila justo delante de mis narices. El alcohol ha dejado de hacerme efecto y acuso un cansancio cada vez más grande. Y, al mismo tiempo, tengo un sueño que no veo. Acorto las correas de la portadera y sigo avanzando con la cabeza gacha en pos de aquel pañuelo blanco del cuello de Trofida que huye flotando en el aire hacia la noche infinita. Tropiezo, me tambaleo, pero camino, movido por la fuerza de la voluntad más que por los músculos.

II

Tras siete horas contadas desde el momento de cruzar la frontera, llegamos a las inmediaciones del caserío de Bombina. Aquél era el punto desde donde se pasaba la mercancía con destino a Minsk. Uno tras otro, saltamos la valla de un gran huerto y nos dirigimos al granero. Con los brazos me protegía la cara de los azotes que me propinaban las ramas de los frutales. Salvamos otro cercado. Después, nos detuvimos muy cerca de la pared de un edificio. Oí la voz de Trofida:

—Lord, ¡ve a echar un vistazo al granero!... ¡Muévete!

El contrabandista pasó por nuestro lado y desapareció detrás del edificio. Pronto oímos el chirrido de un cerrojo que se iba abriendo. Cuando el Lord volvió unos minutos más tarde, nos lanzó un breve:

—¡Vamos!

En el granero hacía calor. Olía a heno. Los rayos de luz de las linternas de bolsillo relampagueaban en la oscuridad. Se oyó la voz de Trofida:

—¡Dejad aquí las portaderas!... ¡En un montón!

Con un suspiro de alivio me libré de aquel peso tan insoportable. Me acerqué a Trofida y le dije:

—Tengo sueño, Józef.

—¡Sube a la naya y descabeza un sueñecito!

Me indicó una escala que me sirvió para encaramarme. Me quité los zapatos, me tapé con el chaquetón y me zambullí en un sueño profundo como en una bañera de agua caliente.

Me desperté tarde. El granero se había sumido en la penumbra. Cerca de mí estaban sentados algunos de los contrabandistas. Conversaban a media voz. Me puse a escucharlos con atención. Wańka el Bolchevique contaba un chascarrillo erótico. Era su tema predilecto. Contaba o bien historias de Dumienko y su sucesor, Budionny (en otro tiempo había servido en la caballería de Budionny), o bien de mujeres. Ahora lo están escuchando Felek el Pachorrudo, un hombre alto, cargado de hombros, de edad provecta; Julek el Loco, un contrabandista joven de gran imaginación—de ahí lo de «Loco»—; y el Ruiseñor, un chaval bajito, flaco, siempre sonriente, que tiene una voz preciosa y canta a las mil maravillas.

Wańka el Bolchevique dice, lamiéndose los labios voluptuosos:

—¡Por éstas que son cruces, muchachos, la moza era como de cemento! No había donde pellizcarla. Le dabas una palmada en el culo y resonaba como una campanada! ¡Cuando apretaba los muslos, saltaban chispas: e-lec-tri-ci-dad!

Julek el Loco menea la cabeza y lo mira con los ojos desmesuradamente abiertos.

Cerca de este grupo, Bolek el Lord emerge de una guarida excavada en el heno como si saliera de bajo tierra. Entorna los ojos con ironía. Mientras tanto, Wańka, que no lo ve, prosigue:

—¡Unas carnes, creedme, muchachos, como de alabastro!... Chascar la lengua, acariciando el aire con la mano.

El Lord no puede contenerse y mete baza:

—¡Puf! ¡De alabastro! ¡Un cuerno! ¡Talones agrietados, mierda entre los dedos! ¡Rodillas como papel de lija! ¡Apesta a queso en un radio de media legua! Y él, lo que hay que oír: ¡a-la-bas-tro! ¡Puf, puf!

—¿Y tú por qué te metes?

—Porque sí. ¡Has encontrado público y dale que te pego con tus monsergas!

Empiezan a discutir y a lanzarse pullas.

Me levanté. Me puse los zapatos y me acerqué al grupo.

—¿Dónde está Józef?—le pregunté al Ruiseñor.

—Ha ido al caserío.

—A hacerle una visita a Bombina—dijo el Lord.

—¡A columpiarse en sus tetas!—añadió Wańka el Bolchevique.

—¡Vaya si tardan en traernos la comida!—dijo de repente Felek el Pachorrudo.

—Éste sólo piensa en llenarse la tripa—dice el Lord.

—¡Con cualquier excusa se empapuza!—añade el Rata.

Encendemos unos cigarrillos y damos caladas con cuidado para no prender fuego al pajar. Pronto los demás contrabandistas salen de sus guaridas. Se desperezan, bostezan y se unen a nosotros. Sólo faltan el judío Lowka y Józef. El Rata se sacó del bolsillo una baraja y propuso una partida de sesenta y seis. El Buldog extendió sobre el heno su chaquetón vuelto al revés y se pusieron a jugar sobre aquella mesa improvisada. El Mamut y Wańka el Bolchevique también se sumaron al juego.

En un rincón, el Lord, con una cara muy seria, le explicaba a Julek el Loco cómo cazar liebres sin escopeta:

—Mira, te compras un paquete de rapé y, de madrugada, cuando las liebres todavía duermen, das una vuelta por el campo, espolvoreando las piedras con una pizca de rapé... La liebre se despierta al amanecer, se estira, se rasca con la patita detrás de la oreja y corre a hacer sus necesidades como un chucho. Se acerca de un brinco a la piedra y la olisquea. El rapé se le mete en la nariz. Estornuda y se da un cabezazo contra la piedra; cae al suelo de costado y se queda inmóvil. Y vas por la mañana con un saco y las recoges todas.

—¡Me estás tomando el pelo!

—¿Que yo te estoy tomando el pelo? ¡Ni hablar! ¡Te lo juro por mi madre, que en paz descanse! Y los osos se cazan de otra manera: sólo en otoño, cuando las hojas caen de los árboles. Coges un cubo de engrudo y vas a un bosque donde haya osos. Embadurnas las hojas de engrudo y te escondes detrás de los matorrales. Viene el oso: ¡paf, paf!, ¡paf, paf! Las hojas se le pegan en las patas. Cada vez más y más, hasta que se juntan tantas que ya no puede moverse. Entonces sales del matorral, lo atas con una cuerda, lo subes al carro y ¡a casa!

El Rata no supo contenerse y dijo sin dejar de jugar a los naipes:

—¡Nos ha salido otro loco!

—¡No un loco, sino un señor loco!—contestó el Lord.

—¡Sí, un señor que duerme en el almiar y caza pulgas con los dientes!

Iniciaron una disputa. Me di cuenta de que lo hacían sin mala fe..., para pasar el rato. Al mediodía, Trofida volvió al granero. Estaba alegre. Se notaba que había bebido.

—¡Eh, socios, venid aquí todos! ¡Ya llega la manduca!

Bajamos al solado.

—¿Qué pasa con la mercancía?—le preguntó el Lord a Józef.

—Ahora mismo llegarán las «trajineras». Lowka está en eso. Bombina nos prepara la pitanza...

—Confiesa, ¿le has dado un buen revolcón?—preguntó el Bolchevique.

—¿Para qué la quiero...? ¡Menuda buscona! Tengo otra mejor...

En el exterior se oyeron pisadas y, poco después, con pasos sorprendentemente ligeros, entró en el granero una mujer robusta y corpulenta de unos treinta y cinco años. Iba emperifollada. Despedía un olor de perfume que llenó el granero. Tenía las piernas enfundadas en unas medias de seda de color carne. Llevaba un vestido muy corto que ceñía sus exuberancias.

—¡Buenos días, muchachos!—dijo en voz alta, con alegría, mostrando en la sonrisa unos dientes blancos y hermosos.

La saludamos. Wańka el Bolchevique dio un salto hacia delante y le sacó de las manos los dos cenachos. Los dejó en el solado e hizo un gesto jocoso de agarrarla por la cintura. La mujer le arreó un puñetazo en el pecho con tanta fuerza que casi lo tumba.

—¡Le está bien!—dijo Józef.

—¡Te han dado con la badila en los nudillos!—le dijo el Rata al Bolchevique.

Bombina se reía sin dejar de mirarnos. Me echó una ojeada y se dirigió a Trofida:

—¿Éste es el nuevo?

—Sí, un tío legal...

Me saludó con un gesto de cabeza. No tardó en abandonar el granero, cimbreando las caderas con exageración y tensando los músculos de las piernas.

—¡Esto sí que es una mujer y el resto son pamplinas! ¡Como un colchón!—dijo Wańka el Bolchevique, extasiado.

—¡Una yegua y no una mujer!—lo corrigió el Rata.

Los muchachos vaciaron los cenachos. Dentro había una gran olla llena de huevos revueltos con tocino, una marmita de col guisada con carne, una buena cantidad de buñuelos calientes, tres hogazas y una tajada de panceta.

Trofida desenterró de entre la paja de un rincón tres botellas de espíritu de vino y lo diluyó con el agua de un gran tonel de madera de roble que estaba junto a la puerta del granero. El Lord cortaba grandes rebanadas de pan con su navaja de muelle. Nos pusimos a beber vodka y a comer. Nos zampábamos la pitanza como máquinas. Quien comía más y con más voracidad era Felek el Pachorrudo. Despachaba la carne jadeando y profiriendo toda clase de ruidos. Se chupaba los dedos ora de una mano, ora de la otra.

—¡Miradlo cómo papea!—dijo el Lord, secándose los labios con un corrusco de pan—. ¡Le silban las orejas y se le arquea la nariz! Para trabajar es el último, pero para jamar, el primero!

—Hace bien—metió baza el Rata—. ¡Que trabaje el caballo! Tiene una cabeza grande, cuatro patas y una cola larga... Y él, ¿qué tiene?

Los contrabandistas acabaron de comer. Sólo Felek el Pachorrudo, ajeno a todos, rebañaba los restos. Bolek el Lord empezó a contar una historia:

—¡Os voy a decir algo, muchachos! Hace tiempo conocí a una mujer que cada día se desayunaba treinta huevos revueltos...

—Seguramente estaba como nuestra Bombina—refunfuñó el Buldog, mientras encendía un cigarrillo.

—...pues, un día, a su hombre se le ocurrió gastarle una broma y añadió treinta huevos a los treinta que había en la sartén. La mujer entró en la cocina, acabó de hacer los huevos revueltos y se puso a zampar. Apenas pudo con todo aquello...

—Diantre, ¿y cómo no reventó?—dijo el Ruiseñor, meneando la cabeza.

—Se lo ha comido todo y se sienta. Resopla como una locomotora. Y en esto que viene una vecina y le pregunta: «¿Por qué estás tan colorada?» Y ella le contesta así: «Fíjese usted, comadre, o estoy mala o pronto lo estaré. ¡No he podido con treinta miserables huevos revueltos!»

Los muchachos se ríen y, con los cigarrillos encendidos, se cuentan historias sobre casos de glotonería. Mientras conversan, se abre la puerta del granero y entra Bombina llevando con gracia un cesto lleno de manzanas y ciruelas.

—¡Coged, muchachos! ¡Os traigo algo para matar el gusanillo! ¡Uy, cuánto humo! ¡No me queméis el granero!

—Fumamos sólo en el solado... Tenemos cuidado... —se precipitó a tranquilizarla Józef.

—¡Bueno, bueno!... Pero ¡sed prudentes!

Levantó los brazos, se cogió las manos por detrás de la cabeza y, sacando los pechos turgentes con coquetería, estuvo un buen rato anudando el pañuelo. Los muchachos, ya algo azumbrados, la miraban con ojos ávidos. Esto la excitaba. Entornaba los párpados, se contorneaba adelante y atrás, meneaba las caderas. Finalmente, cogió el cesto con las ollas vacías y abandonó el granero.

Tuve la sensación de que, antes de salir, me clavaba una mirada escudriñadora y me sonreía. Pero tal vez me equivocara. Tal vez aquella sonrisa iba destinada a toda la pandilla.

Józef Trofida estaba seguro de que pasaríamos la noche en la madriguera de Bombina y no retomaríamos el camino de vuelta hasta el anochecer del día siguiente. Pero los judíos no trajeron de Minsk la mercancía que teníamos que transportar hasta Polonia. Lowka llegó a la puesta del sol. Se frotaba las manos enjutas con nerviosismo, lamentándose:

—¡A la mierda con este trabajo! ¿Qué se han creído? ¡¿Que viajamos en tren o qué?!

Él y Trofida se retiraron a un rincón del granero y allí hablaron a media voz durante un buen rato. Logré captar unas cuantas frases de Józef:

—¡A mí me la trae floja si hay género o no!... ¡Tienes que pagarme igual! ¡Y a los muchachos, también!... A mí, trabajo no me falta... ¡Si empezáis a hacer chanchullos, os mando a freír puñetas y sanseacabó!

Al caer la noche, iniciamos los preparativos para el viaje. Lowka se quedaba en casa de Bombina a fin de reunir la mercancía para la próxima vez, mientras que nosotros teníamos que regresar a Raków para volver a salir al cabo de dos día con un alijo nuevo. Tomamos el camino de vuelta. Caminábamos ligeros, porque no llevábamos ningún peso. Apenas salimos de la casa, Trofida forzó el paso. Seguí sus huellas, procurando no romper el buen ritmo de la marcha. El aire era fresco. La noche, magnífica. Enjambres de estrellas lucían en el cielo. Después de caminar un buen trecho, me acostumbré al movimiento y avanzaba como un autómata. El balanceo rítmico del cuerpo y el silencio que me rodeaba tenían en mí el efecto de un somnífero. A ratos, me ponía a soñar despierto. Sonreía, gesticulaba. Finalmente, me di cuenta de ello y solté una carcajada. Trofida volvió la cabeza sin detenerse y me lanzó por lo bajinis:

—¿Has dicho algo?

—No..., nada...

A cinco kilómetros de la frontera hicimos un descanso. Nos detuvimos a orillas de un arroyo, cerca de unos matorrales tupidos. No teníamos vodka, o sea que encendimos unos cigarrillos y reposamos tumbados sobre una hierba espesa.

Trofida estaba a mi lado. Calló durante un buen rato para espetar por fin:

—¿Entiendes de estrellas?

—¡¿De estrellas?!...—le pregunté, sorprendido—. No... No sé nada de estrellas...

—Lástima... Si hay que poner los pies en polvorosa, tienes que saber pasar al otro lado de la frontera... ¿Ves aquellas estrellas?

Me señaló con el dedo la constelación del Carro, en la franja norte del cielo, más bien hacia el oeste: siete grandes estrellas que formaban una silueta con cuatro ruedas y el timón por delante.

Trofida esbozó un dibujo en el cielo—parecía tocar con el dedo cada una de las estrellas—, precisando de cuáles se trataba.

—Sí... Las veo... ¿Y qué?

—Si algún día se nos echan encima y dispersan la cuadrilla, tienes que procurar tener estas estrellas siempre a tu derecha... Vayas hacia donde vayas, siempre acabarás dando con la frontera. ¿Entendido? ¡A mano derecha!

—Entendido...

Durante un largo rato contemplé las estrellas que me había mostrado. Eran hermosas. Brillaban maravillosamente. Se irisaban con todos los colores. Observé que tenían muchos matices extraordinarios. Me intrigaba una idea: ¿por qué aquellas estrellas se habían juntado de un modo tan extraño?... Tal vez se caigan bien, como las personas, y juntas vagabundeen por el cielo. ¿A lo mejor se hablan?... ¿Se hacen guiños?... Cuando me fijé más, me parecieron tener la forma de un cisne.

Pronto reanudamos la marcha. Ahora Trofida caminaba poco a poco. De vez en cuando se detenía y aguzaba los oídos. Entonces, todos se detenían también. Justo pasada la medianoche, llegamos a la frontera. Trofida se detuvo entre dos mojones. Me acerqué a él:

—Son los mojones fronterizos..., y aquello es la frontera...—me dijo en voz baja.

Curioso, examiné las estacas rectangulares clavadas sobre unos pequeños túmulos. En la parte de arriba ostentaban los escudos de los dos países y sus números correspondientes. En el mojón polaco estaba pintada una águila blanca sobre campo rojo. En el soviético, figuraban estampados sobre una hoja de chapa la estrella de cinco puntas, la hoz y el martillo.

En la frontera, enfilamos una angosta vereda que conducía hacia Pomorszczyzna. En un cierto punto nos detuvimos. De improviso, oí a mi espalda un susurro ahogado:

—Muu-chaa-choos...

Era la voz del Ruiseñor. Miré hacia la izquierda y divisé algo blanco que se desplazaba de prisa en la oscuridad, por delante de nosotros. No era una silueta humana, porque era demasiado pequeña y daba vueltas en el aire de una manera bien extraña, ora alzando el vuelo, ora descendiendo. Seguramente era un fantasma. Con un fuerte latido del corazón contemplé aquel fenómeno insólito. Después me arrimé a Trofida:

—¿Qué diablos es esto, Józef?

—Vete a saber—me contestó—. Tal vez un espectro, o tal vez pulula por aquí el diablo en persona... A los pistolos «esto» también les da miedo.

Más tarde, Józef me contaría la siguiente historia. Un capitán ruso de origen polaco abandonó Rusia durante la revolución. Cuando los bolcheviques tomaron el poder, no pudo volver al país de los soviets. Había dejado allí a su mujer y a su hija. Quería sacarlas al extranjero y, por eso, se fue a vivir cerca de la frontera. Se instaló en un caserío, no muy lejos de Wygonicz, en la casa de unos campesinos, y se hizo traer sus cosas, porque pensaba quedarse hasta que rescatara a su familia. Intentó hacerlo utilizando como intermediarios a los campesinos, porque todas las otras vías habían fracasado. El hijo del amo de la casa donde se alojaba había servido en el ejército ruso hacía años y conocía bien los accesos a Minsk. Aceptó ayudar al capitán. Juntos emprendieron el largo viaje. Lograron llegar a Minsk desapercibidos y, tras numerosas aventuras y al cabo de mucho tiempo, se personaron en Nizhni Novgorod donde el capitán había dejado a su familia. Una vez allí, se enteraron de que su mujer había muerto, mientras que la hija, Irena, vivía en el arrabal, en la casa de su antiguo portero. Le costó encontrarla. Tomaron el camino de vuelta. Al llegar a Moscú, su compañero de viaje cayó enfermo de tifus. De la estación, lo llevaron directamente al hospital, donde murió. El capitán y su hija consiguieron llegar a Minsk y, desde allí, se dirigieron a pie hacia Raków. Por la noche se extraviaron y, cerca de Wielkie Sioło, no muy lejos de la frontera, toparon con una patrulla soviética. La patrulla les dio el alto. El capitán se defendió. Mató a dos soldados, cogió a su hija y se echó a correr. Le cayó encima una lluvia de balas. Le dieron y, herido, lo persiguieron incluso en territorio polaco. Fue abatido a doscientos metros escasos de la frontera, encima de un montículo. Aún estuvo a tiempo de gritarle a su hija: «¡Corre!» y, agonizando, con el resto de fuerzas y de cartuchos cubrió su huida. Los bolcheviques cogieron el cadáver y lo arrastraron hasta su lado de la frontera. La hija del capitán encontró el caserío donde su padre había vivido antes de la expedición a la Unión Soviética. Se instaló en la casa de aquellos campesinos y todavía hoy vive allí. La tienen por tonta, pero la quieren, porque es muy buena y muy trabajadora. Desde entonces, el montículo donde cayó muerto el capitán lleva el nombre de Tumba del Capitán.

Desde que ocurrió aquel suceso, cerca del túmulo y en toda la zona fronteriza comenzó a aparecerse un fantasma. Un soldado de la guardia fronteriza quiso abatirlo a tiros. Le disparó cinco veces con su carabina. El fantasma desapareció. Al día siguiente, el soldado murió despedazado por una granada de mano con la que jugaba en el cuartel. Más tarde, dos bravucones le prepararon una emboscada y lo cosieron a balazos. Al cabo de dos días, uno de ellos cayó en la frontera y el otro se puso gravemente enfermo y murió en el hospital. Desde entonces, nadie más ha intentado cazar al fantasma que pulula de noche por la zona fronteriza.

Esta historia me la contó Józef de regreso a casa. Me

pareció muy interesante, porque por mucho que se asemejara a un cuento de hadas, era verdadera. Después, mucha gente me la confirmó.

Permanecimos largo rato en medio de aquel campo rayano con la frontera, contemplando cómo el fantasma se alejaba cada vez más. Con muchas precauciones cruzamos el camino que conduce a través del terraplén hacia la frontera, y muy pronto nos hallamos en el que une Pomorszczyzna con Raków. Después, siguiendo el curso del Isłocz, nos dirigimos hacia el pueblo.

Al llegar al molino, los muchachos se dispersaron. Józef y yo fuimos a su casa de Słobódka. No entramos en la vivienda por no despertar a nadie. Fuimos al granero y allí nos dormimos sobre el heno fresco que olía maravillosamente.

III

Por la mañana, me despertó Janinka, la hermana pequeña de Trofida.

—Venga a desayunar—me dijo.

Le pedí que me trajera una toalla y una pastilla de jabón. Después, atravesé los jardines para ir al riachuelo. Ella me siguió abriéndose paso entre la hierba.

—Vete a casa. Ahora mismo vuelvo...

—Me quedaré aquí sentada, esperándole... No miraré... A mí estas cosas no me interesan nada... Józef nunca me echa... Es feo ser tan brusco con los pequeños.

—Está bien, siéntate... ¡Qué boba eres todavía!

—Y muy bien. ¡Si todos fuéramos sabios, nos volveríamos locos!

La dejé bajo un sauce y caminé río abajo. Me bañé y me dirigí hacia la casa. Janinka trotaba a mi lado.

—Hela dice que usted es pobre—espetó al cabo de un rato.

—¿Por qué?

—Porque no tiene madre, ni ningún hermano, ni ninguna hermana...

—Pero tengo a Józef.

—Sí... ¡Pero no tiene hermana!

—Te tengo a ti.

Se quedó pensativa y después dijo:

—¡Pero a mí no me quiere!

—Porque eres pequeña y bobalicona... Cuando seas mayor, te querré... Y no sólo yo, sino también un montón de muchachos.

De repente, dijo:

—¡A mí, plin!

Seguramente, había oído esta expresión en boca de las jóvenes en edad de merecer.

En la casa estaba esperándome Hela, la mayor de las hermanas de Józef, una chica bastante guapa, rubia, de dieciocho años. Era el polo opuesto de Janinka. Ésta no se reía nunca, mientras que a Hela cualquier bagatela le hacía tanta gracia que los ojos se le anegaban de lágrimas.

Hela me trajo una tetera llena de te, pan, mantequilla y queso.

—Tómese el desayuno, por favor. He estado esperándole, pero ahora tengo que ir al huerto.

—¿Y dónde está Józef?

—Ha bajado al centro. Seguramente está al caer. Me ha dicho que no lo despertara. Pero no puede ser, ¡tanto tiempo sin comer nada!

A continuación, Hela se fue al huerto y yo me quedé en casa con Janinka. Mientras tomaba mi té, la niña se encaramó al sofá y se acuclilló sin dejar de mirarme fijamente con la mejilla apoyada sobre la mano.

—¿Qué miras?

—Usted parece una liebre.

—¿Una liebre?

—Una liebre pequeña... Una vez vi a una comerse una col... Józef la atrapó y la trajo a casa. Movía el hocico de la misma manera que usted...

Janinka se puso a mover la mandíbula y la nariz.

—Y tú pareces una urraca.

—¡Vaya!

—Sí. La urraca se posa sobre una valla..., la cabecilla hacia la izquierda, hacia la derecha, y ¡venga a espiar a la gente!

—No, no es verdad. No espía.

—¿Y qué hace, pues?

—Maquina algo.

—¿Qué maquina?

—Muchas cosas. Sé muy bien lo que digo. He oído a las urracas chacharear de la gente.

Su madre la llamó desde la cocina y me quedé solo. Me puse a pasear por la habitación de un lado para otro. A través de la ventana de la fachada principal vi una procesión de carros desfilar por la calle en una larga hilera. Recordé que aquel día había feria en el pueblo. Encendí un cigarrillo y me senté en una silla junto a la ventana que daba a un huerto separado de la casa por el estrecho istmo de un patio. Vi cómo Hela, en lo alto de una escalera de mano recostada contra un manzano, cogía fruta y la metía dentro de un gran capazo que sostenía delante de sí sobre un peldaño. Dediqué un buen rato a contemplarla por entre la macetas de flores que adornaban la ventana. Oí abrirse la puerta de la entrada. Imaginé que era Józef que volvía a casa. Eché una ojeada al patio, pegando la cara al cristal. Vi a un hombre de unos treinta años vestido de azul marino, con zapatos de charol y una gorra blanca de visera acharolada. En la mano llevaba una fusta con la que se golpeaba las perneras de los pantalones al caminar. Tenía un rostro de rasgos muy regulares. Lo adornaba un bigotillo negro y lo afeaban unos ojos inquietos y esquivos. «¿De dónde habrá salido ese lechuguino?», pensé. Por aquel entonces, no barrunté que, en un futuro, aquel hombre sería la causa de muchos infortunios que pesarían sobre mi vida y sobre la de mis amigos. El desconocido saludó a Hela con una elegancia cómica, inclinando a un tiempo la cabeza, la gorra y la fusta, y le dijo algo. La muchacha volvió la cabeza y su rostro se iluminó con una sonrisa alegre... Aquello me sentó mal. No estaba enamorado de Hela, pero me gustaba mucho la idea de que fuera hermana de mi mejor amigo y la encontraba una chica simpática.

El desconocido entró en el huerto, se detuvo junto a la escalera y le dijo algo a Hela. Ella se rió. Sacudió la cabeza guarnecida con una trenza larga y gruesa, y le respondió. «¡Mira cómo se hacen arrumacos!», pensé, casi enfurecido. De repente, observé que el desconocido levantaba una mano y acariciaba la pantorrilla de la muchacha de arriba abajo. Me dio un sofoco. Vi a Hela lanzar una mirada rápida a las ventanas de la casa y, acto seguido, bajar la escalera de un salto. Ahora estaba de pie con la cara encendida y le hablaba atropelladamente a su adorador. Seguramente le reprochaba su falta de tacto o, ¿tal vez, también... su imprudencia? Cogió el capazo lleno de manzanas y se dirigió hacia la casa, mientras que su galán, con los brazos en jarras, la miraba sin dejar de sonreír. Después cortó el aire con un fustazo seco y se encaminó hacia la salida.

Me puse a dar vueltas por el cuarto. Más tarde, me acerqué a la ventana que daba a la calle y, en la acera de enfrente, vi al hombre de la fusta observar el desfile de carros. En eso, divisé a Józef, que avanzaba a grandes zancadas. El hombre de la fusta se le acercó. Se saludaron y hablaron unos minutos. Después se despidieron. Józef se dirigió hacia la casa. Entró.

—¿Ya te has levantado?

—Hace un buen rato,

—Llego un poco tarde. ¡Problemas con los judíos! He cobrado la faena y he pagado a los muchachos... Mañana volvemos a salir. Ahora nos están preparando la mercancía... Se sacó del bolsillo dos monedas de diez rublos y me las entregó.

—Toma, dos botones... El primer dinero que te has ganado... ¡Escupe! Escupir da suerte.

Cogí el dinero. Quise devolverle diez rublos para que se los diera a su madre por mi manutención, ya que me tenía a pan y cuchillo, pero no me los aceptó. Me dijo que, de momento, estábamos en paz y que haríamos cuentas cuando ganara más guita. Después le pregunté por el hombre de la fusta con quien lo había visto hablar en la calle. Józef soltó una carcajada.

—¡Éste sí que es un pájaro de cuenta!... ¿De qué lo conoces?

—No lo conozco... Sólo os he visto hablar.

—Es el prometido de Hela... A mí no me acaba de convencer, pero la moza está encaprichada... Ya se sabe, mujeres... Qué le vamos a hacer...

—¿Él también es contrabandista?

—Sí. Se llama Alfred Alińczuk. Son cinco hermanos: Alfred, Albin, Adolf, Alfons y Ambroży. Todos empiezan por a. Y su apellido también: Alińczuk. Hacen la frontera por su cuenta. Van armados... Buenos contrabandistas, pero como compañeros, ¡Dios nos libre! Se creen que son la hostia y tratan a los demás como trapos sucios. Se las dan de señores, pero los pies les apestan a alquitrán. Su abuelo tenía una peguera y su padre comerciaba en arreos y en brea... ¡Bah, que se vayan a freír puñetas! Vamos a la plaza. Hay que comprarte zapatos.

Cogí la gorra y salimos a la calle. Llegamos a una enorme plaza atiborrada de carros. En el centro había un gran rectángulo de tiendas de varios pisos. La plaza estaba rodeada por comercios judíos, salones de té, mesones y restaurantes. A poca distancia de las tiendas, habían montado sus chiringuitos los feriantes y los zapateros ambulantes.

Nos costaba abrirnos camino a través del gentío. Encima de la plaza hubiera podido ondear una gran bandera de Baco. Allí bebían todos. Bebían en todas partes. Bebían de pie, tendidos en el suelo y sentados. Bebían tanto los hombres como las mujeres. Las madres hacían beber a los críos para que ellos también disfrutaran de la feria; incluso les daban de beber a los niños de pecho para que no lloraran. Y hasta vi cómo un campesino borracho levantaba bruscamente el morro de su caballo y le vaciaba en el gañote una botella de vodka. Se disponía a volver a su casa y quería lucirse ante el mundo conduciendo a toda carrera.

Trofida no tardó en llevarme al tenderete de un zapatero. Lo saludó y dijo:

—Necesitamos unos zapatos. ¡Pero que sean fetén! ¡De primera clase!... ¡Un género de oro y un acabado de oro para este muchacho, que es oro puro y conmigo se hará de oro!

—Eso está hecho—contestó el zapatero y, sin tocar ni siquiera los zapatos que tenía a la vista, metió el brazo debajo del mostrador y desenterró un pequeño baúl. Sacó de él un par de botas de badana.

—¡Ni en el mismísimo Vilnius las hacen mejores! Pero falta saber si le quedarán bien.

Me probé las botas. Me iban un poco grandes, pero Józef me aconsejó no comprarme otras más estrechas, porque se avecinaba el invierno y pronto habría que llevar calcetines gruesos.

—¿Cuánto pides por estos zuecos?—le preguntó Trofida al zapatero.

—Quince rublos.

Józef soltó una risilla:

—¡Fíjate, Władek! ¡Igualito que si esto fuera una mina de oro! Vayas adónde vayas, sólo oro y dólares. ¡Como si estuviéramos en Canadá, maldita sea! Por una botella de vodka te cobran un rublo de plata, una de espíritu de vino cuesta un rublo de oro, y por estas barcas el maestro quiere embolsarse ni más ni menos que quince piezas de oro. ¡Y así todo el santo día!

Regatearon y el zapatero nos dejó las botas en diez rublos y un dólar. Para redondear, le dejamos mis zapatos viejos. Józef, contento, me miraba los pies.

—¡Da gloria verlas! ¡Ni el mismísimo rey de Inglaterra las tiene mejores!... ¿Quieres comprarte algo más?

—No.

—Haces bien. ¡La próxima vez, te compraremos un terno de aúpa! ¡Irás compuesto como un marqués! Déjalo en mis manos. Y estas botas tenemos que regarlas..., para que den buen resultado y te traigan suerte. ¡Vamos a la cantina de Ginta!

Adelantamos a dos mozas que deambulaban pasito a

pasito por la feria. Mascaban pepitas de calabaza, escupiendo las cáscaras a diestro y siniestro. Una llevaba un vestido rojo y, en la cabeza, un pañuelo verde. La otra un vestido verde y un pañuelo amarillo. En la mano sostenían sendos bolsos de piel, grandes y adornados con hebillas de níquel relucientes. Nos examinaron con una mirada excesivamente atrevida, casi insolente.

—¡Mis más humildes respetos a Helcia y Mańcia!— las abordó Józef en tono alegre.

—¡Ahí van los nuestros por duplicado!...—contestó una.

—Mis más humildes esputos...—añadió la otra.

—¿Y ésas dos?—le pregunté a Józef.

—Contrabandistas. Helka Pudel y Mania Dziuńdzia.

—¿Las mujeres también pasan contrabando?

—¡Cómo no! Y algunas son mejores en este curro que los hombres. Pero son pocas. En todo el pueblo no llegan a un decena. Matutean las que tienen parientes al otro lado de la frontera.

Nos acercábamos al mesón de Ginta. En la entrada se amontonaba un tropel de campesinos con botellas en la mano y en los bolsillos. La puerta estaba abierta de par en par. El zumbido de las conversaciones y el griterío de los borrachos flotaba en el aire, mezclado con el tufo a aliento y el humo de la picadura. Se nos acercó el Rata. Con los ojos encendidos y unos dientes amarillentos que sus labios estrechos no eran capaces de esconder, nos estrechó la mano con sus dedos huesudos y fríos y, arrojando escupitajos sobre los zapatos de los campesinos que pasaban por delante, preguntó:

—¿A la fonda de Ginta, eh?

—Sí.

—Me apunto.

El Rata ofrecía un aspecto extraño. Iba tocado con una gorra americana a cuadros, grande y mullida, y llevaba un pañuelo rojo atado al cuello a lo perdonavidas. No se sacaba las manos de los bolsillos. Al caminar, balanceaba la espalda a derecha y a izquierda. Era un ladrón de Rostów con un pasado oscuro y lleno de aventuras. Había recibido muchos navajazos y nunca se separaba de su navaja. No solía perder ninguna oportunidad de terciar en una reyerta, aunque supiera de antemano que saldría mal parado.

Nos adentramos en un patio inundado de barro y, a través de un zaguán oscuro y maloliente como mil demonios, llegamos a una sala espaciosa. Al principio no vi nada, porque una nube de humo de tabaco inundaba el interior. Después divisé unas mesas con gente alrededor. Todos eran contrabandistas.

De improviso, en el rincón más lejano de la sala, se oyó un acordeón que vertía los sonidos de una vieja marcha rusa. Era el acordeonista Antoni, un hombrecillo de edad indefinida, cara verdosa y pelo terriblemente enmarañado, que saludaba de este modo la aparición de Trofida.

—¡Salud, muchachos!—gritó Józef, pasando de mesa en mesa para saludar a la concurrencia.

Le arrojó a Antoni una moneda de oro de cinco rublos. El acordeonista la atrapó al vuelo con un gesto veloz de la mano.

—¡Esto es para ti, en agradecimiento por la marcha! —dijo Józef.

Seguí su ejemplo e hice una ronda por las mesas, estrechando las manos de los contrabandistas. La mano del Mamut no cabía en la mía, y él no me dio un estrujón fuerte, tal vez por miedo a hacerme daño.

Los contrabandistas habían juntado tres mesas llenas de botellas de cerveza y de vodka, y de bandejas con longaniza, pan y pepinos. De nuestra pandilla sólo vi a Bolek el Lord, a Felek el Pachorrudo, al Buldog y al Mamut. El lugar de honor lo ocupaba el famoso contrabandista Bolek el Cometa, un cincuentón de bigotes largos y negros. Era un borrachín y un parrandero conocido en toda la zona fronteriza. Más tarde me enteraría de que le apodaban «Cometa» porque, en el año 1912, cuando el cometa Halley apuntaba hacia la Tierra y tenía que producirse el fin del mundo, consideró que había razones más que suficientes para vender su finca y fundir el dinero en bebida. A su lado estaba sentado el Chino, un muchacho alto y delgado de tez aceitunada y unos hermosos ojos negros ligeramente almendrados. Había también otros muchachos, pero a ellos los conocería más tarde.

—¡Os digo, y que nadie me lleve la contraria—dijo el Cometa abriendo los ojos de par en par y moviendo el bigote—, que quien no empina el codo no vive, sino que se pudre en vida!

—¡Una verdad como un templo!—aplaudió sus palabras el Lord, y descorchó dos botellas a un tiempo, golpeándolas contra sus rodillas.

Llenó los vasos de vodka hasta la mitad. El Mamut, murmurando y ladeando la cabeza, se acercó el vaso y lo vació con cuidado, como si tuviese miedo de que el vidrio se hiciera añicos entre sus manazas. Se bebió el vodka de un trago, resopló y, a continuación, me hizo un guiño, balbuceando algo. Nunca oí al Mamut decir más de una frase breve. Normalmente, solía limitarse a una sola palabra o, sencillamente, se comunicaba mediante gestos y guiños.

41

—¡Muchachos! ¿Sabéis qué me acaba de decir Felek el Pachorrudo?—metió baza el Chino.

—Que se está maquinando cómo tragarse una escoba—gruñó el Buldog.

—No... ¡Me ha dicho que la oca es el ave más estúpida del mundo!

—¿Por qué?—preguntó el Mamut, haciendo un gesto con la mano y arqueando las cejas.

—¡Porque... con una te quedas con hambre y con dos te empachas!... Con las gallinas y los patos uno siempre encuentra la medida justa: ¡si con dos no quedas satisfecho, te comes tres! Si con tres todavía no has matado el gusanillo, te comes cuatro! Con las ocas no es tan fácil.

—Te habrás confundido—dijo el Rata—. Seguramente te hablaba de terneras, y no de aves.

El Pachorrudo, sin hacer caso a estas indirectas, mondaba los restos de la oca, triturando los huesos entre los dientes y chupándose los dedos.

Bolek el Lord hacía de maestro de ceremonias. Traía del mostrador vodka y entremeses, llenaba los vasos, y entretenía a los muchachos como mejor sabía. Tampoco se olvidaba de la música y, de vez en cuando, le llevaba un vaso de vodka y una tapa a Antoni. Se le acercaba, cantando:

Suena, suena el acordeón,
escondido en un rincón,
¡Tirli-tirli-po, tirli-tirli-po!
¡Tirli-tirli-po! ¡Jeya, jeya, jo!

Entonces, Antoni dejaba de tocar. Cogía el vaso, apuraba el vodka de una tacada y, recostado con los codos sobre la caja del acordeón, mordisqueaba la ración. Recordaba una rata que roe una rebanada de pan.

Caía la noche. Fuera, oscurecía por momentos. Los muchachos corrieron las cortinas de las ventanas. Ginta encendió el quinqué de petróleo que colgaba de un aro de alambre clavado en el techo. No dejaban de beber. De pronto, el Chino echó la pava. Primero sobre la mesa, y después en el suelo.

—¡Un guiso para el perro!—dijo el Lord, y tendió al Chino junto a la ventana sobre un sofá estrecho tapizado de hule negro.

—Antoni, ¡toca una marcha fúnebre!—gritó el Rata.

—¡A la salud del difunto, muchachos!... ¡Larga vida!...

—¡Una verdad como un templo!—dijo el Lord, levantando el vaso.

Nunca había visto a nadie beber vodka en aquellas cantidades. Los que más le daban al pimple eran el Mamut y Bolek el Cometa. Felek el Pachorrudo y el Buldog tampoco perdían comba. El que menos bebía era Józef. Bueno, y yo.

De golpe y porrazo, oí bramar muchas gargantas al unísono.

—¡Hurra!

—¡Viva!

—¡Que venga aquí!

Volví la cabeza y vi al Ruiseñor. Era un chaval joven. Un poco avergonzado por aquel saludo tan clamoroso, se acercó a la mesa con una sonrisa en los labios y, una tras otra, estrechó las manos tendidas. Bolek el Cometa empezó a rogarle:

—¡Ruiseñor! ¡Cielito! ¡Canta, hijo!

Y ocurrió una cosa extraña. Aquellos hombres bulliciosos y ebrios callaron y se hizo un gran silencio en la sala. Ginta, inquieta, entreabrió la puerta del cuarto contiguo, pero la volvió a cerrar apenas se cercioró que todo iba bien. El chaval primero permaneció inmóvil en medio del local y, a continuación, entonó una canción de contrabandistas. Cantaba con una voz apagada, ligeramente vibrante, que progresivamente fue aumentando en fuerza y emotividad:

> Los chavales están fuera,
> las mozuelas lloran:
> «¡Que la muerte no los pille
> junto a la frontera!»

El Ruiseñor levantó la vista. En su voz resonaban un lamento plañidero y tristeza. Sentí un hormigueo en la espalda y en la nuca. No veía más que los ojos extraños del Ruiseñor y captaba las notas tristes de su canción con cada uno de mis nervios. Cuando el Ruiseñor dejó de cantar, permanecimos en silencio durante un buen rato. Lancé una mirada al Mamut y vi que sus mejillas deformes, grises y como esculpidas en piedra estaban bañadas en lágrimas. Oí la voz del Rata:

—¡Ahí es nada!

Bolek el Pachorrudo le tendió los brazos, diciendo:

—¡Ruiseñor, querido! ¡Sigue cantando, cielo! ¡No te detengas! ¡Canta, por el amor de Dios! ¡Canta!

—¡Dejadle descansar!—dijo el Lord—. ¡Tosiek!—le gritó a Antoni—. ¡Para cambiar de tercio, tócanos *El Danubio azul*!

Antoni tocó el vals, mientras el Lord hacía sentar al Ruiseñor junto a la mesa. Le vertió vodka directamente en el gaznate. Pude ver de cerca al contrabandista. Tenía los ojos de un crío. En sus labios aparecía y desaparecía una ligera sonrisa. Tuve la sensación de que era un príncipe disfrazado y no un vulgar contrabandista. Pensé que tal vez en algún lugar del mundo hubiera príncipes de mejillas angulosas, mirada obtusa y labios feos.

Más tarde, el Ruiseñor cantó otra canción de frontera, algo más alegre.

—¡Os juro, muchachos, que si no me tomo un doble ahora mismo, se me va a partir el corazón!—dijo el Cometa, cuando el Ruiseñor acabó su canto.

—¡Una verdad como un templo!—metió baza el Lord, llenando los vasos casi hasta colmarlos.

De repente, vi que el Mamut se sacaba del bolsillo de su blusón un billete de veinte dólares y, jadeando, se lo metía al Ruiseñor en la mano. El otro, atónito, miró el dinero y lo arrojó sobre la mesa.

—¿A qué viene eso?... ¿Qué haces?... ¡No lo quiero!... Así, no canto más.

—¡Guárdate tu dinero!—le dijo con severidad Józef Trofida al Mamut—. Es uno de los nuestros..., trajina igual que todos... ¡No cobra por cantar!

El Mamut se levantó pesadamente de la silla, recogió los billetes de la mesa y se los entregó al acordeonista. Antoni se los metió en el bolsillo con cara impasible y ni siquiera dijo gracias. A él le daba igual. Tocaría aunque no le pagaran. Lo importante era que hubiese risas, jarana, que el vodka borboteara en los vasos y que todo el mundo se lo pasara a lo grande.

Józef tenía que ir a ver a un comprador y me preguntó:

—¿Sabrás encontrar solo el camino de casa?

—¿Por qué no?... Claro que lo encontraré.

—Aquí no debes nada... Ya lo he pagado todo.

Trofida se despidió de sus compañeros y abandonó nuestro salón.

El jolgorio siguió su curso. Yo ya estaba completamente borracho. Me dieron ganas de reír y, al mismo tiempo, sentí una oleada de calor. Bebía, comía, escuchaba las canciones del Ruiseñor y la música del acordeón. No recuerdo cuándo ni cómo salí de la taberna de Ginta y me encontré en la calle. Enfilé un callejón oscuro. Caminaba despacio, hundiéndome a cada paso en un barro pegajoso. De improviso, oí un grito y, a la luz de la ventana de una casa, vi a un grupo de gente que peleaba a pocos metros de mí. Tres hombres le arreaban una paliza a otro que, tendido en el suelo, se defendía con un resto de fuerzas. Ni corto ni perezoso, me abalancé sobre ellos. Con todo el peso de mi cuerpo empujé por el flanco a uno de los agresores y lo derribé, mientras que a otro le asesté un puñetazo tan fuerte en la cara que perdió el equilibrio y cayó de espaldas en el fango. El tercero se abalanzó sobre mí; también estaba borracho. Empezó a darme bocados. Descargué sobre su cabeza una lluvia de puñetazos. Me soltó. De repente, me puse a vomitar. Después noté que alguien me llevaba del brazo. Me preguntaba algo, pero yo no entendía nada. Recuerdo que me frotaron la cara con una toalla húmeda. Unos rostros desconocidos se inclinaban sobre mí. Finalmente, el alcohol me arrebató del todo la conciencia. Por la mañana, me desperté en una casa que no conocía en absoluto. Me sorprendió mucho estar allí. Dije en voz alta:

—¿Hay alguien?

Por la puerta de la cocina se asomó una cabeza redonda, cómica, casi completamente calva a causa de alguna afección cutánea.

—Ayer estaba usted borracho perdido... ¡No entendía nada de lo que se le decía!—dijo acercándose un judío, cuya cara no me sonaba en absoluto.

—Pero ¿cómo he llegado hasta aquí?

—Yo le traje a cuestas... Debe de ser forastero, porque no lo conozco... Anoche, aquellos rufianes querían matarme y usted me salvó la vida.

—Vivo en Słobódka, en casa de Trofida.

—¿Es usted amigo de Józef?

—Sí.

—¡Un hombre legal! ¡Más bueno que el pan! ¡Ay, una verdadera joya!... ¡Ay!... Yo me llamo Josek, y ésta es mi casa.

Los aspavientos y las muecas del judío me dieron ganas de reír. Una vez me hube vestido, Josek me invitó a acompañarle en su desayuno. Tuve que aceptar. Josek puso sobre la mesa una botella de pesahovka[1] y sacó del aparador un lucio relleno. Poco después, su mujer, una judía joven y muy guapa con un crío en brazos, salió de la cocina y se sentó a la mesa. Inicié una conversación. La mujer de Josek también me dio las gracias por haber prestado ayuda a su marido.

—¿Por qué peleábais?—le pregunté a Josek.

—Habíamos jugado a los naipes. Los dejé sin blanca... Sin hacer trampas... Tuve una buena racha—me explicó el judío—. Y ellos querían recuperar su dinero. Sobrios, no lo hubieran intentado... Pero en el estado en el que se encontraban, ¡podían haberme matado!

Josek me mostró los chichones que tenía en la cabeza y los moratones de las manos y del cuello. Cuando abandonaba su casa, me acompañó hasta el zaguán.

—Si algún día necesita algo, no dude en venir... ¡Por usted haré lo que sea!

—¿Y a qué se dedica?—le pregunté.

---

[1] Vodka judío destilado de ciruelas. (N. de los T.)

Sonrió, me puso la mano en el hombro y dijo:

—Pregúntele a Józef: ¿A qué se dedica Josek el Ansarero? Él se lo dirá. ¡Que Dios lo acompañe!

Józef Trofida me explicó que era un ladrón profesional.

—Antes era un ladrón renombrado—dijo Józef—, pero se casó por amor y está de capa caída. Casi no hace más que jugar a los naipes. Es un tahúr.

IV

A Saszka Weblin, el rey de la frontera y de los contrabandistas, lo vi por primera vez en circunstancias extraordinarias. Lo encontré en su reino: la frontera.

Yo iba a matutear con el grupo de Trofida por cuarta vez. Habíamos cruzado la frontera cerca de Olszynka. La noche era oscura. La zona sur del cielo estaba atiborrada de nubes. Un viento del este nos azotaba los ojos y dificultaba la marcha.

Iba justo detrás de Józef. Antes de salir de nuestro escondrijo de la zona fronteriza donde guardábamos las portaderas, nos habíamos echado media botella de vodka al coleto cada uno. Sentía un calorcillo y estaba alegre. Me había acostumbrado a aquel trabajo, que empezaba a gustarme. Me seducían los caminos lejanos. Me atraía el aire de misterio que envolvía nuestras marchas. Me gustaba la ligera excitación que produce el peligro. Me gustaban los descansos en medio del bosque y las estancias en los escondrijos. Me gustaban mis compañeros y las fiestas bulliciosas y primitivas que celebrábamos juntos.

Hacía unos días, me había comprado un traje nuevo. Ahora tenía en propiedad una linterna y un reloj. Y antes de emprender el camino, me metía en el bolsillo una o dos botellas de espíritu de vino. Ya era un contrabandista profesional. Caminando detrás de Józef, meditaba. Ahora, seguirle no me resultaba nada difícil. Y también me había acostumbrado a llevar a cuestas las portaderas que pesaban como un muerto. Al mismo tiempo, estaba pendiente del terreno, aguzaba los oídos y miraba hacia los lados, porque la delantera y las espaldas las tenía bien protegidas.

A unas decenas de pasos de la frontera nos adentramos en unos matorrales. Enfrente, percibí un murmullo de agua. Trofida caminaba muy lentamente y se detenía a menudo. Nunca lo había visto tomar tantas precauciones como entonces. En un lugar se detuvo y permaneció inmóvil durante un buen rato. Empecé a coger frío... Trofida siguió adelante. El fragor del agua iba creciendo. De improviso, Józef retrocedió. Se me acercó. Me agarró del brazo y me obligó a ponerme en cuclillas entre los matorrales... Con toda claridad, oí un chapoteo delante de mí y, en aquel mismo instante, un disparo de carabina y una voz atemorizada, casi un bramido, rompieron el silencio de la noche:

—¡Altoooo!...

Al mismo tiempo, se oyeron algunos disparos de revólver. Después, tronaron las carabinas. A mi espalda, retumbaron las pisadas de gente que huía. La tierra resonaba. Los matorrales chasqueaban. Seguíamos oyendo los gritos:

—¡Alto!... ¡Alto!... Alto!...

Todo se arremolinó alrededor de mí. Me costaba entender qué era lo que ocurría. Trofida se levantó y, arrastrándome por el brazo, se apartó precipitadamente de la vereda. Después se echó a correr hacia adelante. Me lancé en pos de él. Noté que avanzábamos hundidos en el agua, que me llegaba más arriba de las rodillas. Hice lo imposible para no perder de vista a mi compañero. Alcanzamos la margen fangosa y poblada de mimbreras de un arroyuelo. Salimos del agua. En aquel momento, sucedió algo extraño. Justo delante de mí, restalló un disparo y sentí que alguien se me caía encima. La embestida fue inesperada y tan fuerte que me desplomé en el suelo, rodé por el ribazo y acabé en el agua. La pesada portadera me aplastó. Alguien corría salpicando por el cauce del arroyuelo. Se oía por doquier el eco de los disparos y de voces excitadas. Parapetado detrás de la margen escarpada del arroyuelo, me senté en medio del limo pegajoso. Al cabo de unos minutos, se hizo el silencio. Los gritos y los disparos se alejaron hacia la izquierda. Entonces, salí poco a poco del agua, sin hacer el menor ruido tomé la dirección contraria para alejarme de la frontera. Me adentré en un bosque. A cada paso, árboles, matorrales y montones de leña me obstruían el camino. Como no conocía el terreno, tenía miedo de caer en manos de los sorches. En algún lugar, me senté sobre un tronco de pino que yacía en la tierra y me tomé un buen descanso. Después, proseguí a ciegas, haciendo todo lo posible para mantener un rumbo fijo. Tenía la esperanza de que, así, lograría salir del bosque. Tras una larga caminata, me detuve en las lindes del bosque, en una espesura de arbustos. Recordaba que, mientras cruzábamos la frontera, el viento me daba en la cara. Es decir, soplaba del este. Deduje que, si caminaba en la dirección del viento, volvería a cruzar la frontera. Sin embargo, al pensármelo bien, ya no estaba tan seguro de mis cálculos, porque el viento podía haber cambiado de rumbo. Me sumí en la desesperación. Me sentía del todo desamparado, perdido en un océano de tinieblas donde, a cada paso, me amenazaban peligros desconocidos. ¡Por todas partes, acechaban enemigos crueles, buscando mi perdición! Si Józef estuviera conmigo, me sacaría de allí en un abrir y cerrar de ojos. Pero, ¿dónde estaba? Tal vez me estuviera buscando en vano. De repente, recordé lo que me había dicho de las estrellas la primera vez que regresábamos de la frontera. Corrí hacia adelante para alejarme lo más posible del bosque. Me detuve en campo abierto y barrí con la mirada el cielo. La mitad estaba tapada por las nubes, pero en la otra mitad vi la constelación que llaman Carro, o bien (como supe después a través de Pietrek el Filósofo) Osa Mayor. Las siete grandes estrellas lucían sobre el fondo oscuro del cielo y yo las contemplaba conteniendo la respiración y con el pecho rebosante de alegría. Recordé las palabras de Józef: «Si algún día se nos echan encima y dispersan la cuadrilla, tienes que cuidar de tener estas estrellas siempre a tu derecha... ¡Vayas hacia donde vayas, siempre acabarás dando con la frontera!»

Me situé para tener las estrellas a mano derecha y noté que el viento me soplaba en la nuca. ¡Sí, aquélla era sin duda la dirección oeste! Me puse en marcha. Como no sabía dónde me encontraba, caminaba poco a poco para no hacer ruido y no cansarme más de la cuenta. Dejé atrás campos de cultivo, prados y colinas... Crucé un arroyo, pero seguía sin saber dónde me hallaba. Tal vez todavía en la Unión Soviética, tal vez en Polonia. Decidí ir lo más lejos posible. Prefería mil veces caer en manos de los guardias fronterizos de Polonia, donde el contrabando—y en particular si era la primera vez—se trataba con más indulgencia que en la Unión Soviética, donde se imponían penas muy severas. Avanzaba a oscuras, poco a poco, paso a paso, sin hacer el menor ruido. De vez en cuando, me detenía para aguzar los oídos. Intentaba penetrar a fondo con la mirada las tinieblas que me rodeaban.

Llegué al pie de un montículo. Me encaramé a la cima. Recordé el relato de Józef sobre el capitán y el fantasma. «¡Pero si es la Tumba del Capitán!», pensé. Comprendí que ya estaba en Polonia. Ahora no me resultaría difícil encontrar el camino del pueblo. Me senté, apoyando la portadera contra una ladera del túmulo y eché una larga mirada hacia el noreste..., allí donde la magnífica Osa Mayor, desparramada por el cielo, lucía sus mil colores fabulosos. Aún no sabía su nombre, pero ya la amaba mucho. Sencillamente, no podía apartar los ojos de aquellas estrellas. Mientras permanecía así sentado contemplándolas, oí un rumor al pie del túmulo. Me levanté y estreché las correas de la portadera, presto a huir en cualquier momento. El rumor continuaba. Bajé silenciosamente y me tendí en un hoyo que encontré al pie del túmulo. Al cabo de un rato, distinguí una silueta que se arrastraba lentamente. Era un hombre.

«¡Seguro que no es un sorche, sino un contrabandista!», pensé. «Los sorches llevan capotes de color caqui que, de noche, brillan más que la cara... Y, además... ¿a santo de qué tendría que arrastrarse por el suelo tan lejos de la frontera?... ¿Tal vez sea uno de los nuestros?»

El hombre que reptaba se sentó. Vi su silueta negra y encogida. Unos instantes más tarde, vislumbré en su espalda el rectángulo gris de una portadera. Oí un ligero gemido y algo como una imprecación ahogada: «¿Y si fuera Józef?» Ya no vacilé más y exclamé:

—Józef, ¿eres tú?

La silueta oscura dio un brinco. Hubo unos segundos de silencio y después me llegó un hilo de voz:

—¿Quién va?... ¡Acércate!... ¡Oh, diantre!

Me aproximé al hombre sentado en la hierba. Me incliné. El desconocido me preguntó:

—¿Quién eres?

—¿Yo?... Władek... Un compañero de Józef Trofida.

—¿De dónde vienes?... ¿De los rojos?

—No... Hacíamos una ruta con la mercancía... Nos guiaba Trofida... Los sorches nos han dado un buen meneo en Olszynka.

Oí su voz llena de sorpresa:

—¡Aha!... ¡Así que erais vosotros!

—¡Vámonos de aquí!—le dije al contrabandista.

—¡No puedo moverme, maldita sea! Me he descoyuntado el pie.

—Yo te ayudaré.

—De acuerdo. Coge mi portadera.

Se zafó de las correas de la portadera y la dejó caer sobre la hierba. Se quedo callado durante unos instantes, pero después dijo:

—Coge la portadera y déjala encima del montículo... ¿Entiendes? La tuya también... Si no, ¡ni soñarlo! Después, mandaré a alguien a por ellas... ¡Confía en mí!

Me encaramé a la cima del túmulo y dejé allí ambas portaderas. Después, volví junto al contrabandista.

—¿Te ves llevándome a cuestas hasta el pueblo?—me preguntó con voz ronca.

—¿Por qué no? Podemos hacer descansos.

Me lo subí a hombros y, poco a poco, me dirigí a campo traviesa hacia Raków. De vez en cuando, el contrabandista me indicaba el camino: «¡A la derecha!... ¡A la izquierda!...» Y, de este modo, fui abriéndome paso a través de las tinieblas de la noche. A ratos, el contrabandista resoplaba de dolor, especialmente cuando yo tropezaba o lo zarandeaba para acomodarlo mejor sobre mis espaldas. El viaje se me hizo eterno. Estaba muy cansado. Finalmente, entré en un callejón y, a continuación, en el patio de una casa. Una vez allí, lo dejé en el suelo al lado de una ventana. Golpeé ligeramente el cristal con los nudillos de los dedos. Enseguida, se oyó una voz femenina que rezongaba:

—¿Quién llama?

—¡Abre, Fela! ¡Muévete!

—Ahora voy... ¡Qué son esas prisas!

Entramos en la casa. El cuarto era espacioso y pulcro, con una zona separada del resto por un largo tabique. A mano derecha, había dos puertas: la de la cocina y la de la habitación que hacía esquina. Fela, la hermana de Saszka Weblin, encendió la luz y tapó las ventanas sin dejar ni un resquicio. Cuando la vi a la luz de la lámpara, me quedé de una pieza, incapaz de quitarle los ojos de encima. Era una mujer alta y esbelta de veintiocho años. Una mata de pelo negro le caía sobre los hombros. Iba medio desnuda: sólo se había puesto una falda y calzaba zapatillas, pero mi presencia no la turbaba en absoluto. Se ajetreaba ordenando la casa. Tenía un rostro cautivador: alargado, de una palidez mate, de facciones clásicas y expresión altanera; lo adornaban unos ojos grandes y elocuentes, unas cejas oscuras y unos labios primorosamente dibujados. Pero lo que más llamó mi atención fueron sus brazos desnudos y su cuello largo y delgado. Nunca había visto a una mujer tan guapa. Tuve esta sensación y así pensaba por aquel entonces. En efecto, Fela Weblin era la muchacha más bonita del pueblo. Todos los mozos de la comarca se volvían tarumbas por ella. Pero pronto les paraba los pies con sus burlas y con una mirada escarnecedora de sus magníficos ojos verdes, donde se escondía una fuerza extraordinaria que atraía y... repelía al mismo tiempo... ¡Todos se perdían en ellos como en un abismo!

Fela me ayudó a acostar a Saszka en el sofá y empezó a cortarle la bota del pie derecho con unas tijeras. Me incliné a su lado y seguía los movimientos de sus brazos rollizos y rotundos que derrochaban el encanto extraordinario de la desnudez. De repente, interrumpió su trabajo; se dio cuenta de mi mirada voraz y casi me gritó:

—¿Qué miras? ¡Ayúdame!... ¡Diablos! ¡Siempre problemas y más problemas!... ¡A una le vienen ganas de ahorcarse!

—¡Tú! ¡Cierra el pico!—le dijo Saszka con un resplandor malévolo en los ojos—. ¡Si no, te lo cerraré yo!

Fela arrojó las tijeras sobre el sofá y se fue a la habitación de la esquina. Al cabo de un rato, volvió abrochándose el escote de la blusa. Tenía el rostro mudado. Sus ojos echaban chispas gélidas. Apretaba los labios con todas sus fuerzas. Una vez le hubimos quitado la bota del pie dislocado, Saszka, que se había hecho sangre a fuerza de morderse los labios de dolor, le dijo a su hermana:

—¡De prisa! ¡Corre a buscar al Resina! ¡Lo quiero aquí ahora mismo! Y si no lo encuentras en casa, vete a buscar al Mamut. Pero marchando, ¿eh?... ¡Ya no tendrías que estar aquí!

Fela se puso el abrigo y se cubrió la cabeza con un pañuelo grande y caliente sin dejar de refunfuñar por lo bajo. Al salir de casa, dio un portazo.

—¡Es una mala pécora, maldita sea!—espetó Saszka,

y empezó a examinarse el pie, que estaba descoyuntado a la altura del tobillo y se había hinchado mucho.

Saszka Weblin era el contrabandista más renombrado de toda la zona fronteriza, desde Radoszkowice hasta Stołpce. Era un guía magnífico, porque conocía palmo a palmo tanto la frontera como el terreno adyacente por ambos lados, pero los mercaderes y la mayor parte de los contrabandistas le tenían miedo. Tenían miedo de su temeridad casi suicida que lo empujaba a cometer actos insólitos e incluso alocados. En el pueblo y en toda la zona de la frontera, tenía muchos enemigos que, por mucho que odiaran a aquel rey de los contrabandistas, lo admiraban y lo respetaban. Contaba también con unos cuantos amigos fieles, que le habían cogido cariño por su coraje, su largueza, su prodigalidad y su «fantasía». Su adlátere más cercano era el Resina, el hombre más fuerte de aquellos andurriales. Era el extremo opuesto de Saszka, y yo a menudo me preguntaba qué podía unir a aquellos dos hombres de caracteres tan incompatibles. Saszka tenía treinta y cinco años. Era alto y delgado. Caminaba ligeramente encorvado. Tenía unos ojos grises, siempre entornados, que escondían en su fondo cosas tan extrañas que más valía no fijarse en ellos. Era amante de las bromas y se reía a menudo, pero lo hacía sólo mediante contracciones de la cara... Sus ojos siempre eran fríos. Y su sonrisa parecía una mueca. De vez en cuando, Saszka ganaba mucho dinero. Pero lo despilfarraba con tanto entusiasmo que muy pronto volvía a quedarse sin blanca. ¡Nadie jugaba como él a los naipes! ¡Nadie derrochaba tanto dinero en mujeres! ¡Nadie gastaba tanto en bebida!

Cuando nos quedamos a solas, Saszka calló durante un buen rato contemplándose el pie hinchado, y después me dijo:

—¡Quien se pone a jugar tan pronto puede perder como ganar!

—Sí—asentí.

—¿O sea que era Józef a quien dieron leña en Olszynka?

—Exacto.

—¿Cuántos erais? ¿Diez?

—Once.

Meneó la cabeza.

—¡Vaya, vaya!... A ver si vuelven todos... Los sorches disparaban a diestra y siniestra...

—Y alguien les disparó a ellos.

Levantó los ojos y me miró.

—¿Me dices que alguien descargó la pipa?

—Sí.

—Bien hecho... ¡Últimamente, se habían insolentado!... Un tris y se hubieran olvidado de que la frontera es la frontera, y allí es donde curramos nosotros... Hubieran acabado cazándonos como a liebres...

Yo no lo acababa de entender.

Pronto regresó Fela y, en pos de ella, entró un hombre fornido de unos treinta años. Un traje negro escondía su corpulencia, pero dejaba adivinar unos músculos de acero trenzado. Era un contrabandista famoso, el Resina, capaz de llevar al otro lado de la frontera hasta tres portaderas a un tiempo. El Mamut también era muy fuerte, pero algo torpe, mientras que el Resina, aunque de complexión maciza, era muy ágil. Un día me contaron de él la siguiente historia.

El Resina, completamente borracho, se apostó con Jurlin, el maquinista de los contrabandistas, un hombre bastante acaudalado, a que trajinaría a hombros el caballo de éste desde la calle Wileńska hasta la casa de su madre, en la calle Mińska. Si lograba acarrearlo hasta allí, se lo quedaría, si no, le pagaría cincuenta rublos en oro a Jurlin. Al caballo le amarraron las patas delanteras y las traseras. El Resina se metió debajo y lo levantó. Ligeramente encorvado, aferrándose a las sogas que ataban al caballo, caminaba poco a poco calle abajo. Había recorrido la mitad del trayecto acordado y había llegado a la plaza mayor, cuando de repente el caballo dio un respingo y ambos se desplomaron en el suelo. El Resina perdió la apuesta, pero bien podía haberla ganado. Romper herraduras y rublos de plata era para él pan comido.

Ahora tenía delante de mí precisamente a aquel hombre. Desde una cara afable me miraban con alegría y benevolencia unos ojos menudos, parecidos a los de un niño. Arqueaba unas cejas anchas y pobladas. Tenía una sonrisa muy bonita. Cuando esta sonrisa afloraba en su rostro, era difícil no corresponderle. Noté que le costaba mucho expresar sus pensamientos y me recordó al Mamut, que prácticamente no hablaba y se hacía entender por señas.

El Resina se acercó al sofá donde yacía Saszka y, visiblemente preocupado, le preguntó casi con un hilo de voz:

—¡Y pues!... ¿Qué?... ¿Eh?

—Nada... Me he descoyuntado el pie... Me ha tocado la china... Intentaba darme el bote... En Olszynka, me cayeron encima los bofias... ¡Se armó la de Dios es Cristo! Mientras me las piraba, me caí de hocicos por culpa de un maldito tronco... Éste me ha traído a casa... Si no hubiera sido por él, no sé cómo me las habría apañado.

Saszka me señaló con un gesto de cabeza. Al Resina se le encendieron los ojos de alegría, me estrujó el codo hasta hacerme daño y meneó la cabeza en un gesto de aprobación.

—¡Ole!... ¡Así me gusta!

Después Saszka le dijo al Resina:

—Ve a buscar las portaderas... Hay dos: la suya y la mía... Tienes que ir hasta la Tumba del Capitán; están allí, en el suelo, a la vista... Y las cargas hasta aquí, ¿entendido?

—Hecho... Voy pa'allá...

El Resina se levantó de la silla de un salto y se dirigió hacia la puerta.

—Llévate la fusca—dijo Saszka—. Nunca se sabe. Allí siempre puedes tropezar con alguien.

El Resina se detuvo por un instante en el umbral vacilando, pero finalmente hizo un gesto de indiferencia con la mano, mostró los dientes en una sonrisa, y dijo:

—No tropezaré con nadie.

Al cabo de una hora el Resina ya estaba de vuelta con las dos portaderas. Las trajinaba sin ningún esfuerzo. Tenía la cara sudada, porque había caminado muy de prisa. Dejó las portaderas en el umbral y se sentó con cuidado en el borde del sofá, al lado de Saszka. Fela no estaba en la habitación. Cuando el Resina había venido por primera vez, Saszka la había mandado a la cama. El Resina me miró fijamente durante un rato y después me preguntó:

—¿Con quién vas?

—Con Józef Trofida de Słobódka—le contestó por mí Saszka—. Este chaval es una joya.

—¡Eso mismo!—le dijo el Resina a Saszka y me dio una palmada en la rodilla.

—¡Prepara algo para meternos entre pecho y espalda!—le dijo Saszka al Resina—. El vodka, el pan y la longaniza están en la alacena; sobre la repisa hay un cuenco con pepinos... Lo del pie puede esperar hasta mañana por la mañana. Fela llamará al practicante... Aguantaré... Ya no me duele tanto...

El Resina puso los vasos y los platos sobre la mesa y, después, arrimamos el sofá. Entre los tres, vaciamos cuatro botellas de vodka. Más tarde, Saszka me preguntó:

—¿Qué piensas hacer con la portadera?

—Devolvérsela a Józef... La mercancía no es mía...

—¡Ahora es tuya!—insistió Saszka—. Y sin ninguna changa. ¡Tendrías que ser un imbécil para devolvérsela!... ¡Has tenido un golpe de suerte! ¿Comprendes? ¡El judío no se quedará con el culo a rastras por una birria como ésta!... ¡Se resarcirá en un plisplás! ¡Basta con que amañes un poco la historia!... ¿De acuerdo?

—Se lo preguntaré a Józef.

—Bueno. Pregúntaselo. Por ahora, puedes dejar la portadera aquí. La haré pasar al otro lado. Ganarás algunos cuartos... Ya me dirás algo mañana... Conozco muy bien a ese proveedor vuestro. ¡Es un agarrado! ¡Tiene suerte de trabajar con Trofida! ¡Con él se ha hecho de oro!... Hasta hace poco—dos años—Szlama Bergier mercadeaba con trapos y botellas vacías. ¡Y ahora, miradlo, Szlama Bergier es un comerciante de aúpa, abre tiendas en Vilnius y se compra casas!

Se calló. Pensativo, fijó la mirada durante largo rato en un rincón del cuarto. Después dijo:

—¡Bueno, vete ya!... Y mañana, dame la respuesta... Quiero que empieces a ganar más pasta.

Me despedí de Saszka y del Resina y me marché a casa.

Józef todavía no estaba durmiendo. Cuando llamé a la puerta, mi compañero me abrió y casi me estranguló entre sus brazos de alegría.

—¡Dichosos los ojos, hermano!... ¡Ya empezaba a pensar que te había pasado Dios sabe qué!... Me pateé la frontera de arriba abajo durante dos horas buscándote...

No me trincaron por un pelo... Y va, y sales de ésta soli-
to... Bueno, desembucha, ¿qué ha ocurrido exactamente?

Cuando le conté con detalle cómo había errado por
los bosques, cómo había encontrado a Saszka cerca de la
frontera y todo lo que me había ocurrido después, Józef
se quedó pensativo... Al cabo de un rato, dijo:

—¿Sabes lo que te digo? Son unos muchachos lega-
les. Hiciste muy bien ayudándolos. ¡Pero no andes con
Saszka; es una bala perdida! ¡Muchos han pagado con la
vida la amistad con él! ¡No es una buena compañía para
ti! ¡Créeme!

—No me ha propuesto que trabajemos juntos...

—Pues, muy bien. Y por lo que se refiere a la mercancía, ¡te ha tocado la lotería! Él te la colocará al otro
lado de la frontera, porque si la pones en venta aquí no
te darán gran cosa. Saszka sacará cinco veces más. Quiere ayudarte. Se ha dado cuenta de que eres un muchacho
de buena ley, y ahí lo tienes...

—Mañana iré a verlo.

—De acuerdo.

—Pensaba que tenía que devolver la mercancía.

Józef sonrió y me repitió lo mismo que no hace mucho había oído de boca de Saszka:

—No te preocupes. ¡No es una changa! Por esa frio-
lera, Bergier no se irá al garete. Dos remesas y se resarcirá con creces. Y nosotros también echaremos el mal pelo fuera... Porque algunos muchachos sí que perdieron
las portaderas... ¿Tomarás una copita?

—No. He bebido bastante en casa de Saszka, con el
Resina.

Al cabo de un rato, Józef me preguntó con una sonrisa:

—¿Has visto a Fela?

—La he visto.

—¿Y qué? ¿Qué te ha parecido?

—¡Guapa!... ¡Muy guapa!

—Sí, sí... ¡Una moza de ensueño, pero una mala pécora como hay pocas! Cuando vayas allí, cuídate de no encapricharte con ella. Le gusta hacer perder la cabeza a los muchachos.

—A mí ni siquiera me ha mirado.

—No mira a nadie, porque tiene unos ojos que dan escalofríos... ¡Te vuelves loco con sólo mirarlos!

Trofida suspiró y se quedó callado. Quizá él también estuviera prendado de Fela.

Aquella noche tardé mucho en conciliar el sueño. Una avalancha de imágenes y figuras desfilaba ante mis ojos. Veía, ya las siete maravillosas estrellas de la Osa Mayor, ya el rostro cómico de Josek el Ansarero, ya al Ruiseñor cantar, ya al Lord gastar bromas, a Antoni tocar el acordeón, a Saszka o al Resina. Y, finalmente, Fela los ensombreció a todos. Mostraba unos brazos desnudos, preciosos, una cara orgullosa y magnífica, unos cabellos de azabache... ¡Y me sonreía de un modo tan cautivador!

V

Al día siguiente, después de desayunar, fui a casa de Saszka. Lo encontré tumbado en el sofá. Llevaba el pie vendado.

—¿Cómo te encuentras?—le pregunté.

—Bien. Ha venido el practicante y me ha curado el pie. Dentro de unos días podré caminar.

—¡Soberbio!

—¿Entonces qué? ¿Qué piensas hacer con la mercancía?

—Haz con ella lo que te parezca. Józef ha dicho que tú la sabrás vender mejor. Pero no quiero darte trabajo.

—¡Qué trabajo ni qué niño muerto!... La haré correr con la mía. Esperaré una semana... ¿O es que necesitas cuartos ahora mismo?

—Tengo un poco de guita ahorrada... Para mis necesidades, de sobra.

—¡Muy bien!

Fela entró en el cuarto. Llevaba un vestido muy bonito de color azul marino y unos zapatos de charol. La saludé. Me di cuenta de que tenía los ojos verdes. Se puso a ordenar la habitación. Yo miraba con placer sus movimientos ágiles. Me observó con el rabillo del ojo un par de veces.

Al cabo de un rato, Saszka se dirigió a su hermana:

—¿Vas a misa?

—Claro que sí.

—¿Sola?

—¿Y con quién, si no?

—Mi colega te acompañará. ¿Quieres ir con Fela? —me preguntó.

Me dio un poco de vergüenza, pero me precipité a decir:

—Sí. ¡Con mucho gusto!

Al cabo de un rato, Fela y yo salimos de la casa. Hacía un día espléndido. Mucha gente, la mayoría joven, desfilaba por las calles en dirección a la iglesia. Yo no sabía qué decirle a Fela, o sea que caminábamos en silencio. Al acercarnos a la iglesia, nos cruzamos con mucha gente endomingada. Casi todo el mundo saludaba a mi acompañante:

—¡A sus pies, señorita Fela!

—¡Buenos días, señorita Fela!

Ella contestaba haciendo una inclinación indiferente con la cabeza. En las inmediaciones de la iglesia vi un grupo de cinco hombres de entre veinticinco y treinta y cinco años. Uno de ellos era Alfred Alińczuk, a quien había visto con Hela en el huerto de Trofida. No me costó nada adivinar que eran los cinco hermanos Alińczuk. Vestían con una elegancia pequeñoburguesa y pretenciosa: zapatos o botines de charol, trajes de colores vivos, corbatas chillonas, gorras de visera, sombreros. Y todos llevaban una fusta en la mano.

Cuando Alfred Alińczuk me vio en compañía de la hermana de Saszka, avanzó unos pasos con una expresión agresiva y maliciosa en la cara. Apenas nos acercamos un poco más, la endulzó con una sonrisa viscosa y artificial. Nos saludó—al igual que aquel día a Hela—haciendo un gesto simultáneo con el sombrero, la fusta y la cabeza.

—¡Mis respetos, señorita Fela!

Fela inclinó la cabeza y le dijo en un tono afable:

—¡Buenos días, señor Alińczuk!

Después, se dirigió a mí:

—Seguiré sola. Puede esperarme aquí si lo desea y si dispone de tiempo. ¡Y si no, hasta otra!

—Esperaré.

Entró en la iglesia, y yo me puse a pasear por los alrededores. En los peldaños de la iglesia se situaron grupos pintorescos de muchachos y muchachas vestidos de mil colores. Los mozos, ahuecados como pavos, desfilaban delante del atrio en grupos de tres o cuatro, o bien solos, aparentando no hacerles el menor caso a las muchachas, aunque a escondidas les lanzaban ojeadas. Alguien me tiró de la manga. Era el Lord. Me apretó la mano.

—¿Qué haces aquí?—me preguntó.

—Estoy esperando a Fela Weblin.

—¡Oh! ¿O sea que os conocéis?

—Sí.

—¡Vaya, vaya!... ¡Una moza estupenda!

Después, indicó con un gesto de la cabeza a la muchachas amontonadas sobre los peldaños de la iglesia, y dijo:

—¡Hay mujeres a espuertas! De todas las medidas y todos los colores! ¡Las hay para todos los gustos! ¡Para dar y tomar!

Y se alejó, pellizcando su pequeño bigote inglés.

Empecé a vagar por el patio, lanzando miradas hacia la puerta de la iglesia cada dos por tres para ver si Fela ya salía. De golpe, me encontré cerca del grupo que formaban los hermanos Alińczuk. Alfred me cortó el paso y, frunciendo sus cejas estrechas, me miró fijamente. Yo quería apartarlo de mi camino y seguir adelante, pero él dijo:

—¿Eres tú quien ha acompañado a Fela?

—Sí... Pero no es asunto tuyo.

—Entonces, lárgate.

—¿Se puede saber por qué?

—La acompañaré yo.

—Será si ella quiere.

Alińczuk inclinó sobre mí su cara encendida y me contestó con voz sibilante:

—¡No cacarees, mocoso, porque te voy a cortar las alas!... ¡Zopenco!

—¿Por qué no lo intentas?

Retrocedí un paso. Los hermanos Alińczuk sacaron

las manos de los bolsillos. En aquel mismo instante, uno de ellos, empujado con fuerza hacia un lado, perdió el equilibrio, y el Rata se plantó delante de Alfred. Arrimó su cara a la de él y, entornando los ojos, le lanzó un silbido retador directamente en las narices. Alfred se echó atrás con los puños apretados. Y el Rata dijo con sorna, mascullando las palabras:

—¡Tú, chulo!... ¿Por qué no miras por donde pisas?

—¡Una verdad como un templo!—se oyó la voz del Lord, que se acercaba.

—¡Miradlo, al valiente!—dijo con ironía el Rata, señalando con la cabeza a Alińczuk.

—¡Muy valiente: dos contra uno! Pero viene un grandote y nos damos el bote, ¿verdad?—metió baza el Lord. Y, al cabo de un instante, añadió—: ¡Cuidado, Rata, que no te pongan el ojo a la funerala! ¡Míralos! ¿Has visto alguna vez a cinco perdonavidas iguales?

—Por mí, ¡que se vayan a tomar por donde la gallina pone el huevo! ¡Los cinco! ¡Se les va la fuerza por el pico!

—¡Ay, no digas esas cosas! ¡Nuestro amigo Alińczuk es tan valiente como hermoso es un cerdo! ¡Se ve a la legua que es un matón capaz de grandes hazañas!

—Sí, de lamer a las vacas bajo la cola.

A nuestro alrededor, empezaron a congregarse curiosos. Se oyeron risillas. Los Alińczuk salieron del recinto a la calle. Les daba miedo prolongar la reyerta, porque sabían que el Rata no tenía ninguna intención de luchar a puñetazos, sino que echaría mano de su navaja. Y, con los puños en los bolsillos, balanceando las caderas, daba vueltas como un moscardón.

El Lord se paseaba conmigo.

—Tienes que andarte con cuidado con los Alińczuk.

Y, en particular, con Alfred. ¡Mala gente!... Va detrás de Fela. Quiere asustarte... ¡Cómprate un buen churi, porque Dios sabe qué más puede pasar!

Al día siguiente, haciendo caso al consejo del Lord, me compré un gran cuchillo de muelle. Józef me lo afiló como una navaja barbera, tan bien que me podía afeitar el vello del brazo.

Cuando Fela salió de la iglesia, el Lord y yo la acompañamos a su casa. Nos invitó a pasar. Saszka estaba solo y, por lo visto, se aburría. Nos propuso que jugáramos al mil, a cinco rublos la partida. Jugamos a los naipes hasta el anochecer. Después, me despedí y abandoné la casa en compañía del Lord. Fela no salió de su habitación ni siquiera para decirnos adiós. Cuando abandonamos la casa de Saszka, empezó a llover y se desencadenó el viento.

—¡Diantres, vaya tiempo!—dijo el Lord.

—Sí... ¡Hace un tiempo de perros!

Poco a poco, nos abríamos paso a través del callejón estrecho. Los pies se me hundían en el barro. El Lord se detuvo y me preguntó:

—¿Por qué no vamos a casa de las Kaliszanki?

—¿Quiénes son ésas?

—Chicas de vida alegre. ¡Se ganan el cocido con las piernas!... Está muy cerca de aquí. ¡Ven!

Una vez en las afueras del pueblo, nos acercamos a una casita a cuatro vientos. El Lord llamó a la contraventana. Desde dentro nos llegó una voz alegre.

—¿Quién va?

—Soy yo. Su excelencia el conde Bolesław, con un amigo.

—¡Ajá! ¡Ya voy!

Al cabo de un momento, entramos en una sala espaciosa. Estaba bastante limpia. De las paredes colgaba una porrada de cuadros y grabados. En un rincón, había una gran mesa cubierta con un hule azul.

—¡Aquí tenemos a Franka! ¡Viva!—exclamó el Lord. Agarró a la muchacha por la cintura, la levantó del suelo y cruzó la sala serpenteando, mientras ella pataleaba.

—¡Suéltame, tarambana, o te arrearé un soplamocos!—gritó.

Detrás de la mesa, vi a Bolek el Cometa. El Lord también lo vio, abrió los brazos y se dirigió a mí, diciendo:

—¡Ojo, Władek! ¡Que estamos en el cielo!—Señaló con la mano a una mujer corpulenta y dijo—: ¡El sol!— Después, mientras me mostraba una tras otra a las tres chicas que estaban en la sala, añadió—: ¡Las estrellas!— Finalmente, apuntó el dedo hacia el contrabandista, diciendo—: ¡Y éste es un cometa!

Zuzia Kaliszanka, el ama de aquella casa, nos preparó la cena. Puso sobre la mesa un cuenco lleno de patatas hervidas que humeaba hasta el techo, y un gran puchero de leche cuajada.

—Leche cuajada con patatas, ¡qué delicia!—exclamó el Lord, besuqueándose las yemas de los dedos—. ¿Qué dices a todo esto, Cometa?

—Ujum...—hizo el contrabandista, que ya estaba borracho.

—¡Zuzia, cielo!—se dirigió el Lord al ama—. ¿No habría por aquí unas gotitas de vodka?

—¡Espérate sentado!—exclamó la mujer—. ¡Para que después me arméis un sarao!

—¡¿Acaso no nos conoces, mujer?!—dijo el Lord con una voz meliflua.

—Precisamente porque os conozco, no os serviré nada.

Pero Zuzia no se hizo rogar y pronto trajo una botella de vodka. El Cometa se despabiló y recuperó el don de la palabra.

—¿Sabéis qué os digo, muchachos? ¡Que en el mundo no hay orden!—dijo con voz ronca—. Todos se han metido Dios sabe dónde. No tengo con quien tomar una copita ni divertirme. ¡Ni siquiera ha venido Antoni!

—Ni falta que hace. ¡Con esta compañía tan grata—el Lord hizo un guiño a las mujeres—, aunque no haya música, no nos vamos a aburrir!

Ya hacía más de diez años que Zuzanna Kaliszanka se dedicaba profesionalmente al comercio del amor. Sus tres hijas también habían ido por el mismo camino. Al mirar a aquellas cuatro mujeres, tuve una sensación extraña. No podía creer que fueran familia. La pequeña, Olesia, era rubia y regordeta. La mediana, Franka, tenía el pelo rojo y era casi tan alta y corpulenta como su madre. Porque su madre era una morenaza de buena planta y metida en carnes. A pesar de tener sus años, Zuzia todavía se conservaba razonablemente bien y trabajaba tanto como sus hijas. Con algunos clientes fijos tenía incluso más éxito que ellas, porque era una gran maestra en las artes amatorias. Aquella noche en casa de las Kaliszanka la pasé con Olesia. Me gustaba mucho. Tenía un cierto parecido a Hela, la hermana de Trofida.

Bolek el Cometa se esfumó en cuanto acabamos con el vodka.

—¡Es una esponja!—dijo el Lord—. Es capaz de remover cielo y tierra en busca de bebercio.

VI

Otoño. El oro cuelga de los árboles. El oro flota en el aire. El oro cruje bajo los pies. Un mar de oro por doquier. Y esta estación, cuando las noches sordas arrebujan la tierra para un largo sueño, también se llama «la temporada de oro».

La frontera hierve de animación. Cada noche, un cargamento tras otro cruza la raya. Los contrabandistas trabajan a destajo. Apenas les da tiempo de gastarse las ganancias en bebida. Casi no vemos la luz del sol, porque de día dormimos después de las largas noches de fatigas. He adelgazado y me he puesto moreno. Trofida también. Pero ahora me siento mucho más sano y fuerte que cuando aterricé en la frontera por primera vez. Ahora, hacer treinta kilómetros por los carrascales con una portadera pesada a hombros y de noche es pan comido. Ya he estado once veces al otro lado. Unas cuantas me han disparado... La primera vez que oí los silbidos de las balas que atravesaban el aire en la oscuridad, me alegré. Sabía que, por la noche, no es nada fácil dar en el blanco. Además, vivir o no, me daba igual. Cuando nos poníamos en camino en grupos de diez o más y nos adentrábamos en las tinieblas, tenía la sensación de caminar con el agua hasta el cuello. Como los navegantes, corríamos muchos peligros, pero los sorteábamos con maña y llegábamos sanos y salvos al puerto. Si en una noche sorda de otoño pudiéramos levantar el velo de la oscuridad de la frontera, veríamos en varios puntos grupos de contrabandistas que se dirigen hacia la raya... Van de tres en tres, de cinco en cinco o incluso en cuadrillas de diez o más. Los destacamentos grandes van guiados por los llamados «maquinistas» que conocen a la perfección la frontera y toda la zona adyacente. Los pequeños van, por regla general, a su aire. También hay mujeres que cruzan la frontera en pequeños grupos para comprar en Polonia, a cambio de dólares, plata y oro, mercancías que pueden revenderse en la Unión Soviética con un importante margen de beneficio. Hay también cuadrillas que van armadas, pero no son muy numerosas. Los contrabandistas no llevan armas. Y si alguien va empipado y ve que ha caído en manos de cualquiera que no sean los «palurdos» provistos de sus *otrezy* de cañón recortado—éstos son los que más canguelo les dan a los contrabandistas—, tira el arma cuanto más lejos mejor. Sólo van armados los Alińczuk, Saszka y unos cuantos más que saben muy bien por qué lo hacen. Si levantáramos el velo de la oscuridad, veríamos a los tiburones de la frontera, los campesinos que están al acecho con sus *otrezy*, carabinas, revólveres, hachas, horcas y garrotes, esperando una presa. A ratos, veríamos bandas de saboteadores formadas por unas decenas de hombres armados de revólveres, carabinas e incluso ametralladoras. Veríamos también a los *skameechniki* que pasan de contrabando a la Unión Soviética caballos robados en Polonia, y a Polonia caballos robados en la Unión Soviética. Finalmente, veríamos una figura extraordinaria..., un hombre que atraviesa la zona y cruza la frontera solo... A menudo escoge los caminos más peligrosos. Avanza con los revólveres en las manos, las granadas bajo el faldón del abrigo y el estilete en el cinturón. Es un espía... Viejo, aguerrido, milagrosamente ha salido indemne de miles de trifulcas. Porfiado como un demonio, ¡él es el intrépido corsario de la frontera!... Todos le tienen miedo: los contrabandistas, la guardia, los agentes de todos los servicios de espionaje y contraespionaje, y los campesinos... ¡Atrapar a un contrabandista es un golpe de suerte como hay pocos! ¡Pero tropezar con un diablo de aquéllos es lo más terrible que le puede pasar a uno!... Veríamos también muchas otras cosas interesantes... Os explicaré algunas...

Desde hacía algún tiempo me había hecho muy amigo de Pietrek el Filósofo. Era un joven de diecinueve años. Tenía unos ojos extraños: vigilantes y serios. No lo había visto nunca beber vodka ni bajar al pueblo para armar jarana con otros muchachos. Es cierto que, de vez en cuando, también echaba un trago, pero sólo para entrar en calor o para ponerse a tono, y nunca por placer. No gastaba bromas. Estaba casi siempre callado, sin meter baza en las conversaciones generales. Cuando le preguntaban algo, contestaba con todo lujo de detalles y muy concienzudamente. Noté que hasta cuando salíamos a hacer la ruta, cogía un libro, que leía siempre que tenía un rato libre. Estaba a partir un piñón con Julek el Loco, y a menudo mantenían largas conversaciones. Corría la voz de que Pietrek tenía educación y que se había instalado en la frontera en el año 1920 cuando, en plena ofensiva bolchevique contra Varsovia, había perdido a sus padres. Vivía con Julek el Loco en la casa de un inmigrante, Mużański, que reparaba relojes muy bien por cuatro chavos, y a quien todo el mundo tenía por mochales.

Ahora explicaré con más profusión de datos cómo se inició mi amistad con Pietrek el Filósofo. Ya he mencionado que Józef Trofida me había mostrado en el cielo las siete estrellas que me habían ayudado a encontrar el camino a través de la frontera en varias ocasiones. Les cogí mucho afecto y, siempre que el cielo estaba despejado, las miraba tan contento como si mirara a los ojos a mi mejor compañero. En cambio, cuando el cielo estaba encapotado, me sentía triste. Una noche bella y silenciosa, cuando el cielo centelleaba de estrellas, me dirigí a Wańka el Bolchevique, que descansaba a mi lado. Le señalé, una tras una, aquellas siete estrellas. Cuando por fin entendió de cuáles se trataba, me preguntó:

—Está bien, las veo... ¿Y qué?

—¿Qué te recuerdan?

El Bolchevique calló durante un largo rato, contemplando el cielo con los ojos entornados. Después hinchó los labios y dijo:

—Una oca... Una oca gorda con un cuello largo...

Aquello me ofendió. De repente, me di cuenta de que el Bolchevique tenía las orejas separadas y feas, una nariz larga y amoratada, unos labios gruesos, y de que era... estúpido. Me dio asco. No hablé nunca más con él. Otro día, le hice la misma pregunta a Felek el Pachorrudo. Tardó una eternidad en entender de qué estrellas le hablaba y, cuando finalmente cayó en la cuenta, dijo:

—Las veo... Sí... ¡Aquella cazuela!

Me puse furioso. Sólo pensaba en cazuelas llenas de pitanza. Por otra parte, ¡qué sentido tenía andar preguntando por las estrellas a gente que nunca miraba el cielo y no veía más allá del vodka y la manduca! Durante largo tiempo tuve ganas de preguntarle por aquellas estrellas a Pietrek el Filósofo que, con su aspecto y su seriedad, me causaba una gran impresión. Una vez se me presentó una buena oportunidad de hacerlo, de modo que le planteé la misma pregunta. Pietrek me comprendió al vuelo y contestó:

—Estas estrellas tienen un nombre colectivo. Forman una constelación que se llama Carro.

—¿Carro?—repetí con alegría.

—Sí. Tienen también otro nombre, en latín: *Ursa Maior*.

—No sé qué quiere decir eso.

—Quiere decir: Osa Mayor... y éste es el nombre exacto de la constelación.

¡Osa Mayor! ¿Cómo es que los sabios le habían puesto un nombre tan precioso?... ¡Osa Mayor!—repetía para mis adentros, maravillado.

—¿Le interesan las estrellas?—me preguntó Pietrek—. Le puedo prestar una cosmografía. Allí podrá encontrar mucha información interesante sobre ellas.

—No... Gracias, no es necesario—le contesté—. Sólo me intrigan estas estrellas en concreto.

A partir de entonces, me hice amigo de Pietrek el Filósofo y de su inseparable compañero, Julek el Loco.

VII

Estamos escondidos en nuestra guarida, en el granero de Bombina. Ya hemos almorzado. Comiendo, hemos cogido calor y el vodka nos ha animado. Fumamos unos cigarrillos. De golpe y porrazo, Julek el Loco abre la boca y dice con una voz extasiada:

—¿Sabéis qué? Ayer leí un fragmento sobre la Doncella de Orleans... ¡Aquélla sí que era una mujer! ¡Y qué pedazo de mujer!

—¿Cuenta? ¿Follaba mucho..., tu doncella de Kazajstán?—se interesó Wańka el Bolchevique.

Pietrek el Filósofo metió baza para socorrer a su amigo, a quien la pregunta de Wańka había dejado literalmente aturdido:

—No follaba en absoluto porque, como su nombre indica, era virgen. Y no la llamamos doncella de Kazajstán, sino de Orleans, que es una ciudad de Francia.

Wańka el Bolchevique meneó la cabeza con escepticismo, y dijo:

—¡Ja! ¡Aquí hay algo que no cuadra! ¿Quién le hizo una exploración? Y si era virgen, ¿por qué le pusieron el nombre de toda una ciudad?

Entonces, Julek el Loco empieza a contar la historia de Juana de Arco. Se excita cada vez más. Gesticula. Se hace un lío... Finalmente, llega el momento en que la queman en la hoguera. En este punto, el contrabandista borracho ya no pudo aguantar el tipo y se echó a llorar. Nadie se lo esperaba. Todos callamos durante un rato mirando a aquel muchacho que se deshacía en lágrimas. Después, oí a Wańka el Bolchevique soltar una carcajada breve, casi interrogante. Esto bastó para que nos echáramos a reír como locos.

Julek dejó de llorar. Se puso pálido. Nos miraba con ojos desorbitados y llenos de lágrimas. Después se levantó diciendo:

—¿Sabéis qué?... ¿Sabéis qué?... No os lo he dicho nunca, aunque muchas veces lo he pensado... Pero ahora sí que os lo voy a decir: ¡sois una pandilla de palurdos! ¡Palurdos! ¡Palurdos!... Porque de estas cosas no se hacen bromas... Sí... ¡sois una pandilla de palurdos! Pietrek es el único que...

—¡Está tan mal de la cabeza como tú!—dijo el Rata pausadamente y, con un simple movimiento de labios, desplazó el cigarrillo de una comisura a la otra.

—¡Una verdad como un templo!—confirmó su opinión el Lord.

Me sentí avergonzado, porque yo también me había

75

reído de Julek. A partir de aquel momento, anduve con más cuidado para no zaherirlo.

Por la noche, Józef viene al granero y me dice:

—Ven, Władek, nos ayudarás a llenar las «alforjas» para las trajineras. Hay mercancía acumulada de tres remesas. Lowka y Bombina no dan abasto. Ganarás lo mismo que te pagamos por pasar la frontera.

Me lo pienso durante unos instantes. Después me levanto y salgo con Józef del granero. Enfilamos una vereda que orilla el huerto. En la lejanía veo una casa de campo. Alrededor todo está limpio y ordenado.

Cuando salíamos del granero, el Bolchevique exclamó:

—¡Recuerdos para Bombina!... ¡Mucha suerte!—Batió palmas y carraspeó de una manera alusiva.

Bombina salió a nuestro encuentro al zaguán. Pero, acto seguido, volvió a entrar y empezó a hablarme con una animación exagerada:

—Tanto trabajo y no hay quien me eche una mano. ¡Józef me ha dicho que lo haga sudar!...

Józef sonríe torciendo la comisura de los labios. Capto al vuelo aquella sonrisa y siento bochorno. He comprendido que todos mienten. Mientras tanto, Bombina sigue parloteando por los codos:

—¿Verdad que no me dirá que no?... Es un trabajo ligero... Preparamos «alforjas» para las trajineras... Hay tanto género... ¡Ya no podemos aceptar más mercancía!

—Muy bien. La voy a ayudar. Pero no estoy seguro de si sabré hacerlo.

—Es pan comido. Ya verá.

De la habitación grande pasamos a un cuartucho. La única ventana está tapada con un pañuelo de mujer. A la luz que arroja una lámpara que cuelga del techo, encima de una larga mesa, veo al judío Lowka sumido en su tarea. A su alrededor hay montones y montones de cosas: medias, tirantes, guantes, bufandas, peines, navajas, maquinillas para cortar el pelo, cinturones, hebillas cromadas, gamuza, charol...

Al oírnos entrar, el judío se endereza y se frota las manos enjutas:

—¡Ya estoy hasta la coronilla! ¡Al diablo con todo! ¿Qué saco yo de este trabajo? ¡Un ridículo tanto por ciento!

Resopló por la nariz con desprecio y volvió a inclinarse sobre la mesa. Józef también puso manos a la obra. Bombina empezó a enseñarme cómo debían hacerse las «alforjas». Sus dedos rozaban mis manos, aplastaba el pecho contra mi brazo. Sentía en la cara la caricia de su pelo y no entendía bien lo que me decía. Se dio cuenta, porque me sonrió y dijo:

—¡Ya cogerá el truco! Por ahora, separe las medias y empaquételas por docenas. Nada más.

Józef empezó a hacer los preparativos para marcharse. Lowka escribió un mensaje en clave para el comprador y se lo entregó. Józef se despidió de Bombina y de Lowka y, a continuación, me dijo:

—¡Ven un momento!

Salí con él al patio. Empezó a hablar por lo bajinis:

—La idea de que te quedes aquí ha sido de Bombina... Se supone que necesita tu ayuda. ¿Comprendes? Si no tienes muchas ganas de quedarte, puedes volver con nosotros... Haz lo que quieras... Pero yo te recomiendo que te quedes... La moza se lo merece... ¡No te arrepentirás!

—¿De qué me hablas?

—Es muy sencillo... ¿No lo entiendes? ¡Un grandullón como tú, que ronda los veintitrés, y se acoquina como una quinceañera! ¡A ver si haces un buen papel!

—¿Qué? ¿Qué?—dije, sobresaltado.

—Nada, nada—contestó Józef, y desapareció en la oscuridad.

Apenas se hubo marchado, me puse triste. Lancé una ojeada a la zona norte del cielo. Aquí y allá, las estrellas curiosas metían la nariz a través de los resquicios que quedaban entre las nubes. No logré encontrar la Osa Mayor. Durante un largo rato permanecí inmóvil, aguzando el oído al ladrido lejano de los perros y contemplando las luces que titilaban en la ventanas de las casas. Oí su aullido rabioso en la aldea vecina. «Los nuestros acaban de pasar por allí», pensé.

Se desencadenó un viento fresco del este. Se hizo de noche. Me apresuré a volver a la casa.

—¿Dónde se había metido?—me abordó Bombina.

—He ido a acompañar a Józef.

—No necesita compañía. Sabe llegar solo a todas partes. Seguro que me han puesto de vuelta y media.

—¡Qué va!

Entornó los ojos y me asestó una codazo en las costillas.

—Lo sé muy bien... ¡Los conozco como si los hubiese parido!... ¡He oído de qué hablaban! Pero, me da lo mismo... A mí, ni frío ni calor...

Trabajamos duramente hasta las diez. Después, Bombina se fue a preparar la cena. Además de nosotros, había en la casa una moza sorda como una tapia y un jornalero trabajador y callado, un pariente lejano de Bombina, que se ajetreaban alrededor de los fogones. Ellos se ocupaban de la granja, mientras que Bombina se dedicaba a todo lo relacionado con el contrabando. Cuando Lowka y yo nos quedamos en el cuarto a solas, seguimos haciendo «alforjas». Las «alforjas» son portaderas destinadas a las muchachas que acarrean la mercancía desde los escondrijos hasta los pueblos. Son una especie de chaleco de doble fondo que les llega hasta las rodillas y se rellena con mercancía. La trajinadora se pone un chaleco de estos, que pesa entre veinte y treinta kilos, y se lo sujeta en los hombros con unas correas. Sobre la «alforja» se pone una zamarra y emprende el camino. Por veredas y senderos, sola o con sus compañeras, baja hasta el pueblo. La trajinadora hace dos, tres y hasta cuatro viajes al día, y gana entre cinco y veinte rublos de oro. Bombina tenía bajo sus órdenes a siete mujeres que trabajaban la mar de bien y no se dejaban cazar, porque conocían el terreno a la perfección. Las muchachas no solamente circulaban de noche, sino también de día.

Bombina nos llamó a cenar. Dejamos el trabajo y entramos en una pieza espaciosa donde vi una gran mesa cubierta con un mantel reluciente. La cena era copiosa, aunque nada sofisticada. Había vodka aromatizado con un zumo. Lowka comió poco y de mala gana. Permanecía pensativo y, sin duda, calculaba algo mentalmente: hacía muecas, fruncía el ceño, movía los dedos. Al ver sus contorsiones, me entraban ganas de soltar una carcajada. Aquel hombre no veía ni oía, sumido en sus negocios. Bombina me animaba a comer. Me llenaba el vaso de vodka una y otra vez. Al comienzo, bebí con prudencia, después se me alegraron las pajarillas y comí y bebí sin remilgos. En un momento noté que Bombina, que estaba sentada a la cabecera de la mesa, me ponía el pie sobre las rodillas. Metí la mano por debajo del mantel y empecé a acariciar su pantorrilla de carnes prietas. Intenté llegar hasta más arriba de la rodilla, pero la posición era incómoda. Bombina se había puesto colorada, le brillaban los ojos, mostraba sus dientes espléndidos y se reía alegremente. Me hacía guiños, y señalando a Lowka con un gesto de las cejas, le sacaba la lengua. Esto me hizo soltar una risotada. El judío despertó de sus cavilaciones y le dijo a Bombina:

—Me voy... Tengo sueño...

—¡Bueno, bueno!

Bombina abandonó su puesto, cogió del alféizar una linterna de bolsillo y salió con Lowka de la habitación. Lo condujo a la otra parte de la casa, donde le había preparado la cama en una trasalcoba.

Volvió enseguida. Cerró la puerta del zaguán con un grueso pasador de hierro. Después, descorrió unas cortinas que escondían una cama situada en un rincón del cuarto. Ahuecó las almohadas, apartó la colcha y empezó a quitarse el jersey.

—¿A qué esperas? ¡Ven!—Por primera vez me tuteó.

—¿Quieres que apague la luz?

—No, no es necesario. Ya la apagaré después.

Aquella mujer era magnífica. La cama era mullida, limpia y cálida. Pero mis pensamientos corrían detrás del grupo de Trofida que, en la oscuridad de la noche, se escurría entre múltiples peligros... Los muchachos desgarran la negra noche camino del este. El viento silba en las orejas, también pueden silbar las balas, y yo no estoy con ellos. Seguramente, ahora pasan al lado de Stare Sioło. A la cabeza camina Józef, dando zancadas largas y decididas. Entorna los ojos, aguza el oído y husmea el aire. Detrás se tambalea con flema el Lord, sacando el labio inferior. Después trota el Buldog con su cara de viernes. Más allá marcha el Mamut, encorvado, desmañado y taciturno. A continuación, camina dando saltitos Wańka el Bolchevique; sonríe sin cesar, acaba de acordarse de una aventura erótica extraordinaria: «¡Lástima que no tenga a quien explicársela!» Después se arrastra el Rata cimbreando las caderas; lleva la mano derecha en el bolsillo y empuña la navaja. Detrás de él, Pietrek el Filósofo. Frunce el ceño, sin duda piensa en algo. Le sigue su compañero inseparable, Julek el Loco; camina ligero y alegre como si bailara. Más allá, se bambolea Isaac el Cónsul, el judío responsable de la mercancía; cargado de hombros, gira la cabeza sobre su cuello delgado para mirar a su alrededor con recelo; si hay algo que no le gusta es el bosque y andar a través de los matorrales; pero lo peor de todo es el agua: «De noche, ¡Dios sabe qué puede esconderse en ella!» Después, camina a paso ligero el Ruiseñor... que no deja de sonreír ni por un instante. Más allá, Bolek el Cometa con su bigote que flamea al viento; sueña con volver al pueblo y coger una buena cogorza. A la zaga se arrastra Felek el Pachorrudo. Por el camino da cabezadas como si continuamente saludara a alguien; de vez en cuando se da cuenta de que se ha quedado atrás y apresura el paso par dar alcance a sus compañeros. Y tiene tan buen olfato que siempre acaba dando con la cola del grupo. Husmea el rastro como un sabueso... Cuando atrapa a la cuadrilla y tropieza con el Cometa, éste refunfuña:

—¡Se arrastra como el hedor detrás de un batallón!

—¿Y si nos intercambiamos las chaquetas?—le dice el Pachorrudo—. Te daré un dólar por añadidura.

—¡Desaparece de mi vista, chiflado!—El Cometa lanza un escupitajo y prosigue su camino.

Estoy tumbado con los ojos entreabiertos y pienso en muchas cosas. En Saszka, en el acordeonista Antoni y en mujeres: Hela, Olesia Kaliszanka y Fela Weblin. Las comparo en mi imaginación, busco diferencias y seme-janzas. De golpe, oigo la voz de Bombina:

—¡Córrete un poco hacia un lado!

Pasa por encima de mí. Se acerca a la mesa. Va en ca-misón. Exhibe un cuerpo precioso, rosado. Intenciona-damente da vueltas por la habitación. Se encarama sobre el banco y coge algo de la repisa. Se pone de puntillas. Sé que lo hace a posta, sólo para provocarme. Y ella sabe que yo lo sé. Tengo ganas de saltar de la cama, agarrarla por la cintura... y mordisquearla o colmarla de besos... Ni yo mismo lo sé. Finalmente, apaga la luz y corre hacia la cama.

—¡Uf! ¡Qué frío!...

Se pega a mí con todo su cuerpo caliente y elástico. Ahora los muchachos deben de estar pasando cerca de Smolarnia. Avanzan en la oscuridad de la noche forman-do un largo séquito, y piensan, piensan, piensan. Cada uno de ellos carga con un montón de pensamientos. Na-die está donde está su cuerpo, sino por donde vuelan sus sueños.

Al cabo de dos días, cuando el grupo regresó, me da-ba vergüenza enfrentarme con los muchachos. Sabía que sería el hazmerreír de todos. Y no iba desencaminado. Cuando entré en el granero, me saludaron con unos gri-tos atronadores:

—¡Hurra!

—¿Se ha comportado la dulce Bombina?

—¡Nos debes una! ¿Ha merecido la pena?

Fingí estar indignado:

—Dejadme en paz, muchachos. Alguien podría pen-sar que...

—No digas bobadas... Lo sabemos todo... No nos en-gañarás...

—No tengo ninguna necesidad de engañaros. Simplemente, no hay nada que explicar. ¿Qué queréis? ¿Qué cuente patrañas como Wańka?

Actué de tal modo que logré despistar a todo el mundo. Un poco más tarde, Wańka el Bolchevique me preguntó en privado:

—Dime la verdad, Władek. No se lo diré a nadie... ¡Que me muera si me voy de la lengua!...

—¿Qué quieres saber?

—Dime, ¿tiene buenas tetas?... Porque lo demás ya lo sé..., ¡se ve a la legua!

—¿Sabes?—le contesté—. Siempre creí que eras un poco tonto. ¡Pero ahora veo que eres un imbécil de remate!... Si quieres saber cómo tiene las tetas Bombina, pregúntaselo tú mismo. Con un poco de suerte te las enseñará o te lo dirá...

Cuando Bombina vino al granero a la hora de almorzar, saludó a los muchachos con la alegría de siempre. Todos nos observaban con atención. Pero ella gastaba bromas y coqueteaba. Y yo—como de costumbre—callaba. Los muchachos estaban sorprendidos. Despisté incluso a Józef. Más tarde, cuando fui con él a la casa para preparar las alforjas, me preguntó:

—¿Qué? ¿Cómo te ha ido con Bombina?

—Bien.

—Justifica el pecado, ¿verdad?

—¡Y cien pecados!

—Muy bien. Así la mujer será más tratable... ¿Has visto cuántos capazos llenos de manduca nos ha traído?

VIII

Es la segunda semana consecutiva que no salgo a currar. Ha sucedido una desgracia. Nuestro grupo ha sido desarticulado. Ocurrió lo siguiente. Regresábamos sin mercancía. Habíamos conseguido esquivar todos los lugares peligrosos y nos acercábamos a la frontera. Cuando estábamos a la altura de Olszynka, por la izquierda se oyeron disparos y gritos. Trofida torció a la derecha. Ya casi habíamos llegado a la frontera, pero en aquel trecho se extendía una alambrada de púas. Al bordearla en busca de un paso franqueable, aparecieron enfrente los soldados del Ejército Rojo y tuvimos que huir a ciegas en una oscuridad absoluta. Me quedé solo. No huí muy lejos. Me tumbé en el suelo muy cerca de la alambrada y, apenas nuestros perseguidores hubieron pasado de largo, me abrí camino poco a poco a través de la barrera, desgarrándome la ropa y arañándome los brazos y las piernas. Volví a casa, pero Józef no estaba. Por la mañana aún no había regresado y, aquel mismo día, me enteré de que lo había arrestado la guardia. Le habían echado el guante porque se enredó en la alambrada y no pudo zafarse. Al día siguiente, iban a trasladarlo a Stołpce, a la prefectura. Era la segunda vez que lo pillaban, de modo que podían endiñarle unos cuantos meses por contrabando. Suerte que no había caído en manos de los bolcheviques. Además de a él, cogieron también al Buldog y al Chino. Ellos sí que lo tenían crudo, porque los habían trincado en el lado soviético. El Ruiseñor decía que el Buldog había caído muerto o malherido, porque al principio lo oía correr a su espalda, pero después de un disparo se había desplomado en el suelo gimiendo. El Ruiseñor lo había tenido que abandonar para salvar el pellejo. Del Chino no se sabía nada. Probablemente, lo habían cogido en la Unión Soviética, porque aún no había regresado. Bolek el Cometa me propuso que me integrara en el grupo del Clavo, una cuadrilla grande y famosa, pero por el momento no quise. Me quedé a la espera de los acontecimientos. Tenía el riñón bien cubierto: más de quinientos rublos, porque por la portadera que Saszka Weblin había vendido en la Unión Soviética me habían correspondido cuatrocientos rublos. Nada me obligaba a andar con prisas. Bolek el Lord me dijo que quería organizar una banda nueva y ponerse a su mando en lugar de Trofida. Ya había hablado de ello con Bergier.

Un día, me quedé en casa. Hela cosía a máquina. Janinka, como siempre, charlaba por los codos y yo tomaba el té. Hablábamos de Józef, que había sido trasladado con escolta a Stołpce. De golpe y porrazo, la puerta se abrió y entró Alfred Alińczuk. Al verme, se enfurruñó. Probablemente aún no sabía que yo vivía con la familia de Józef Trofida. Alińczuk saludó a Hela y a Janinka, y después, indeciso, se me acercó y me tendió la mano. En ese momento, con la derecha cogí el vaso y con la izquierda una rebanada de pan con mantequilla, e, ignorando su gesto, le dije:

—Ah, ¿es usted?... Permítame que me ahorre el esfuerzo de saludarle: estaba a punto de marcharme.

Hela nos miró boquiabierta. Janinka resopló y dijo en un tono muy serio:

—¡Caramba, sí que hay mar de fondo! Pero, ¡claro! Mirándolo bien, ¿qué sentido tiene saludarse si hay que despedirse enseguida?... ¡Hela y yo tampoco nos saludamos nunca!

No tardé en coger mi gorra y salir a la calle.

Fui a casa de Saszka Weblin. Quería ver a Fela, pero no estaba. Saludé a Saszka. Sentado junto a la mesa, afilaba la navaja, pásandola por la correa.

—¿Qué te cuentas?—me preguntó.

—¡Nada! Han trincado a Józef...

—Ya lo sé, ya lo sé... Los muchachos dicen que han matado al Buldog, pero no es verdad. Lo tocaron en una pierna y se lo llevaron a Minsk.

—¿Cómo lo sabes?

—¡Lo sé y basta!

Saszka acabó de afilar la navaja y la probó primero en el dedo, después en un pelo, y en la nuca, y, finalmente, pasó la lengua por el filo de un extremo al otro. Debía de considerar que tenía un buen corte, porque la dejó y empezó a enjabonarse la cara.

—¿Ya no vas al extranjero?—me preguntó, esparciendo cuidadosamente el jabón por las mejillas con una brocha.

—No.

—¿Por qué?

—No hay prisa... Tengo pasta...

—¡Haces bien!... ¡Cuando hay jurdel, lo mejor es despendolarse! Siempre hay tiempo para volver a trabajar... Si alguna vez te quedas colgado, ven a verme... ¡Pero, por ahora, echa unas canitas al aire!... ¡Trabajando revientan los caballos!...

Empezó a afeitarse, abombando sus mejillas chupadas con la lengua.

—¿Adónde vas ahora?—me preguntó a continuación.

—Iba a ver a Pietrek el Filósofo. Prometió prestarme un libro. Y, de paso, me he dejado caer por aquí.

—Has hecho muy bien. Iremos juntos. Tengo el reloj estropeado.., y él vive en la casa del relojero.

—Con el Mamut y el Ruiseñor.

—¿Y quién os guiará?

—El Mamut. Conoce muchos caminos... Antes iba solo... con alijos de alcohol...

—¿De quién es la mercancía?

—Nuestra. Vamos por libre...

—¿Vuestra?

—Sí. Pasamos alcohol. Sale más a cuenta que trabajar para el judío. Y tú, ¿no querrías venir con nosotros?

Vacilé un instante.

—¡Ven!—dijo Julek—. Será más divertido. Y, además, te sacarás unos chavos.

—Pero no tengo alcohol.

—Nosotros tampoco. Esperamos al Mamut. Juntos iremos a casa del Gris a buscarlo.

Al cabo de un cuarto de hora llegó el Mamut y, un poco más tarde, el Ruiseñor. El Mamut nos saludó inclinando la cabeza y se sentó en un banco arrimado contra la pared.

—Éste se viene con nosotros—le dijo Julek.

El Mamut me miró durante un largo rato, después asintió con la cabeza y dijo con un visible esfuerzo:

—¿Van a ser cien?

—Sí—contestó Julek—. Nos llevaremos cien botellas. Podemos ir a por ellas ahora mismo.

Cogieron los sacos y salieron detrás del Ruiseñor. Volvieron al cabo de una hora. Sacaron de los costales las botellas de alcohol y las colocaron sobre la mesa. Las contaron. Había ciento quince.

—Más de las que necesitamos—dijo Julek.

—El Mamut cargará con treinta botellas y cinco serán para nosotros, para consumo propio.

Empezaron a armar las portaderas. Primero, pusieron

las botellas en la mesa de veinte en veinte, las descorcharon y las colmaron de alcohol. Lo hacían para reducir el número de botellas y para que no gorgotearan durante la caminata. Después, montaron cinco cómodas portaderas que llenaron de botellas envueltas en fieltro y heno. El Mamut en persona se ocupó de embalarlas. Lo hacía con la maña de un contrabandista de alcohol profesional. Esperamos hasta el anochecer. Teníamos en perspectiva un camino larguísimo. Había que llegar hasta uno de los arrabales de Minsk, o sea que nos interesaba ponernos en camino cuanto antes.

A las dos, unos nubarrones grises llegaron del este y encapotaron el cielo. Empezó a llover. La lluvia azotaba en diagonal los cristales de las ventanas. Se hacía cada vez más oscuro. El Mamut se frotaba las manos de alegría. Un tiempo como aquel, aunque hacía el camino poco practicable, ofrecía garantías de una seguridad casi absoluta. Cuando empezó a caer la noche, cenamos y, entre todos, apuramos una botella de espíritu de vino aguado. A continuación, nos colocamos las portaderas. Mużański, menudo y cómico, nos estrechó la mano, mirándonos con sus ojos azules y bondadosos:

—Señores, les deseo suerte. ¡Vuelvan en cuanto puedan! ¡No se entretengan demasiado! Estaré triste sin ustedes...

Emprendimos el camino. Avanzábamos muy lentamente, esquivando obstáculos invisibles en la oscuridad e intentando acomodar la vista a las tinieblas. Pero la negrura era tan densa que sólo podíamos caminar a tientas. La lluvia se intensificó. El viento recrudeció. Delante era imposible vislumbrar nada. De golpe, el Mamut se detuvo. Yo iba detrás de él, después Pietrek, a continuación Julek y, a la zaga, el Ruiseñor.

—¡Toma!—dijo el guía, metiéndome en la mano el cabo de un cuerda.

Comprendí qué pretendía y le pasé el cabo de la cuerda a Pietrek y así de mano en mano. Ahora caminábamos agarrados a la cuerda. Era incómodo, pero por lo menos podíamos estar seguros de no perdernos. Rompimos por entre unos matorrales y nos adentramos en un bosque. En un punto, el bosque se acabó. El Mamut me cogió del brazo y me lo apretó con fuerza. Lo comprendí: ¡la frontera estaba justo delante de nosotros! Pasé el aviso a Pietrek, y él lo pasó a los demás.

Llovía cada vez con más insistencia. Estábamos calados hasta los huesos y sólo el movimiento nos calentaba. El camino era más difícil que nunca. Atravesábamos con gran esfuerzo un terreno fangoso, hundiéndonos en el lodo y sin ver nada alrededor. Pero el Mamut avanzaba bastante seguro. De vez en cuando se detenía, tanteaba el suelo con los pies, murmuraba algo para sus adentros y volvía a ponerse en camino. Cuando el bosque se hubo acabado, la marcha se hizo más soportable. Por lo menos había dejado de tropezar en los obstáculos del terreno y ya no tenía que protegerme continuamente los ojos de los azotes de las ramas invisibles en la oscuridad.

Al cabo de tres horas de caminar, hicimos un descanso y nos echamos al coleto un buen trago de alcohol. Más tarde, hicimos todavía otro descanso y, finalmente, al rayar el alba, diez horas después de haber salido de Raków y habiendo recorrido en la oscuridad más absoluta treinta y tres verstas de terreno infernal, llegamos a Minsk.

Hice dos viajes con alijos de alcohol y después abandonamos, porque el Mamut y el Ruiseñor se enrolaron en la cuadrilla del Clavo. Allí el trabajo era menos pesado y más seguro, porque no iban tan lejos y no tenían que preocuparse por nada.

Un sábado por la noche estábamos bebiendo en el mesón de Ginta. Antoni tocaba el acordeón con tanto fervor que hasta los vasos daban brincos. De repente, alguien me dio una patada por debajo de la mesa. Era el Mamut. Lo miré. El contrabandista se mordía la uña del pulgar izquierdo, mientras señalaba la puerta con la mirada y con el pulgar de la mano derecha. En el umbral se recortaba la silueta de Alfred Alińczuk. De improviso, el Mamut soltó una carcajada ronca y dijo:

—¡Lechuguino!

Todo el mundo se rió. Alfred desapareció apresuradamente detrás de la puerta.

Seguimos bebiendo. Lo pasábamos en grande. El Lord cantó:

> ¡Venga, vodka y cerveza!
> ¡Musiquilla buena, venga!
> Y mi dulce Mariquita,
> ¡ay quien de brindar se abstenga!

Volví a casa a altas horas de la noche. Las estrellas brillaban en el cielo. Entré en el patio de Trofida. Estaba atrancando la puerta con el pestillo cuando, a mi derecha, oí un disparo..., y después otro, otro y otro. Me eché al suelo junto a la puerta. Oí unos pasos que se alejaban por el huerto. Me levanté de un salto, me saqué el cuchillo del bolsillo y, a través de la portilla abierta, corrí hacia allí a toda prisa. Había un silencio absoluto. Agucé el oído y me mantuve un rato a la escucha. Después, volví hasta la puerta y salí a la calle. No vi a nadie. ¡Lástima de no llevar una linterna! Tal vez hubiera podido perseguir al agresor, pero, así las cosas, no había nada que hacer.

Al día siguiente, examiné a conciencia la portilla y la pared contigua a la puerta. Todas las balas se habían incrustado en los gruesos troncos. Conseguí extraer una y me la guardé.

Cuando llamé a la puerta de la vivienda, Hela, que vino a abrirme, preguntó alarmada:

—¿Es usted quien ha disparado?

—¡No!... Un majadero ha querido gastarme una broma... Quería asustarme...

—¡Al anochecer, he visto unos individuos rondar bajo las ventanas!—dijo la moza.

Al día siguiente, Janinka me despertó muy temprano:

—Allí abajo hay un loco que le llama.

—¿Qué loco? ¿Por qué dices que está loco?

—¡Porque se ríe a lo tonto!

—¿Tú crees que todos los que se ríen están locos?

—No... Pero uno puede reírse un poco, y éste no para...

—¿Dónde está?

—Detrás del granero... Me ha dicho que no se lo dijera a nadie más que a Władek, y que era una cuestión de vida o muerte.

Me vestí a toda prisa y salí de la casa. Detrás del granero vi a Josek el Ansarero sentado entre los lampazos. Por detrás de las anchas hojas, se asomaba su cabeza completamente calva, que parecía la luna velada por las nubes.

—¿Qué me cuentas?—pregunté, saludándolo.

—¡Un asunto muy importante! Pero es un secreto. Te lo diré, pero tienes que jurarme que nunca le dirás a nadie que te lo he contado.

—¡Tienes mi palabra, no iré con el cuento a nadie!

Josek miró a su alrededor y dijo en voz baja:

—Los Alińczuk quieren mandarte al otro barrio. Alfred ha intentado convencer a algunos de los nuestros para que te pelen. Les ofrecía cien rublos...

—¿Cómo lo sabes?

—Vinieron a pedirme consejo. A mí me conoce todo el mundo... Me preguntaron quién eres y de dónde has salido. Les dije que ni se les ocurriera intentarlo y que eres un compañero de Józef Trofida... ¡Ahora tendrás que andarte con tiento, porque los Alińczuk son unos malos bichos!

—¡Has hecho bien en decírmelo!—le dije a Josek—. ¡Por lo menos ahora sé quien me busca las pulgas! ¡Estaré alerta!... ¡Anoche, cuando volvía a casa, alguien me disparó!

Josek dijo, sobresaltado:

—¿De veraaaas?... ¡No era de los nuestros!... ¡Tenían que ser ellos! ¡Cuidado! Si necesitas una buena cacharra, te la proporcionaré... Tengo muchas...

Me despedí de Josek, que enfiló la margen del río para bordear el pueblo. Volví a casa a desayunar. No podía dejar de pensar en lo que acababa de oír.

IX

¡Por la noche me vestí de punta en blanco! Me puse un chaleco marrón de flores doradas y me hice un nudo fantasioso en la corbata granate con rayas rosadas. Llevaba mi traje azul marino. Cogí el bastón y salí de casa.

En la plaza mayor, me tropecé con el Rata.

—¿Adónde vas?—me preguntó el contrabandista.

—A casa de Saszka.

—¡Aha, al baileteo! ¡Yo también voy allí!

El Rata se había emperifollado como un marqués. Traje gris ceniza, zapatos de charol, corbata verde. En la cabeza, un sombrero de fieltro de ala ancha. Al acercarnos a la casa de Saszka, oímos desde lejos la música.

—¡El acordeón de Antoni echa chispas!—dijo el Rata.

La puerta de la casa estaba abierta de par en par y un ancho haz de luz se derramaba en el patio. En las inmediaciones de la casa pululaban unas siluetas humanas. Se oían cuchicheos y risotadas. Entramos. Nos ensordeció el sonido del acordeón que Antoni tocaba con los ojos entornados y una expresión inspirada. Bullicio, jolgorio y algazara. El taconeo hacía temblar las paredes. En el centro de la espaciosa sala una muchedumbre giraba vertiginosamente. Antoni tocaba el *Karapet*, que por aquel entonces estaba en boga. Algunos silbaban y tarareaban la melodía. El Rata y yo nos recostamos contra la pared, contemplando a los danzantes. El Rata me señaló con la cabeza a un rufián alto, con la tez aceitunada de gitano y el pelo a lo cosaco.

—Es el Clavo, el maquinista...—me dijo.

El Clavo bailaba con una jovencita de unos quince años que apenas le llegaba al pecho. Era muy graciosa y tenía una cara bonita. Mientras bailaban, daba saltitos cómicos alrededor del contrabandista que, de vez en cuando, la levantaba en volandas. El Clavo bailaba con brío, arrojo y ardor, pisando fuerte.

—Es su amante—dijo el Rata al cabo de unos minutos.

—Vaya...—dije, francamente sorprendido.

Por regla general, no se veían muchachas feas. Las

mozas más guapas del pueblo eran amantes de los contrabandistas.

Vi al Lord que, luciendo su mollera rabiosamente engominada, bailaba como quien no quiere la cosa, aparentando indiferencia, con una moza alta y corpulenta vestida de verde. La mujer tenía una silueta magnífica, pero su rostro pálido y cadavérico parecía una máscara. Tal vez hubiera abusado de unos polvos poco adecuados para el tono de su piel. Vi también a Wańka el Bolchevique que, con una sonrisa lasciva, apretujaba contra su pecho a una muchacha recia, de brazos macizos, rosados y desnudos. En el ardor del baile, la abrazaba con tanta fuerza que la chica tenía que ladear la cabeza. También vi a dos chavalas que bailaban juntas. Eran poco agraciadas. Se comportaban de una manera provocativa. Una silbaba la melodía de la danza, mientras que la otra taconeaba, sacudiendo su corta melena.

—¿Quiénes son ésas?

—Andzia Sołdat y Helka Pudel. Contrabandistas...

Me fijé mejor en las dos mozas. Andzia Sołdat tenía la espalda ancha y la cadera estrecha. Parecía un hombre disfrazado de mujer. Llevaba un vestido corto de color naranja. En los dedos, una porrada de anillos y, en los brazos, un montón de brazaletes. Andzia Sołdat era alta, mientras que Helka Pudel era rechoncha y tenía una cara simpática de nariz respingona. Llevaba un vestido azul. Sonreí al ver a aquella pareja tan cómica. Asimismo, bailaba otra gente que yo no conocía de nada.

También había otros muchachos y muchachas sentados en los bancos o de pie contra las paredes de la sala. Las mozas lucían vestidos abigarrados, y las que tenían bonitas piernas los llevaban muy cortos. La mayoría de los mozos vestían ternos azul marino, marrones o de un color claro. Los chalecos y las corbatas, que asomaban bajo las americanas desabrochadas, eran de las tonalidades más increíbles.

Busqué a Fela con la mirada, pero no la encontré. Antoni dejó de tocar. Se interrumpió el baile. La sala se llenó del bullicio de las conversaciones. Las muchachas empezaron a agolparse en un rincón. Los chavales se recostaban contra las paredes. Algunos se paseaban en pequeños grupos por el centro de la sala. Acartonados y petulantes, adoptaban poses poco naturales. Los inflaba la fama del contrabandista. Las mozas cuchicheaban, soltaban risillas y les lanzaban miradas. Y ellos aparentaban no prestarles atención por estar entretenidos con conversaciones de negocios. Aquello se consideraba de buen tono.

El Rata me tiró de la manga. Miré hacia la puerta. Entraba Alfred Alińczuk, vestido con elegancia y esplendor, bien rasurado y engominado como si le hubieran dado una capa de barniz. Detrás de él, desfilaron todos sus hermanos: Albin, Adolf, Alfons y Ambroży. Se detuvieron junto a la puerta formando un grupo compacto. Las conversaciones se apagaron un poco. Los muchachos dirigieron los ojos hacia los Alińczuk, y las «zorronas» (como las llamaba el Lord) se pusieron a susurrar, a reírse todavía más y a derrochar sonrisas cautivadoras mirando con el rabillo del ojo a los recién llegados. En aquel momento vi a Bolek el Cometa. Se colocó en el centro de la sala, se atusó el bigote, barrió a la concurrencia con una mirada seria y, de pronto, sin ninguna razón aparente, soltó un carcajada alegre. Esto bastó para que las muchachas se relajaran y se echaran a reír a mandíbula batiente. Los hombres también se mondaban, pero no todos, porque a algunos, aun cuando tuviesen que morderse las mejillas para contener la hilaridad, no se les alteró el semblante. Bolek el Cometa fijó la mirada en Antoni, que estaba sentado en un rincón de la sala con la barbilla apoyada contra el instrumento.

—¡Ah... maestro! ¡Mis respetos!... ¡Toque *En las colinas de Manchuria*, por favor!... ¡*Ein, zwei, drei*!...

El Cometa le arrojó una moneda de oro al acordeonista. Y cuando Antoni empezó a tocar aquel viejo vals ruso, levantó por la cintura a la primera muchacha que encontró y se puso a dar vueltas con ella por toda la sala. Era Helka Pudel. Las mejillas de la joven se cubrieron de arrebol. Pataleaba en el aire con movimientos cómicos, intentando repeler al Cometa. En la sala resonó una carcajada ensordecedora. El Cometa soltó a la moza, que se reunió de un salto con las demás y, desde allí, le sacó la lengua.

—El francés no es mi fuerte—dijo el Cometa en tono serio, y retumbó otra carcajada ensordecedora.

El Cometa se dirigió hacia la puerta que conducía a una pieza contigua. Pronto, una pareja detrás de la otra, los danzantes empezaron a ocupar el centro de la sala. La fiesta continuó. El Rata y yo encontramos sitio en un banco. A mi derecha, clavada en el suelo, estaba Mania Dziuńdzia, como de costumbre con cara de pocos amigos y al parecer descontenta. Un día la había visto en la plaza mayor. Ahora, tenía a su lado a una muchacha rechoncha con unos ojos negros y atrevidos que lanzaban miradas provocativas.

—¿Quién es?—le pregunté al Rata.

—La de amarillo es Mania Dziuńdzia..., una contrabandista...

—A ésa ya la conozco... La otra, la de rosa.

—Belka... También una contrabandista. Hace de maquinista... ¡Una marimandona!

Belka habría intuido que estábamos hablando de ella, porque nos miró. El Rata la saludó con una inclinación de cabeza. Ella le correspondió con un ligero gesto de la mano. Después se puso tiesa, sacó hacia fuera unos pechos turgentes que temblaban con cada movimiento, excitando a los muchachos hasta la locura, y clavó la mirada en los danzantes.

—¡Oh..., aquí tenemos a Saszka!—dijo el Rata.

Vi a Saszka Weblin entrar por la misma puerta por la que acababa de salir Bolek el Cometa. Avanzaba poco a poco, estrechando las manos que le tendía la gente. Se acercó a nosotros.

—Y tú ¿por qué no bailas?—me dijo al oído.

—Todo se andará...

—¿Con quién quieres que baile?... ¿Contigo?—terció el Rata.

—¿Cómo que con quién?—Saszka mostró la sala con un ancho gesto de la mano—. ¡Muchachas como rosas de pitiminí!... Mira, la señorita Belka se aburre... ¡Sácala a bailar!

Abandoné al Rata y me puse a bailar con Belka.

—Usted es forastero, ¿verdad?—me preguntó la moza.

—Sí... He venido a ver a Józef Trofida.

—¿Está en chirona?

—Sí.

—Lo siento por él.

—Qué le vamos a hacer...

Vi que Saszka se acercaba a los Alińczuk y que cruzaba la sala con ellos, dirigiéndose hacia la habitación de donde hacía poco había salido.

—¿Usted conoce a los Alińczuk?—le pregunté a Belka.

—¡Cómo no!

—No tienen buena fama.

—¡Son unos hijos de perra!—contestó la moza.

La estreché con más fuerza. No protestó. Pensé que era correcto echarle un piropo, conque dije:

—Tiene unos ojos muy bonitos.

—¿Ah sí?—dijo en un tono interrogante, y sonrió.

—¡Es la pura verdad!—contesté con sinceridad.

Se rió y, sacudiendo la cabeza, se apartó un mechón de la frente. Después, me espetó:

—Yo todo lo tengo bonito..., no sólo los ojos.

—¡Oooh!... Veo que es muy... sincera... Y está muy segura de sí misma.

—Pues, sí.

—Me gusta su atrevimiento. ¡Si no fuera porque nos están mirando, se lo premiaría con un beso!

—¡Y después se chulearía ante todo el pueblo!

—¡Eso jamás!... Se lo juro...

—¡Ya veremos!—dijo con una voz enigmática.

Me di cuenta de que me caía muy simpática y de que con gusto bailaría toda la noche con ella, pero me dijo:

—¡Basta de dar vueltas! Me duelen las piernas. Ayer mismo regresé de la frontera y mañana volvemos a ponernos en camino.

—¿Vais muy lejos?

—A Piotrowszczyzna.

Esto estaba muy lejos de nuestro pueblo, a unas tres verstas de Minsk.

Acompañé a Belka adonde la esperaba su amiga, que le cedió el sitio en el banco. En la sala hacía calor. Las caras de la concurrencia brillaban de sudor. Noté que algunos muchachos llevaban una buena tajada. Al comienzo, no comprendía cómo habían tenido tiempo de emborracharse. Después, me di cuenta de que salían al patio de dos en dos o de tres en tres y, acto seguido, volvían de un excelente humor. Busqué al Rata con la mirada, pero no lo vi en ninguna parte. Nos encontramos más tarde. Me hizo un guiño, diciendo:

—Ven un momento...

Le seguí a la habitación contigua.

Me adentré en una nube de humo. Cuando me hube situado, vi una caterva de contrabandistas agrupados alrededor de una larga mesa. A algunos los conocía bien, a otros sólo de vista, y también había unos cuantos que no me sonaban de nada. Los muchachos privaban a un ritmo trepidante. El sitio de honor lo ocupaba el Cometa que, con un vaso en una mano y una botella en la otra, peroraba:

—¡Nuestra suerte cojea, compañeros, o sea que vamos a apuntalarla con botellas!

—¡Una verdad como un templo!—dijo el Lord.

—¡Quien no fuma y no mama se pudre en vida!

—¡Una verdad como un templo!—se desgañitó el Lord, y añadió—: ¡Adelante, otra más!

El Rata me arrastró hacia la mesa y me sentó a su lado en un banco estrecho. El Lord puso delante de mí un vaso lleno de vodka, diciendo:

—¡A ver si nos pillas!

En el otro extremo de la mesa jugaban a los naipes. Allí, estaban sentados los hermanos Alińczuk, Saszka, el Resina, Wańka el Bolchevique y otros que yo no conocía. Jugaban al veintiuno. Sobre la mesa, había fajos de billetes y montones de monedas de oro.

Saszka tenía la banca. Le ardían las mejillas, pero jugaba con tranquilidad, barajando las cartas a conciencia y repartiéndolas con celo. Delante de él, había crecido un montoncito de dinero. En un momento dado, Bolek el Cometa le dijo:

—¿Me das cartas por cincuenta?

Saszka asintió con la cabeza:

—¡A ti te daría incluso por quinientos!

—Apuesto cincuenta.

El Cometa cogió tres naipes y perdió. Pagó la deuda.

—¿Sabéis qué, muchachos? ¡No tengo suerte ni en el juego ni con las mujeres!... ¡Sólo con el vodka! Vaya adonde vaya, siempre hay preciosas botellas y lindas copitas que tintinean y me hacen guiños... ¡Venga, otro trago!

—¡Una verdad como un templo!

El Lord empezó a silbar. Silbaba a las mil maravillas y valía la pena escucharlo. Pero muy pocas veces hacía exhibición de su arte. Dejó de silbar y cantó con su voz ronca y acatarrada de borracho:

> Al clarear llegué,
> daga y mucho parné.

Un contrabandista muy joven con cara aniñada, a quien yo no conocía, le secundó con una sonora voz de contralto:

> De golpe alguien grita,
> y a café me invita.
> «A un chorbo tan legal,
> un café no va mal.»

Al oír la palabra «café», Bolek el Cometa frunció la nariz con asco e hizo amago de vomitar. Algunos se echaron a reír, mientras que Bolek el Lord proseguía:

> Vodka no catarás,
> se acabó en un pispás.

—¡No es verdad!—exclamó Bolek el Cometa—. ¡En verdad os digo que, mientras exista la frontera, es más probable que nos falte el agua que el vodka!

—¡Una verdad como un templo!—contestó alguien en sustitución del Lord, que seguía cantando:

Muy animada ha sido la fiesta,
tres agujeros hay en mi testa.

—¡Fela sólo tiene uno, pero pistonudo!—espetó Wańka el Bolchevique desde el extremo de la mesa.

—¡A Fela, ni la mientes!—Saszka le lanzó una mirada amenazadora.

—No he dicho nada... Yo sólo... juego a los naipes...

—Pues, juega... ¡Y ándate con cuidado!

Todos estaban excitados por culpa del alcohol. Se oían carcajadas salvajes. Chanzas subidas de tono daban mil vueltas en el aire. Fumábamos como carreteros. El suelo estaba sembrado de colillas. Sobre la mesa resplandecían charcos de vodka y de cerveza. El Mamut, el Cometa, el Rata y el Lord empinaban el codo sin tregua. Felek el Pachorrudo, circunspecto, se zampaba lentamente una enorme tajada de morcón. El Rata me dio un codazo en las costillas, diciendo:

—¡Míralo! ¡Toca la armónica!

Bolek el Cometa lo oyó y le dijo al Pachorrudo:

—¡Felek, querido! Pareces un león que ruge y devora carroña en el desierto.

—¿Y se puede saber dónde has visto tú un león?

—En una lámina.

—¿Qué lámina?

—Con Jesús que iba a Jerusalén.

—¡Era un burro!—dijo el Rata.

103

—¡Y yo que creía que era un león!—contestó el Cometa.

El Pachorrudo soltó la comida. Masticó durante un largo rato. Engulló y dijo todo serio:

—¡Y tú pareces el decimotercer apóstol!

Lo dijo y volvió a abalanzarse sobre la comida. Todo el mundo soltó una carcajada. Las palabras del Pachorrudo sobre el parecido del Cometa con el decimotercer apóstol sonaron, Dios sabe por qué, cómicas.

—Le ha pagado con la misma moneda.

—Lo ha dejado con la boca abierta.

—¡Lo ha dejado mudo!

—¡Vaya chasco le ha dado!

—Parece una mosquita muerta. Cuando no dice nada, no dice nada, pero a la que abre la boca...

—Como si el diablo vomitara en un charco de lodo.

Bolek el Cometa apuró medio vaso de vodka. Se secó la boca con el revés de la mano. Se atusó el bigote y dijo:

—Es un muchacho de ciudad, relamido...

El Rata terció:

—¡Tan de ciudad que llevaba el trigo al molino!

—¡Y ayudaba al toro a cubrir las vacas!—añadió el Lord.

El Cometa prosiguió:

—¡Un tío fogueado!

—Sí. ¡Entre los fogones de la cocina!—añadió el Rata.

—¡Baqueteado!

—¡Entre las vacas!—añadió el Lord.

El Pachorrudo acabó de comer, se chupó los dedos satisfecho, y dijo con flema:

—¡Id a tomar por donde la gallina pone el huevo!

Otra carcajada salvaje. En aquel momento entró Fela. Se detuvo en el umbral y entornó los ojos, intentando distinguir algo en medio del humo. Las risotadas cesaron. Las conversaciones se apagaron. La mirada de todos se dirigió hacia la muchacha. Fela llevaba un vestido negro de seda. Piernas enfundadas en unas medias negras, también de seda. Zapatos de charol. Del cuello le colgaba una cadena de reloj dorada, tenía los dedos cubiertos de anillos y los brazos llenos de brazaletes. Avanzó despacio. Caminaba con un aire majestuoso, irguiendo con orgullo su magnífica cabeza. Las miradas de los muchachos se le pegaron al cuerpo y caminaban con ella, espiando cada uno de sus gestos y movimientos. Wańka el Bolchevique se quedó boquiabierto de admiración. Y ella, satisfecha con el efecto que había causado su aparición, se acercó a su hermano con paso ligero.

Saszka frunció el ceño:

—¿Qué quieres?...

—A lo mejor necesitáis algo.

—No necesitamos nada... ¡Largo de aquí!

Fela hinchó los labios y sacudió la cabeza. Barrió con la mirada a los presentes. Mis ojos se encontraron con los suyos y sentí que me invadía una oleada de frío... De improviso, se oyó la voz del Pachorrudo.

—Tal vez un platillo de pepinos...

El Rata soltó una carcajada. Saszka también se rió y llamó a su hermana, que cruzaba la sala:

—¡Espera, Fela! Tráenos pepinos... Un cubo entero... Para nuestro amigo, el Pachorrudo. ¡Muévete, que es para hoy!

—Voy—contestó Fela.

Se encaminó hacia la puerta. Una vez allí, se detuvo y se dirigió a su hermano:

—¡Acompáñame, me ayudarás!

Saszka se levantó y dejó los naipes sobre la mesa. Vaciló un instante y, a continuación, se me acercó diciendo:

—¡Acompáñala tú, Władek! Ayúdala a traer los pepinos.

Me levanté apresuradamente y me acerqué a la muchacha que esperaba en el umbral.

X

Fela y yo nos encontrábamos en un zaguán espacioso.

—¿Tienes una linterna?—me preguntó.

—Sí.

Hablábamos de pie, en el zaguán. Al cabo de un instante, me di cuenta de que Fela estaba borracha. Se tambaleó un par de veces y caminaba haciendo eses. Encontró a tientas la puerta de la bodega y la abrió. Iluminé el interior con la linterna. Oí el grito apagado de una voz femenina y vi a un muchacho y a una muchacha tumbados en el suelo. Él se incorporó a medias y se quedó arrodillado, mientras que ella se cubrió la cara con las manos para que no la reconociéramos. Fela me tiró del brazo y me arrastró hacia el zaguán:

—¡Apaga la linterna!... ¡Ven!...

La seguí hasta el patio. Junto a la pared de la casa, se estaba sobando otra pareja. Cuando nos vieron, los amantes se separaron de un salto y se esfumaron a toda prisa en la oscuridad. Fela soltó una risilla ahogada. Se rió por lo bajo para que yo no la oyera. Tenía ganas de iluminarle la cara con la luz de la linterna, pero no me atreví. Su carcajada me causó una impresión extraña. Me dio un sofoco. De repente, sentí que me tocaba la mano, susurrando con una voz nerviosa y poco natural:

—Baja allí..., al almacén... Trae un cubo y un farol... Anda, date prisa...

—Aquella pareja...—le interrumpí.

Fela se echó a reír.

—¡Qué tonto eres!... ¡Vete ya!...

El almacén estaba vacío. Encontré un gran cubo de zinc y un farol. Los cogí y salí al patio.

—¿Ya?

—Ya.

—Pues, ¡venga!

Caminaba de prisa. Llegamos al jardín de detrás de la casa. Vi el tejadillo de la bodega, abuhardillado y medio enterrado bajo la tierra. Fela abrió el candado y se agachó para entrar. La seguí. Chocamos en la oscuridad. Sin darme cuenta de lo que hacía, la agarré fuertemente por la cintura y la abracé. Ella callaba. Al cabo de un rato, dijo:

—¡Basta ya, suéltame!

La solté enseguida. Encendió el farol y abrió la puertecilla de la bodega. Volvió hacia mí su cara pálida y me dijo con una voz extraña que no la había oído utilizar nunca:

—Métete dentro... Toma. Aquí tienes el farol.

Bajé por una escala empinada y muy primitiva. Dejé el farol en el suelo.

—¡Atrápalo!—me gritó desde arriba.

Me lanzó el cubo y empezó a bajar. La bodega olía a moho. La luz del farol se perdía en los recovecos oscuros. Yo miraba hacia arriba, en dirección a la muchacha que bajaba lentamente la escala. Veía sus piernas esbeltas. Fela se había arremangado el vestido con una mano... más de lo que era necesario para tener libertad de movimientos. Cuando estaba en el penúltimo escalón, la cogí en brazos y escudriñé la bodega con la mirada. Vi un gran arcón vuelto patas arriba. Senté allí a Fela y empecé a besarle la cara, la boca y el cuello. La miré. Tenía los ojos entornados. Me puse a desabrocharle el vestido. No protestó en absoluto... No podía creer que fuera precisamente ella..., la inaccesible y arisca Fela, ni que fuese tan hermosa... Seguía con los ojos entornados y la cara se le volvió aún más pálida. Observé que se mordía el labio inferior... Pero después..., casi en el último momento, me pidió con una voz tranquila que me dejó completamente anonadado:

—¡Suéltame!... ¡Basta ya!...

Me puse furioso. Intenté tomarla por la fuerza. De golpe, empezó a vociferar en un tono repulsivo:

—¡Suéltame de una vez, maldita sea! ¿Cuántas veces tengo que repetírtelo?... Si no, gritaré... ¡Fuera de aquí!... ¡Ahora mismo!

Me aparté de un salto, temblando de pies a cabeza. Y ella, poco a poco, sin hacerme ningún caso, se arregló el vestido y se lo abrochó. Miró a su alrededor con gran atención, agarró el cubo y se acercó al barril que estaba en un rincón de la bodega.

Empezó a llenar el cubo de pepinos. Los contaba con toda la cachaza del mundo.

—Un, dos, tres, cuatro...

Aquello fue lo que más me irritó. Furioso, contemplé sus movimientos desenvueltos y ágiles.

—...veintidós, veintitrés, veinticuatro, veinticinco...

Los pepinos aterrizaban en el cubo. Yo apretaba los puños con rabia, mordiéndome los labios. Intenté encontrar puntos débiles en su hermosura... Estaba de espaldas, espatarrada, inclinada. Intenté convencerme de que aquella pose era muy fea y de que, en general, Fela no era ninguna maravilla. Me engañaba a mí mismo y lo hacía a sabiendas. Mientras tanto, en la bodega retumbaba sin cesar:

—...cuarenta y seis, cuarenta y siete, cuarenta y ocho, cuarenta y nueve y cincuenta... ¡Basta!

Cubrió los pepinos con una tapadera redonda de madera y la lastró con un pedrusco.

—¡Coge el cubo!—dijo Fela.

—¡Cógelo tú!... ¡Vaya con la marquesa!

Me miró a los ojos durante unos instantes y, en el momento menos esperado, se echó a reír. Nunca había oído antes, ni oí después, una risa tan deliciosa. Ni tampoco había visto un rostro tan maravilloso. Se me acercó y me hundió en mi pelo unos dedos crispados. Con la mano izquierda me acarició la mejilla.

—¿Has visto qué cuerpazo tengo?

—¿Y qué?

—¿Lo has visto?—repitió—. ¿Te ha gustado?

—Sí.

—Bueno... Pues, cásate conmigo y lo tendrás todo... ¡Todo lo que quieras!

—¿Y por qué me has hecho sufrir?

Se rió por lo bajinis y me estrechó contra el pecho. Sentí su brazo alrededor de mi cuello y su beso en mis labios. Un beso largo. Apasionado. Yo no sabía besar así. Se me pegó con todo su cuerpo cálido y de carnes prietas. Pero cuando quise volver a agarrarla por la cintura, me rechazó diciendo:

—¡Esto es para que sepas cómo soy, chaval! ¡Para que sepas que no te daré gato por liebre!... ¡Anda, coge el cubo y vámonos!

Yo callaba, clavado en el suelo. Me agarró por el brazo y me dijo seriamente:

—Tienes que comprenderme. No puede ser. ¡No quiero ser la puta del regimiento!... ¡Y quién sabe si no me ha costado más que a ti! ¡Piénsalo bien!... ¡Anda! ¡Coge el cubo!...

Cogí el cubo y empecé a subir la escala. Fela me alumbraba desde abajo y después se encaramó de prisa. Le tendí la mano y la ayudé a cerrar la puertecilla de la bodega. Después, nos dirigimos hacia la casa.

Más tarde, ya en frío, intenté analizar lo que había ocurrido entre nosotros en la bodega. Pero me costaba entenderlo. No sé por qué tenía la sensación de que todo aquello había ocurrido por culpa de la escena que habíamos presenciado en el almacén. Porque, después de aquello, la muchacha estaba visiblemente excitada. Pero los acontecimientos posteriores me contradecían... ¿Y si ella no necesitaba nada más? ¿Tal vez le bastara lo que había sucedido entre nosotros?

Con el cubo de pepinos en la mano, me reuní con los muchachos. En la sala reinaba el bullicio. La borrachera no perdía gas.

Puse el cubo lleno de pepinos encima de la mesa ante Felek el Pachorrudo.

—¡Toma! ¡Zampa!

El Pachorrudo no se lo hizo repetir dos veces y metió la mano en el cubo.

—¡Éste no hará remilgos aunque le traigas una tonelada!—dijo el Lord.

Recorrí la sala con la mirada en busca del Rata. Estaba en un extremo de la mesa, no muy lejos de los Alińczuk. Me hizo un guiño. Me acerqué a los jugadores. Alfred Alińczuk tenía la banca. Se sacó del bolsillo dos barajas nuevas. Rompió el precinto. Barajó los naipes y puso doscientos rublos sobre la mesa.

—¡Doscientos en la banca!—les dijo a los jugadores.

Empezó a repartir las cartas. Yo también cogí una. Primero apostó el Rata.

—¡Dame por cincuenta!

Alfred le contestó en un tono seco:

—¡La pasta sobre la mesa!

—¡Tranquilo! ¡No te la voy a dar con queso!

El Rata puso encima de la mesa los cincuenta rublos, pidió dos cartas y perdió por haberse pasado de veintiuno. Alfred arrastró hacia sí el dinero y lo añadió al montoncito.

Después jugaba el Resina. Alguien me tiró del brazo. Me volví. Vi la cara joven, casi infantil, del contrabandista que había cantado con el Lord.

—¿Qué quieres?—le pregunté.

—¡Enséñame tu carta! ¡Quiero apostar por ella!—me dijo.

Le mostré un diez.

—¡Bien!—dijo—. Apuesto este botón.

Me dio una moneda de oro.

El Resina perdió. Era mi turno. Puse treinta rublos sobre la mesa y gané. Quise dar veinte rublos a mi socio, pero los rechazó. Dijo:

—Para la próxima.

—De acuerdo. ¿Cómo te llamas?—le pregunté.

—Soy el Cuervecillo—contestó el muchacho.

El juego continuó. Casi todo el mundo perdía, por lo menos los que picaban alto. Saszka sacó cien rublos y también perdió. Él fue el último de aquella mano. Alfred barajó. Empezaba otra ronda. El Rata observaba sus movimientos con gran atención. Se repartieron las cartas. El Rata puso sobre la mesa cien rublos.

—¡Cien en juego!

Alfred le dio una carta.

—¡Basta!—dijo el Rata.

Alfred cogió dos naipes y dijo, poniéndolos boca arriba:

—Diecinueve.

El Rata perdió. Sólo tenía diecisiete.

Después el Resina perdió cincuenta rublos. Yo añadí los veinte del Cuervecillo a los treinta míos. El Rata dijo:

—Voy con cincuenta más.

Gané cien rublos y les di a mis socios la parte que les correspondía.

Al final de la segunda ronda, la banca se había multiplicado por siete. Había casi mil trescientos rublos en juego. Alfred estaba nervioso. Tenía la cara colorada. Barajó y repartió los naipes. Empezaba la tercera y última vuelta. El Rata apostó ciento setenta rublos de golpe. Era todo lo que tenía. Cogió las cartas y perdió. El Resina también perdió. Se dirigió a mí diciendo:

—¡Muéstrame tu carta!

Yo tenía un as. El Resina dijo:

—Me sumo con trescientos rublos.

Me dio el dinero. Saszka me acercó dos billetes de cien dólares desde el otro lado de la mesa. El Cuervecillo puso cincuenta rublos. Entendí que pretendían resarcirse y hacer saltar la banca. Aposté cien rublos. Se me acercó el Rata:

—¿Puedes poner doscientos por mí?... Si pierdo, te los devolveré mañana.

—De acuerdo.

En total, aposté doscientos dólares y seiscientos cincuenta rublos. A Alfred le temblaban las manos. Inclinado sobre la mesa, el Rata observaba con atención cada uno de sus movimientos.

Alfred cogió una carta y vaciló un momento. El Rata no perdía sus manos de vista. Alfred me dio mi carta. Era un diez... Gané. Alfred contó con voz ronca el dinero que me correspondía.

—¡Bien!—dijo el Lord—. ¡Hoy es tu día de suerte, chaval!

La banca se había reducido a la mitad. Después de algunas manos volvió a crecer. Era el turno de Saszka. Dijo a secas:

—¡La banca!

—¿Cómo?—preguntó Alfred, empalideciendo.

—He dicho: ¡la banca!

—¿Tooodo?

—Sí.

Saszka puso su cartera sobre la mesa. Alfred contó el dinero y dijo:

—¡Hay mil cuarenta rublos y trescientos setenta dólares!

—¡Lo veo!—dijo Saszka.

Alfred, lívido, le dio una carta a Saszka y él también cogió una. Después le dio a Saszka la segunda y la tercera. Saszka las puso boca arriba y perdió. Sumaban veinticuatro.

—¡He perdido!—dijo, haciendo ademán de abrir la cartera para pagar la deuda.

En aquel momento el Rata le arrebató los naipes a Alferd, gritando:

—¡Muchachos! ¡Están marcados!

Alfred se quedó de piedra. El Resina puso su manaza

sobre el dinero de la banca. Saszka se inclinó hacia delante.

—¿O sea que jugamos con cartas marcadas?...—masculló entre dientes.

Alfred retrocedió:

—Este cerdo miente—dijo con una voz aflautada y casi llorona.

—¡Eres un pedazo de mierda!—gritó el Rata.

—¡Me la tiene jurada y me busca las pulgas!

En aquel instante vi que el Cuervecillo, que hasta entonces contemplaba el incidente con ojos risueños, cogía de la mesa una botella vacía y daba un salto al frente:

—¿Así juegas con los nuestros?

Le asestó a Alfred un botellazo en la cabeza y el cristal estalló en mil pedazos. Alfred se cubrió la cara con las manos, porque el Cuervecillo le apuntaba a la garganta con la botella desmochada. Los hermanos Alińczuk se le echaron encima. Uno de ellos agarró al Cuervecillo por el cuello. De repente, el Rata hizo brillar la navaja:

—¡Largaos, canallas!

De golpe, intervino el Resina y con unos cuantos ademanes los separó.

—¡Tranquilos!... ¡Tranquilos!—dijo con calma.

Saszka se levantó de la mesa, diciendo:

—¡Basta ya! Ahora lo comprobaremos... ¡Alfred, ven aquí!

Alińczuk se acercó a la mesa. Se secaba la sangre de la frente con un pañuelo.

—¿Las cartas están marcadas?—le preguntó Saszka.

—No lo sé... las he comprado...

—¡Él ha comprado las cartas y él las ha marcado!—metió baza el Rata.

—¿Dónde has comprado esas cartas?—preguntó Saszka.

Alfred huía con la mirada.

—En Vilnius.

El Rata soltó una carcajada. Saszka, el Lord y Bolek el Cometa examinaron las cartas con detalle.

—Y tanto que están marcadas—dijo Saszka.

—¡Ya os lo había dicho!—dijo el Rata, e intentó abalanzarse sobre Alfred.

De pronto, Saszka dio una patada al suelo. El Rata se echó para atrás. Saszka paseó la mirada por todas las caras.

—¡No permitiré que mi casa se convierta en un antro!... ¿Entendido? ¡Para ajustar cuentas buscaos otro sitio!—Saszka se dirigió luego a Alfred—: ¿Has puesto doscientos rublos en la banca?

—Sí.

Saszka sacó de la banca un billete de cien dólares.

—Aquí tienes tus doscientos rublos... Es más o menos lo mismo.

Después se dirigió a los presentes:

—Ahora, muchachos, con el corazón en la mano, que cada uno diga cuánto le ha hecho perder Alfred. ¡Se lo devolveremos todo! ¡Y quien ha ganado, que suelte la pasta! ¡Nuestro honor está en juego! ¡No somos tahúres ni macarras, sino matuteros!... Nuestro honor está en juego...

Se oyó un murmullo de aprobación.

Contaron el dinero de la banca. Después calcularon todas las pérdidas y todas las ganancias. Saszka repartió la banca y el dinero que se había ganado entre los perdedores. A continuación, cogió cien dólares y se dirigió a Alfred:

—¡Esto es tuyo!

Alfred callaba. Saszka le dijo al Rata:

—¡Enciende una cerilla y quema esta porquería!

Cuando el Rata hubo quemado el billete, Saszka volvió a dirigirse a Alfred:

—¡Y ahora hazme caso! ¡Ni se te ocurra jugar nunca más con ninguno de los nuestros! ¿Entendido? Si no, lo arreglaremos de otra manera... ¡Yo mismo lo arreglaré!... Y vosotros, muchachos, de lo que ha pasado aquí ni mu... ¡Es asunto nuestro y tiene que quedar en familia!

Alfred quería decir algo. Saszka le interrumpió:

—¡Cierra el pico! ¡Tienes ojos de perro y lengua de perro!

Calló durante un rato y después volvió a hablar, dirigiéndose a los hermanos Alińczuk:

—¡Gracias por haber venido a mi casa... con naipes marcados! ¡Nunca más jugaremos ni beberemos vodka con vosotros!

Se dirigió al Resina:

—¡Abre la ventana!

El Resina se acercó corriendo a la ventana y la abrió de par en par.

—No es correcto que os deje salir por la puerta—les dijo Saszka a los Alińczuk—. A los invitados como vosotros los echo por la ventana!... ¡Anda, salid volando!...

Les señaló con el dedo la ventana abierta.

Los Alińczuk salieron al jardín uno tras otro, mientras el Rata vigilaba junto al batiente, retorciéndose de risa. Se reía alegremente con una risa desenfrenada y contagiosa. Así que todo el mundo se echó a reír. Los únicos que conservaron la seriedad fueron Saszka, el Resina, el Mamut y Felek el Pachorrudo, que seguía comiendo sin hacer el menor caso a lo que ocurría a su alrededor. El juego se acabó. Después de que los Alińczuk hubieron salido, los muchachos se dedicaron a comer y a beber. Comentaban animados el incidente de Alfred.

—¡Hay que reconocer que el Rata tiene ojo!—dijo Wańka el Bolchevique.

El Rata escupió:

—¡Conozco a esos tahúres! ¡No le quité la vista de encima!

El Lord se rió:

—¡Y el Cuervecillo le ha asestado un hermoso botellazo!

—¡Ha brindado a su salud con una botella de vodka!—dijo el Cometa.

El Cuervecillo se reía y los ojos le brillaban de regocijo.

—¡Les está bien a esos majaderos por haber venido aquí a pegárnosla!

—¡Una verdad como un templo!—aprobó el Lord.

Me acerqué a Saszka y dije:

—Quisiera hablar contigo. ¿Podríamos salir un momento afuera?

—¿Es importante?

—Sí... Se trata de Alfred...

—¡Bueno! ¡Sal tú primero y espérame en el portal!

Atravesé la sala donde todo el mundo se divertía. Esperé a Saszka al lado de la puerta. De vez en cuando, muchachas y muchachos salían corriendo al patio. Por los rincones se oían cuchicheos, risotadas y chillidos de las mozas.

Al cabo de un rato llegó Saszka.

—Dime. ¿Qué hay?

—Ayer volví a casa al caer la noche. Estaba oscuro. Mientras cerraba la puerta del jardín, alguien me disparó desde el huerto... Cuatro tiros...

—¡Qué me dices!

—Sí. Y sé muy bien que es cosa de Alfred.

—¿Cómo lo sabes?

—Lo sé y basta... Tal vez no fuera él quien disparó. Tal vez fuera uno de sus hermanos o un esbirro a sueldo. Esta mañana, un chaval me ha advertido...

—¿Quién?

—¡Me ha pedido que no se lo diga a nadie!

—A ver. ¿De qué te ha advertido?

—Me ha dicho que Alfred había ofrecido cien rublos a unos individuos por mandarme al otro barrio. Y que ellos habían ido a su casa a preguntar quién era yo. Él les aconsejó que no lo hicieran.

Saszka calló durante un rato y después soltó:

—Ya sé quién te lo ha dicho.

—¿Quién?

—Josek el Ansarero.

No lo negué. Mientras Saszka meditaba, saqué del bolsillo la bala que había desincrustado de la pared de la casa y se la entregué. El contrabandista dijo:

—¡Caramba, una *browning*! ¡De calibre siete!

Al cabo de un instante me preguntó:

—¿Qué diablos ocurre entre tú y Alfred?... ¿Andáis a la greña?...

Le expliqué con todo lujo de detalles la trifulca que había tenido con Alfred cuando había acompañado a Fela a la iglesia. Y también, qué recibimiento le había dispensado en casa de los Trofida cuando había ido a visitar a Hela.

—¡Has hecho bien en decírmelo!—exclamó Saszka—. Hablaré de ello con el Resina. No le sacaremos el ojo de encima. Y tú no te achantes.

Me reí.

—¡Me la traen floja los andobas que disparan a oscuras escondidos detrás de una esquina! ¡Pero un día me puede echar encima a algún hijo de puta!... Por eso quería que lo supieras.

—Bien hecho. Por ahora, esperaremos a ver qué pasa. Y si nos aprieta las tuercas, nos lo quitaremos de en medio en un santiamén.

Saszka estaba a punto de marcharse, pero de repente me dieron muchas ganas de contarle lo de Fela. Creía que más me valía ser del todo sincero con él. Dije:

—Hay algo más. Pero no sé cómo decírtelo.

—Tú mismo... Puedes no decirme nada...

—Si me prometes que no hablarás de ello con Fela, te lo diré.

Estaba notablemente sorprendido.

—¿No puedo hablar de ello con Fela?... De acuerdo, no le diré nada.

—¿Palabra de honor?

—Te he dicho que no me iré de la lengua. Tienes que conformarte con esto. Si no te fías, mejor no me cuentes nada.

—Estaba con Fela en la bodega... Nos habías mandado a por pepinos...

—¿Y pues?

—He ido con ella... Tú me lo has pedido...

—Sí, ¿y qué?

—Bueno..., ya sabes...

—¿Qué es lo que tengo que saber?

—¿No me has entendido?...

—¿Le has metido mano?

—Sí.

—¿Y qué?

—¡Me ha dicho que..., después de la boda!

Saszka se echó a reír. Y después me dio una palmada en el hombro, diciendo:

—Fela no es ninguna santa. Acaba de cumplir veintisiete. Muchos se la han pasado por la piedra. Te lo digo sin tapujos... Aunque sea mi hermana... Pero ¿y qué más da? Mejor una mujer como ella que cualquier otra. Tendrás una buena esposa y la moza más guapa del pueblo. Pero no quiero ponerte el puñal en el pecho. Haz lo que te parezca... Por otro lado, eres el primero a quien Fela se lo propone... No pierdas esta oportunidad, porque todavía se puede echar para atrás...

Se detuvo un instante y prosiguió:

—Fela hubiera podido casarse mil veces, pero no ha querido... No sé qué mosca le ha picado ahora... Tiene mucho éxito con los hombres... También tiene una dote... Le doy la finca y quince mil rublos. ¿Me entiendes? ¡Yo no necesito nada! Si un día te lías la manta a la cabeza, hablas con ella y cerráis el trato. Es cosa vuestra. No quiero entrometerme. Alfred también le echó los tejos. Se pitorreó de él durante dos años, y todo quedó en agua de borrajas... Bueno, ahora vuelvo con los muchachos.

—Por ahora, no pienso en bodas. Quiero pasármelo bien... ¡Todavía soy demasiado joven!

—Es asunto tuyo. Ven a echar un trago con nosotros o vete a echarle otra ojeada a Fela.

Saszka me dejó en el portal y entró en la casa. Al cabo de un rato, seguí sus pasos. Me detuve en la sala principal. El baile seguía en pleno apogeo. Antoni tocaba con pasión una polca y la juventud bailaba hasta quedarse sin respiración. Las caras estaban encendidas por el alcohol y el movimiento. Vi a Fela bailar con el Clavo. Me puse a observarla. Lo que había pasado entre nosotros ahora me parecía del todo increíble. Se mostraba tan fría y orgullosa, y bailaba tan recatada, que me costaba creer que aquel incidente hubiera sido real.

Fela notó mi mirada y frunció las cejas. Me di cuenta de que también empezaba a observarme a hurtadillas. En su manera de bailar se produjo un cambio. Se puso a bailar con más gracia y... pasión. Jugaba conmigo al ratón y al gato. Miré a mi alrededor y vi a Belcia sentada al lado de Mania Dziuńdzia. Me acerqué a ella:

—Señorita Belcia, ¿me concede este baile?

—Oh, no tengo ganas... Me duelen los pies.

—Insisto, por favor... Por favor.

Me miró, ligeramente sorprendida. Sonrió.

—De acuerdo, pero sólo un ratito.

Empezamos a bailar. Intencionadamente, me pegué a la muchacha con todo mi cuerpo y fingí estar muy interesado en ella. Al mismo tiempo, procuraba bailar muy cerca de Fela. Noté que ella también se ponía a conversar con el Clavo e incluso se reía mientras le hablaba.

El baile acabó tarde. Acompañé a Belcia a su casa. Vivía en el otro extremo del pueblo. Entró en el zaguán y empezó a abrir el candado de la puerta. Yo la alumbraba con la linterna.

—¿Vives sola?—le pregunté.

—Sí. Mi madre y los críos viven en la otra parte de la casa.

La estreché contra mi pecho. Me rechazó con los brazos.

—Chaval, sé muy bien qué buscas. ¡Pero hoy, ni hablar! Tengo que descansar bien... Mañana hago la ruta.

—Entonces, ¿cuándo?

—Algún día... Hay más días que longanizas... Bueno, ¡vete de una vez, porque quiero cerrar la puerta del zaguán!...

Se despidió con un apretón de mano fuerte y masculino.

—¡Qué la suerte te acompañe en el viaje, Belcia!

—Gracias. ¡Felices sueños!

Salí a la calle. En el pueblo reinaba el silencio. La luna calva y pensativa flotaba entre las nubes algo aburrida. En la zona noroeste del cielo resplandecía la Osa Mayor. La contemplé durante largo rato... Solté un suspiro y me dirigí a casa.

XI

Se acercaba el final de la época dorada. Los contrabandistas lo presentían y trabajaban a destajo. Bolek el Lord reunió a nuestra cuadrilla. Ahora es el maquinista. El Mamut y Wańka el Bolchevique, que habían empezado a traficar con la cuadrilla del Clavo, lo habían dejado en la estacada para sumarse a nosotros. Únicamente nos faltan Józef Trofida, el Buldog y el Chino, que están en el talego. Tampoco está Pietrek el Filósofo, que ha caído enfermo y guarda cama en casa al cuidado de Mużański, el relojero. Ni el Ruiseñor, que ha ido a Mołodeczno a visitar a unos parientes. En cambio, tenemos a un principiante. Es un muchacho joven y alto, de mi edad, que siempre va hecho un brazo de mar..., incluso cuando hacemos la ruta. Tal vez por eso lo llamemos el Elergante. Ésta es su primera travesía. Lowa controla el alijo. Llevamos mercancía barata: lapiceros, polvos de tocador, jabón de baño, peines y batista. Bergier no ha querido correr el riesgo de confiarnos un género caro en nuestro primer viaje. Llevamos portaderas ligeras: veinticinco libras cada una. Somos diez, contando al maquinista y a Lowa, el supervisor. Nos reunimos en un granero de la calle Zagumienna, en los arrabales del pueblo. Allí habíamos escondido las portaderas. Al anochecer, salimos del granero y nos dirigimos hacia el norte. Bolek el Lord nos guía por un camino nuevo que recorrió muchas veces con la cuadrilla de Bułyga, un contrabandista, maquinista y guía famoso a quien los bolcheviques se cepillaron en la primavera de 1922, cuando pasaba «figuras» de la Unión Soviética a Polonia.

Camino ensimismado, miro las estrellas del Carro y, sin saber por qué, les pongo nombres femeninos. A la primera de arriba, la de izquierda, la llamo Ewa; a la segunda, Irena; a la tercera Zofia; a la cuarta (la rueda superior delantera del Carro), Maria; a la quinta (la inferior), Helena; a la sexta (la superior trasera), Lidia; y, por fin, a la séptima (la inferior trasera), Leonia. Intento recordar estos nombres. «¡Suerte que los muchachos no saben en qué estoy pensando! ¡Sería el hazmerreír de todo el mundo! ¡Éste será mi secreto!» Sonrío a las estrellas y tengo la sensación de que ellas también me sonríen a mí con unos ojos preciosos y radiantes.

Tras pasar el día en el bosque, nos ponemos en camino de noche y, dos horas después de haberlo abandonado, llegamos a la aldea de Bombina, bañados en sudor, porque hemos forzado la marcha. Nos metemos en el granero y arrojamos las portaderas en el suelo, junto a la entrada. Nos sentamos sobre el heno para descansar. Después, los tres, el Lord, Lowa y yo, bajamos a la aldea. Nos acercamos de tapadillo a la ventana y miramos adentro para ver cómo están las cosas... No hay extraños en la casa. Bombina hace algo junto a la mesa. En el techo arde una lámpara de queroseno. Entramos en el zaguán y, desde allí, en la habitación.

—¡Buenas noches, casera!—dice el Lord.

Bombina se vuelve hacia la puerta, nos mira durante un rato y, acto seguido, da unas palmadas, sonriendo alegremente.

—¡Buenas noches!... No os esperaba... ¡Sentaos!

—¿Qué hay?—le pregunta el Lord.

—Todo bien... ¿Y vosotros?

Le relatamos a grandes rasgos el incidente de la última remesa. Y también la captura de Trofida, el Buldog y el Chino. Bombina lo lamenta.

—¿Y ahora qué? ¿Seguimos al pie del cañón?—pregunta al cabo de un rato.

—¡Por supuesto!... Como siempre—le responde el Lord.

—¿Vais a comer algo?—pregunta Bombina.

—¡Cómo no!—dice el Lord.

—¿Cuántos sois?

—Sin contarnos a nosotros, hay siete.

Bombina puso manos a la obra y cocinó unos huevos revueltos. Lowka dijo que estaba cansado y no tenía hambre. Se fue a dormir.

Al cabo de media hora, cargados con cestos llenos de vituallas, nos dirigimos hacia el granero. Bombina caminaba a la cabeza, linterna en mano.

Los muchachos la saludaron con júbilo. Wańka el Bolchevique se afanaba en torno a nuestra anfitriona, bailándole el agua. En un momento dado, le dijo algo. No oí bien sus palabras.

—¡No se hizo la miel para la boca del asno!—le contestó Bombina.

—¡Una verdad como un templo!—dijo el Lord.

—¡Muchachos—exclamó el Cometa pomposamente—, en verdad os digo que nuestra Bombina es un pozo de ciencia! ¡No es una mujer, es un baúl repleto de oro!

—¡Ni más ni menos!—añadió el Rata.

—Conque—prosiguió el Cometa—, tenemos que brindar a su salud. ¡Que viva cien años, nuestra Bombina!

—¡Quinientos!—lo corrigió el Lord.

—¡Mil!—se desgañitó el Rata.

Bombina se ríe y toma una copa de vodka con nosotros.

Hemos acabado de comer. Bombina se levanta y coge la linterna.

—¡Buenas noches, muchachos! ¡No me queméis el granero!

Después, se dirige a mí, diciendo:

—Tengo que llevarme los cestos. ¿Me echas una mano?

Recojo los platos, los meto dentro de los cestos y salimos del granero. Al cerrar la puerta, me llega la voz del Bolchevique. Y, acto seguido, el Rata suelta una carcajada y le contesta algo.

—¡Una verdad como un templo!—se oye la voz del Lord.

—Muchachos, en verdad os digo...—empieza a hablar el Cometa.

Pero no oí cuál era aquella «verdad», porque enfilamos el camino de la casa.

Una vez dentro, dejé los cestos sobre el banco e hice el amago de volver al granero.

—¿Adónde vas?—gritó Bombina.

—A dormir, con los muchachos...

—¿Y no preferirías dormir conmigo?

—Sí..., pero...

—¿Pero qué?

—No es correcto... ¿Qué dirán los muchachos?... Se reirán de mí... Habrá comentarios...

—¡Que se rían todo lo que quieran! ¡Más vale reír que llorar!... ¿Y a ti qué mosca te ha picado? ¿Acabas de salir del huevo y todavía te preocupa el chismorreo?... ¿No me ves?¡A mí, ni frío ni calor! ¡Me importa una higa!

A altas horas de la noche, cuando Bombina apagó la luz y empezaba a adormilarse, recordé la Osa Mayor y los nombres que había puesto a todas sus estrellas. Pensé que aún no sabía cómo se llamaba mi amante. Lo de Bombina no era ningún nombre. Ella ya dormía. La desperté. Se estiró perezosamente.

—Desembucha... ¿Qué quieres?

—¿Cómo te llamas?

—¿Por qué te interesa tanto?... ¿Me despiertas sólo para preguntarme eso?

No daba crédito a sus oídos. Se rió y después dijo:

—Lonia.

—¿Lonia?... ¿Quieres decir Leonia? ¿No?

—Sí... ¿Te gusta?

—¡Mucho!—dije sinceramente.

Se echó a reír, y, acto seguido, me abrazó con más ardor que de costumbre. A partir de aquel momento, empecé a llamarla por su nombre, pero sólo cuando nadie nos podía oír. Y siempre que contemplaba la Osa Mayor y detenía la mirada en su séptima estrella, me acordaba de Lonia y... la añoraba. Noté que, desde aquella noche, en nuestra relación había más calor y más cariño.

XII

La época dorada había acabado. Nevó un par de veces, pero la nieve pronto desapareció. Un día de estos, el camino podía vestirse de blanco. Aquello haría nuestro trabajo mucho más difícil. Los muchachos sudaban sangre. Querían aprovechar las postrimerías del otoño.

A finales de la época dorada, a los contrabandistas les sobrevino una lluvia de desgracias. Primero, por culpa del Clavo, toda su cuadrilla se fue a pique. Cayeron mientras descansaban en un escondrijo de la Unión Soviética, cerca de la frontera. Los había pescado el confidente Makárov. Yo no lo había visto nunca, pero los muchachos me había hablado mucho de él. Durante un tiempo, Makárov había sido contrabandista y atravesaba la frontera con los demás. Sin embargo, más tarde hizo tratos con los chequistas y empezó a «vender» a una partida tras otra. Como estaba familiarizado con los métodos de los contrabandistas y conocía algunos puntos de enlace, nos hizo mucho daño. También sabía dar caza a los contrabandistas por su cuenta y riesgo. Continuamente rondaba por la frontera, maquinando trampas muy astutas. Los muchachos me explicaron cómo era Makárov. Un hombre alto y robusto de unos cuarenta años. Gastaba una corta barba pelirroja, y la cicatriz de un navajazo le cruzaba la mejilla izquierda. La noticia de la captura del grupo del Clavo, formado por catorce hombres, la trajo Bronek Kiełb, que era el único que había logrado escabullirse. Aquella noche se disponía a salir del granero cuando oyó un ruido y murmullos en la puerta. Sin saber todavía qué se estaba guisando, retrocedió y se metió debajo del cortapajas que estaba a la derecha de la entrada. Cuando los chequistas irrumpieron y empezaron a sacar del almiar a los muchachos adormilados, él, escondido bajo la máquina, esperó temblando de miedo a que acabara el registro. Y apenas los chequistas hubieron abandonado el granero con los contrabandistas arrestados, se escurrió a través de una rendija de la puerta, que estaba tapada con un tablón. Corrió casi toda la noche y, al rayar el alba, llegó a Polonia con la noticia de la celada. Los judíos de Raków—el comerciante propietario del alijo y unos parientes de Judka Baleron—mandaron a Minsk a Szloma el Potro, que tenía allí buenas aldabas, para que rescatara sobre todo a Judka y, en la medida de lo posible, también al resto de la cuadrilla. Aquella misma noche, acompañado de Michał el Jorobado, el hermano del Clavo, Szloma cruzó la frontera, llevando cinco mil dólares escondidos bajo el forro de la caña de sus botas. Aquel fue el primer gran batacazo. La noche siguiente, en el lugar donde la frontera raya con Wołma, nuestros guardias atizaron al grupo de Kośma Sterdoń de Duszków. Dos muchachos fueron hechos prisioneros en nuestra zona y otros tres en la zona soviética. Después, cayó Helka Pudel, de la cuadrilla de Belcia—se había perdido en el bosque por los alrededores de Zatyczno (en el lado soviético) y todavía no había regresado—. Unos días más tarde llegó una noticia terrible. A cinco kilómetros de la frontera, en el bosque cercano a Gorań, habían encontrado en medio de una ciénaga los cadáveres de cinco hombres. Era una cuadrilla de Kuczkuny. Los chequistas iniciaron una investigación y arrestaron a seis campesinos de Krasny, polacos y bielorrusos. Aquellos campesinos habían organizado una cacería de contrabandistas y, al amanecer, habían atrapado a la partida de Kuczkuny. Se habían hecho con la mercancía y el dinero, y habían conducido a los hombres a la ciénaga. Una vez allí, los habían matado a tiros de *nagan*, habían pisoteado los cadáveres hasta hacerlos desaparecer en el fango y habían cubierto el lugar de leños. Habían procedido de este modo para que su crimen no saliera a la luz: sabían muy bien que los muertos no hablan.

A nosotros también nos ocurrió una desgracia. Atravesábamos la frontera con el matute. Éramos diez. En la frontera, se nos echaron encima. Pusimos pies en polvorosa. Por detrás se oían disparos. Galopábamos completamente a oscuras, encontrando el camino por instinto y guiándonos por el ruido de los pasos, que nos permitía no perder el rumbo del todo. Ya nos habíamos alejado un kilómetro de la frontera y, a pesar de ello, los disparos seguían retumbando. De pronto, oí a alguien gemir. Acto seguido, tropecé con un hombre sentado en el suelo. Salté por encima de él.

—¡Muchachos—oí su voz—, me han dado!

Me detuve y les grité a los compañeros:

—¡Quietos! ¡Ya no nos persiguen!

Todos se detuvieron. Volvimos a por el herido. Era el Elergante. La bala le había perforado la pantorrilla izquierda. No podía seguir caminando. Tras un breve conciliábulo, decidimos regresar llevando al herido entre dos, por turnos. Entonces el Mamut dijo:

—Yo regresaré a Raków con él... Ya me las arreglaré... ¡Y vosotros, tirad para adelante!...

Volvimos a deliberar. Finalmente, acordamos que el Rata y el Mamut regresarían con el Elergante al pueblo, mientras que nosotros continuaríamos la ruta con la mercancía. Con los jirones de una camisa improvisamos un vendaje para el herido y, acto seguido, el Mamut se lo subió sobre los hombros. El Rata iba delante para explorar el camino. Nos dejaron sus portaderas. El Lord quería llevar una, pero cargar con dos portaderas resulta demasiado duro para un guía. O sea que nos organizamos así: Bolek el Cometa, Wańka el Bolchevique y yo cogimos dos portaderas por barba. Llegamos al punto de destino sin problemas. Pero en el camino de vuelta, nos dispararon de nuevo. Esta vez, sin consecuencias.

El Mamut y el Rata pasaron por la frontera al Elergante herido y lo llevaron a su casa sin despeinarse.

Cuando reanudamos la marcha después de que el Elergante cayera herido, yo, sobrecargado de peso, caminaba con dificultad, haciendo lo imposible por no perder de vista la mancha gris de la portadera del Lord que, de repente, me pareció una losa sepulcral con sus inevitables inscripciones: el nombre, el apellido, la fecha de nacimiento y la de defunción. Mi imaginación incluso me hizo ver en aquella losa algunas palabras y el signo de la cruz. Pensaba: «Vagamos a oscuras trajinando losas sepulcrales. ¡Y yo llevo dos!» ¡Qué difícil y peligroso es el trabajo del contrabandista! Pero sentía que me costaría mucho abandonarlo. Tenía para mí la fuerza seductora de la cocaína... Me tientan nuestros misteriosos viajes nocturnos. Me resulta atractiva esta guerra de nervios y el juego con la muerte y el peligro. Me gustan los retornos a casa tras expediciones lejanas y arduas. Y después: el vodka, los cantos, el acordeón, las caras alegres de los muchachos y de las mozas... que nos quieren por nuestro dinero, por nuestra audacia, por nuestra alegría, porque nos va el parrandeo y no ambicionamos riquezas... No leemos ni una línea. La política no nos interesa en absoluto. Hace meses que no he visto un periódico. Todos nuestros pensamientos se concentran en torno a un solo tema: la frontera; mientras que nuestros sentimientos giran, según el gusto y el talante de cada uno, alrededor del vodka, de la música, de los juegos de azar o de las mujeres.

Noté que ya hacía dos semanas—desde que habían empezado nuestros contratiempos—que la Osa Mayor no aparecía, porque la tapaban las nubes.

Aquella vez que los guardias fronterizos hirieron al Elergante, en cuanto volví del otro lado de la frontera, fui a casa del Mamut para que me contara cómo habían logrado transportar al herido. Al entrar en su pobre cuartucho, vi una imagen insólita. El Mamut, pesado como un oso, estaba en el centro de la pieza, llevando a hombros a un crío de unos cinco años que hacía correr a su «caballito» a zurriagazos. Otro arrapiezo, un poco mayor, azotaba a su padre por detrás desde el suelo. Una niña sentada sobre un barreño vuelto boca abajo contemplaba aquel juego, riéndose de todo corazón. El Mamut, en su papel de caballo, galopaba con pesadez y desmaña, relinchando. Era el hombre más tierno y bueno que había conocido nunca, y cualquiera podía fácilmente aprovecharse de él, engañarlo y hacerle daño. Y, al mismo tiempo, era como un personaje salido de los tratados de criminología de Lombroso, y si algún día tuviera que afrontar un juicio, los periódicos hablarían de «una mirada sombría de criminal, un rostro impasible desprovisto de expresión humana y marcado por el estigma del crimen, unos instintos animales de degenerado, y otras lindezas por el estilo».

Cuando entré en el cuarto, la mujer del Mamut, menuda y delgada, se dirigió a mí, señalando a su marido con un gesto de la mano:

—¡Se ha vuelto loco! ¡Completamente loco! Él es

así... No tiene cerebro... ¡Si no le doy una paliza, se vuelve loco!... ¡No puede vivir sin una buena zurra!

Y el caballo Mamut estaba en el centro de la habitación, pesado y torpe, convencido de ser culpable de toda clase de cosas terribles. Una sonrisa tierna bailaba en sus labios. Le imploraba a su mujer con la mirada que lo dejara en paz en presencia de un huésped. Yo no sabía que el Mamut tuviese una familia tan numerosa y, para colmo, vi que un rorro yacía en una cuna.

Al volver a casa me enteré de que Józef Trofida había mandado una carta, en la cual informaba a la familia de que había sido condenado a seis meses y de que cumplía la condena en la cárcel de Nowogródek. Yo estaba inquieto por la hermana de Trofida, Hela. La chavala se pasaba todo el santo día triste y pensativa. Algunas veces notaba que tenía los ojos enrojecidos. A menudo la veo escabullirse de casa al caer la noche. Una vez la seguí. ¡Más me valdría no haberlo hecho!... Vi que se reunía con Alińczuk en el puente y que, juntos, se alejaban del pueblo. Si Józef hubiera estado en casa, le habría dicho que previniera a su hermana contra Alfred y que la pusiera al corriente de sus galanteos con muchas mozas del pueblo y entre ellas Fela. Yo no puedo hablarle a la muchacha de esas cosas, porque sin duda lo interpretaría mal. Pensaría que tengo celos. Hela volvió de aquella cita pálida y alicaída. Vi un rastro de lágrimas en su cara.

Janinka y yo somos muy amigos. Cuando me quedo en casa al avemaría, la niña me busca para contarme historias fantásticas sobre pájaros y bichos, y sobre lo que le dicen los árboles y las flores. ¿De dónde saca tanta fantasía una mocosa como ella? Me gustaría saber cómo será dentro de unos años, cuando sea ya una señorita en edad de merecer.

Esta mañana ha venido a verme el Lord. Como que Janinka estaba en mi cuarto, le ha dicho:

—¡Déjanos solos un momento!

La niña nos ha mirado y ha contestado en un tono muy serio:

—Pueden hablar de todo. Sé cómo me tengo que comportar... ¡No escucho secretos ajenos y nunca los revelo!

El Lord se ha echado a reír, la ha cogido por debajo de las axilas y la ha levantado en volandas.

—¡Esto no me gusta nada!—ha dicho Janinka.

—¡Disculpe, señorita!—le ha contestado el Lord, haciendo una profunda reverencia.

—Está usted perdonado. No me he ofendido... Y ahora me voy... Podrán hablar sin ceremonias.

Salió del cuarto.

—Ésta será una buena pieza—dijo el Lord.

—Es una chiquilla maja—objeté yo.

—¿Una chiquilla?—comentó el Lord—. Esta mocosuela dará cien vueltas a muchas mujeronas... ¡Con lo juiciosa que es!... ¡Que si esto, que si lo otro!...

—Bueno, ¿qué me ibas a decir?—le pregunté.

—Haremos una changa.

—¿Cuándo?

—Hoy nos ponemos en camino. De regreso, cargaremos con pieles. Pues, bien. Haremos la changa en el bosque, junto a la frontera. La temporada se acaba y tenemos que resarcirnos un poco antes de que llegue el invierno.

—¿Los muchachos lo saben?

—Ellos mismo me lo han pedido... Lo saben el Cometa, el Rata y el Mamut.

—¡Ojalá no trinquen a nadie!

—Qué le vamos a hacer. Será lo que Dios quiera. Tenemos que desquitarnos un poco. Las últimas siete remesas han pasado limpias. Ésta la trucaremos. Te aviso con tiempo para que lo sepas. Cuando llegue la hora de darse el bote, no me dejes ni a sol ni a sombra.

Salimos aquel mismo día al atardecer. Llevábamos una mercancía de gran valor: gamuza, charol, cromo, batista y medias de seda. Las portaderas pesaban cuarenta libras cada una.

Llegamos al punto de enlace a las tres de la madrugada. Los muchachos entraron en el granero, mientras que Lowa y yo nos dirigimos a la aldea. Antes, mis compañeros bromeaban a propósito de mi aventura con Bombina. En particular, Wańka el Bolchevique. Pero un día el Rata le dijo:

—¿Te da rabia, verdad?... ¡Te mueres de envidia! Tenía razón Bombina: ¡no se hizo la miel para la boca del asno!

Después, todos se acostumbraron a la idea, sobre todo cuando se dieron cuenta de que, últimamente, Bombina se esmeraba más en la preparación de nuestro «rancho». Cuando llegábamos a nuestra guarida, ellos se dirigían al granero, mientras que Lowa y yo íbamos a la casa. Sólo de vez en cuando el Bolchevique no lograba contenerse y espetaba: «A éste lo han pescado un par de muslos.»

Bombina nos abrió la puerta. Sin ninguna vergüenza, me estrechó entre sus brazos rollizos y cálidos en presencia de Lowka. Después, lo mandó rápidamente al cuarto del rincón y volvió junto a mí, alegre, excitada e impaciente. Me ayudó a quitarme la ropa y las botas embadurnadas de lodo hasta la rodilla. Por la mañana, solía encontrármelo todo limpio y seco. Estaba a gusto con ella. Con el tiempo me di cuenta de que empezaba a quererme de una manera distinta..., más tierna, más dulce. Yo también le tenía cada vez más apego. Descubrí que la diferencia de edad entre nosotros casi no se notaba. Y a menudo me parecía que ella, tan rebosante de ganas de vivir, de risas y de una frivolidad casi infantil, era más joven que yo.

Al día siguiente, emprendimos el camino de vuelta. Yo llevaba a cuestas un saco con trescientas ochenta pieles de ardilla altaica—diecinueve paquetes de veinte pieles cada uno—. La portadera no pesaba gran cosa. Los demás también llevaban pieles, todas de ardilla. La ruta era inusitadamente ardua. La noche era negra como el carbón, el terreno cenagoso y pegadizo como la dextrina. Avanzábamos con dificultad como insectos enganchados a un papel atrapamoscas y nos costaba Dios y ayuda sacar los pies de la tierra fangosa. Tuvimos que hacer tres descansos antes de llegar al bosque fronterizo cercano a Zatyczyn, donde pensábamos hacer la changa.

Nos adentramos en el bosque. Empezamos a deslizarnos por una vereda estrecha entre abetos que crecían apiñados. Después, salimos a un vasto calvero y enfilamos un camino trillado por las ruedas de los carros. Bajo nuestros pies retumbaron unos maderos. «El puente», pensé, procurando hacer el menor ruido posible al caminar. Alguien me adelantó y desapareció en la oscuridad. Era el Rata. El Lord se detuvo un momento y me cogió de la mano. Arrimó su cara a la mía y susurró: «¡Ahora!» Nos pusimos a caminar uno al lado del otro. De repente, a la izquierda, titiló una linterna. La luz recorrió como un relámpago la larga hilera de muchachos que serpenteaba por el centro del camino. En aquel mismo momento, se oyó un bramido inhumano:

—¡Al-to!... ¡O disparo!... ¡Al-to!...

La linterna se apagó. Restallaron dos tiros de revólver. Y dos más. Hubo un gran barullo. Se oyeron gritos.

Los matorrales de la orilla del camino crujían. El fragor resonaba por todo el bosque. El Lord y yo dimos un salto hacia la izquierda, y los muchachos galoparon hacia la derecha. Al cabo de poco tiempo, todo se calmó. Nos levantamos del suelo. Cerca, se oyó un silbido. El Lord respondió. Se nos acercó el Rata. Había sido él quien gritaba y disparaba. Lo oí reírse para sus adentros.

—¿Qué? ¿Cómo ha ido?—le pregunté al Lord.

—¡Como una seda! ¡Válgame Dios, qué tomadura de pelo! ¡Una changa de categoría!

Cruzamos la frontera felices. Al día siguiente, Bolek el Cometa se llevó las pieles a Wilno. Allí se podían vender a mejor precio que en el pueblo. Yo, el Lord, el Rata y el Mamut le confiamos nuestra parte. En total, había mil ochocientas cuarenta piezas.

—¡Que no nos pegue un parchazo!—dijo el Rata.

—¿Él?—dijo el Lord—. ¡Nunca jamás! ¡No dejaría la frontera ni que le dieran un millón!

El Cometa volvió al cabo de dos días. Había vendido las pieles por dos mil veinticuatro dólares. A un dólar diez céntimos la pieza. Descontamos veinticuatro dólares que le dimos por la fatiga, y los dos mil restantes nos los repartimos. Cuatrocientos dólares por cabeza.

Sólo nosotros cinco sabíamos lo de la changa. Los demás muchachos pensaban que de veras había sido una redada. Algunos incluso decían que llevaba la marca del confidente Makárov. Y Wańka el Bolchevique juraba y perjuraba que, a la luz de la linterna, había vislumbrado su barba pelirroja y la cicatriz de la mejilla izquierda. Todos habían regresado al pueblo sanos y salvos. Pero la mercancía nunca le fue devuelta al comerciante: «La habían perdido en la escaramuza, la habían tirado». A decir verdad, no dimos muchas explicaciones.

XIII

Volvió a nevar y la nieve cuajó. Había llegado un invierno crudo, gélido y nevoso. Se había presentado en la frontera sin pedir permiso a nadie y había sepultado la tierra bajo una capa gruesa de polvo frío, arropándola para un largo sueño. Los senderos blancos eran impracticables. Se había acabado la temporada de oro. Los muchachos se divertían, bebían, armaban jaleo y perseguían a las mozas. Todos parecían tener mucha prisa por fundirse cuanto antes el dinero que habían ganado.

Ginta tenía un éxito especial. Nuestro salón estaba lleno a todas horas: la puerta no acababa de cerrarse nunca. Los contrabandistas se bañaban en vodka. Bolek el Cometa se sentía como pez en el agua. Bebía, bebía y bebía. Nunca se le veía descansar. Felek el Pachorrudo le hacía compañía, pero bebía menos, porque estaba demasiado ocupado comiendo. Antoni tocaba sin tregua. El Cometa le había traído un acordeón nuevo y muy caro, y se lo había regalado como recuerdo. Así pues, el acordeonista lo tocaba, lo aporreaba rabiosamente y le sacaba chispas. Un día, al atardecer, tropecé en la plaza mayor con Josek el Ansarero. Me saludó alegremente.

—¿Adónde vas?—preguntó.

—A casa.

—Todavía es temprano. Ven conmigo. Le daremos a la sin hueso. Te contaré una historia interesante. ¡Algo de Alfred Alińczuk!

Le seguí. Su mujer lo esperaba con la cena. Nos sentamos a la mesa. El Ansarero le dijo:

—¡Tú vete a dormir, Dora! Nosotros vamos a pegar la hebra.

En cuanto hubo abandonado la habitación, Josek se puso serio y dijo:

—¡Tenéis que andaros con cuidado! ¡Alfred va a dar el chivatazo!

—¿Qué significa chivatazo? ¿Irá con el soplo a la policía?

El Ansarero sonrió.

—No... Quiere borraros del mapa para siempre... En el otro lado...

—¿Cómo lo sabes?

—Anda preguntándole a la gente por dónde soléis moveros y dónde se esconde el Lord con su cuadrilla.

—¿Lo crees capaz de hacer algo semejante?

—¿Él?... ¡Se nota que lo conoces poco! ¡Es capaz de hacer cualquier canallada!

—¡Me cuesta creerlo!... ¡Al fin y al cabo, es un contrabandista!

Josek soltó una carcajada.

—¿Contrabandista? ¿Él?... ¡Es una mierda!... ¿Tú crees que en el otro lado necesita esconderse?... ¡Juega sobre seguro!

—¡Pero si van empalmados!

—¿Y qué? Llevan fusca porque les tienen miedo a los palurdos. Alfred ha preguntado por vuestra cuadrilla a socapa. Dice que quiere encontrar una ruta alternativa para no estorbaros. Pero lo que pretende es hundiros... ¡Andaos con cuidado!... Tengo una sospecha...

El Ansarero hizo una pausa.

—¿Qué clase de sospecha?

—¿No se lo dirás a nadie?

—No.

—¿Me lo juras?

—Sí.

—Fue él quien vendió a la cuadrilla del Clavo, porque quería quitarle la novia, Andźka Zawitczanka.

—¡Qué me dices!

—No lo sé de fijo. Lo único que sé es que a menudo se encuentra con el confidente Makárov en Minsk. Allí se divierten juntos. Makárov ayuda a los Alińczuk a pasar el matute y ellos, a cambio, le proporcionan trabajo... ¡Delatan a todo Cristo!...

Yo estaba asustadísimo. Reflexioné durante un rato y dije:

—¿Sabes qué, Josek? ¡Éste es un asunto muy importante! Se lo tengo que decir a Saszka y al Lord.

—¡Ahora no puedes hacerlo! Me has dado tu palabra... Me enteraré de más cosas y entonces ajustaréis las cuentas con Alfred... Ahora no puedes... Limítate a decirle al Lord que vigile en los recodos y que cambie de madriguera. Dile que alguien te ha informado de que Alfred anda preguntándoles a los contrabandistas bisoños por dónde soléis pasar. Que ponga sobre aviso a los muchachos y que mantengan la boca cerrada... Alfred quiere denunciaros tal como lo hizo con el Clavo...

Volví a casa a altas horas de la noche con la cabeza llena de planes. Cavilaba cómo comportarme en esta situación. Temía que los muchachos abandonaran la guarida de Lonia. No tendría ninguna posibilidad de verla. Al día siguiente fui a buscar al Lord. Lo encontré en su casa. Tenía jaqueca después de la cogorza de la noche anterior. Me expresó su deseo de alegrarse las pajarillas.

—¿Sabes qué, Bolek?—le dije—. En la guarida tenemos que estar alerta. Alfred anda preguntando dónde está nuestro punto de enlace en la Unión Soviética. ¡Quiere dar el chivatazo!

—¿Cómo lo sabes?

—De boca de un chaval.

—¡Me cago en Alfred!... ¡Es un cerdo!...

—¡Tenemos que tomar precauciones!

—Sí... De ahora en adelante, iremos con más cuidado. ¡No se saldrá con la suya! ¡No trincarán a toda la cuadrilla! Como mucho, a un solo muchacho... ¿Estás seguro de que es verdad?

—No. Pero tengo mis sospechas.

No quería asustar mucho al Lord por temor a que cambiara de guarida.

—Hay que avisar a los muchachos para que no suelten prenda de dónde paramos en la Unión Soviética—dijo el Lord.

—Exacto. Hazlo. Que vigilen. ¡Que mantengan la boca cerrada y basta! Además, nadie sabe el nombre de Bombina ni es capaz de localizar con precisión su caserío.

Cambiamos de tema. Y un poco más tarde fuimos a tomar unas copas a la casa de Ginta. Pasados dos días, salimos por primera vez a faenar con nieve. A la cabeza de la partida, como siempre, iba el Lord. Lowka cuidaba de la mercancía. Era un género barato: suelas de zapatos, jerséis de señora, bufandas de lana..., todo para la temporada de invierno. Además de mí, de Lowka y del Lord, formaban la cuadrilla el Mamut, el Rata, Bolek el Cometa, Wańka el Bolchevique y Felek el Pachorrudo. Nueve, en total. Pietrek el Filósofo seguía enfermo y al Elergante todavía no se le había curado la herida. Aquella vez estuvimos más en guardia. No fuimos directamente a campo traviesa hacia las edificaciones de la aldea y el huerto, sino que bordeamos el bosquecillo y nos acercamos al camino trillado por los trineos que nos permitiría llegar al caserío sin dejar huellas. Habíamos iniciado la marcha en Bokrówka, en un granero situado en las lindes del pueblo adonde, aún en pleno día, habíamos trajinado las portaderas. Nos pusimos en camino apenas cerró la noche. Lo hicimos calculando que a los guardias no les pasaría por la cabeza que los contrabandistas pudieran salir tan temprano. A las dos de la madrugada llegamos al caserío de Bombina.

El Lord detiene la cuadrilla. Se acerca a mí y me pregunta:

—¿Quieres ir tú primero?... Comprueba que todo esté en orden en la guarida, en el granero y en el jardín... Inspecciona todo el caserío. Pregúntale a Bombina si alguien ha huroneado por aquí durante el día. Y, si todo está tranquilo, sal al camino y traza tres círculos grandes con la linterna...

—De acuerdo. Voy para allá.

—Deja la portadera. Irás más ligero.

Me zafo de la portadera y salgo al camino. Faltan unos trescientos pasos para llegar al caserío. Camino de prisa y alegre. ¡Es tan fácil moverse sin portadera! Miro la Osa Mayor y sonrío. Repito los nombres de cada una de las estrellas: Ewa, Irena, Zofia, Maria, Helena, Lidia y Leonia... Lonia. Después, repito unas cuantas veces: Lonia, y me río. «¡Sin duda, está durmiendo y ni siquiera sueña que ahora llego yo!» Aprieto el paso. La puerta y el portillo trasero están cerrados. Salto la valla y ya estoy en el patio. Desde el fondo del corral se me echa encima un gran perro.

—¡Nero! ¡Nero!—llamo al perro.

Se acerca dando brincos y, con un ladrido de alegría, se levanta sobre las patas traseras, intentando lamerme la cara. Lo aparto de un empujón. Golpeo suavemente la ventana. Al cabo de un rato, veo la mancha blanca de un rostro al otro lado del cristal.

—¿Quién va?

—Soy yo.

—¿Władzio?

—Sí, Lonia. Ábreme.

Chasquean los cerrojos y entro en la habitación cálida. Lonia acaba de levantarse. Me da un beso apasionado.

—¡Qué frío estás!... ¿Y los muchachos? ¿No han venido?

—He venido solo.

—¿Sooolo?

—Sí.

—¿Lo dices en serio? ¿Por qué?

—Te añoraba, así que me he dicho: ¿A qué esperas? ¡Ve a verla!

Suelta una risotada y, acto seguido, dice muy seria:

—Imposible. Mientes.

Le explico de qué se trata. Me asegura que en el caserío todo está en orden. Aún así, hago una ronda por el patio y por el jardín y sólo entonces salgo al camino. Saco la linterna, la enciendo y trazo tres círculos grandes en el aire. Espero. Pronto, sobre la blancura del camino, aparecen, uno tras otro, mis compañeros. Les dejo entrar en el patio y echo el cerrojo. Los muchachos se dirigen al granero y yo entro con Lonia en la casa. Lonia ya está vestida. Se afana por el cuarto. Enciende la estufa. Me prepara la comida, porque Lowa y los muchachos ya se han acostado.

Más tarde, cuando ya estábamos tumbados en la cama, Lonia me dijo:

—¿Sabes qué, Władzio?... No dejo de pensar en una cosa: ¿por qué no te quedas conmigo para siempre?

—¡Qué dices!

—Lo tengo bien planeado... Cerraré la guarida... Ya estoy hasta el moño... Tengo bastante dinero para mí, y a ti tampoco te faltará. Viviremos... Te conseguiré papeles... Conozco a gente de Wolispołkom y de Zasławsk... No es tan difícil...

—No. No quiero...

—¿No me quieres, verdad?

—Éste no es el problema. Prefiero vivir en mi país...

Durante un largo rato, Lonia intentó convencerme de que aceptara su propuesta. Me lo rogaba, esgrimiendo varios argumentos. Al final, le prometí que me lo pensaría. Pero sabía de antemano que nunca accedería a sus ruegos... Allí, me moriría de aburrimiento. Y tal vez acabara aborreciendo también a Lonia. Pero esto no se lo dije.

XIV

Por Navidades y Año Nuevo lo pasamos a lo grande. Y, acabadas las fiestas, eran muy pocos los contrabandistas que aún tenían un triste céntimo en el bolsillo. En enero, los muchachos volvieron a las rutas. Les obligaba a ello la pobreza. Volvieron aunque los caminos eran muy difíciles, volvieron a pesar de los vendavales y de los lobos que pululaban por los campos y los bosques. Ahora, los comerciantes suministraban sólo mercancía barata. No querían correr riesgos. Sabían que los caminos eran muy peligrosos y que aquellos muchachos hambrientos estaban dispuestos a hacerles una changa. Pocas cuadrillas salían a trabajar y no eran muy numerosas. En cambio, aumentó el nombre de los que hacían la ruta por su cuenta. Transportaban alcohol, porque era muy codiciado en la Unión Soviética.

En vísperas de Reyes el Lord vino a verme. Dijo:

—Me manda Fela...

Me quedé sorprendido.

—¿Qué quiere?

—Te invita a un baile que dará mañana.

—¡Pero Saszka no está en casa! Ha ido a Stołpce.

—Da igual. Ella organiza un pequeño sarao. Habrá algunas mozas y unos cuantos chavales.

—¿Tú vas a ir?

—Sí.

—Bueno. Siendo así, yo también iré.

Al día siguiente, me vestí con especial esmero y fui a casa de Fela acompañado del Lord. Eran las siete de la tarde. Los demás ya habían llegado. Me di cuenta de que Fela había elegido a los muchachos procurando que fueran de esos que no arman jaleos y son capaces de divertirse como personas. Además del Lord, yo conocía a Pietrek el Filósofo, a Julek el Loco y al Elergante. Vi también a los hermanos Fabiński, Karol y Zygmunt. Eran parientes lejanos de los Weblin. Acababan de llegar de Vilnius y, ante nosotros, se comportaban con cierta reserva y aires de superioridad. En cuanto a las muchachas, habían venido Fela, Belcia, Andzia Sołdat y Mania Dziundzia. Además, estaba Lutka Żubik, de la cuadrilla de Belcia, la sustituta de Mańka Pudel a quien habían trincado en la Unión Soviética y que, por aquel entonces, se pudría en la cárcel de Minsk. Era una mujerona metida en carnes que, con cada paso que daba, sacudía sus exuberancias, colmando las mentes de los muchachos de deseos eróticos. También había venido la prima de Fela, una jovencita rubia, guapa y delgada de dieciséis años a lo sumo.

Unos ojos preciosos le adornaban la cara. Se llamaba Zosia.

Cuando entramos en la casa, los jóvenes ya se divertían. Sobre la cómoda había un gran gramófono que tocaba un vals, luciendo el niquelado de su enorme trompa. En el centro de la sala bailaban dos parejas: el Elergante con Zosia y Karol Fabiński con Fela. Saludamos, uno tras uno, a todos los asistentes y fuimos presentados a las personas que no conocíamos. Zygmunt Fabiński me tendió con negligencia una mano pequeña y blanda, cual la de una mujer, como si me concediera un gran favor. Hinchó los labios y dijo con voz cadenciosa:

—Fa-biński...

Me resultó antipático. No me gustan los lechuguinos amanerados. Le apreté la mano con tanta fuerza que casi se echa a gritar, y le dije:

—¡Ła-abrowicz!

Me senté junto a la mesilla de Belcia y Andzia Sołdat. Me puse a conversar con Belcia, observando al mismo tiempo con el rabillo del ojo a Fela, que todavía bailaba con Karol Fabiński. Estaba preciosa. Llevaba un vestido negro. Los colores oscuros la favorecían más que los claros, realzaban su silueta esbelta, su cabeza magnífica y su cuello. Cuando bailaba, se movía con tanta naturalidad que alguien hubiera podido pensar que la danza era su única e innata manera de moverse. Yo no podía quitarle los ojos de encima. Escuchaba distraído la cháchara de Belcia, contemplando sin cesar a Fela. La muchacha debió de notarlo, porque dijo:

—¡El señor Władzio es un maleducado: no me escucha!

Volví a la realidad y me puse a charlar con Belcia, fingiendo estar especialmente interesado por su persona. Le propuse que bailáramos.

—¿No tiene bastante con los bailes de la frontera?—preguntó.

—Ya tiene razón, ya.

Me inclino hacia ella por encima de la mesa y la tuteo como siempre que estamos entre los nuestros y no tenemos que andarnos con ceremonias:

—Belcia, dime cuándo.

—¿Cuándo qué?

—Ya lo sabes... Lo que me prometiste el otro día, cuando te acompañé a casa...

Se ríe.

—¿Tienes prisa?

—¡No sabes cuánta!

—¡Pues, sufre un poco o tómate un vaso de agua fría!

Fela se da cuenta de que nos estamos haciendo confidencias. Nos echa miradas una y otra vez, y después deja de bailar y se nos acerca con su pareja. Me saluda.

—¡Buenas noches, señor Władzio!

—¡Buenas noches!

—¡Señores, permitan que haga las presentaciones!—señala con la cabeza a Fabiński.

Karol me tiende una mano menuda y muy cuidada, y dice arrastrando las sílabas:

—Fa-abiński.

Y yo le contesto con una voz de bajo, exagerada y desafiante, remedando su entonación:

—¡Ła-abrowicz!

Belcia suelta una carcajada. Fela me arroja una mirada atónita. Karol retrocede un paso.

—Veo que es usted muy nervioso—le espeto.

—Como un chucho francés—añade el Lord y, fingiendo que estas palabras no se refieren a Karol, le dice

146

a continuación a Andzia Sołdat—, era delicioso y muy ágil, asustadizo y cobardica...

Belcia se ríe. Fela frunce el ceño y se acerca al gramófono para poner un disco nuevo. Karol se sienta al lado de Zygmunt y hablan en voz baja, lanzando miradas críticas a la concurrencia. Están escandalizados.

Inesperadamente, de la trompa del gramófono mana el vozarrón apasionado de un tenor:

¿Dónde estás, amor mío?
¿Dónde vives, ángel mío?

—Bajo una farola—contesta el Lord con seriedad.

Las muchachas se tronchan. Los Fabiński fruncen el entrecejo. No me vendría mal tomar una copa. Se lo comento al Lord.

—¡Una verdad como un templo!—confirma mi compañero.

Se acerca a Fela. Entre risas, le dice algo. Después entran juntos en la habitación de al lado. Sigo a la muchacha con la mirada: una silueta estilizada, unas piernas esbeltas, unas caderas que se balancean a cada movimiento, y me siento cada vez más atraído pero, al mismo tiempo,... la odio... ¿Qué diablos me ocurre?

Al cabo de unos minutos, Fela vuelve sola y cruza el cuarto en mi dirección. La miro a los ojos. La muchacha sonríe ligeramente y—así me lo parece—con ironía. Dice:

—El señor Bolek pregunta si puede dedicarle un rato.

Paso a la habitación contigua, la misma donde el otro día tuvo lugar la pelea con los Alińczuk a propósito de los naipes marcados. Ahora la mesa está arrimada a la ventana y, a su lado, veo al Lord.

—¡Ven, compañero!—me llama—. ¡Ya es hora de echar un trago!

Veo en la mesa una gran botella de cristal tallado llena de vodka perfumado con jarabe de cerezas. Los platos rebosan de pan, pepinos y tacos de jamón.

El Lord hace un amplio gesto con los brazos:

—¡Han echado la casa por la ventana!

Bebemos vodka en vaso.

—¡Fela me ha pedido que no te emborrache!—dice el Lord.

—¿Lo dices en serio?

—¡Uhm!... Tienes éxito con las mujeres... ¡Ve a por ella!... Es una princesa... Alfred le tiró los tejos durante dos años...

Comemos y bebemos con prisas. El vodka se acaba. Estoy cada vez más alegre. El Lord come, me mira y dice:

—¡Aprovecha esta oportunidad!... Conozco a Fela como a la palma de mi mano... Ha organizado esta velada para ti... Guarda las distancias para parecerte todavía más atractiva. ¿Lo entiendes?... ¡Recuerda el undécimo mandamiento!... ¡Tratarás a las mujeres con maña!

Empieza a darme lecciones con el tono profesoral de un don Juan experimentado. Esto me molesta, pero no le digo nada. Sé que lo hace porque me tiene una gran simpatía.

Regresamos a la sala. El gramófono toca una polca. Fela baila con Zygmunt Fabiński. A ratos, me lanza miradas. ¡Qué mujer tan extraña: su cuerpo es una tentación irresistible, mientras que sus ojos están llenos de rechazo! Los hombres se vuelven locos, pero ella se ríe de todos nosotros. El vodka me ha puesto a tono. Le doy palique a Belcia mientras le sonrío a Fela. Por la cara que pone noto que está preocupada: seguramente se pregunta si no estoy demasiado borracho. Al cabo de un rato deja de bailar y se sienta al lado del Lord. Le habla con una sonrisa forzada en los labios. La miro a los ojos y, de repente, me doy cuenta de que quiere que la saque a bailar... Las parejas dan vueltas por toda la pieza. Zosia baila con Julek. Lutka Żubik, rechoncha, metida en carnes, da unos brincos cómicos sobre sus pantorrillas gruesas y provoca las sonrisas de la concurrencia mientras baila con el Elergante que, con la cabeza ladeada «elegantemente», lleva a su dama con distinción.

Fela no deja de mirarme. Capto su ruego o... su orden y me acerco a ella:

—Señorita Fela, ¿me concede este baile?

Me mira un instante a la cara. Sus ojos cambian de expresión. Y, de golpe y porrazo, dice en un tono casi irónico:

—¡Gracias por su interés..., pero me apetece descansar un poco!...

Me siento estúpido. Avergonzado, vuelvo junto a Belcia. Capto su sonrisa apenas perceptible.

—¡Señorita Belcia! ¿Me hace el honor?

La chavala se levanta. Empezamos a girar por la sala. Intento no pensar en Fela, de modo que pienso en Belcia. «¡Tiene una cara muy simpática, unos ojos preciosos y una figura magnífica!... ¡Los muchachos se vuelven tarumbas por ella! Los provocan sus pechos turgentes... ¡A lo mejor, es más guapa que Lonia!» La estrecho cada vez más entre mis brazos sin parar mientes en nada. Belcia dice por lo bajinis:

—¡Locuelo!... ¡Estate quieto, porque si no, te dejo plantado ahora mismo!... ¡Nos están viendo!...

Veo que somos la única pareja que baila. Todo el

mundo nos mira. Capto sonrisas en los rostros de los muchachos y de las mozas. Karol y Zygmunt Fabiński hinchan los labios con desprecio.

Le digo a la muchacha en voz baja:

—¡Que los zurzan a todos, nena! ¡Déjales que miren!

—¡Eso se dice pronto, pero después seré yo quien andará en lenguas!

Interrumpimos el baile y nos sentamos junto a la ventana. Intento hacer ostentación de una dedicación absoluta a Belcia. Fela y Zosia salen de la habitación. Empiezan a preparar el té. Los hermanos Fabiński se mantienen al margen del resto de los invitados. El Lord se ha arrellanado en una silla entre Andzia Sołdat y Mania Dziuńdzia. Les cuenta una historia. Las chavalas se mondan. Fela y Zosia vuelven. Con nuestra ayuda, colocan una gran mesa en el centro de la sala y sirven el té. Hay confituras, bizcocho, pasteles, caramelos y nueces. Fela nos llama a la mesa. Nos sentamos a tomar el té. Todo el mundo excepto el Lord y yo se comporta con gran seriedad. Karol y Zygmunt Fabiński levantan el dedo meñique mientras sostienen los vasos. Las chavalas hacen lo imposible para beber sin sorber ruidosamente. Poco a poco, aparentando desgana, picotean bizcochos y pasteles. La conversación se interrumpe a cada momento. Se percibe un embarazo general. Las caras de viernes de los hermanos Fabiński y sus miradas irónicas aguan la fiesta. Fela se acerca al gramófono y pone un disco nuevo. El cuarto se llena con los tonos ruidosos y alegres de la *Polca en el bosque*.

Después del té apartamos la mesa hacia un lado para dejar espacio a los bailarines.

Mientras bailaba con Belcia, le pregunté:

—¿Puedo acompañarte a casa?

Sonrió.

—¡Sé muy bien lo que pretendes!

—¿Y qué hay de malo?... Me gustas mucho...

—¿Sabes mantener la boca cerrada?

—¡Te lo juro! ¡No diré ni mu! ¡Si miento, que me muerda la primera bala de la frontera!

—¡Vaya, vaya!... ¡No tienes que jurarme nada!... ¡Te creo!... Me despediré de todos y tú te quedas unos diez minutos más. Echa un baile con Lutka y después finge que te vas a casa. Te esperaré en el primer callejón de la izquierda. Allí nunca hay nadie...

Dejamos de bailar. Me sumé al grupo del Lord. Fela charlaba con Zosia y con los hermanos Fabiński. Me puse a cortejar a Dziuńdzia. Belcia no tardó en despedirse de los presentes y abandonar la casa. Dijo que tenía jaqueca. Se retomaron los bailes. Vi que el Elergante estaba a punto de irse. Entonces, yo también dije adiós a todos y salí de la casa con él. Una vez en la calle, le dije:

—¡Me he olvidado de decirle algo al Lord!... Sigue adelante, que yo tengo que volver a la fiesta.

Entré nuevamente en el patio y, escondido detrás de la puerta, esperé a que el Elergante se alejara. Entonces, me dirigí a toda prisa al callejón. Ya no tenía esperanzas de encontrar allí a la moza, porque hacía un frío que pelaba.

Corrí callejón abajo y no vi a nadie. De golpe, oí un silbido sordo y vi a Belcia emerger de la oscuridad entre la pared de un cobertizo y una valla.

—¿Has cogido frío?—le pregunto.

—Eee... Soy una mujer caliente. El frío no puede conmigo.

Estrecho a la muchacha contra mi pecho y beso sus

labios fríos, duros y lisos como un hueso. Después, caminamos de bracete a toda prisa por los callejones, evitando las calles principales. La nieve cruje bajo nuestros pies. El frío nos muerde las mejillas. Las estrellas brillan en el cielo, nos hacen guiños pícaros. La Osa Mayor resplandece maravillosamente... La miro y pienso: «Es una lástima que no haya bautizado ninguna de las estrellas con el nombre de Belcia.»

XV

A mediados de febrero, salí a hacer la primera ruta del mes. No podía ni sospechar que aquel viaje tendría un final trágico para mí y que iba a pasar mucho tiempo entre rejas.

Fui, como siempre, con el grupo del Lord. Éramos nueve: yo, el Lord, el Rata, Bolek el Cometa, Wańka el Bolchevique, el Mamut, Felek el Pachorrudo y el Elergante. Los demás muchachos no nos acompañaron por varios motivos. Llevábamos una mercancía cara: gamuza, charol y cromo. Todo de la mejor calidad. Las portaderas pesaban mucho, cuarenta libras cada una, pero no hacían bulto y estaban bien atadas. Nos pusimos en camino apenas oscureció. Soplaba una ventisca no demasiado fuerte. Esto favorecía nuestra expedición. Pero poco tiempo después de haber cruzado la segunda línea, se desencadenó un vendaval muy fuerte. Iba recrudeciéndose más y más y, de repente, cogió tanta fuerza que convirtió todo el terreno en un enorme océano de nieve. En algún lugar, el grupo se detuvo. Los muchachos se agolparon. Procurando gritar lo bastante para superar los aullidos del viento, Lowka propuso que volviésemos al pueblo. El Lord no estaba de acuerdo. Dijo que ya habíamos hecho una tercera parte del camino; que retroceder era más peligroso que seguir adelante porque, tal como estaban las cosas, la frontera era difícil de distinguir y podían trincarnos con gran facilidad; que, cuando hacía aquel tiempo de perros, los guardias fronterizos se escondían en cuevas alrededor de una hoguera, porque sabían muy bien que era imposible cazar contrabandistas en una noche así y que, como mucho, podían tropezar con una jauría de lobos; y que sólo muy de vez en cuando algunas patrullas reforzadas recorrían la frontera.

Seguimos adelante. El Lord, el Mamut y el Cometa se relevaban a la cabeza del grupo, porque al que iba primero le tocaba el trabajo más duro: tenía que abrirles camino a sus compañeros a través de una nieve profunda. Al cabo de un rato, el vendaval se convirtió en huracán. A nuestro alrededor pasaban cosas extrañas. De repente, el viento arrancaba la nieve de inmensas fajas de terreno y la lanzaba a las alturas, mientras que nosotros, ofuscados y desfallecidos, caminábamos sobre los terrones congelados, resbalábamos y nos derrumbábamos en el suelo. Al cabo de unos minutos, el huracán arrojaba sobre nuestras cabezas la masa de nieve que, hacía un rato, se arremolinaba en el aire y, a veces, nos sepultaba hasta el cuello bajo una capa volátil y trémula. Nos deteníamos. Reposábamos. Después, lentamente, paso a paso, retomábamos la marcha, hundiéndonos en aquellas montañas níveas. Al parecer el huracán se había marcado el objetivo de no permitirnos llegar a la guarida... Empezaba empujándonos por detrás como si quisiera ayudarnos a avanzar. Nos empujaba con más y más fuerza hasta que, de repente, silbando y riéndose a carcajada limpia, se apartaba a un lado, mientras que nosotros, desprevenidos, caíamos de espaldas en la nieve. Después, se ponía al acecho durante unos segundos y, en cuanto nos habíamos levantado y reiniciábamos la marcha, nos frenaba con un golpe seco en las narices. A continuación, agachados, intentábamos seguir la ruta con los brazos abiertos para mantener el equilibrio. Era como nadar en un enorme remolino blanco. Entonces, el vendaval huía hacia lo alto. Triunfante, se reía con regocijo, mientras que nosotros nos desplomábamos bañados en sudor y sin respiración...

Estamos sentados en la nieve. El vendaval retoza en las alturas. Finge ignorarnos... Aparenta sólo jugar: canta, silba, se ríe, sopla suavemente y persigue los copos de nieve. Nos levantamos... Su truco se descubre... Él también se levanta... Rabioso, frío, tajante, despiadado... Dirige su primer puñetazo contra nuestros ojos. Agachamos la cabeza: lo saludamos y le imploramos. Pero no se deja aplacar... Puesto que un solo montículo de nieve le sabe a poco, furioso y malhumorado, recoge toda la nieve de un kilómetro cuadrado de campo para descargar este alud sobre nuestras cabezas. Ahora ya no lo oímos triunfar, tronar y rugir... Estamos cegados y ensordecidos. Nos atragantamos con la nieve menuda y punzante.

Nos desenterramos. Nos encontramos a tientas y, hundiéndonos hasta el pecho en el ventisquero, descendemos por una colina movediza que lentamente se arrastra hacia delante. El vendaval calla y su silencio es terrible: ¡seguro que nos está preparando una sorpresa!... No me equivoco. El golpe llega de Dios sabe dónde: unos cuantos cientos de toneladas de nieve arrojadas con fuerza contra nuestras cabezas. No tenemos tiempo de tumbarnos boca abajo porque enseguida somos blanco de un embate espantoso. «¡Quiere volver a vernos!» Otra sacudida. Las montañas de nieve nos bombardean de nuevo. ¡Y se produce otro embate de viento y un nuevo puñetazo!... ¡Dale que dale, un golpe tras otro! El ser humano también podría jugar así. Pondría nueve abejorros en un gran barreño, lanzaría puñados de harina y soplaría. Un juego de locos. Estúpido y cruel.

Pero nuestro adversario no tenía piedad. Había cambiado unas cuantas veces de táctica a pesar de que ni siquiera éramos capaces de defendernos. Armaba emboscadas. Se ponía al acecho. Plantificaba montañas de nieve en medio de nuestro camino. Trataba de cegarnos, derribarnos, despedazarnos, aplastarnos... Se enfurecía. Se retorcía convulsivamente. Ora soltaba una carcajada satánica, ora gemía o silbaba...

Yo caminaba con los ojos entornados. Me calé la gorra hasta las orejas y agaché la cabeza. Me tambaleaba, me caía, pero no dejaba de avanzar, aprovechando cualquier oportunidad para hacer unos pasos. De vez en cuando, nos deteníamos para ver si alguien no se había rezagado. Evitábamos los campos de labor. Rompíamos por los bosques. Allí, los árboles nos cobijaban, deteniendo los ataques furiosos del viento. Pero el bosque acababa y teníamos que salir otra vez a campo abierto para luchar con porfía, apretando los dientes y los puños. Caminábamos sin tomar precauciones. ¿Quién podría perseguirnos? ¿Quién saldría de casa en una noche como aquélla? Éramos los únicos seres vivientes en una enorme llanura inundada por un diluvio de nieve.

Nos detuvimos unas cuantas veces para beber alcohol. Esto nos daba fuerzas, nos encendía fuego en el cuerpo y nos enardecía para un nuevo combate contra el vendaval. Yo tenía calor y me sofocaba. El sudor me chorreaba por la cara. Mis ojos doloridos vertían lágrimas. No caminaba, sino que me abría paso a través de obstáculos. Mientras tanto, el viento a mi alrededor tronaba, lloraba, aullaba, cantaba y silbaba. Nos desgarraba la ropa. Nos arrancaba las portaderas de los hombros. Sacudía el terreno ante nosotros como si fuera una lona blanca. Murmullaba como el mar. Retumbaba como el trueno y reía, reía, reía... Yo tenía la sensación de que nunca saldríamos de allí, de que nos quedaríamos para siempre en aquel terrible infierno blanco... Y, cosa extraña: cuando, ofuscado, cerraba a ratos los ojos, veía el azul del cielo, los rayos de sol, los colores de las flores... Veía la cara preciosa de Fela. Veía la sonrisa de Belcia. Oía los sonidos del acordeón, el canto del Ruiseñor. Pero, sobre todo, tenía delante de los ojos a Lonia. La veía perfectamente bien, oía su voz y sus risotadas... Era en ella en quien pensaba más. Tal vez porque con ella, más que con nadie, me sentía a gusto, rodeado de calor y tranquilo. «¡Quizá dentro de una hora o dos le haga una visita! ¿O quizá nunca?» Al rayar el alba, completamente agotados, casi arrastrándonos por tierra, llegamos al caserío de Bombina. Habíamos hecho una caminata de catorce horas.

Los muchachos se sentaron en la nieve y parecía que no se iban a mover de allí nunca más. Tenían un aspecto horroroso.

El Lord se dirigió a mí:

—¿Irás al caserío?—preguntó con una voz ronca.

—Sí.

—Adelante y, ¡ojo avizor!... En una noche así es difícil ver algo; no hay rastros... Trazarás tres círculos... Pero que sean bien visibles.

Eché un trago de espíritu de vino, dejé caer la portadera sobre la nieve y me dirigí hacia el caserío. Salté la valla y ya estaba en el patio. Me sorprendió que el perro no se me echara encima. Pensé: «Tal vez se haya escondido en algún agujero y duerme.» Me acerqué a la ventana y golpeé suavemente el cristal con los nudillos de los dedos. Nadie contestó. Llamé más fuerte. En el cuarto se encendió la luz, pero las ventanas estaban tapadas por dentro, de modo que no podía ver nada. Me sorprendió también que Lonia no hubiera dicho esta boca es mía desde el otro lado de la ventana. «A lo mejor, no nos esperaba a una hora tan intempestiva, cree que soy un extraño y se está vistiendo.» Fui a la galería. Encontré la puerta del zaguán abierta. La otra puerta, que conducía al interior, tampoco estaba cerrada. Entré. Vi a Lonia que, de pie junto a la mesa, sin ni siquiera molestarse en salir a mi encuentro—algo que solía hacer siempre—, me miraba a los ojos con una expresión extraña en la cara.

«¡Qué raro!... ¡Se ha vestido tan de prisa!... ¿Y por qué no me saluda?»

—¡Buenos días!—dije.

—¡Buenos días! ¿Qué quiere?—me preguntó Lonia, lanzando una mirada de reojo hacia la derecha.

Allí, había una larga cortina que escondía su cama. Esta cortina se deslizaba a lo largo de un alambre, porque colgaba de unas anillas metálicas. De día, la corrían, pero de noche siempre estaba plegada. Ahora, a pesar de que era muy temprano, ocultaba la cama sin dejar ni una rendija. Por debajo no alcanzaba al suelo. Miré hacia allí y vi las puntas de dos pares de zapatos. Una se movió. No había duda alguna: alguien estaba escondido allí detrás.

«¡Una emboscada!», pensé, y le dije a Lonia con calma:

—Dígame, señora, ¿cuál es el camino más corto para ir a Minsk?... ¡Válgame Dios, qué vendaval! Me he extraviado y me he encontrado aquí... No sé dónde estoy.

Lonia sonrió y dijo:

—Vaya bordeando la aldea hasta el puente. Y allí doble a la derecha... Saldrá justo a la carretera.

Oí un ruido a mis espaldas, al otro lado de la puerta. «¡También hay gente en el zaguán!», pensé.

En aquel momento, la cortina se corrió de golpe y apareció un hombre alto vestido con un largo abrigo gris y un casquete de caballería con una gran estrella roja... Lo seguía un hombre corpulento y robusto con una zamarra negra y una enorme gorra de piel. Gastaba una barba pelirroja corta y tenía una cicatriz en la mejilla izquierda. Me penetró con su mirada irónica. «¡Makárov!», pensé.

—¡Hemos cazado al pajarito!—dijo el confidente con una sonrisa torcida—. ¡Donde las dan, las toman!

Se me acercó y alzó el puño para pegarme. Esquivé el golpe. El militar dijo:

—¡No lo toques! ¡Vamos a ver quién es este andoba!

Makárov abrió la puerta del zaguán y dijo:

—Venid, camaradas. ¡Hemos atrapado a un rufián!

Entraron en el cuarto seis soldados del Ejército Rojo que llevaban al hombro las carabinas cortas de la caballería.

—*Khoroš gus'*[1]—dijo uno de ellos.

—*Nie gus', a mokraya kuritsa!*[2]—añadió otro, refiriéndose a mi ropa cubierta de nieve que chorreaba a causa del calor que hacía en la habitación.

[1] ¡Una buena oca! (*N. del A.*)
[2] ¡No es una oca, sino una gallina mojada! (*N. del A.*)

El militar, que llevaba dos rombos[1] en la manga, se dirigió a Makárov:

—¡Llévate cuatro hombres y ve al granero! Seguro que hoy ya no va a venir nadie más. Pero si alguien viniera, déjale entrar.

Después, se dirigió a los soldados del Ejército Rojo que se habían quedado en el cuarto, diciendo:

—¡Vigilad a este individuo! ¡Si hace un movimiento, incrustadle una bala en la cabeza!

Me señaló la mesa con el dedo:

—¡Ponte aquí!... ¡En el rincón!...

Cuando me senté junto a la mesa, volvió a dirigirse a los soldados:

—¡Vigilad también a la muchacha!... Que no se comuniquen...

Acto seguido, salió de la habitación. Los soldados rojos tenían las armas a punto. Miré a Lonia. Tenía una cara triste, pero no estaba asustada. Cuando los soldados no nos miraban, me sonrió. Le respondí del mismo modo. «¡Ojalá no trinquen a los muchachos!», pensaba sin cesar, preparando al mismo tiempo las respuestas a las preguntas que podrían hacerme. Al cabo de una hora, cuando el militar con los rombos en la manga y Makárov volvieron al cuarto con los soldados, me calmé del todo. «¡Los muchachos se han dado el piro! Jamás esperarían tanto... ¡Habrán comprendido que ha ocurrido una desgracia y no se acercarán! Volverán al otro lado de la frontera... ¡Pobres! ¡Vaya paliza les espera!... ¡Esto se llama tener mala suerte!»

—¡Sal de detrás de la mesa!—me espetó el militar.

Me puse contra la pared.

[1] Dinstintivos de un oficial soviético. (*N. del A.*)

—¡Desnúdate!

Empecé a quitarme la ropa. Quedé sólo en calzoncillos.

—¡Quítatelo todo!—gritó Makárov.

—Aquí hay una mujer...—dije.

—¿Y a ti qué te importa?... ¡Puedes estar tranquilo! ¡No le pilla de nuevas!—Makárov soltó una risilla.

Me desnudé del todo. Me registraron minuciosamente. Me miraron dentro de la boca, en los sobacos, bajo las plantas de los pies. Hasta me examinaron el pelo. Después revisaron mi ropa interior y me la arrojaron.

—¡Póntela!—dijo el militar.

Pieza por pieza, escudriñaron mis cosas. Pusieron sobre la mesa los tirantes, el cinturón, la cartera, el dinero, el reloj, el cortaplumas, la linterna y el pañuelo. Permitieron que me vistiese.

—Camarada, déjame fumar—me dirigí al militar.

—¡Una oca y un cerdo no pueden ser camaradas!—me contestó.

Makárov se echó a reír. Yo tenía ganas de preguntarle al militar quién de los dos era la oca y quién el cerdo. Al cabo de un rato, el oficial me dio un cigarrillo de mi paquete, diciendo:

—¡Toma... fuma y di la verdad!... ¡Si no lo haces, te zurraremos la badana!

Encendí el cigarrillo. El militar sacó de una gruesa cartera una hoja de papel y la puso sobre la mesa. Era una formulario impreso. Empezó preguntándome por el nombre, el apellido, la fecha de nacimiento, etcétera. Y cuando hubo acabado de apuntar mis datos, dijo en un tono amenazador:

—¿Eres de Polonia?

—Sí.

—¿Por qué has venido a la Unión Soviética?

Recordé lo que el Lord había contado en casa de las Kaliszanki sobre su arresto en un puesto de guardia soviético y el consiguiente interrogatorio en Kojdanowo. Pero el Lord llevaba la mercancía encima, mientras que yo no tenía mi portadera. Esto era bueno para Lonia, pero agravaba mi situación.

—En Polonia me tratan mal, y he venido a quedarme para siempre en la Unión Soviética.

—Y el dinero, ¿de dónde lo has sacado?

—He vendido todas mis pertenencias.

—¡Mientes, canalla!

—Os digo la verdad.

—¿Cuántas veces has estado aquí?

—Ésta es la primera.

El militar se dirigió a Lonia:

—¿Lo conoces?

—¡No!—contestó brevemente y sin miedo.

Entonces, el militar me dijo:

—¡Escucha bien lo que te voy a decir! Di la verdad: ¿cuántas veces has venido aquí con contrabando y dónde tienes la mercancía? ¡No sientas pena por ella!—Señaló a Lonia con la cabeza—. Salva tu pellejo, porque si no, te meterás en buen atolladero. Piensa una cosa: si no eres contrabandista, eres espía... ¡Venga, confiesa!

—No soy ni contrabandista ni espía. He venido a quedarme para siempre en Rusia.

—¡Y tanto que te quedarás para siempre!... Pero bajo tierra. ¡Me has entendido?...—metió baza Makárov.

No le contesté y ni siquiera lo miré. Sentí asco y un gran odio hacia aquel hombre. Mi silencio lo irritó. Se dirigió al oficial:

—¿A qué vienen tantas ceremonias? ¡Dadle una paliza y cantará otra canción!

Dio unos pasos en mi dirección. Tenía los puños apretados. Entre sus labios abiertos se entreveían unos dientes amarillentos. Recordé que el Clavo se había defendido y pensé: «¡Haga lo que haga, me pegarán. Pues, que por lo menos no les salga gratis!» Estaba allí con la ropa empapada, temblando de frío. Makárov pensó que era por el miedo que le tenía y esto lo animó y excitó aún más. Cuando levantó el puño, rápidamente paré el golpe con el brazo y me abalancé contra él con todo el peso de mi cuerpo... Le di con la frente en la nariz y en la parte inferior de la cara. Este golpe se llama «toro» o «beso danés» y suele tener unas consecuencias nefastas. Me pareció haber oído un crujir de huesos. Makárov gimió y se desplomó en el suelo. Se cubría el rostro con las manos.

El militar les gritó a los soldados rojos:

—¡A por él!

Subí al banco de un salto y, desde allí, a la mesa. Arranqué de la pared una gran lámina con un marco pesado y la arrojé contra la lámpara que colgaba del techo en el centro de la habitación. Se oyó el ruido del cristal roto y el cuarto se sumió en la oscuridad. Palpé las paredes para ver si encontraba algo con que defenderme. Topé con la gran cruz de madera de roble. La arranqué de la pared. Pesaba bastante. En aquel momento se encendieron unas linternas eléctricas y un rayo relampagueante de luz me cegó por unos segundos.

—¡A por él!—volvió a gritar el militar.

Levanté la cruz. Los soldados rojos vacilaron. Lo aproveché para volcar la mesa. Me parapeté detrás de ella como si fuera una barricada.

—¡Ríndete o te pegaré un tiro en la cabeza!—gritó el militar.

—¿A qué esperas, paleto?—exclamé—. ¡Decís haber

roto las cadenas, pero no hacéis más que cargaros a la gente! ¿A qué esperas?

—¡Cogedlo! ¡Adelante!... ¡A culatazos!...

Los soldados se me echaron encima. Luché con furia... Otra vez me encontraba en el ojo de un huracán. Pero lo que me cegaba ahora era la sangre. Ahora no oía los aullidos del vendaval, sino los gritos de los soldados rojos enardecidos por la lucha y el llanto silencioso de Lonia. La mesa me protegía un poco, pero pronto la arrastraron a un lado. En aquel mismo momento, salté hacia delante, pegando mamporros con la cruz a diestra y siniestra. Casi no notaba los culatazos que me caían encima... De repente, sentí que me desmayaba. El suelo huía bajo mis pies. En el último instante de lucidez vi la pierna de alguien justo a la altura de mi cabeza. Hundí en ella los dientes.

—Hijo de puta!—se oyó el grito del oficial.

No recuerdo nada más... Todo se sumergió en las tinieblas...

SEGUNDA PARTE

POR LOS SENDEROS
DE LOS LOBOS

La frontera nos da de comer,
la frontera nos da de beber,
la frontera nos da consuelo
a sus hijos de buen parecer.

*(Fragmento de una canción
de contrabandistas)*

I

El mes de marzo llega a su fin. Noto que se aproxima la primavera. La añoranza me roe el corazón. Ya hace seis semanas que estoy encerrado en la mazmorra de la Checa de Minsk. La celda en la que me han metido es oscura y húmeda, el agua chorrea por las paredes. Un ventanuco enrejado que está justo por debajo del techo apenas permite que la luz del día se filtre a través de unos cristales sucios y opacos. Al otro lado del ventanuco, se ven las botas de los soldados y de los chequistas que pasan por el patio. Por todas partes hay una mugre espantosa. Todo está pegajoso. Al comienzo, me daba miedo tocar las paredes, la puerta y el catre. Ahora ya me he acostumbrado. El aire está saturado de agua y preñado del hedor a cuerpo sucio. Nadie nos da ropa interior limpia y no nos lavamos nunca. Lo que más contamina el ambiente es la *paracha*, un gran barreño de madera que no cierra bien y rebosa. La orina se derrama en el suelo formando un charco que los presos esparcen con los pies por toda la celda.

Somos once. Apenas cabemos en esta celda minúscula. Siete duermen en el catre y los cuatro restantes tienen que buscarse un rincón en el suelo. De vez en cuando, nos meten presos nuevos, pero a menudo los sueltan o los trasladan a otro sitio. Aparte de mí, hay dos contrabandistas más, que se establecieron al otro lado de la frontera, en una aldea cercana a Stołpce. Son los hermanos Jan y Mikołaj Spłondzinowie. Son jóvenes, uno tiene veinte años y el otro veintitrés. Cayeron mientras descansaban en una guarida cerca de Kojdanowo. El propietario de la guarida, Umieński, un hombre corpulento y robusto, está aquí con ellos. Al comienzo, los mantenían separados, pero ahora los han reunido. Deduzco de ello que su caso no debe de ser muy grave.

Hay también un destilador clandestino, Kasper Bunia, un individuo gigantesco y huesudo. Vivía en una peguera cerca de Zasławie y allí hacía aguardiente de trigo. Lo pillaron in fraganti al lado del aparato. Lleva una zamarra enorme que exhala hedor a brea por toda la celda.

Junto a la ventana está el Rana, un ladrón reincidente. Se ha metido las manos en los bolsillos y silba. Es de edad indefinida. Tan pronto puede tener cuarenta años como cincuenta, o más. Una cabeza enorme. La boca, de oreja a oreja. Unos ojos turbios, sin ninguna expresión. Sobre el fondo de la piel verdosa y sucia de su cara, parecen dos cuajos de flema. Se carga de espaldas. Tiene un cuerpo escuchimizado, pero se caracteriza por una gran astucia.

Tenemos a un bandido. Ivan Lobov. Lo han enchironado por unos cuantos atracos. Es un hombre apuesto de treinta y cinco años. Gasta perilla negra. Hace pensar en los cuadros de santos que se venden en el mercadillo de Włodzimierz. Ya hace tiempo que lo habrían «pelado», si no fuera por unos parientes ricos que se interesan por él.

Hay también un técnico de telégrafos, Felicjan Kropka. Lo acusan de sabotaje porque quemó por casualidad el reóstato con una corriente de voltaje demasiado alta. Es víctima de un cierto comisario, de quien nos habla a menudo y que le hacía la vida imposible hasta que aprovechó aquella oportunidad para meterlo en la cárcel de la checa. Kropka da la impresión de estar terriblemente asustado. Tiembla cada vez que la puerta se abre. Es cómico: pequeño, escuálido, se frota constantemente las manos y, cuando escucha, abre la boca de par en par.

Tenemos incluso a un contrarrevolucionario, un ex oficial del ejército zarista, Aleksander Kwaliński, que trabajaba en una oficina soviética para acabar ahora en la mazmorra. Es un hombre alto y delgado de unos cuarenta años. No dice esta boca es mía. Tiene una cara pálida, cansina. Casi todo el tiempo está tumbado en el catre, pero no duerme. Permanece horas y horas con la mirada clavada en el techo. Es a quien tengo más simpatía. Me entristece que un hombre tan inteligente, tan bien educado y tan buena persona tenga que sufrir las mismas vejaciones que nosotros.

Hay también un judío, gordo y barrigón. Tiene más de cincuenta años. Su apellido es Kober y su nombre, Girsz. Antes de la guerra tenía una fábrica de naipes. Ahora lo han encerrado por especulador. Es el preso más solvente de toda la celda. Cada día le traen el almuerzo de la ciudad. A menudo lo llaman a «conversaciones». Entonces, el Rana suele decir que se lo llevan a ordeñar.

El undécimo inquilino de nuestra celda es un loco. Todo el mundo, tanto nosotros como los soldados o los chequistas, lo llaman el Mochales. Nadie conoce su nombre ni apellido. Lo arrestaron en un tren, cerca de Słuck. Es un joven alto y delgado. Tiene unos ojos grandes que desprenden una claridad insólita. Todo el día da vueltas por la celda y, a ratos, suelta una carcajada que nos exaspera. Está bajo sospecha de espionaje. Ahora no lo interrogan nunca. Lo habrán olvidado o bien quieren ablandarlo.

Los días se arrastran tediosos, tristes y largos. Nos consume la añoranza; pasamos hambre. El hambre no abandona nunca nuestra celda. No dejamos ni por un instante de soñar con la comida, no pensamos en nada más que en comer. Nos movemos apáticos, lentamente. El hambre nos ha blanqueado los rostros, nos los ha empolvado de verde y amarillo y nos ha dibujado sombras negras bajo los ojos. Algunos tienen las manos y las piernas abotargadas. He notado que a mí también se me empiezan a hinchar los pies. Otra plaga que nos tiene mortificados son los piojos, los enormes piojos de la cárcel que pacen sobre nuestros cuerpos, tan perezosos y soñolientos como nosotros (aunque no a causa del hambre, sino más bien del empacho). Los hay a espuertas. Incluso reptan por la ropa y por los tablones del catre. No los matamos. No serviría de nada. Los denominamos en broma «azogue». Se nos ha llagado la piel de tanto rascarnos. Y allí donde los piojos pican, en particular en la espalda, en la nuca y en el cuello—la piel de esta zona debe de ser más fina—tenemos costras. De noche, cuando la lámpara de la celda está encendida y nos tumbamos para dormir sobre nuestros catres sin jergón, de las rendijas que hay entre las tablas y en las paredes salen chinches. Muerden como condenadas, escuecen como las ortigas. Se ensañan especialmente con los presos nuevos. Una noche, cuando me desperté y abrí los ojos, vi al Mochales sentado en un rincón de la celda. Miraba a los compañeros acostados en los catres de un modo extraño. Fingí dormir. Tenía la cara escondida en la sombra. Lo espié a través de los párpados entornados. El Mochales nos observaba con atención. Me percaté de que se había quitado la blusa y la tenía en el regazo. De repente, inclinó la cabeza y, sin dejar de observar la celda ni por un instante, desgarró con los dientes el cuello de la blusa. Esto avivó aún más mi interés. El muchacho sacó del cuello un trozo de tela. Lanzando miradas por toda la celda, lo desenrolló. Vi que había algo apuntado en él. Durante un buen rato, el Mochales leyó el texto del jirón de tela y, acto seguido, empezó a rasgarlo con los dientes. Al cabo de unos minutos no le quedaba entre las manos más que un puñado de hilachas. Bajó del catre y las tiró al cubo.

Entendí que allí estaba escrito algo muy importante y que el Mochales sólo simulaba su locura, mientras que, en realidad, era más listo que la mayoría de los que lo tenían por chalado. Aquella noche ya no dormí hasta el amanecer. El hambre me retorcía los intestinos. «¿Qué sucederá mañana? ¿Cuánto tiempo durará todo esto?», pensaba sin tregua.

En sueños, me asediaban alucinaciones hijas del hambre. Por las noches no soñaba con platos exquisitos, sino con grandes rebanadas de pan negro, enormes lonchas de tocino, grande tajadas de carne, escudillas repletas de manjares calientes y pucheros humeantes llenos de patatas hervidas. Me despertaba cansado, amodorrado, el hambre me aguijoneaba aún más y mi infortunio se me hacía todavía más insoportable.

Al comienzo, sospechaban que yo era un espía. Así me calificaron los que me habían arrestado. Mi caso lo llevaba el juez de instrucción Stefan Niedbalski, un polaco oriundo de Mir, un pueblo cercano a Stołpce. Era un mocoso mofletudo con una camisa militar de color azul marino y bombachos. Enseguida me di cuenta de que era estúpido y presuntuoso. Me interrogaba por las noches. Me sondeaba durante horas. Hacía preguntas-trampa aparentemente astutas, que sin embargo eran fáciles de prever y que, a menudo, ayudaban al interrogado a orientarse. Las frases que repetía con más insistencia eran éstas:

—¡Venga, habla! ¡Venga, habla!... ¡Descubriremos la verdad contigo o sin ti!

—¿Qué tengo que decir? ¡Digo la verdad! ¡No vais a querer que os mienta!...

Eso es lo que yo le solía contestar.

Unas cuantas veces me organizó careos con varios individuos. A algunos los conocía de vista, porque ocupaban otras celdas de la primera o de la segunda galería. Después me dejaron de interrogar. De acuerdo con el consejo de los hermanos Spłondzinowie, llamé al comandante de los carceleros y le dije que deseaba comparecer ante el juez de instrucción Stefan Niedbalski para tratar de un asunto de suma importancia. Me llamaron al día siguiente por la tarde. Acompañado de dos soldados rojos, entré en el despacho donde reinaba Niedbalski.

—¿Y qué?... ¿Te lo has pensado mejor?—me preguntó.

—Sí. Quiero confesar toda la verdad.

—Bien. ¡Es lo mejor que puedes hacer! ¡Coge la silla y siéntate aquí!—Me señaló con la mano un lugar cerca de la mesa.

Noté que en el cajón abierto del escritorio había un *nagan*. «Ha tomado precauciones!», pensé.

—¡Toma! ¡Fúmate un cigarrillo!—dijo Niedbalski.

Encendí el cigarrillo y me mareé.

—¡Venga, canta!—dijo el juez, mientras preparaba una hoja de papel blanco.

Empecé a hacer una nueva declaración. Le expliqué una historia que, en parte, coincidía con la realidad y que ya tenía muy bien preparada... Soy oriundo de Vilnius. Como estaba sin trabajo, fui a la zona fronteriza a la casa de un amigo. Él me propuso pasar contrabando al otro lado. Fui con él unas cuantas veces. Después, mi compañero cayó y, en la actualidad, está a la sombra en Nowogródek. Entonces, dejé de cruzar la frontera y me instalé en casa de la madre de mi compañero. Pasado Año Nuevo, hice la ruta tres veces con unos muchachos. A la tercera, me trincaron.

—¿Adónde llevabais la mercancía?—me preguntó Niedbalski.

—No sé dónde está la guarida, porque el maquinista siempre nos conducía allí a oscuras. Pasábamos la noche en un granero y nunca lo abandonábamos a la luz del día. De modo que yo no sabía ni cómo era el caserío, ni dónde estaba, ni cómo se llamaban sus amos... Por lo que se refiere a la comida, nos la traía al granero una mujer mayor. Llevaba una larga zamarra amarilla. Y de todo lo relacionado con la mercancía se ocupaba el maquinista.

—¿Quieres que me trague tus trolas?—dijo Niedbalski.

—No estoy contando trolas, porque sé que no os la pegaré. ¡Sois demasiado listos!

Niebalski sonrió. Meditó un rato y dijo:

—¿Y por qué fuiste al caserío de Leonia Bombińska? ¿Ella también acogía a contrabandistas?

—Yo no sé si ella acogía a contrabandistas o no. Me había extraviado... Soplaba un vendaval. Había perdido a mis compañeros. Di vueltas toda la noche y estuve a dos dedos de espicharla... Tiré la portadera, porque me faltaban las fuerzas para caminar. Finalmente, de madrugada, vi un caserío y entré para preguntar por el camino.

El juez de instrucción se quedó meditabundo durante un rato. Después, mirándome fijamente, me hizo una serie de preguntas rápidas con la clara intención de pillarme desprevenido.

—¡Di la verdad! ¿Los contrabandistas van a Minsk?

—No.

—¿Vuestra pandilla ha ido allí alguna vez?

—No.

—¿Nunca?

—Nunca.

—¿Y entonces se puede saber por qué preguntaste por el camino de Minsk?... ¿Eh?

—Tenía miedo de que el ama descubriera que yo venía del otro lado de la frontera.

Al cabo de un rato, Niedbalski dijo:

—¿Y por qué, cuando te arrestaron, dijiste tantas tonterías: que te habías pasado a la Unión Soviética para afincarte aquí, que en Polonia te trataban mal?...

—Porque tenía miedo de que me entrullaran por contrabando. Pensaba que así me dejarían en libertad o me expulsarían a Polonia.

Niedbalski escribió algo durante un largo rato y después volvió a dirigirse a mí, esta vez con una pregunta aparentemente inocente, aunque entornaba los ojos con astucia... Presentí una trampa...

—¿Cuántas veces has cruzado la frontera?

—Este año, dos. A la tercera, me pillasteis.

Una pausa larga. El juez de instrucción encendió poco a poco un cigarrillo.

—¿Cuánto dinero te requisaron?

—No me acuerdo.

Niedbalski sacó de la cartera un papelucho y leyó:

—Setenta dólares, cuarenta y cinco rublos en monedas de oro y diecinueve mil marcos polacos. ¿Correcto?

—Sí.

—¿Cuánto te pagaban por una ruta a través de la frontera?

—Quince rublos por portadera.

—Bien. Esto hace treinta rublos por dos portaderas. ¿Y de dónde has sacado el resto de dinero? ¡Venga, habla!...

—En noviembre del año pasado hicimos una changa. En el reparto, me tocaron cuatrocientos dólares.

—¿Qué changa?

—Llevábamos mercancía a Polonia y huimos con ella. Y después la vendimos...

—¿Qué clase de mercancía?

—Pieles. Ardillas altaicas. Yo llevaba trescientas ochenta piezas.

Niedbalski hizo una pausa en el interrogatorio. Me ordenó ponerme contra la pared.

—¡Vigiladlo!—lanzó a los soldados rojos al salir del despacho.

Regresó al cabo de veinte minutos.

—¿Conoces al Clavo?—me preguntó.

—Sí que lo conozco. Es uno de nuestros muchachos, de Raków.

—¿Y él te reconocería?

—Claro que me reconocería... Me ha visto varias veces.

Niedbalski apuntó en el acta mi declaración y me la acercó para que la firmara.

—¡Lo comprobaré!—dijo por último, y les ordenó a los soldados rojos que me llevaran de vuelta a la celda.

Los hermanos Spłondzinowie me estaban esperando. Les expliqué con detalle cómo había transcurrido el interrogatorio.

—Ahora todo irá sobre ruedas—dijo Jan—. Seguro que retirarán la acusación de espionaje.

—Tal vez dentro de unos días te trasladen con nosotros a Dopr. Allí estaremos mejor. Hay muchos de los nuestros—dijo Mikołaj.

Aquella noche, tardé mucho en conciliar el sueño. Mi humor había mejorado. Hasta entonces había temido que me juzgaran por espionaje, porque en tal caso me habría caído, como era habitual, pena de muerte. Y a pesar de todo, no quería confesar la verdad a causa de Lonia. Sabía que a ella también la habían arrestado. Pero de las preguntas que me acababan de hacer, deduje que no tenían ninguna prueba contra ella.

II

Son las cuatro de la tarde. En la celda reina la penumbra. El Mochales deambula desde la puerta hasta la ventana y viceversa. De vez en cuando, se detiene y suelta una carcajada. Se ríe alegremente durante un largo rato. Al comienzo, su risa se nos contagiaba. Después, sólo nos irritaba. Y ahora, ya nos hemos acostumbrado. Sé muy bien que es un simulador y a menudo lo observo a escondidas. He captado muchos detalles que se les han escapado a otros presos, pero que a mí me han acabado de convencer de que el Mochales sólo finge estar loco.

Lobov se quita la camisa grisácea, sucia y pegajosa por el sudor, la extiende sobre el catre y la allana utilizando una botella a modo de rodillo. Éste es su método para despachurrar un montón de piojos.

El Rana se pone en cuclillas sobre el catre, rodeando

las rodillas con sus brazos demacrados, y canturrea una canción:

> Se han juntado en pareja,
> entrambos tal para cual,
> él es un criminal
> y ella es una pelleja.[1]

Felicjan Kropka frunce la nariz. En su cara aflora una expresión de sufrimiento, algo que ocurre siempre que el Rana se pone a cantar. Porque el ladrón suele tararear canciones con la letra muy cínica. Kwaliński yace sobre su catre con una mirada inmóvil clavada en el techo. De vez en cuando, cierra los ojos: entonces parece un cadáver.

Y el Rana canta:

> Ella es una puta.
> La zurran cada día.
> Él, por manilargo,
> acaba en la comisaría.[2]

—¡Ay, qué vida la mía, qué vida!—suspiró Bunia. Bajó del catre y empezó a taconear por toda la celda con sus zapatones pesados.

Ha oscurecido por completo. Detrás de la puerta, se oyen los pasos de los soldados y unos gritos que llegan del fondo del pasillo.

---

[1] Y vot sobralis', kak budto na podbor: ona prostitutka, a on karmannyj vor. (*N. del A.*)

[2] Ieio kak prostitutku, Po mordie vsie b'iut; Iego-zhe kak vora, V policiiu viedut! (*N. del A.*)

—¡Están arreando una paliza a alguien!—dice Spłond-
zin.

—¡Lo muelen a palos!—confirma el Rana.

Se enciende la luz. La celda se hace más alegre. Todo
el mundo empieza a moverse. Hasta Kwaliński se levanta y, a falta de espacio, camina por encima del catre. Sólo el judío sigue sentado en su rincón, ensimismado, sin
decir ni mu. Hoy no le han traído el almuerzo, o sea que
tiene hambre y está triste. Estoy junto a la ventana con
Umieński, el propietario de una de las guaridas de la zona de Kojdanowo. Hablamos de contrabando y de qué
artículos «tienen salida» en la Unión Soviética y cuáles
en Polonia.

Entra en la celda el jefe de los carceleros acompañado de un puñado de soldados rojos. Nos contempla un
rato y dice:

—¿Quién quiere ir a la ciudad a por harina?

Lobov da un paso adelante.

—¡Yo!...

—Eres demasiado rápido...

Nos mira uno tras uno y se dirige al Mochales.

—¡Ven tú... ¡Y tú también!—Toca con el dedo el pecho de Bunia—. Tenéis que currar un poco, porque jaláis
de gorra.

Sale de la celda. Dos horas después, oímos en el pasillo ruido de pasos y reniegos. La puerta de la celda se
abrió de par en par y alguien empujó adentro a Bunia.
Estaba aterrorizado. Se quedó inmóvil en el umbral durante un largo rato, abriendo los brazos en un gesto de
impotencia. Después dijo:

—¡Ay, qué vida la mía, qué vida!... ¿Qué hemos hecho para que nos machaquen de este modo?

Nos sorprendió que el Mochales no volviera. Le preguntamos por él a Bunia. Nos enteramos de que él y Bunia, acompañados de cuatro soldados, habían ido a los almacenes militares en un gran camión. Una vez allí, habían cargado unas cuantas decenas de sacos de harina y habían enfilado el camino de regreso. Cerca del puente del Świsłocz, en la calle Wesoła, el Mochales había saltado del camión y había huido hacia el río. El camión se había detenido. Los soldados rojos habían disparado contra el fugitivo. Dos de ellos habían corrido en pos de él. Pero, se les había escapado gracias a la oscuridad. A Bunia lo habían llevado de vuelta a la cárcel y lo habían molido a palos por el pasillo y en la escalera. Los soldados decían que había ayudado al Mochales a fugarse. Esta noticia nos causó una gran impresión. Nos pusimos a hablar largo y tendido de la huida del Mochales. Casi todos mantenían que se habían dado cuenta de su simulación ya hacía tiempo. Mentían. Todo el mundo lo tenía por chalado.

—¡Ay compañeros!—dijo Lobov con tristeza—. Yo también pondría los pies en polvorosa. ¡Pero no tengo suerte, muchachos!

El Rana seguía en cuclillas sobre el catre, cantando con una voz quejumbrosa, atiplada y rechinante:

> Madre mía, adorada,
> ¿por qué me has parido?

—Y éste, ¡dale con su gemidos!—frunce el ceño Lobov.

—¡Si no te gusta, no escuches!—le espeta el Rana y continúa como si nada, apuntalando la mejilla con la mano y ladeando la cabeza ora a la derecha, ora a la izquierda.

Por la noche, no podía conciliar el sueño. Me devoraban los piojos y las chinches. Me mortificaba el hambre. Me consumía la fiebre. Me aferraba con los pensamientos a un hilo de esperanza: tal vez pronto me trasladarían a Dopr.

Desde el otro lado de la ventana me llegaba el borboteo del agua que corría por los canalones... Se acerca la primavera. Trae una vida nueva. Da nuevas esperanzas. Y nosotros aquí, a oscuras, sucios y famélicos. Vivimos dejados de la mano de Dios en una celda terrible, asquerosa y agonizamos lentamente... ¡Feliz el Mochales! ¿Dónde estará ahora?... Tal vez se haya enterrado en una madriguera, o tal vez vagabundee por los campos y los bosques al amparo de la noche.

Me dormí al rayar el alba.

Al día siguiente, a la una del mediodía, me mandaron subir. Escoltado por dos soldados rojos, entré en el despacho de Niedbalski. El juez de instrucción ordenó que me pusiera junto a la puerta y salió de la sala. Tardó un rato en volver. Lo seguían dos soldados rojos con las bayonetas caladas. Hicieron entrar a un mozalbete adusto y ligeramente cargado de espaldas. Enseguida reconocí al Clavo.

Nos pusieron frente a frente.

Niedbalski se dirigió al Clavo.

—¿Lo conoces?—me señaló con el dedo.

—Si él me conoce a mí, yo lo conozco a él. Y si él no me conoce, yo tampoco lo conozco.

Niedbalski dio una patada en el suelo:

—¡Eh! ¡No te pases de listo!... ¡Limítate a contestar mis preguntas!

—¡Y tú no te desgañites, que no me das miedo!... ¡Reserva esta clase de amenazas para tu costilla!—dijo el Clavo.

—¿Lo conoces?—me preguntó Niedbalski, señalando al Clavo con el dedo.

—Sí.

—¿De qué lo conoces?

—Es uno de nuestros muchachos de Raków.

—Yo también lo conozco—dijo el Clavo sin que nadie le preguntara nada.

—¿Por qué no lo has admitido antes?—dijo Niedbalski.

—Porque no soy uno de tus soplones... A lo mejor, él—el Clavo hizo un gesto de cabeza en mi dirección—no deseaba que yo lo reconociera...

Finalmente, Niedbalski ordenó que la escolta se llevara al Clavo. Después me enteré de que el Clavo estaba en la cárcel de Dopr y que lo habían trasladado desde allí para el careo. Dos días más tarde, me carearon con Lonia. Me sacaron de la celda justo después de almorzar. Cuando entré en el despacho de Niedbalski, Lonia ya estaba allí, sentada en una silla junto al escritorio. Los soldados que la escoltaban se habían quedado fuera. El juez de instrucción le decía algo entre risillas. Lonia conservaba un ademán serio. Tenía buena cara. Llevaba un paltó negro con un gran cuello de pieles. En las manos, un gran paquete. Yo y mi escolta nos detuvimos en el umbral. Durante unos minutos, Niedbalski repasó un montón de papelajos y, acto seguido, me hizo una seña con la cabeza.

—¡Ven aquí!

Me acerqué al escritorio.

—¿Conoces a esta mujer?—me preguntó.

—Sí. La conozco.

Niedbalski entornó los ojos y me observó atentamente. Lonia, que no debía de esperar una respuesta así, no sabía ocultar su sorpresa.

—¿De qué la conoces?

—Entré en su casa para preguntar por el camino, y allí me arrestaron.

—Y antes, ¿habías estado alguna vez en su casa?

—No.

—Tal vez sepas algo del antro que regentaba.

—No sé nada. Además, ella vive cerca de Minsk, y allí no hay guaridas—mentí para facilitarle a Lonia la declaración.

—¿Cómo lo sabes?

—De boca de los muchachos.

El juez de instrucción se dirigió a Lonia:

—Y usted, ciudadana, ¿lo conoce?

—No lo conozco en absoluto. Pero me da pena. Un muchacho tan joven pudriéndose en chirona...

—Le gustan los muchachos «tan jóvenes», ¿verdad? —preguntó Niedbalski en un tono irónico.

—No lo he dicho en este sentido... Todos me dan pena... ¡La cárcel no es precisamente un palacio!—Lonia se detuvo un instante y, acto seguido, volvió a dirigirse al juez de instrucción: —Quizá el camarada juez me permita darle de comer al arrestado...

—¿Y cómo se entiende que la ciudadana se interese tanto por él?

—Porque sufre por haber entrado en mi casa para preguntar por el camino... ¡A lo mejor, me odia!...

—Él está en la cárcel por culpa de usted, y usted por culpa de él... Estáis en paz... De todos modos, si quiere, puede darle la comida...

Lonia desenvolvió con prisas el paquete y me entregó casi dos kilos de longaniza y un gran pan trenzado. Después, me llevaron al subterráneo. Una vez en la celda, dividí la longaniza en diez trozos y la repartí entre mis compañeros. El judío no cogió el suyo. El oficial tampoco lo quería, pero se dio cuenta de que me lo habría tomado a mal, de modo que acabó aceptando su parte. Ahora yo estaba más animado. Tenía la esperanza de que los próximos días me trasladarían a Dopr. Mis compañeros me reafirmaban en esta convicción.

III

La dos es una celda espaciosa. Tiene dos ventanales grandes. Cuando te encaramas al alféizar y estiras los brazos hacia arriba, no alcanzas la parte superior del marco. Hay diecisiete literas ancladas en la pared. De día, plegamos las literas hacia arriba. En el centro de la celda hay un gran tablero sobre dos caballetes. Junto a la pared que da al exterior tenemos una alacena para la vajilla. El pavimento es de asfalto. En el rincón derecho de la celda hay una gran estufa revestida de lata.

Aquí estamos metidos diecisiete: varios ladrones, unos cuantos bandidos, algunos campesinos acusados del mismo crimen, homicidio, y un ferroviario, un ucraniano procedente de la comarca de Połtawa. Se llama Koblenko. Lo enchironaron por especulador: transportaba las pertenencias de unos *mešochniki*[1] en el compartimiento reservado para el personal.

Aquí el hambre también ha dejado su estigma en todo el mundo. Los presos se mueven lentamente, amodo-

[1] Personas que pasaban mercancías de una provincia a otra—delito grave en la Unión Soviética. (*N. de los T.*)

rrados y apáticos. Algunos tiene el rostro abotargado, a otros se les hinchan las piernas. También hay piojos a porrillo. Al comienzo, me sentía como si hubiera recuperado a medias la libertad. La celda era luminosa, el aire puro. Salía a pasear. Jugaba con otros presos a los naipes, que nos habíamos hecho nosotros mismos. Con el tiempo me acostumbré a todo. De día en día decaía en fuerzas. Mis piernas empezaron a abotargarse. Mientras tanto, al otro lado de la ventana, la primavera estaba en su apogeo. El sol inundaba de rayos el patio de la cárcel. Liberaron a algunos presos y, en su lugar, llegaron otros.

La añoranza de la libertad me estaba matando. Noté que los presos que cumplían condenas de cárcel a menudo no se aburrían en absoluto. Siempre sabían encontrar alguna ocupación. Jugaban a las cartas o charlaban. Sus conversaciones se concentraban en torno a unos cuantos temas básicos: la comida, las faenas, las mujeres, los procesos y la administración carcelaria. A mí aquellas conversaciones me aburrían. Añoraba muchísimo la libertad y adelgazaba a ojos vistas... Solía sentarme en el alféizar de la ventana a contemplar durante horas y horas el azul lejano del cielo. ¿En qué pensaba en aquellos momentos?... No lo sé... Me olvidaba del mundo entero. Una mañana se me acercó Błast. Era un ladrón de Smoleńsk.

—¡Ey, chaval, no pienses tanto..., ¡te consumirás! ¡Y no mires por la ventana! ¡Que se vayan a hacer puñetas!... ¡Y, sobre todo, no pienses!

—¿Y qué quieres que haga?

—¡Juega a las cartas!... ¡Canta!... Haz cualquier cosa... Yo también era como tú... No sirve de nada...

Al atardecer, después de la revista, bajábamos las literas y nos tumbábamos para dormir.

—Bueno, ¡faltan tres campanadas para el rancho!—decía algún convicto.

Entonces, todo el mundo tragaba saliva pensando en los doscientos gramos de pan mal cocido de ínfima calidad que recibiríamos por la mañana. Separábamos la corteza y la untábamos con la miga cruda que cogíamos con una cucharilla. Esto me recordaba los pasteles o los helados de corte. La noche era el espacio de tiempo que me pasaba más de prisa. Rápidamente me sumía en un sueño pesado lleno de delirios medrosos y de visiones provocadas por el hambre. La primera impresión tras despertarme era el hambre, y el primer pensamiento: «¡faltan dos campanadas para el rancho!» Cuando recibíamos nuestra ración de pan, a todos nos temblaban las manos. Podías comértela entera en el acto, pero, quien más quien menos, se la comía sin prisas, a pequeños mordiscos. No se desperdiciaba ni una migaja. También es cierto que no había migajas, porque el pan siempre estaba poco cocido. Acabado el desayuno, todos los pensamientos giraban alrededor del almuerzo. Tenían que transcurrir muchas horas de larga espera hambrienta. Por fin, llegaba el momento de llenar los cuencos de cobre con un líquido hediondo hecho de verduras secas o patatas heladas. Un cuenco para cada seis hombres. Nos poníamos a comer o, mejor dicho, a beber de las cucharas aquella bazofia aguada, turbia y caliente. Nos abrasábamos la boca y la garganta, pero nos la comíamos muy de prisa. Por un breve momento, un calor delicioso y una sensación ilusoria de saciedad se esparcían por todo el cuerpo. Pero al cabo de un cuarto de hora, volvían unos retortijones aún más fuertes: ¡Comer! ¡Comer! ¡Comer!... El estómago no se dejaba engañar. La cena era mucho peor.

Una vez, el día de las visitas, a las diez, me hicieron salir al pasillo. Estábamos a finales de abril. Me condujeron al locutorio. Había allí mucha gente de aspecto miserable. Aquella sala alargada estaba dividida en dos zonas por una red de alambre, detrás de la cual se agolpaba la gente que venía a ver a los presos. Cuando empezaban las conversaciones, la sala se llenaba de llantos, berreos y gritos. No se oía casi nada. Me acerqué a la red, buscando con la mirada a algún conocido en el otro lado. Creía que alguno de los muchachos de Raków había obtenido permiso para visitarme gracias a algún familiar o conocido de Minsk. De repente, vi la sonrisa alegre y los ojos juguetones de Lonia. La saludé. Empezamos a charlar, tratando de gritar más que los otros.

—¿Cómo va todo?—le pregunté.

—¡Estoy en libertad!

—¿Te han soltado sin más ni más?

—Sí... He firmado un papel, comprometiéndome a no abandonar mi domicilio y a presentarme ante las autoridades a cada orden de comparecencia...

—¿Te ha costado mucha pasta?

—Un riñón... Pero da igual... No me he arruinado...

—Tienes buena cara.

—¡En cambio, tú estás hecho un fideo!

Abrí los brazos en un gesto de impotencia y dije:

—Doscientos gramos diarios de pan no engordan.

—Te he traído un paquete... Vendré cada semana...

—¡Gracias!

—¿Quizá tú también salgas pronto?

—No lo sé... ¡Me pueden caer unos cuantos años en Dopr!

—¡He oído que para el primero de mayo habrá una amnistía!

La visita se acabó pronto. Ver a Lonia me levantó los ánimos. Mi humor mejoró. Ya no me sentía tan impotente, tan abandonado. Además, empecé a alimentarme mejor, porque Lonia, que debía saber el hambre que se pasaba en la cárcel, me había traído grandes cantidades de galletas, tocino y queso. Una semana más tarde volví a recibir un paquete de Lonia, pero ella no vino a verme. Tal vez no tuviera tiempo, o bien no le hubieran dado permiso para visitarme.

A comienzos de mayo, una sentencia del Tribunal Revolucionario me condenó por contrabando a tres años de deportación en la comarca de Nizhegorod. Me confiscaron el dinero. Había previsto esta sentencia y no me apenó. Incluso prefería ser deportado a ir a la cárcel de Dopr. Decidí que, a la primera oportunidad, me fugaría.

Después del juicio, Lonia vino a verme otra vez. Decía que me ayudaría desde el punto de vista material y que, si disponía de tiempo libre, me haría una visita en mi exilio. Me pidió que le escribiera cartas con regularidad. También dijo que ahora tenía mejor aspecto y lo cierto era que me encontraba más sano y fuerte que antes. La hinchazón de las piernas había bajado... La peor enfermedad es el hambre, y el mejor remedio para curarla es comer. Los muchachos de la celda dicen que pronto me transportarán en un convoy al lugar de deportación. Me dan muchos consejos prácticos. Dicen que debería saltar del tren durante el viaje. No hago más que pensar en ello.

A mediados de mayo, me ordenaron recoger mis pertenencias y me condujeron a las oficinas. En la puerta, vi a la escolta: ocho soldados y un suboficial con tres triángulos en la manga. Éramos seis condenados. Uno iba destinado a Smoleńsk, tres a Moscú y tres a Nizhni Novgorod. La primera parada era Smoleńsk. Acabados los trámites en la cárcel, nos llevaron a la estación. Ocupamos dos compartimientos de un vagón. En cada compartimiento colocaron a cuatro soldados y tres presos. El comandante de la escolta fue a las dependencias de la estación para sellar los documentos de viaje. Yo tenía algo de dinero que Lonia había dejado para mí en la oficina de la cárcel. Le pedí al comandante de la escolta que me comprara dos paquetes de cigarrillos y una caja de cerillas, y con el dinero sobrante, cosas para comer: panecillos y longaniza. El suboficial le entregó el dinero a uno de sus soldados y lo mandó a los tenderetes del andén. El soldado me trajo cincuenta cigarrillos, una caja de cerillas, unos cuantos panecillos y un trozo de longaniza.

—¡Me lo he gastado todo!—dijo.

—De acuerdo. Gracias.

Intenté matar el gusanillo. A mis compañeros de viaje les di un trozo de longaniza y unos cuantos panecillos. Se los repartieron. A la una del mediodía, el tren arrancó. Yo estaba sentado entre dos soldados rojos. Enfrente, tenía a dos soldados y dos presos. Nuestro compartimiento era el primero. Un pequeño corredor lo separaba de la plataforma. A lo largo del vagón, a la izquierda, se extendía un pasillo largo y bastante ancho que comunicaba los compartimientos. La otra mitad de la escolta y los demás condenados se situaron en el compartimiento siguiente. El vagón estaba lleno a rebosar. La gente dejaba en el pasillo baúles, cestos y sacos. Algunos se encaramaban a las repisas del equipaje. Gritos, juramentos y maldiciones se entrecruzaban en el aire. Finalmente, todo el mundo encontró un sitio, se entablaron conversaciones y se oyó alguna que otra broma.

Cerca de Borisov, subió al vagón una patrulla de control ferroviario de la Checa. Comprobaban los papeles de los pasajeros. Cuando los chequistas se acercaron a nuestro compartimiento, el comandante de la escolta, el suboficial, les entregó los documentos de viaje, diciendo:

—Nueve integrantes de la escolta contándome a mí, y seis prisioneros...

Los chequistas examinaron los documentos, nos miraron y siguieron adelante. En Orsza, pasamos otro control de la checa. Cuando partimos de Orsza, ya oscurecía. Miré al sesgo por la ventanilla y vi en lo alto la Osa Mayor. Me sentí conmovido. ¡Hacía tanto tiempo que no la veía!... ¡Me trajo tantos recuerdos alegres y tristes! ¡Me llenó la cabeza de tantos pensamientos! Estuve mirándola durante un largo rato hasta que uno de los soldados me ordenó que me apartara de la ventana.

—¡Puedes mirar todo lo que quieras, no te servirá de nada!... ¡No saltarás!...

—No quería hacer nada..., sólo miraba las estrellas...

—¿Las estrellas?... ¡Aquí tienes tus estrellas!—El soldado dio una palmada en su gorra, donde llevaba prendida una gran estrella roja de cinco puntas recortadas en tela.

Los demás soldados se echaron a reír. Me aparté de la ventana. Los soldados fumaban picadura y no estaban para charlar. Mis compañeros, que ocupaban el banco de enfrente, se habían adormilado. Los soldados daban cabezadas. Habían acordado hacer guardias por turnos, de dos en dos. El suboficial entró en el compartimiento y dijo:

—¡Chavales, nada de dormir!... ¡Ojo avizor!...

—Tranquilo. ¡No nos dormiremos!—contestó uno de los soldados rojos.

El suboficial pasó al compartimiento de al lado.

Faltaba poco para la medianoche. Todavía nos separaban de Smoleńsk algunas estaciones. Yo observaba la escolta, aparentando dormir. Tres soldados se habían rendido al sueño y sólo uno, el que estaba sentado más cerca de la puerta, había estirado las piernas de tal modo que nadie pudiera salir a la plataforma sin despertarlo. Él también dormitaba, pero de vez en cuando abría los ojos para escudriñar el compartimiento. A ratos, alguien salía al corredor donde estaba el excusado. Entonces, el soldado levantaba los párpados, le lanzaba una mirada al individuo que salía y apartaba las rodillas para que pudiese abrir la puerta. La mitad de nuestro compartimiento estaba sumida en la oscuridad. Sólo entraba la luz sesgada de una linterna que colgaba en el pasillo. Ardía en ella una vela. En un momento dado, me incliné hacia la derecha, saqué la cabeza del compartimiento y miré el corredor. Estaba atiborrado de un gentío que dormitaba en el suelo. Entendí que, por aquel lado, me sería muy difícil llegar hasta la salida del vagón. Además, esto era también peligroso, porque los soldados de la escolta y el suboficial que vigilaban a los tres presos del compartimiento siguiente podían estar alerta y descubrirme. Yo no podía ver el compartimiento, pero oía crujidos y el ruido de los pies. «¿Y si bajara la ventana?», pensé. Pero tras reflexionar un poco, abandoné el proyecto. Si abría la ventana, podía despertar a algún miembro de la escolta. Volví a asomar la cabeza al corredor. Vi una silueta gris desplazarse lentamente. Era un soldado que, con el abrigo sobre los hombros, se dirigía hacia la salida, procurando no pisotear a la gente tumbada en el suelo. Se acerca cada vez más. Ya estaba a mi lado. Abrió la puerta y apartó las rodillas del soldado, que lo mira con ojos desorbitados.

—¿Qué quieres?...

—Nada, camarada... ¡Aparta las piernas!

El soldado rojo le deja pasar, cambia de posición en el banco, lanza un escupitajo contra la pared, se mete las manos en los bolsillos del abrigo y bosteza sonoramente. Después, se inclina hacia delante y escudriña el compartimiento. Finjo dormir. El soldado vuelve a recostarse contra la pared del compartimiento y entorna los ojos. El cinturón de su carabina le cruza las rodillas, el cañón asoma por entre los muslos. Se ha olvidado de atrancar la puerta con sus piernas... O tal vez quiera esperar a que regrese el soldado rojo que acaba de salir. Observo atentamente a mi guardián. Estoy decidido a escapar incluso en las peores circunstancias, pero prefiero esperar a que se me presentase la más favorable. Al cabo de un rato, noto que cabecea.

Me levanto de mi sitio. Doy dos zancadas para salir del compartimiento al corredor y, después, todavía un paso más. Giro el pomo de la puerta y la abro poco a poco... Ensancho el resquicio... Miro la cara del soldado. De repente, como si hubiera notado mi mirada, el durmiente abre unos ojos turbios. Los clava en mí. Rápidamente, doy un paso adelante.

—¿Adónde vas, eh? ¡Alto!...

Entonces, di un salto cerrando bruscamente la puerta detrás de mí. Abrí la que conducía a la plataforma del vagón. La cerré a toda prisa. En aquel mismo momento, la primera puerta volvió a abrirse y oí un alarido inhumano:

—¡Camaradas!... ¡Se escapa!.. ¡A por él!... ¡Camara...!

Me abalanzo hacia la puerta que comunica la plataforma con la escalerilla del vagón. Aprieto la palanca con fuerza y empujo... No cede. Al cabo de un instante, me doy cuenta de que se abre hacia dentro, y yo la empujo. Tiro de la palanca. La puerta se abre. Detrás de mí, un ancho rayo de luz corta la oscuridad. Unos hombres armados irrumpen en la plataforma. Oigo sus voces:

—¡Alto, canalla!... ¡Alto!...

Enfrente de mí, se extiende una noche negra sembrada de puntos dorados, sembrada de estrellas. Salto con ímpetu en aquella oscuridad espesa y misteriosa...

Caigo en un remolino de aire. Me sacude y quiere arrastrarme hacia un lado. Mi corazón se para. Por un instante, me deslumbra una larga hilera de luces y enseguida todo se sumerge en las tinieblas y en el silencio..., un silencio profundo...

IV

No podía entender qué me había sucedido. Sentía que me ahogaba y que un líquido espeso y pegajoso me llenaba la boca. Me agité desesperadamente hacia la derecha, hacia la izquierda, hacia arriba... Finalmente, conseguí ponerme de rodillas... Respiré... Sentí el aire entrar en mis pulmones. Permanecí inmóvil durante un largo rato. Tenía el torso hundido en el fango y sólo asomaba la cabeza. Saqué las manos del lodo. Con los dedos, me limpié la cara y los ojos de aquella substancia espesa y pegajosa. A unos centenares de pasos vi una larga hilera de fuegos que resplandecían desprendiendo una claridad amarillenta. Era el tren que se había detenido poco después de mi salto. Observé que, a lo largo de la vía, se desplazaban otras luces, más pequeñas, pero más brillantes. Eran las linternas de los hombres que me buscaban a lo largo de la vía.

Empecé a deshacerme del fango. Di dos pasos, palpé el borde de una cuneta. Salí del lodazal y, poco a poco, me alejé unos pasos de aquella cuneta donde había aterrizado al caer rodando por el alto terraplén. Es posible que el barro amortiguara la caída, estuve en un tris de ahogarme. Me senté en lo alto de una colina y miré durante un buen rato la vía del tren. Las luces de las linternas se arrastraban a lo largo del terraplén, pero después empezaron a retroceder. Oía las voces excitadas de los hombres, pero era incapaz de distinguir las palabras. Resonó el silbato de la locomotora... Las luces de la vía empezaron a moverse más de prisa. Se aproximaron a las de las ventanillas del tren. La locomotora volvió a silbar y la larga hilera de luces se sumergió en la oscuridad. Al cabo de un rato, se fundió en una estela de fuego movedizo para desaparecer pronto en las tinieblas.

Me levanté. Todavía estaba aturdido. Me dirigí hacia la vía del tren que, a oscuras, no se veía. La cuneta me cerraba el paso. La salvé. Me hallaba cerca de la vertiente escarpada del terraplén. Por un momento dudé si ir por arriba o por abajo. «¡Allí arriba puedo tropezar con alguien! ¡Será mejor que vaya por aquí!», pensé. Miré hacia el cielo: la Osa Mayor aún era muy visible en el norte. El timón del carro, inclinado hacia abajo, indicaba la dirección oeste. Avanzaba poco a poco. De vez en cuando, me detenía y aguzaba los oídos. Pasé al lado de algunas casitas de guardabarreras. Esquivé de lejos un apeadero. Tras dos horas de caminar divisé en la lejanía las luces de una estación. Observé que, en sus inmediaciones, había muchos edificios. Era un pueblo. Di un gran rodeo y volví a hallarme cerca de la vía. Una vez allí, me senté para descansar sobre un montón de traviesas viejas. Pensaba esperar a que llegara algún tren en el que continuar el viaje. Aquella era mi única esperanza. A pie, sólo era capaz de recorrer entre treinta y cuarenta kilómetros en una noche, mientras que en tren, durante el mismo espacio de tiempo, podía hacer entre doscientos cincuenta y trescientos cincuenta. Decidí no caminar más, aun cuando tuviese que esperar hasta el alba. Más pronto de lo que pensaba oí el silbato de una locomotora. Entró en la estación un tren de carga. Me acerqué y me puse a caminar a lo largo de la vía. Separado de la estación por el tren, me escurrí a la sombra de los vagones. Vi unas plataformas largas cargadas de material de construcción. Me encaramé a una de ellas y me escondí entre los extremos de los maderos y la baja pared de la plataforma. Desde allí, podía observar con comodidad todo lo que ocurría a mi alrededor. En caso de peligro, era fácil huir en cualquier dirección. El tren estuvo parado en la estación mucho tiempo. Finalmente, arrancó. Al rayar el alba, llegué a Orsza. Emergí de mi escondrijo y fui hacia la locomotora. De una conversación entre los ferroviarios me enteré de que el tren había finalizado su recorrido. Entonces enfilé la vía y me fui alejando cada vez más de la estación. No quería que la llegada del día me pillase en Orsza. Sabía que allí había grandes destacamentos de la checa y de la milicia. Mientras viajaba en tren, había tenido que permanecer inmóvil en mi escondrijo, por lo que había pasado mucho frío. Ahora, intentaba entrar en calor caminando a buen paso. Antes de que despuntara el día, ya había hecho diez kilómetros. Me sentí seguro. Del lugar donde me había escapado me separaban casi doscientos kilómetros. Quería llegar a la estación siguiente, de modo que seguí caminando. Cogía o bien los senderos que orillaban la vía, o los caminos trillados por las ruedas de los carros. Cuando veía a lo lejos algún edificio, daba un gran rodeo para esquivarlo. Al cabo de unas horas, llegué a una estación. En vez de acercarme, me adentré en el bosque. Allí, me escondí en la espesura de los matorrales y me tumbé en el suelo para dormir. Al oscurecer, evité de lejos la estación y volví a dar con la vía. La noche era cálida. Me tumbé en un pequeño prado junto a la vía a la espera de algún tren con destino a Minsk. Sentía una hambre feroz, pero no tenía nada para comer. Tampoco tenía dinero.

Pasada la medianoche, llegó un tren de pasajeros. Paró en la estación. Subí una escalerilla de hierro que colgaba de la pared trasera de un vagón y, una vez arriba, me tendí en el techo. El tren no tardó en arrancar. El viento me silbaba en los oídos. De cuando en cuando, me salpicaba un enjambre de chispas que salían volando de la chimenea de la locomotora. Cuando el tren paraba en las estaciones, me deslizaba hasta el otro lado del vagón, donde nadie podía verme desde el andén. Se me habían entumecido las manos. Hacía mucho frío. Me temblaba todo el cuerpo, pero no interrumpí mi viaje. Cuando partimos de Borysó, ya despuntaba el día y en Smolewice tuve que abandonar el tren, porque me vieron desde un andén... No quería que me pillaran después de haber superado tantas dificultades. El tren continuó su recorrido y yo fui caminando a lo largo de la vía. De Minsk, me separaban más de cuarenta kilómetros. El hambre me atormentaba cada vez más. Me sentía muy débil.

Vislumbré la barraca de un guardabarreras. Tenía la puerta entreabierta. A través del resquicio, vi a un mujer hacer la colada en un barreño. En el umbral de la barraca jugaban dos críos. Vacilé un instante antes de entrar.

—Buenos días—saludé a la mujer.

—¡Buenos días ¿Qué le trae por aquí?

—¿No me daría algo de comer?

—¿De dónde es usted?

—De Minsk. He estado trabajando una temporada en Smoleńsk y ahora tengo que volver a casa... Me compré un billete hasta Borysów, porque el dinero no me llegaba para más. Hace dos días que no he comido.

La barraca del guardabarreras estaba dividida por un tabique. En el tabique había una puertecilla. Mientras yo hablaba con la mujer, la puertecilla se abrió y apareció un hombre de unos cincuenta años. Tenía una cara delgada y unos ojos entrecerrados de expresión astuta. El guardabarreras me miró de la cabeza a los pies y le lanzó a su mujer:

—¡Dasza, dale algo de comida! ¡Que no se quede con hambre!... Vuelvo enseguida... ¡Usted, siéntese y descanse!—me dijo a mí.

Me senté en un taburete junto a la mesa, pero estaba inquieto. No me había gustado la mirada del guardabarreras. Y las palabras que le había dirigido a su mujer me parecían sospechosas. Me incliné hacia la ventana y miré afuera. Vi al guardabarreras precipitarse hacia unos edificios, cuyos tejados sobresalían por encima de la espesura de los árboles. Miró atrás varias veces y aceleró aún más el paso. De una hogaza partida por la mitad, la mujer cortó con un cuchillo una rebanada bastante grande y la puso sobre la mesa. Cogí el pan y empecé a devorarlo.

—Ahora mismo le traigo leche.

Bajó de una repisa una vasija grande y llenó de leche un vaso. Me la bebí con avidez. La mujer volvió a llenarme el vaso. No dejé ni por un momento de mirar por la ventana. Comía el pan, bebía la leche y seguía con la mirada al guardabarreras, que se acercaba a la arboleda donde se escondía uno de los edificios. Entonces, me metí en el bolsillo el pan que no me había acabado, y dije:

—Gracias por el pan y por la leche, señora. Si quiere, le dejo a cambio la chaqueta que llevo, porque no tengo dinero...

—No me debe nada... ¿Adónde va?... ¡Ahora me disponía a preparar el almuerzo!...

—No tengo tiempo de esperar!

—Pues, le haré unos huevos revueltos.

—Gracias. No me gustan los huevos revueltos... ¡Hasta la vista!

Salí a toda prisa de la barraca del guardabarreras y tomé otra vez la dirección de Smolewicze. Al cabo de un rato, volví la cabeza. La mujer estaba en la vía mirándome. Apenas hube salvado el primer recodo, me aparté de la vía sin dejar huellas y me encaminé hacia unas matas que crecían en los confines del bosque. Rápidamente, retrocedí hacia el punto de partida sin salir a campo abierto y sin dejar de observar la vía al mismo tiempo. Caminando por el bosque, llegué a la altura de la barraca del guardabarreras. Vi a tres hombres salir del edificio oculto en la arboleda y apresurarse por el sendero que conducía a la barraca. Era el guardabarreras acompañado de dos individuos vestidos con uniformes militares. La mujer se acercó a ellos. Les dijo algo, señalando con la mano el camino que yo había tomado. Enseguida se precipitaron en aquella dirección. Yo seguí adelante, intentando mantenerme cerca del bosque, pero sin alejarme de la vía del tren. Atravesé un río y, a eso del mediodía, me hallé en las inmediaciones de la estación de Kołodziszcze. Allí, me adentré en el bosque, donde decidí quedarme hasta el anochecer. Al cerrar la noche, llegué a Minsk. Sin meterme en la ciudad, seguí a campo traviesa, primero hacia el oeste, y después hacia el suroeste. Cuatro horas más tarde, salía a la carretera que une Minsk con Raków. Me encontraba cerca de Jarkowo, a unos nueve kilómetros de Minsk. Allí, descendí una alta montaña. Conocía un pozo donde apagar la sed. Con una percha, saqué del pozo un cubo reforzado con cercos de metal y bebí de él durante un largo rato. Después, retomé el camino. Avanzaba bastante de prisa por estrechos senderos, aunque intentaba no perder de vista la carretera. Al alcanzar la versta catorce, entré en el bosque y, una vez allí, hice otro descanso, porque estaba muerto de fatiga. Me fumé el último cigarrillo.

Dejé a la izquierda Stare Sioło, entré en el bosque Starosielski y, bordeándolo, continué mi ruta. Ahora me hallaba en un camino que conocía palmo a palmo, de modo que avanzaba muy seguro. Además, podía guiarme también por las estrellas, porque el cielo estaba despejado. Se estaba haciendo de día. No había pensado que el alba llegaría tan pronto, o sea que me llevé una sorpresa desagradable. Conocía el bosque Starosielski como la palma de mi mano. Lo había cruzado muchas veces cargado de mercancía. Decidí no dormir durante el día. Caer ahora, tras haberme escapado del vagón y haber recorrido un camino tan arduo, sería un desastre. Si me dormía, algún pastor zopenco podría verme y, sin duda, correría a avisar a algún confidente o miliciano. Encontré un buen escondrijo donde pasar las horas de luz. Tenía al alcance de la mano un madero que podría usar en caso de necesidad. Cuando notaba que el sueño estaba a punto de rendirme, me levantaba para dar una vuelta entre los árboles y los matorrales que crecían alrededor de mi escondrijo.

A ratos oía las voces y el griterío de los pastores que vagaban por el bosque. Algunas veces percibí el ruido de unos pasos muy cerca de mi madriguera. Poco después del mediodía, avisté a dos zagales que rondaban por el bosque. Uno llevaba en la mano un cesto de mimbre, y el otro un palo largo. Miraban hacia las copas de los árboles, buscando algo. Se acercaron tanto a mi escondrijo que estuve a punto de abandonarlo, pero, finalmente, se alejaron. Apenas el sol declinó, proseguí mi marcha a través del bosque. Avanzaba poco a poco, escudriñando el terreno que se abría delante de mí.

Cuando salí del bosque Starosielski, ya era de noche. Seguí caminando a campo traviesa. Pasado un rato, sentí escalofríos: había cogido un resfriado. Continué. Tenía cada vez más frío y mi cuerpo se inundaba de sudor... Me tumbé sobre una ancha lindera, temblando de pies a cabeza. A cada minuto que pasaba me encontraba peor... Y todavía faltaba mucho para la frontera. Me levanté de un salto y volví a caminar. Los dientes me castañeteaban sin tregua. Apenas era capaz de orientarme en el terreno que me rodeaba. A menudo me detenía para mirar la Osa Mayor. Las estrellas se arremolinaban, se arrastraban hacia arriba, se precipitaban Dios sabe dónde... Yo siempre las volvía a encontrar y, guiándome por el instinto, seguía adelante, hacia el oeste.

No sé cuándo crucé la «segunda línea» ni cuándo, finalmente, me hallé al otro lado de la frontera. Recuerdo que, en un momento dado, se oyeron disparos de carabina. Por un instante, aquellos tiros me aguzaron los sentidos hasta tal punto que casi recuperé la conciencia. Me lancé hacia la izquierda. Cuando los disparos volvieron a tronar muy cerca de mí, me puse a reptar por la hierba, que me pareció muy fría. Después recuerdo que me encaramé por un montículo con gran esfuerzo. Una vez en la cima, me caí al suelo, completamente agotado. Un poco más tarde, comprendí que era la Tumba del Capitán... Allí perdí el conocimiento. Todavía tuve un intervalo de lucidez y..., de improviso, en medio de la oscuridad que arrebujaba los campos, vi moverse una mancha blanca... Retrocedía y avanzaba... Caía hacia abajo, se elevaba hasta las alturas, desaparecía a ratos de mi campo de visión, o bien se me acercaba. Haciendo un esfuerzo, me vino a la memoria el relato de Trofida y de otros contrabandistas sobre el fantasma... Después recordé que, cerca de aquella colina, me había encontrado por primera vez con Saszka Weblin. «¡Si él supiera que estoy aquí!» Mientras tanto, el fantasma se aproximaba a mí cada vez más. Estaba muy cerca..., más y más cerca...

Al cabo de un rato, veo un rostro inclinado sobre el mío. Distingo una mirada tranquila y severa, y unas cejas negras. Oigo una voz... Me preguntan algo y yo contesto, pero no sé qué. Finalmente, me preguntan si conozco a Pietrek... Noto que suelto una carcajada y, entre palabra y palabra, me castañetean los dientes.

—¡Cómo no! ¡Y tanto que lo conozco!... ¡Quién no lo conoce!... ¡Ja!... ¡Ja!... ¡Ja!...

A continuación, todo se precipita hacia la lejanía a una velocidad vertiginosa... Los ojos me hacen chiribitas de colores... Se desencadena una tormenta... Un torrente abrasador corre hacia delante, me arrastra hacia arriba y después me despeña... en un abismo negro y frío...

V

Volví en sí en un cuartucho. A la derecha, vi una puerta y, enfrente, una ventana abierta y tapada con unas cortinas que se columpiaban movidas por el soplo de un airecillo.

Presté el oído. Desde la lejanía me llegaban las voces de unas mujeres que chachareaban en el patio. No conseguía adivinar dónde me encontraba. Nunca había estado en aquella habitación. Quise levantarme de la cama, pero me fallaron las fuerzas. Entonces dije en voz alta:

—¿Hay alguien en casa?

La puerta del cuartucho se abrió y vi a un hombrecillo minúsculo y cómico. Me miraba a través de los cristales de unas gafas y sonreía.

—¿Te has despertado?—dijo al cabo de un rato.

—Sí.

Me di cuenta de que era el relojero Mużański. En su casa vivían Julek el Loco y Pietrek el Filósofo.

No podía comprender cómo había ido a parar allí.

—¡Ea, tómate esto!—Mużański me puso la medicina en una vaso y me la hizo tragar—. Los muchachos vendrán más tarde.

Abandonó la habitación y yo volví a dormirme. Al atardecer, me desperté de nuevo. Mi cuarto estaba ya a oscuras. A través de la puerta entreabierta oí las voces de mis compañeros. Los llamé. Julek y Pietrek entraron en la habitación. Llevaban una lámpara encendida.

—¿Cómo te encuentras?—me preguntó Julek.

—¿Has dormido bien?—dijo Pietrek.

—Sí... he dormido como un ceporro...

—¡Has dormido mucho!... ¡Válgame Dios, qué manera de dormir!—dijo Julek.

—¿Cómo he llegado aquí?

Los compañeros intercambiaron unas miradas y Julek preguntó:

—¿No te acuerdas de nada?

—No... Aunque sí recuerdo la Tumba del Capitán y... el fantasma. Me habló.

Pietrek sonrió y dijo:

—Este fantasma te salvó porque o te habrías muerto allí, o se te habrían llevado los verdes... ¿Cómo te encuentras?

—Bien.

—Entonces, cuéntanos cómo llegaste hasta allí. Pero poco a poco y con detalle... Tenemos tiempo—dijo Pietrek.

Empecé a contarles todas mis peripecias a partir de aquella mañana en la que me habían arrestado en el antro de Bombina. Mis compañeros interrumpían a menudo el relato para hacerme preguntas. En un momento dado, oímos que se abría la puerta principal. Reconocí la voz del Lord. Al instante, mi compañero me saludaba con grandes muestras de alegría.

—¡Y yo que estaba tan preocupado por ti!—dijo el Lord—. No había manera de enterarse de qué te había ocurrido.

Volvieron a hacerme preguntas. Les conté con pelos y señales la historia de mi arresto, de la estancia en la checa y en Dopr, de la condena, de la fuga del tren y de la vuelta a través de la frontera.

Mis compañeros se alegraron sinceramente del final feliz de mis aventuras. A continuación, le pregunté al Lord qué había sucedido después de que me arrestaran.

—Ya sabes cómo son estas cosas—dijo el Lord—. Te esperamos cinco minutos, diez, un cuarto de hora. Nada de nada... Nos preguntamos: ¿Qué hacer? Algunos dicen: ¡regresar! Otros: ¡mandar a alguien a la guarida! De modo que el Rata fue a hacer un reconocimiento. A campo traviesa, llegó al caserío por la parte trasera y se coló en el patio. Vio a los soldados rondar por el patio y meter la nariz en el granero. Todo estaba claro: una trampa. Así pues, no tardó en reunirse con nosotros para contárnoslo. Cogimos las portaderas y ¡hala!, ¡a casa! Pero los muchachos se caían de cansancio. A duras penas logramos alcanzar el bosque Starosielski antes del alba. El huracán había amainado un poco. Nos introdujimos en lo más profundo del bosque. Había leña cortada y amontonada. Encendimos una hoguera y nos secamos un poco la ropa. Después, tuvimos que apagar el fuego, porque temíamos que alguien divisara el humo. Llevábamos cuatro botellas de espíritu de vino y aquello fue nuestra salvación. Aguantamos hasta el anochecer y, ¡venga!, ¡hacia la frontera! Llegamos más muertos que vivos. Lowa y el Elergante cayeron enfermos...

—¿El judío os pagó la ruta?—le pregunté al Lord.

—¡Cómo no!... El doble: treinta rublos por cabeza. Pero la guarida de Bombina cerró para siempre.

—¿Adónde habéis ido después?

—Depende. Yo trabajo ahora con la cuadrilla de Jurlin. El Rata también. Pero hacemos pocas rutas. Ganamos para el relleno, pero no para el capón... Esperamos a que llegue el otoño.

—¿Han trincado a alguien más?

—De los nuestros, a nadie. Ahora poca gente sale a faenar...

—¿Qué otras noticias hay?

Los muchachos empezaron a contarme las novedades. Después me dijeron que habían propagado por el pueblo el rumor de que me había marchado a Vilnius. Sólo los muchachos de toda confianza sabían de mi arresto al otro lado de la frontera. El Lord me dio treinta rublos en monedas de oro.

—¿Y eso a santo de qué?—le pregunté.

—Por tu última ruta... ida y vuelta... Cuando te recuperes, iremos a casa de Bergier. Te deben un premio por haberles salvado el alijo. La mercancía era cara. Le ahorraste al judío por lo menos tres mil dólares, y tal vez mucho más... Ya he hablado con él...

Yo lo escuchaba un poco distraído y después pregunté:

—¿Tú qué opinas? ¿Por qué hubo una emboscada en casa de Bombina?

—¡Alguien fue con el soplo!—dijo el Lord—. Si no fuera así, no hubieran estado tan preparados... No encendieron el fuego a posta. Se escondieron en los zaguanes, en el granero y detrás de la cortina... Alguien había dado el chivatazo... ¡Nos había vendido a nosotros y a Bombina!

—¡No pudo ser nadie más que él!—dije, pensando en Alfred.

—Yo también lo creo—dijo el Lord—. Pero, ¿cómo supo dónde estaba nuestra guarida?

—¿Tal vez algún muchacho con unas copas de más se fuera de la lengua y, de boca en boca, la información llegara a Alfred?—dijo Julek.

—Podría ser—asintió el Lord—. Pero no os preocupéis... ¡Algún día pagará por todo lo que ha hecho!... ¡De una sentada!...

Al día siguiente ya me encontraba tan bien que salí de casa con Julek. Hacía calor. El sol inundaba el pueblo con una cascada de rayos. Por el camino recogimos al Lord y fuimos juntos a Bokrówka, a casa de Bergier.

—¡Tendremos que apretarle las clavijas a este perro faldero!—dijo Julek—. Está forrado y nos debe una. Le salvaste la mercancía.

Bergier estaba en casa. Lo encontramos en el comedor, una pieza atiborrada de muebles caros que no pegaban con el interior de aquella pequeña construcción de madera. Muchas molduras. Sillas enormes y tapizadas con piel, un aparador imponente, una mesa inmensa.

Vi a un personaje típicamente judío. Frotándose las manos, Bergier nos invitó a pasar a la habitación de al lado.

—Allí estaremos más cómodos y nadie podrá vernos desde la calle.

A lo largo de las paredes de aquella habitación se alineaban varios baúles grandes cerrados con candados. En el centro, una mesa larga ocupaba casi todo el espacio. Desde el otro lado de la puerta entreabierta que conducía a la habitación vecina llegaba una voz femenina, jugosa y juvenil, con una marca de la melancolía oriental:

Ay, bayadera, ¡cuánto te quiero!
Ay, bayadera, ¡tam-rim taram-tam![1]

El Lord se echó a reír.

—Dime, Szloma, ¿tendrá tu bayadera una dote muy generosa?

—Uy, ¿quién ha dicho dote? ¡Ni falta que le hace!... ¡Toda ella es oro puro!

—¡No me vengas con cuentos! ¡Seguro que por lo menos le caerá medio kilo!

---

[1] Canción de moda en los años treinta. (*N. de los T.*)

El judío sonrió ligeramente, se atusó la barba y dijo:

—¿Qué le trae por aquí, señor Bolesław? ¿Acaso hay un negocio a la vista?

—Uno de los nuestros ha vuelto. —El Lord me señaló con un gesto de la cabeza—. Sin duda ya sabe de quién se trata, Szloma... Aquel que, en marzo, salvó la carga antes de que lo trincaran... Ha estado en la cárcel de la checa, en Dopr. Le quitaron todo el dinero y lo condenaron a la deportación... Se les escapó por el camino... Usted le debe una prima... para que pueda establecerse de nuevo...

—¿Éste es Władek?

—En persona.

—Un momento—dijo Szloma, y salió de la habitación.

Pronto volvió acompañado de un judío joven vestido con una elegancia exagerada. Me di cuenta de que era Lowa y lo saludé. Charlamos un par de minutos y, a continuación, el Lord dijo:

—¡Venga, Szloma, ráscate el bolsillo! Tenemos prisa por celebrar el retorno de nuestro compañero. Recibió una buena paliza por culpa de tu mercancía y, durante más de tres meses, ha sido pasto de los piojos. Ya ha olvidado cómo sabe el vodka...

El judío se sacó del bolsillo una faltriquera alargada guarnecida con abalorios, probablemente un regalo de cumpleaños hecho a mano por algún miembro de su familia. Contó diez monedas de diez rublos y las puso encima de la mesa, acariciando el oro con los dedos. Me las acercó.

—Tome. ¡Y que le traigan suerte, señor Władzio!

Cogí el dinero y nos despedimos de Szloma.

—¡Tacaño asiático!—dijo el Lord, una vez estuvimos

en la calle—. ¡Tú le ahorraste un pastón y él va y te da cien rublos!—Calló durante un rato y después añadió—: ¡Es por eso que les hacemos changas a esos malditos judiazos!... ¡Prefieren perder hasta la camisa antes que pagar bien un trabajo!

Después nos dirigimos a casa de Ginta. Cuando entré en nuestro salón, vi las caras alegres de los muchachos. Al verme, exclamaron:

—¡Hurra!

—¡Viva!

—¡Choca esos cinco!

Junto a la mesa central, vi a los asiduos de la taberna: Bolek el Cometa, Felek el Pachorrudo, el Mamut y el Rata. También estaba allí el Cuervecillo, aquel contrabandista de aspecto juvenil que, en el sarao en casa de Saszka, había sido mi pareja de juego y le había asestado a Alfed un botellazo en la cocorota por jugar con las cartas marcadas. Al lado del Cometa estaba sentado Jurlin, un famoso contrabandista-maquinista que hacía tiempo que era jefe de cuadrilla y se arriesgaba incluso a salir en pleno verano. Era un hombre que rondaba los cincuenta, alto, musculoso y pelirrojo. Estaba borracho. Se reía a mandíbula batiente y repetía sin cesar: «¡Sin hacer ruido, por el amor de Dios!» En un rincón de la sala dormitaba Antoni el acordeonista. Cuando me acerqué a la mesa para saludar a la concurrencia, Bolek el Cometa levantó los brazos y dijo:

—En verdad os digo, muchachos, que éste es un buen motivo—se refería a mi fuga, que ya era de dominio público—para no dejar de beber vodka a chorro durante tres días y tres noches... ¡No, a chorro es poco! ¡Habría que beberlo a cubos!

—¡Una verdad como un templo!—dijo el Lord.

—¡Sin hacer ruido, por el amor de Dios!—añadió Jurlin.

Empezó la parranda. Yo sólo bebía cerveza, y en pocas cantidades. Todavía no me encontraba del todo bien. Antoni tocaba el acordeón. Aquel día invitaba yo. Después, cansado del ruido, volví a casa con Julek. Me acosté.

Me enteré de que Józef Trofida ya había cumplido la condena y había regresado al pueblo. Le pedí a Julek que me despertara a las ocho de la tarde. Pero me desperté solo a las ocho menos cuarto. Me vestí y me encaminé hacia Słobódka con Julek. Una vez allí, me detuve.

—Julek, vete a casa. Volveré solo.

—Ten cuidado de no pillar un resfriado.

—Estoy bien. Sólo voy a ver a Józef.

Julek desandó el camino y yo entré en el patio de la casa de los Trofida. Allí todo estaba como siempre. A través de las ventanas, vi una lámpara encendida en el comedor. Entré. Sobre la mesa, la lámpara de pantalla azul iluminaba la cabeza de Janinka apoyada sobre sus manos. La niña me miró fijamente durante largo rato desde el otro extremo del cuarto, y después dijo, dejando sobre la mesa el libro que estaba leyendo:

—Le esperaba.

—¿Síí?... ¿Cómo podías saber que vendría? Sonrió.

—Lo sabía. Me lo ha dicho la gata. Hoy ha andado pescando junto a la aceña y después se ha aseado durante un buen rato.

Janinka me mostró con gestos cómo se limpiaba la gata.

De repente, oí unos pasos en el zaguán y Józef Trofida entró en la habitación.

—Ah, eres tú... Te estaba esperando. Sabía que habías vuelto... ¡Albricias!... ¿Echamos un trago o prefieres un té?

—Casi mejor un té.

—¡Me parece bien! Ahora mismo te voy a preparar ese gargarismo.

Józef se fue a la cocina. Me extrañó que no hubiera rastro de Hela en toda la casa. Pensé que a lo mejor había ido al pueblo. Al sentarnos a tomar el té, le pregunté a Józef cómo le habían ido las cosas hasta el día de mi regreso. Después le conté sin faltar una coma mis aventuras. Janinka nos escuchaba atentamente, pero sin intervenir en la conversación. En un momento dado le pregunté a Józef:

—¿Cómo se encuentra Hela?

Una convulsión le desencajó el rostro. Me miró un largo rato sin contestar a mi pregunta. Oí un sollozo ahogado y vi a Janinka levantarse de su silla y retirarse a su dormitorio. No podía entender qué había sucedido. ¿Por qué la pregunta por la salud de Hela los había conmocionado hasta tal punto? Finalmente, Józef escupió:

—¿De veras..., no lo sabes?

—No sé nada... ¿Qué ha ocurrido?

—Hela ha desaparecido—dijo Józef, agachando la cabeza—. Ha desaparecido... Hela ha desaparecido...

—¿Ha muerto?

Józef agitó la cabeza como si se atragantara y dijo con un hilo de voz:

—Se ahorcó...

—¿Se ahorcó?

—Sí... en el peral...

La noticia me horrorizó. Sentí que se me doblaban las piernas. De golpe y porrazo—no sé por qué—me vino a la cabeza esta imagen: en el huerto, Hela en lo alto de una escala coge manzanas, mientras Alfred, endomingado y con un bastón en la mano, la mira. Le dice algo. La moza se ruboriza. Después, Alfred tiende el brazo y refriega la palma de la mano contra la pantorrilla de Hela...

—¿Por qué lo hizo?—le pregunté a mi compañero.

Józef me miró a los ojos durante un buen rato. Noté que no había entendido mi pregunta.

—¿Por qué?...—dijo Józef por lo bajinis. Y, acto seguido, desembuchó—: ¡Porque estaba embarazada!... ¡Por eso!... ¡Estaba embarazada y le daba miedo andar en lenguas!... ¡Qué tonta!... Mientras me tuviera a mí, nadie le hubiera hecho daño... ¡Y ella!...

Volví a casa a altas horas de la noche. Józef me propuso que me quedara a vivir con él, pero le dije que tenía que hablarlo con Pietrek y Julek. Estaba muy afligido. Sentía crecer en el fondo de mi alma un odio hacia Alfred cada vez más fuerte. Caminaba pensativo y no sé cuándo me desvié de la ruta prevista. Me detuve frente a una casa. «¿Adónde voy?», pensé. «¡Ah, aquí vive Josek el Ansarero!» Me acerqué a la puerta de su casa e hice ruido con el pomo. Al cabo de un rato oí en el zaguán la voz de Josek:

—Ya está bien... ¿Quién va?

—Soy yo... Władek.

Abrió la puerta a toda prisa y me dejó entrar. La habitación estaba vacía. Vi un libro hebreo sobre la mesa; encima del libro yacían unas gafas con montura de cuerno.

—¿Quieres un trago?—preguntó Josek—. Tengo un buen licor de cerezas. Lo ha hecho mi mujer... ¡Tiene unas manos de oro!... ¡Qué digo, de oro! ¡De dia-mantes!...

El Ansarero trajo una garrafa de cristal llena de licor de cerezas y tomamos unas copas. A los judíos no les gusta beber en vaso. Después nos pusimos a charlar. El Ansarero estaba al corriente de mi arresto.

—Alguien tuvo que dar el cante de la casa de Bombina—le dije—. ¡Si no, jamás hubieran dado con la guarida!... ¡Fue una emboscada con todas las de la ley!... ¿Me entiendes?

—¡Es obra suya!—dijo Josek con firmeza.

Josek no mencionó ni el nombre ni el apellido de Alfred, pero yo sabía muy en quién pensaba.

—¿Dices que es obra suya?

—¡Y tanto que fue él! ¡Apuesto lo que sea! ¡Por mi mujer y por mis hijos!... ¡Fue él!...

Josek se calló. Yo también callaba. El silencio duró un largo rato. Después dije, sorprendiéndome a mí mismo:

—Necesito un aparato.

Josek me lanzó una mirada.

—Sí. Quiero comprar una buena fusca. ¡Pero que sea de primera! Fiable...

A Josek le brillaron los ojos.

—Ya te entiendo...

Empezó a perorar con conocimiento de causa sobre las virtudes y los defectos de los mecanismos de las armas de fuego. Interrumpí su lección.

—Yo también soy un experto en esta bisutería—repliqué—. Quiero un buen *nagan*. No necesito una pistola automática, no voy a la guerra. Y el *nagan* es de lo más fiable que hay.

—Sí, sí... el más fiable... ¿Sabes qué? Espera un poco. Toma más licor de cerezas... Lo ha hecho mi mujer... Ya te lo he dicho, dia-man-tes...

—Sí, sí, ya lo sé: manos de diamantes.

—Vuelvo ahora mismo...

Josek salió de casa.

No sé por qué decidí comprarme un revólver justo al enterarme del suicidio de Hela. Es verdad que siempre le había tenido inquina a Alfred, pero estaba muy lejos de querer matarlo. Ni se me había ocurrido. Cuando estaba en la cárcel de la checa de Dopr, decidí que, si algún día me daba a la fuga y volvía a pasar contrabando, lo haría al modo de los Alińczuk: armado hasta los dientes. Sabía que Alfred no dejaría pasar la oportunidad de hacerme daño y que ya me lo había hecho algunas veces, pero ¡¿matarlo?!... Nunca lo había tomado en consideración. ¡Sencillamente, me repugnaba la idea de matar a un hombre!... Otra cosa era darle una paliza o convertirlo en el hazmerreír de todo el pueblo.

El Ansarero volvió. Cerró la puerta. Comprobó que las cortinas taparan bien las ventanas y, entonces, se sacó del bolsillo lateral del paltó un paquete envuelto en papel y atado con varias vueltas de cordel. Cortó el cordel con una navaja. Apareció un *nagan* oxidado, que relucía con un brillo mate. Era el modelo que usaban los oficiales. El Ansarero apretó el gatillo varias veces; el percutor se alzaba y caía con un ruido seco.

Examiné el revólver. Era nuevo y estaba limpio. Funcionaba de una manera impecable. Daba gusto tenerlo en la mano. Al verme encantado con el arma, el Ansarero sonrió, se besó las yemas de los dedos y dijo:

—¡Esta pipa va como un reloj!... ¡Siete disparos, siete cadáveres!...

—¿Y los cartuchos?

El Ansarero se sacó del bolsillo dos cajas de cartón llenos de cartuchos.

—Aquí hay cincuenta. Si necesitas más, acude a mí. Puedes comprar todos los que quieras.

—¿Qué te debo?

—Te la doy a precio de coste. No soy ningún traficante. Diez rublos.

—Toma. Te doy quince.

Le entregué quince rublos, pero el Ansarero me devolvió una moneda de cinco.

—¡Te he dicho que no quiero hacer negocio contigo! Si no tuvieras dinero, te habría dado el aparato de balde.

Me despedí de Josek. Cuando estábamos en el zaguán, dije:

—No quiero que pienses que es para Alfred.

—¿Y quién ha dicho algo semejante?

—Es para no caer en manos de aquellos cerdos de la Unión Soviética. Los palurdos continuamente nos preparan emboscadas y sólo falta que un día pelen a alguien...

—Sí, sí... Ya lo sé—contestó el Ansarero, mientras abría la puerta que daba al patio.

—¡Buenas noches!—le dije—. ¡Tu licor de cerezas es buenísimo!

—¡Suerte!—contestó Josek—. Es cosa de mi mujer... Manos de dia-man-tes...

Enfilé un callejón oscuro. La cabeza me zumbaba por culpa del licor de cerezas.

En un lugar me detuve. Examiné el cielo. Encontré la Osa Mayor. Saqué del bolsillo mi *nagan* y lo cargué. Era una sensación agradable tener en la mano la culata encorvada y áspera del revólver. Cerré el ojo izquierdo y apunté, una tras una, a las estrellas. Después, solté una carcajada. Me pasó por la cabeza el pensamiento de que a partir de ahora tenía dos amigos excepcionales: la Osa

Mayor, una constelación de siete estrellas que muchas veces me habían ayudado a encontrar el camino, y el *nagan* cargado con siete cartuchos que, si fuera necesario, me defendería con eficacia.

Cuando estaba en Dopr, oí decir a unos delincuentes que el siete es el número de la suerte de los ladrones. Tal vez esta convicción se debiera a que la cifra recuerda por su forma una ganzúa.

VI

Ya hace tres semanas que vivo en casa de Mużański. No he querido volver con Trofida. De momento, allí reina un ambiente lóbrego. Józef no va nunca al otro lado de la frontera. Sufre por su madre que, después de la muerte de Hela, cayó en un estado de estupor y dejó de hablar. Además, siempre lo necesitan en casa. No he querido causarle molestias. Así se lo dije. Tuvo que darme la razón.

Nunca me había sentido tan bien como ahora que vivo en la casa de Mużański. El viejo relojero ha recorrido medio mundo. Conoce muchos países y, al atardecer, cuando nos sentamos alrededor del samovar, nos explica un montón de historias interesantes. Cada mañana voy con Pietrek y Julek a bañarme al Isłocz y más tarde, después de desayunar, a los bosques cercanos. Allí, cogemos arándanos y setas. Después nos tumbamos sobre el musgo blando y permanecemos un largo rato así tendidos, sin movernos siquiera, con la mirada clavada en el fondo lejano del cielo, donde unas nubes ligeras y alegres corren a cual más veloz. Pietrek siempre se trae de casa algún libro y nos lo lee horas y horas. Lo escuchamos. A veces ocurre que me duermo durante la lectura y después le pregunto a Pietrek qué ha pasado a partir del momento en el que he dejado de escuchar.

—¡Si te has dormido, es cosa tuya!—dice Pietrek, pero me perdona, me cuenta la parte del libro que me he perdido mientras dormía, y así recupero el hilo de la narración.

Después sigue leyendo. Al mediodía, nos desnudamos y tomamos el sol. Volvemos a casa a la hora de almorzar, trayendo olor a bosque y una atmósfera alegre. Basia, la criada de Mużański, toda picada de viruelas, nos sirve el almuerzo. Nos sentamos junto a la mesa y comemos a dos carrillos. Bebemos cerveza.

Aquel tren de vida reforzó mi salud, pero pronto empecé a aburrirme. Pietrek y Julek tenían trabajo. Pietrek daba clases particulares en el pueblo, mientras que Julek le hacía de ayudante a Mużański, que le había prometido enseñarle el oficio de relojero. Pero yo no tenía nada que hacer. Varias veces me había venido a ver el Lord insistiendo en que hiciera una ruta con él (de cuando en cuando, cruzaba la frontera), pero le había respondido que aún deseaba descansar. A menudo les preguntaba a mis compañeros cómo habían recorrido el trecho desde la frontera hasta su casa. Me extrañaba mucho que no quisieran explicármelo. Julek decía:

—El fantasma nos dio una pista.

Y Pietrek:

—Algún día lo sabrás.

Me ocultaban algo. Pero ¿qué? No quería insistir demasiado. Tal vez más adelante me lo dirían sin hacerse de rogar.

Un día, mientras Julek trabajaba con Mużański en el taller y Pietrek había ido a hacer unos recados, salí con la intención de visitar la casa de Saszka Weblin. Sabía de boca de los muchachos que Saszka no estaba, porque había ido con el Resina a Radoszkowicze, pero tenía ganas de ver a Fela. No dejaba de pensar en ella y desde hacía una semana no pasaba ni un solo día sin que me planteara hacerle una visita. Me incomodaba la frialdad con la que nos habíamos despedido la última vez, en enero, cuando ella no había querido bailar conmigo. Encontré a Fela en casa. Tenía un aspecto magnífico. Llevaba un hermoso vestido de color crema. Me sorprendía que cada vez pareciese distinta. Cada vestido nuevo le otorgaba un encanto diferente. Pero siempre estaba preciosa. Ahora estaba en compañía de Lutka Zubik, una moza con un vestido de color amarillo chillón, ceñido a un cuerpo rechoncho y carnoso que temblequeaba a cada movimiento. Lutka llevaba un ancho cinturón de charol con una gran hebilla niquelada que le apretaba la cintura. Esto acentuaba su barriga cómica y unos pechos que rebosaban a ambos lados. Las chavalas estaban tomando el té. Cada dos por tres, Lutka soltaba una carcajada, mostrando unos dientes grandes y nada feos, y unas encías rosadas.

—¿Te apetece un té?—me preguntó Fela.

—Acabo de desayunar.

—No importa. Siéntate. Siempre hay sitio para un vaso de té... Tengo confitura de fresillas... La he hecho yo misma.

Tomé un vaso de té.

—Bolek tarda en llegar—dijo Lutka.

—Todavía es temprano—contestó Fela.

Yo sabía de buena tinta que, desde hacía un tiempo,

Lutka era la amante del Lord. Bolek no pensaba casarse con ella, pero a la chavala le daba igual, porque no tenía a nadie a quien dar cuentas de lo que hacía ni miedo a los chismes. No sólo no escondía sus amoríos con el Lord, sino que se ponía en evidencia, dejándose ver con él en todas partes.

Mientras Fela recogía la mesa, llegó el Lord. Iba vestido como un marqués: sombrero elegante, pantalones blancos, zapatos de charol, bastón, corbata de seda japonesa y chaleco tornasolado.

—¡Mis respetos!—dijo el Lord desde el umbral.

Lutka chilló, se levantó de un bote y haciendo saltar sus abundantes carnes, corrió hacia él. Le rodeó el cuello con sus brazos grasientos y sonrosados, besándole en la boca, mientras doblaba la rodilla y levantaba el pie izquierdo. El Lord la cogió en volandas y se puso a girar por la habitación. Fela sonrió, lanzándome una mirada. Le respondí con otra sonrisa.

Salimos de la casa. Nos cruzamos con muchos transeúntes. Todo el mundo se fijaba en Fela. Los hombres volvían la cabeza para contemplarla. Aquello me halagaba. Fela llevaba en las orejas unos pendientes con grandes diamantes. Sobre el pecho, un colgante caro. En las muñecas, un puñado de brazaletes. Y los dedos, cubiertos de anillos. A la chavala la volvían loca las joyas y Saszka no le escatimaba regalos a su hermanita. Tropezábamos con grupos de transeúntes cada vez más numerosos. Saludábamos a los conocidos. Cerca de la iglesia, vi a Alfred dirigirse hacia nosotros. Iba de bracete con Belcia y le decía algo. La moza se mondaba. Le lancé una mirada a Fela. Fruncía el ceño. Alfred y Belcia se nos acercaban. De improviso, Belcia me vio. La risa se heló en sus labios. El Lord le dijo:

—¡A sus pies, señorita Belcia!

Alfred saludó a Fela con el sombrero. Ella le respondió con una inclinación de cabeza. Desde mi regreso de la Unión Soviética, no había ido a visitar a Belcia. Ahora la veía por primera vez. Hubiera querido hacerle una visita nada más volver, pero me enteré de boca del Rata que actualmente salía con Alfred, de modo que desistí. Ahora los veía con mis propios ojos. Esta circunstancia aumentó mi interés por Fela. Sabía que Alfred había pasado dos años bailándole el agua sin conseguir nada. La muchacha no había querido casarse con él, a pesar de que se lo había pedido en varias ocasiones. «¡Esta moza es lista y astuta!», pensaba yo. «¡Las chavalas como ella no pierden el tino por una cara bonita y un bigotillo negro!» Fela y Lutka se dirigieron a la iglesia, mientras el Lord y yo dábamos una vuelta entre los muchachos endomingados y ahuecados como pavos reales que paseaban en pequeños grupos lanzando miradas de reojo a los peldaños del templo que, invadidos de chavalas ataviadas con vestidos de mil colores chillones, parecían arriates de flores. Las mozas, erguidas, cuchicheaban entre risillas, tasando a los muchachos con la mirada. Y ellos perdían la chaveta por culpa de aquellas miradas. Caminaban como caballos de carreras frenados por la mano del jockey y miraban con el rabillo del ojo a las señoritas. Se nos acercó Jurlin. Nos saludó y lanzó un escupitajo hacia un lado con tanta mala suerte—dicho sea de paso, deseada de todo corazón—que dio en el zapato de charol de Albin Alińczuk, el hermano mayor de Alfred. La víctima se puso como un tomate sin saber por dónde salir.

—Le ruego que me disculpe, don Albin—dijo Jurlin con calma.

—¡De mucho me sirven tus disculpas!—gruñó el otro, limpiándose con un trozo de papel el zapato manchado.

—Si no te gusta que te pida disculpas, no te las pediré y punto.

El Rata apareció por un lado.

—¡A él no le gusta que hayas acertado en la punta de su zapato!—dijo el contrabandista—. ¡Los Alińczuk prefieren que se les escupa en los morros!

Los demás hermanos formaron un corro alrededor de Albin, pero el Rata no dejó de escarnecerlo:

—¿Por qué te lo limpias con un papel? ¡Lámelo! Quedará brillante como el sol. La gente pensará que eres un príncipe y no el hijo de un mercachifle.

—Un príncipe de tres al cuarto—añadió el Lord.

—¡Un marqués de pacotilla!—dijo el Rata.

Los Alińczuk se fueron. Jurlin se dirigió al Lord:

—Necesito dos muchachos más. ¡Tengo mercancía a espuertas y no hay quien la lleve!

—¿Faltan hombres en el pueblo o qué?

—No quiero coger gente de la calle.

—¿Tú no irías?—me preguntó el Lord.

Vacilé un rato. Ya andaba mal de dinero. Era hora de ponerse a trabajar. Y, además, aquella inactividad tan larga empezaba a molestarme.

—¿Cuándo sales?—le pregunté a Jurlin.

—El martes.

—Bien. Iré con vosotros.

—¡Buena decisión!—dijo el Lord—. También se lo preguntaré al Elergante. Es un muchacho legal. Tal vez se anime.

—¡Magnífico!—dijo Jurlin—. Prepararemos diez portaderas. ¡Pero no me falléis!

—¡Éste seguro que no te fallará!—dijo el Lord—. Y,

por lo que se refiere al Elergante, creo que tampoco dirá que no.

Jurlin fue a casa de Ginta, mientras nosotros esperábamos a que las muchachas salieran de la iglesia. Finalmente, vimos a Fela y a Lutka a quienes las demás mozas cedían el paso. Nos acercamos a ellas y juntos abandonamos el recinto de la iglesia. Atraíamos muchas miradas. Lutka fascinaba a los muchachos con su silueta sensual, Fela con su belleza; el Lord era un contrabandista y un bebedor de renombre y yo un forastero, tanto más interesante cuanto que iba de acompañante de Fela. Desfilamos parsimoniosamente por las calles del pueblo. El Lord entró en la frutería donde compró caramelos, chocolate y nueces. Volvimos a casa. Fela sirvió el almuerzo que había preparado antes con la ayuda de Lutka. Sobre la mesa apareció también una botella de vodka y una garrafa de cristal llena de licor de cerezas. El Lord brindó a la salud de las damas, después a la de sus parientes por línea paterna y materna, y finalmente por la frontera y los contrabandistas. Brindó por la suerte, por el éxito y Dios sabe por qué cosas más. Cualquier pretexto era bueno para empinar el codo. Lutka casi nos igualaba en la bebida. Fela era más parca, pero también tomó algunos tragos de licor de cerezas. Empalideció, sus ojos brillaban, tenía los labios de color púrpura. Yo casi no le quitaba la mirada de encima y, a cada instante, volvía a llenarle la copa. Después, corrimos la mesa a un lado y el Lord puso el disco que estaba en el gramófono. Era un vals antiguo. El Lord cogió a Lutka por la cintura y, muy pegados, se pusieron a dar vueltas por la habitación. La chavala se reía con la cabeza inclinada hacia atrás.

—¡Ay, me ahogas!

Pero ella misma le arrimaba su corpachón. Saqué a

Fela a bailar. Se levantó de la silla. Empezamos a girar por el cuarto. Estrechaba a la muchacha contra mi pecho con más y más fuerza. No ofrecía resistencia... De pronto, oí su voz, que sonaba como si nos separara una gran distancia:

—¿No crees que ya basta?... ¡Te quemarás vivo!...

Por la noche, el Lord y yo acompañamos a Lutka a su casa. Cuando me despedí de Fela, la chavala me apretó la mano con una fuerza inusual, diciendo:

—Ven más a menudo.

—¿Cuándo?

—Cuando quieras.

—De acuerdo. Vendré.

Yo estaba de buen humor. No sentía ni lo de Belcia ni lo de Lonia. Estaba totalmente embrujado por Fela. Sin embargo, cuando el Lord, tras haber dejado a Lutka en casa, me dijo algo avergonzado: «Quizá..., hum..., podríamos ir a donde las Kaliszanki?», le contesté, ocultando el verdadero objetivo de una visita a un local de esta clase:

—Bueno... Me irá bien tomar una copa.

—Exacto, exacto... ¡Una verdad como un templo!— confirmó el Lord.

Aquella noche no dormí en casa por primera vez desde que había vuelto de la frontera.

VII

Somos once. Un grupo grande de contrabandistas de lo más normal. Avanzamos por el bosque sobre el musgo esponjoso, sumidos en una penumbra verde, como si camináramos por el fondo del mar. Como fantasmas, nos escabullimos entre los árboles sin hacer el menor ruido. Por arriba, las nubes también se escabullen silenciosas... Primero, han mandado a un pequeño borrego como reclamo y ahora lo siguen en tropel. Jurlin va a la cabeza. Camina poco a poco, tambaleándose suavemente. Con sus ojos de lince escudriña el terreno que se abre delante de él. Lo sigue el Lord. Va a paso ligero como si pisara parqué. Lanza miradas a diestra y siniestra. Detrás de estos dos maquinistas de renombre, voy yo. A mi espalda, el Rata da zancadas, cimbreando la cadera. No deja nunca de sonreír. Debe de recordar algo, tal vez un jaleo, o bien planea alguno. Después, galopa el Cometa. El viento le ha despeinado el bigote mientras él corre a paso de gigante. Detrás, Sonia, la mujer de Jurlin. La hemos situado en el centro del grupo intencionadamente, porque éste es el lugar más protegido. La mujer camina, dando pasos menudos, aunque seguros. Está acostumbrada a esta clase de viajes, porque ya es el segundo año consecutivo que sale con su marido. Detrás de Sonia, se arrastra Wańka el Bolchevique. Camina con la mirada clavada en las pantorrillas de la mujer y en sus ancas, que se balancean con coquetería. Por la cabeza le pasan imágenes eróticas, de modo que a menudo se despista y pisa una ramita seca. Entonces, el Rata se vuelve con una cara amenazadora y le muestra el puño. Wańka refunfuña:

—¡Se vuelve como la vaca para mirar el lobo!

Detrás de Wańka, se ajetrea el Chupete, un muchacho alegre, cómico e ingenuo. No le gusta que le llamen Chupete. Fue así como se ganó este apodo: un día fue por su cuenta al otro lado de la frontera. Llevaba una mercancía insólita: unos cuantos miles de chupetes. Se hizo un «chaleco», enhebró los chupetes en un cordel y se los metió bajo la chaqueta. Era verano. El muchacho no llegó a su guarida antes de que se levantara el sol. Para pasar el día se escondió en un campo de centeno. Se aburría, de modo que empezó a escabullirse a campo traviesa. De pronto, vio a una patrulla de caballería. Los soldados querían detenerlo, pero él se zambulló en el centeno como un lucio. Lo pillaron tras muchos esfuerzos frustrados y después de haber hollado una gran extensión de cultivo. Los soldados lo molieron a puntapiés y lo registraron. Se quitó la chaqueta y allí estaba, cubierto de chupetes como si fueran condecoraciones. Los bolcheviques se echaron a reír. Después uno de ellos dijo:

—¿Sabéis qué, camaradas? ¡No vale la pena arrestar a un especulador como éste!

Otro añadió:

—Que se los lleve. ¡Nuestros pequeños comunistas se lo pasarán de rechupete!

Y lo soltaron. No le requisaron la mercancía. Al volver al pueblo, el muchacho les contó esta historia a sus compañeros sin sospechar que se convertiría en el hazmerreír de todo el mundo. A partir de entonces, los habitantes del pueblo lo llaman Chupete.

Detrás del Chupete camina Leon Jubina. Los muchachos lo llaman Galán, porque le gusta galantear a las muchachas y se pasa la vida haciéndoles la corte en toda clase de bailes. Jubina va pocas veces al extranjero, sólo cuando le empuja la miseria. El muchacho tiene miedo de estos viajes. Detrás de Jubina avanza el Elergante con unas botas y unos pantalones de lo más elegantes y dando pasos elegantes. Pero, como no quiere llamar la atención, lleva una chaqueta y una gorra viejas. A la zaga del grupo, se arrastra dando tumbos el representante de los comerciantes, Girsz Knot, un judío joven y mofletudo.

Es corto de vista y medroso, o sea que continuamente lanza miradas a diestra y siniestra y parpadea. Le cuesta mantener la velocidad del resto del grupo y tiene miedo de quedarse atrás: «¡Y sobre todo que nada surja de golpe de entre los matorrales, porque ya se sabe, el bosque es el bosque!» De modo que, al darse cuenta de de que se ha rezagado unos pasos, echa a correr en pos del grupo, moviendo de una forma cómica sus cortas piernas y enjugándose la cara con un pañuelo. De pronto, el Lord se vuelve y ve a Girsz secarse el rostro con el pañuelo. Se le acerca:

—¿Quieres que te dé una zurra?

—¿Qué?... ¿Qué pasa?

—¡Guarda ahora mismo ese pañuelo!... En el bosque un pañuelo blanco se ve a un kilómetro. ¡Si tienes que usar alguno, que sea amarillo o verde!

Las portaderas pesan cuarenta y cinco libras cada una. Sólo Sonia lleva una de treinta libras. Transportamos una mercancía barata, pero que tiene buena «salida» en la Unión Soviética: espejos, tijeras, abalorios, agujas, peines, dedales, navajas de barbero y brochas. Ganamos lo mismo que ganaríamos con una mercancía más cara: quince rublos por portadera. El alijo es propiedad de Rywa Glanc y Fejga Jedwabna, que regentan juntas una tienda en la plaza mayor. La mujer de Jurlin, Sonia, ronda los treinta años, pero aparenta muchos menos. Tiene una cara redonda y alegre, unos ojos azules, labios de color frambuesa, pelo rubio y un hoyuelo en la barbilla. Es bastante guapa, pero Jurlin, Dios sabe por qué, la considera una belleza acabada y la lleva consigo no para ganar más dinero, sino porque tiene muchos celos y teme dejarla sola en casa. Sabe que Sonia tiene un temperamento fogoso y un corazón voluble y que, en cambio, carece por completo de respeto a la fidelidad conyugal, de modo que prefiere no quitarle los ojos de encima.

Por el camino, hundo de vez en cuando la mano en el bolsillo lateral de mi chaqueta y me aferro con placer a la culata áspera del *nagan*. No le he dicho a nadie que llevo un revólver. Sé que tienen miedo de ir armados, porque, en la Unión Soviética, se dictan condenas muy severas contra los contrabandistas que han sido pillados con un arma en la mano. Ocurre a menudo que les endiñan bandidaje y los pelan. Éste será mi secreto que he decidido no revelar. Si caemos en una emboscada en el lado soviético, prefiero luchar para abrirme paso o morir que volver a sufrir hambre y ser pasto de los piojos en la cárcel de la checa o en la de Dopr. ¡Y Dios sabe qué más me podría haber ocurrido durante los tres años de deportación que conseguí ahorrarme!

Ahora, las noches son breves, de modo que nunca logramos llegar a la guarida de un tirón y solemos hacer una jornada de descanso por el camino. El punto hacia donde nos dirigimos está a veinticinco kilómetros de la frontera, al noroeste de Stare Sioło. Intentamos romper por el bosque y sólo salimos a los campos si es del todo necesario. Jurlin guía al grupo a la perfección: no sigue ningún camino ni sendero, y tengo la sensación de atravesar un terreno virgen. Tras pasar el día en el bosque, llegamos por la noche a nuestra guarida. Jurlin aparta un tablón de la valla y por este agujero entramos en el huerto, en cuyo centro se erige una gran cabaña. Allí nos escondemos. Jurlin y el Lord bajan al caserío. Al cabo de un cuarto de hora regresan para llevarse parte de las portaderas. Hacen tres viajes como éste. Nos disponemos a dormir. Sonia duerme en un rincón de la cabaña, al lado de su marido. Girsz Knot también duerme con nosotros.

VIII

Llegó el mes de agosto. Se acercaba la temporada de oro. La frontera se animó. Los contrabandistas hacían cada vez más rutas y salían en grupos más numerosos. Yo seguía faenando con la cuadrilla de Jurlin. Por regla general, la suerte nos acompañaba. Algunas veces los verdes nos habían pisado los talones, pero sin pillar a nadie. El Rata quería hacerles una changa a los judíos, pero el Lord no estaba de acuerdo, porque la mercancía era de poca calidad y el camelo no hubiera salido a cuenta.

Ahora el trabajo era más difícil que antes. La custodia de la frontera había pasado a manos de la policía. Los batallones de aduanas habían sido disueltos. Apenas los policías empezaron a actuar en la frontera, menudearon las escaramuzas con los soldados bolcheviques, que con los muchachos de los batallones habían vivido en paz, patrullando por los mismos senderos y echando largas parrafadas al encontrarse. Ahora se oían disparos en la frontera cada vez más a menudo. Los bolcheviques disparaban contra nuestros guardias y les gastaban bromas. Los soldados rojos llamaban a los policías que vigilaban la frontera «cornejas negras» o «centuria negra». Así las cosas, las respectivas guardias fronterizas fueron retiradas a unas decenas de metros de la frontera propiamente dicha y se trazaron senderos nuevos. Lo hicieron a un tiempo los polacos y los soviéticos. En cambio, la frontera misma fue reforzada en muchos sitios con alambradas de púas que a menudo cubrían grandes distancias.

Cada vez costaba más cruzar la línea. Los guardias trabajaban con nerviosismo e intensidad. Había emboscadas por doquier. En los pasos transitables nos estorbaba la alambrada y, a fin de salvarla, teníamos que cargar con esteras o perchas. Ocurría también que cortábamos el alambre con alicates, pero lo hacíamos sólo en circunstancias excepcionales para no molestar a los verdes ni mostrarles nuestros coladeros preferidos.

A finales de agosto salí con el grupo de Jurlin por séptima vez. Nos pusimos en camino muy temprano. Las noches ya eran más largas, de modo que queríamos llegar a la guarida antes de que despuntara el día. La cuadrilla estaba al completo: Jurlin, el Lord, yo, el Cometa, el Rata, Sonia, Wańka el Bolchevique, el Elergante, el Chupete, Jubina y Girsz Knot. Las portaderas pesaban cuarenta libras cada una. No muy lejos de la frontera, el Lord y el Cometa sacaron de unos matorrales espesos una estera de muchos metros de largo. Estaba hecha de mimbre y de paja trenzada y tenía un ribete de cordel. El Lord llevaba dos perchas largas y el Cometa cargaba con la estera enrollada como una alfombra. Avanzamos muy despacio a través del bosque y, finalmente, llegamos a la frontera. Era una noche de lobos. El cielo estaba empañado de niebla. Permanecimos un largo rato en los confines del bosque aguzando los oídos y, después, salimos al sendero para acercarnos a la alambrada. Atamos un extremo de la estera a las perchas, las levantamos y tendimos aquella especie de «pasarela» encima de los alambres. Entonces empezó la travesía. Uno tras otro, los contrabandistas nos encaramábamos y, aferrándonos con las manos a las perchas, pasábamos a gatas al otro lado de la barrera de alambre. Esto transcurría de prisa y en silencio. Cuando todos estábamos ya al otro lado de la valla, quitamos la estera. Después, desatamos las perchas. Enrollamos la estera y nos adentramos en el bosque. Escondimos las perchas y la estera entre unos matorrales muy tupidos, a una distancia prudencial de la frontera. Pensábamos recogerlas al volver. Cruzamos felizmente el bosque que se extendía a lo largo de la frontera y el río que estaba en segunda línea. En un cierto lugar, Jurlin cogió un atajo, enfilando una vereda estrecha que atravesaba la espesura. La noche era cálida y silenciosa. Avanzábamos de prisa y, como el bosque estaba sumido en la oscuridad más absoluta, a menudo chocábamos contra la espalda del que nos precedía. El bosque se volvió más y más ralo. Pronto salimos a un calvero que se clavaba como una cuña entre dos alas del bosque. Por el centro del claro fluía un arroyuelo. Jurlin nos condujo a lo largo de la orilla. El bosque desapareció en las tinieblas. Ahora la visibilidad era mejor y yo podía distinguir el terreno a unos pasos delante de mí. El claro se ensanchaba cada vez más.

De pronto, oí el tintineo de un metal. Jurlin se detuvo. Todo el grupo se quedó helado. El sonido se repitió varias veces. Comprendí que lo que tintineaba eran las anillas de hierro atadas a la patas de unos caballos que pacían por aquellos andurriales. En un lugar más estrecho, Jurlin saltó a la otra margen del arroyo, se alejó del agua y entró en una ciénaga. Pero pronto la tierra empezó a hundirse bajo nuestros pies y tuvimos que volver al lugar de antes. Cuando nos hallamos de nuevo a orillas del arroyo y nos pusimos a la escucha, oí con claridad los pasos de unos hombres que se acercaban rápidamente. Jurlin se lanzó a la carrera hacia la derecha. De golpe y porrazo, enfrente relampagueó una linterna. Vi las siluetas de los compañeros que me precedían. Jurlin se dirigió hacia la ciénaga. Entonces, desde un lado nos llegó una voz:

—¡Alto! ¡Alto! ¡Alto! ¡Venga, muchachos! ¡Por el bosque! ¡Cortadle el paso! ¡Rápido!

Se iluminaron aún más linternas. Se oyeron las pisadas de unas botas y las imprecaciones.

—¡Alto! ¡Alto!... ¡He dicho alto, maldita sea! ¡O disparo!

«Seguramente no llevan carabinas», pensé, «porque ya nos hubieran disparado».

Huíamos ciénaga adentro. Los pies se nos hundían en el lodo y nuestros perseguidores estaban cada vez más cerca. El Rata corría a mi lado, maldiciendo:

—¡Hijos de mala madre! ¡Gentuza! ¡Canallas!

Sabía que no lograríamos huir. En un momento dado, me aparté de un salto de nuestro camino. El Rata gritó:

—¿Adónde vas?

No le contesté. Por un instante me quedé solo, pero, acto seguido, vi acercarse una siluetas oscuras. Las iluminé con la linterna al tiempo que descerrajaba un tiro tras otro con mi *nagan*. Me percaté de que nuestros perseguidores se daban a la fuga. Deprisa y corriendo, saqué los casquetes vacíos con el escobillón y recargué el arma. A mi lado, muy cerca, oí unos pasos ligeros. Estuve en un tris de disparar en aquella dirección, pero un breve relámpago de la linterna arrancó de la oscuridad la silueta del Rata.

—¡Bravo!—dijo el contrabandista.

—¿Quién era esa gente?—le pregunté

—O bien guardias fronterizos que apacentaban los caballos y no llevaban consigo las carabinas, o bien palurdos que pasaban aquí la noche... ¡Cosa que es más probable!—añadió al cabo de un rato—. Pero tú los has hecho bailar como peonzas. ¡Nos hubieran pillado! Conocen cada palmo de esta tierra y no llevan portaderas. ¡Les está bien empleado!...

—¿Buscamos a los nuestros?—le pregunté a mi compañero.

El Rata soltó un silbido por debajo de la nariz.

—¿A los nuestros?... ¿Y dónde piensas encontrarlos?... ¡Volvamos al pueblo!... ¡Nos quedamos con la mercancía, y sin changa!—añadió al cabo de un rato, echándose a reír.

Cruzamos la ciénaga hacia el arroyo y, siguiendo su curso, alcanzamos el bosque. Llegamos al pueblo antes de la medianoche.

—¿Dónde venderás la mercancía?—le pregunté al Rata.

El contrabandista silbó por lo bajinis.

—Yo te puedo vender cien carros repletos de género. ¡No tienes más que traérmelos!

—¿A lo mejor podrías colocar también mi parte?

—¡Ningún problema! Ayúdame a llevar todo esto a casa y mañana tendrás la pasta.

Cerca de su casa nos despedimos. Mi compañero retuvo un rato mi mano en la suya.

—Hum... ¿Qué te iba a decir?... No les cuentes a los muchachos que has descargado la fusca contra aquellos palurdos... ¡Les dará miedo andar contigo! Y por lo que se refiere al alijo, diles que lo abandonaste en la ciénaga y que bastante trabajo te costó salir con vida. ¡Que no crean que les hemos colado una changa!

—De acuerdo.

—Pasaré por tu casa al atardecer—dijo el Rata, y desapareció al fondo del patio con las dos portaderas a cuestas. Volví a casa.

De esta forma puse a prueba mi revólver por primera vez. Al día siguiente, el Rata vino a eso de las doce.

—¿Has colocado las portaderas?—le pregunté.

—No... Por toda la carga, la mía y la tuya, me ofrecen ciento ochenta rublos. ¡Me ponen el cuchillo en la garganta, los muy canallas, porque saben que me corre prisa! Yo se la daría por este precio, pero no sé qué opinas tú. No quiero que te imagines cosas raras.

—¿Y qué me puedo imaginar?

—Que me he embolsado una parte de lo tuyo.

—¡Sé que no lo harías!... ¡No hay de qué hablar! ¡Ve y coge la pasta!

El Rata salió para volver al atardecer con noventa rublos en monedas de oro... Reía alegremente.

—¿Has oído la noticia? La cuadrilla de Jurlin también ha regresado.

—¿No falta nadie?

—Jurlin ha vuelto con el Lord, el judío y el Cometa. El Elergante y el Chupete han regresado por su cuenta. Y a Sonia la ha traído esta mañana Wańka el Bolchevique. Seguro que han acamado la hierba de toda la zona fronteriza. ¡Habrán hecho mucho ejercicio!

—¿Y el Galán?—pregunté, pensando en Jubina.

—Éste no ha regresado. Tal vez se haya perdido y no encuentre el camino de vuelta.

—¿Y qué ha pasado con el alijo?

—Jurlin, el Lord y el Cometa han tenido que devolverlo, porque estaban con el judío. Y los demás: ¡fiu!— El Rata soltó un silbido prolongado—. ¡La gente no es imbécil!

Después fuimos a casa de Ginta. El salón estaba a rebosar de contrabandistas. Nuestra «bolsa» trabajaba de firme. Allí se cerraban negocios de lo más variopintos. Allí se reclutaba a la gente, allí se divertían los que se lo habían ganado... Allí sonaba el acordeón y se derramaba vodka y, a veces, sangre. Allí se jugaba a las cartas. Cuando entramos en la sala envuelta en una nube de humo, vi sentados alrededor de la mesa central a todos los nuestros y también a Jurlin, que pocas veces se dejaba caer por allí. Nos hicieron un sitio.

—¡Venga! ¡Bebed! ¡Ya hablaremos más tarde!—dijo el Lord en un tono significativo.

Tomamos dos vasos de vodka por cabeza. Después el Lord se dirigió al Rata:

—¿Fuiste tú quien descargó el aparato contra los palurdos?

—No, no fui yo... ¿por qué?

El Lord se volvió hacia mí:

—¿Tú disparaste contra aquellos hijos de perra?

—No.

Jurlin alzó la voz:

—Fue uno de los dos... O uno o el otro... Lo sé muy bien. ¡Estaba allí mismo!

—¿Y no podría ser que dispararan ellos?—dijo el Rata.

—¿Y entonces quién los iluminó con la linterna? ¿Eh? —preguntó Jurlin.

—¿No tenéis otros problemas?—le preguntó al Lord, algo molesto por aquel interrogatorio.

—La cuestión es que el nuestro es un grupo tranquilo. Hacemos un trabajo limpio y no queremos jugárnosla con fuscas... Y si acaso, tendría que llevarlas todo quisqui. ¡Si no, por un empalmado que trinquen, todos iremos al paredón! Fíjate, el Galán no ha vuelto. A lo mejor le han echado el guante.

El Rata se rió.

—¡Eh, gallinas! Y si nos hubieran cogido a todos, ¿qué haríais?...

—¡No habría pasado nada!—contestó Jurlin.

—No..., a ti seguro que no. A ti te habrían rescatado los judíos. ¡Y nosotros habríamos estirado la pata en la cárcel de la checa!

—Tal vez a ti también te hubieran rescatado.

—¡Yo no soy su lacayo!

—¡No digas esas cosas!—metió baza el Cometa—. ¡Jurlin es un tío legal y sabe lo que dice!

El Rata se levantó de la silla de un salto.

—¡Sí, pero dice sólo lo que le conviene!... ¿Ya no os acordáis de aquellos cinco muchachos de Kuczkunowo a los que los palurdos pelaron el año pasado en la ciénaga, cerca de Gorania? ¿Qué? ¿Lo recordáis? ¿Eh?... ¡Y a nosotros también nos dieron el alto cerca de Gorania!

Todos callaron como muertos. Entonces me levanté y dije:

—¡Fui yo quien disparó!

Nadie dijo nada. Sólo el Rata declaró en un tono ceremonioso:

—¡Y bien hecho!

Al cabo de un rato, el Lord tomó la palabra:

—¡Esto es otra cosa!... ¡Tú no sabías que ninguno de nosotros va empalmado!

—Sí que lo sabía.

—¡Pues no lo vuelvas a hacer nunca más!

—¡Tú no te metas!—le contesté—. ¡No eres nadie para darme órdenes! ¡Llevo pipa y seguiré llevándola!

—¡Así me gusta!—dijo el Rata.

—¡Pues, no vendrás más con mi grupo!—dijo Jurlin.

—¡Ni ganas!—dijo por mí el Rata—. ¡Miradlo! ¡Se cree un hombre de honor! El muchacho nos ha salvado el pellejo y éste, ¡dale que dale con sus melindros!

De improviso, desde el umbral llegó una voz estentórea:

—¡No morirá de cornada de burro!

Volvimos la cabeza. En la puerta, envuelto en nubes de humo, estaba Saszka. No lo habíamos visto entrar, porque el salón se dejaba siempre abierta para airear el ambiente. Desde el umbral, Saszka había oído nuestra conversación. Ahora se acercaba poco a poco a la mesa. Detrás de él avanzaba el Resina. Ambos tenían las manos metidas en los bolsillos. Hubo un intercambio de saludos. Les hicimos un sitio en la mesa. Jurlin abandonó la habitación poco después de que entraran.

—¡Se va por las patas abajo!—dijo Saszka, llenando dos vasos de vodka.

El Rata resopló con desdén:

—¡No tiene lo que hay que tener!

Saszka se dirigió a mí:

—¿Es verdad que ayer disparaste contra los palurdos?

—Sí.

—¡Pues, toma!

Me acercó uno de los vasos, y él cogió el otro.

—¡Brindemos por la suerte!

Tintinearon los vasos y apuramos el vodka de un trago. Después Saszka encendió un cigarrillo, diciendo:

—¡Cuando tenga un trabajo para tres, vendrás conmigo!

Me puse de buen humor. Miré a Saszka a los ojos con una gratitud sincera y asentí con un gesto de cabeza.

Saszka pasó del salón al restaurante. Pronto volvió a reunirse con nosotros y, al cabo de unos minutos, Ginta y Tekla se acercaron con botellas de vodka, cerveza y licor, y las colocaron sobre la mesa. Después trajeron fuentes con carnes y pescado.

—¡Saszka paga el papeo!—exclamó el Cometa.

Y Saszka dijo:

—¡Bebed, hermanos! ¡Bebed y comed! Hoy nadie se va a gastar ni un céntimo.

Después llamó a Antoni a la mesa y le llenó un vaso de licor.

—¡Moja!

El acordeonista bebió y picó un bocado. Saszka le metió en la mano unas monedas de diez rublos, diciendo:

—¡Venga, arráncate la *Szabasówka*! ¡Pero como nos gusta a nosotros! ¡Con fuego! ¡Que bailen hasta las mesas!

En un santiamén, el salón se llenó con las notas sincopadas de la *Szabasówka* que arrancaron a los muchachos de sus sillas. Los contrabandistas bebían como esponjas. Acompañaban el vodka con peras confitadas y caramelos, el licor con arenques, longaniza y pepinos.

—¡Bebed, hermanos, bebed! ¡Que no quede ni una gota!—nos animaba Saszka.

Y los muchachos no se hacían los remolones. El vodka no se echaría a perder.

Mientras tanto, el Lord cantaba con la melodía de *Quién se ríe de nuestra fe*:

> Otra vez estoy sin blanca,
> vuelvo de un jaleo curda,
> harapiento y descalzo,
> me han dado una zurra.

Era ya noche cerrada cuando salí con el Rata del salón. La cabeza me zumbaba. El Rata también estaba como una cuba. Nos detuvimos en el centro de la plaza mayor. Le dije a mi compañero:

—¿O sea que lo de Jurlin se ha acabado?

—Se ha acabado...

—¡Diantres! ¿Y con quién iremos ahora? La temporada de oro se va al traste!

—¡Podemos ir con los salvajes!

—¿Los conoces?

—¡Yo conozco a todo el mundo!... ¡Si quieren jaleo, armaremos jaleo! ¡Por lo menos nos lo pasaremos en grande!... ¡Tai-da! ¡Ta-ra-di-ra!...

Y el Rata, canturreando y silbando la *Szabasówka*, se puso a bailar en medio del lodo acumulado en la plaza mayor. Después tardamos una eternidad en acompañarnos a casa mutuamente, él a mí y yo a él.

IX

En la zona fronteriza había una cuadrilla extraordinaria. La llamaban «salvaje», y a los muchachos que la formaban «salvajes» o locos. Los salvajes no tomaban casi ninguna precaución y cruzaban la frontera al buen tuntún. Los trincaban a menudo. Cambiaban de maquinista cada dos o tres meses. Pero, por muy extraño que parezca, aquel grupo de locos trabajaba por tercer año consecutivo. Aunque había sido dispersado muchas veces, volvía a reunirse y seguía haciendo temblar la frontera y toda la zona. Se creaban muchos grupos y muchos grupos desaparecían; los mejores maquinistas «caían», mientras que aquellos demonios no dejaban de trabajar. Armaban jaleos, hacían changas y resistían años enteros, aunque con la plantilla renovada un montón de veces. Entre los salvajes encontraban su sitio aquellos a quienes no había modo de obligar a andar en una cuadrilla regular, aquellos que, movidos por el espíritu de contradicción, se negaban a observar las leyes y las reglas de un grupo, aquellos que necesitaban ganar un dinero rápido, y también los amantes de la aventura que no se preocupaban por su seguridad ni por tener ingresos fijos.

El día después de la discusión con Jurlin, el Rata me presentó al maquinista de los salvajes, Wojciech el Ángel. No queríamos perder ni una semana de la temporada de oro y sabíamos que los salvajes no nos preguntarían si íbamos armados. Encontramos al Ángel en casa. Estaba sentado en una gran cuna-balancín, en el centro del cuarto, y se columpiaba con abnegación, estirando y encogiendo las piernas. Del labio inferior le colgaba un cigarrillo de picadura liado con una hoja de calendario de pared. Sobre la mesa yacía un bebé completamente desnudo al que habían sacado de la cuna. Cosa extraña, no lloraba. Tal vez tuviera los cinco sentidos puestos en la acción de introducirse el pie izquierdo en la boca.

—¡Buenos días!—dijo el Rata, entrando conmigo en la habitación.

El Ángel entornó el ojo izquierdo, lanzando un escupitajo a un rincón.

—¡Ni que sean buenos!—dijo.

—¿Qué te cuentas?—preguntó el Rata.

—¡El negocio se mueve y hay movimiento!—respondió el Ángel sin dejar de balancearse en la cuna, acción a la cual probablemente se referían sus palabras.

—Queremos ir con vosotros al otro lado—dijo el Rata.

—Adelante... ¿Acaso os lo prohíbo, o qué?... Es un negocio angelical.

—¿Cuándo salís?

—Hoy.

—¿De dónde?

—¡Yo qué sé!

—Pues, ¿cómo os vamos a encontrar?

—¡Yo qué sé!

El Rata se sacó del bolsillo una botella de vodka.

—Brindemos por el éxito del negocio.

El Ángel carraspeó en señal de consentimiento. El Rata le pasó la botella y él la descorchó de un manotazo en el culo y, sin dejar de columpiarse, me miró a mí:

—¿Éste también se apunta?

—De momento, a beber...

—No, yo no quiero—contesté.

—Mejor—dijo el Ángel.

Después hizo una marca con la uña a media botella, inclinó la cabeza hacia atrás y, columpiándose sin cesar, se amorró al gollete. El vodka borbollaba en el gaznate, la nuez de Adán saltaba arriba y abajo. Sin siquiera mirar la botella, dejó de beber. Había bebido justo la mitad, hasta la marca de la uña. Le pasó la botella al Rata, que acabó con su parte y le preguntó al Ángel:

—Entonces, ¿dónde nos encontraremos?

—Al atardecer... en la casa del Centauro... como unos ángeles...

—¡Requetebién! ¡Quédate con Dios!

—¡Id al diablo!

Al salir de casa del Ángel, le dije al Rata:

—¡Caramba! ¡Está loco de remate!

—¡Es un loco sabio!—contestó mi compañero.

Al atardecer, nos dirigimos hacia la casa del Centauro, un comerciante que en el pueblo también pasaba por grillado. Había muchos motivos para ello y el principal era que confiara su mercancía a los salvajes. A menudo se le presentaba la oportunidad de colaborar con grupos mejores, más «sensatos», pero él tenía debilidad por los salvajes y ya hacía tres años que les suministraba género... Los salvajes le hacían una changa y él les respondía con un guiño: ¡soy gato viejo!... Otra changa, y él volvía a guiñarles el ojo e invitaba a un puñado de esos locos a tomar una copa de vodka de ciruelas en su casa. Después les decía:

—Cuidado, muchachos, porque si volvéis a cagarla, la próxima vez lo único que transportaréis al otro lado de la frontera será paja... ¡Y yo tendré que ir con vosotros!

Los salvajes siempre acababan enterneciéndose y pasaban de cinco a ocho cargamentos sin hacer trampas. El Centauro se resarcía. Montaba una fábrica de jabón en Vilnius, otra de tinta en Lida y la tercera, de chocolate, en Grodno... Las fábricas eran su obsesión. Además de llevar el apodo de Centauro, que era la marca registrada de sus numerosos productos, tenía otro: el Fabricante. Por regla general, sus fábricas se iban al traste. Al ver que el comerciante se había desquitado y montaba fábricas, los salvajes volvían a hacerle changas y el Centauro se arruinaba. Nuevamente los invitaba a tomar vodka de ciruelas, volvía a ofrecerles la perspectiva de transportar paja y volvía a resarcirse. ¡Y dale que dale! Llevaba así tres años.

Al atardecer, por la inmediaciones de la casa del Centauro paseaban pandillas de mozos. Los contrabandistas llegaban en grupos pequeños, de dos en dos o de tres en tres. El Rata saludó a algunos.

—¿Dónde está el Ángel?—preguntó uno de ellos.

—En casa del Centauro, con el Siluro.

—Se están dando un hartón de vodka de ciruelas— añadió alguien desde un lado.

Continuamos el paseo a lo largo de la hilera de tiendas y casas. Pronto, de la casa del comerciante salió un gran carro. Iban en él el Ángel, el Siluro y un judío, Berek Stypa, que hacía de representante del mercader. Lo guiaba Kostek el Cojo, un jornalero del Centauro. El Ángel llamó a uno de sus muchachos y le dijo cuatro palabras. El otro asintió con un gesto de cabeza. El carro arrancó para desaparecer pronto detrás de una curva. Los muchachos se dirigieron en pequeños grupos hacia Słobódka, y allí cogieron el camino de Duszkowo. Poco después de Wygonicze, el Ángel emergió del bosque y salió al encuentro del primer grupo de contrabandistas. Juntos, esperaron a que se les sumaran los demás y, acto seguido, se adentraron en el bosque. En un momento dado, el Ángel se detuvo junto a un enorme montón de leña, donde aguardaban el Siluro y Berek Stypa. Empezó a sacar portaderas de debajo de los troncos. Las arrojaba sobre el musgo de cualquier manera, contando en voz alta: una, dos, tres... Cuando hubo contado dieciocho, se detuvo y se dirigió a nosotros:

—¡Coged las portaderas! Como unos ángeles...

Era demasiado temprano para ponerse en camino. Los muchachos se dispersaron por el bosque y, con su navajas, cortaron palos gruesos. Los salvajes siempre lo hacía así: llevaban bastones con los que a menudo apaleaban y ahuyentaban a los campesinos que se acercaban, atraídos por un botín fácil. El Rata y yo también nos procuramos unos. Después, los muchachos volvieron a concentrarse alrededor del montón de leña, se tumbaron sobre el musgo y empezaron a fumar.

Éramos diecinueve. En el bosque ya cerraba la noche. El Ángel se aproximó al montón de leña y, con cuidado, desenterró un saco de considerables dimensiones. Lo vació, sacando botellas de espíritu de vino, que arrojó aquí y allá sobre el musgo. Contó nueve y dijo:

—¡Una por pareja! Como angelitos...

Los muchachos enseguida empezaron a darle al pimple, mientras que el Ángel ataba el saco con mucho cuidado y se lo entregaba al Siluro como portadera adicional.

—¡Lo llevarás tú!... ¡Procura no romper ninguna y no agarres una merluza!

El Siluro masculló una respuesta y cogió el saco.

Los muchachos bebían. Algunos se atragantaban con el alcohol y tosían. Se oían voces alegres y carcajadas. Oscureció.

—¡Anda, chalados, coged las portaderas!—gritó el Ángel.

Todos se colocaron las correas en los hombros. Las portaderas pesaban mucho: contenían cuero para suelas de zapatos, una mercancía barata que, sin embargo, daba unos beneficios de entre ciento cincuenta y trescientos por ciento.

—¡Hala!... ¡Y la boca cerrada!...—les dijo el Ángel a los muchachos, empezando a caminar.

Como única respuesta, alguien soltó una risotada sonora. Otro silbó. El grupo se puso en marcha. Los muchachos ni guardaban silencio, ni mantenían las distancias. Quebraban las matas, tosían, maldecían, se reían y se estiraban a lo largo de un cuarto de kilómetro. A menudo, el Ángel se detenía para amenazarles con el puño, pero esto no daba ningún resultado. Entonces, empezaba a galopar tan de prisa como si quisiera dejarnos atrás. Teníamos que seguirlo casi corriendo. El Rata y yo caminábamos en el centro del grupo. Al comienzo, me extra-

241

ñaba mucho que los contrabandistas se comportaran de este modo a pesar de estar tan cerca de la frontera, pero después yo también me puse de buen humor. El alcohol me había hecho entrar en calor y la marcha desbarajustada de aquellos muchachos no permitía pensar en el peligro. Uno de ellos, que iba a una decena de pasos delante de mí, entonó la melodía de *La manzanita*:

Miro bien, no me lo creo: ¡qué acción más fea!
El gran comisario Trotski sube a la azotea.
Y arenga al pueblo ruso: «¡Chusma de pelones,
¿queréis libertades? ¡Tocaos los cojones!»

—¡De chipén! ¡Así se canta!—se oyeron las voces de los contrabandistas. Y Waluś el Chimpancé, con su voz ronca de borrachuzo, atacó las estrofas siguientes de *La manzanita*.

De repente, el grupo se detuvo. El Ángel se acercó corriendo al Chimpancé.

—¡Cierra el pico, majadero!

—¿Y si no me da la gana?

—¡Si no te da la gana, os pondré a todos en manos de los bolcheviques!... ¡Como a unos angelitos!... ¡Hay que ser imbécil de remate para desgañitarse así! ¡La frontera está aquí mismo!... ¡Los verdes no tardarán en cerrarnos el paso!...

El Ángel sigue adelante. Caminamos de prisa. Ahora nadie canta y, sin embargo, hacemos mucho ruido. Al cabo de un rato, damos con el camino de la frontera. Sin cambiar el ritmo de la marcha, sin aguzar los oídos ni detenernos, seguimos nuestra ruta. La visibilidad es bastante buena. Se puede distinguir el terreno a unas decenas de pasos. Veo delante de mí una barrera alta y ancha de alambre espinoso. El Ángel tuerce a la izquierda. Dejamos atrás los mojones fronterizos. Al pasar, los muchachos les dan palmadas o bastonazos. El Ángel dobla a la derecha y se detiene junto a la barrera. Nos acercamos.

—¡Almendra, los alicates!—dice.

Kostek el Almendra descuelga del cinturón unos alicates y el Ángel corta con prisas los alambres que tintinean entre los dientes de la herramienta y caen a ambos lados. El trabajo es rápido. Los muchachos apartan con los palos los alambres que cuelgan. La vía está abierta. Cruzamos el camino fronterizo y seguimos adelante. Me doy cuenta de que no todos caminan en fila india, algunos van en pareja. Oigo un chapoteo sonoro. Son los muchachos que atraviesan un riachuelo... sin ninguna precaución..., al galope. Caigo en el agua y me hundo hasta el pecho. Intento dar alcance al Rata, que va delante de mí. Me encaramo por la orilla escarpada y corro en pos de mi compañero. Llegamos a un bosquecillo. De golpe y porrazo, desde un lado llega una voz quejumbrosa:

—¿*Kto idiot?*[1]

—¡Un hombre de bien!

—¿Qué hombre de bien?—preguntan desde lejos.

—Tu tío de América—se desgañita el Siluro.

Oigo carcajadas y, a unas decenas de pasos, en un islote oscuro de matas, restalla un tiro de carabina. Por nuestro lado relampaguean a un tiempo varias linternas que iluminan el matorral. Veo las siluetas borrosas de unos soldados vestidos con largos abrigos grises. Algunos palos salen volando en su dirección. Uno de los muchachos grita:

—¡Hurra! ¡A por ellos!

[1] En ruso, «¿Quién va?». (*N. de los T.*)

243

Los soldados se escondieron precipitadamente entre los matorrales. Todo aquello sucedió sin que la marcha se interrumpiera ni por un instante. En cuanto nos hubimos alejado unos centenares de metros de aquel lugar, a nuestras espaldas resonaron disparos y gritos. Sin hacerles ningún caso, seguimos adelante más y más de prisa. A dos kilómetros de la frontera, el Ángel enfiló un camino bien trillado. Después dobló a la derecha para coger una angosta vereda silvestre. Los muchachos charlaban. De vez en cuando, titilaban las linternas. El Ángel no se inmutaba. Avanzaba a buen paso con la linterna en la mano izquierda, dispuesto a deslumbrar a todo el que se le pusiera por delante, y un palo en la derecha, que le servía de apoyo y, si fuera necesario, de arma defensiva.

El Ángel era el noveno maquinista de los salvajes desde la creación del grupo. Su primer maquinista y fundador había sido Antoni el Firme (a cada instante usaba expresiones con la palabra «firme», como por ejemplo: «de firme», «poner firme» o «en firme»). Era un loco con mucha clase. Trabajaba no sólo para ganarse el cocido, sino sobre todo para gastar bromas alocadas. Fue capaz de desfilar con su cuadrilla varios kilómetros a lo largo de la frontera arrancando de cuajo todos los mojones que, más tarde, transportaría hasta la segunda línea para arrojarlos al río. Los chavales todavía recuerdan sus bromas y muchas veces lo mencionan en sus conversaciones. Lo mataron en un puesto fronterizo soviético adonde, borracho como una cuba, había ido a preguntar por el camino para acabar «discutiendo» con los soldados.

Después, le sucedieron otros seis maquinistas, a cual más loco. Ninguno acabó bien. A algunos los abatieron a tiros, otros fueron fusilados o deportados.

El predecesor del Ángel—el octavo loco—se llamaba

Wańka el Traca (su apodo se debía a que a menudo exclamaba: «¡De traca, muchachos!», «¡Será la traca final!»). Murió despedazado por una granada de mano que llevaba colgada del cinto y que se armó por accidente y explotó. El Ángel era el noveno loco (su mote se debía a sus muletillas: «¡Anda, angelitos!», «¡Como unos angelitos!», «¡Angelical!»).

Las vidas y las historias de los maquinistas de los salvajes, y también las de los muchachos más o menos fijos de este grupo, eran extraordinarias. Conocí a muchos y no encontré entre ellos a ningún individuo adocenado. Por regla general, eran criaturas de carácter tempestuoso que no encajaban en una sociedad normal y que se sentían como pez en el agua en la guerrilla, en el frente o haciendo viajes arriesgados. El grupo era una mezcolanza de gente oriunda de Rusia y de Polonia. La mayoría eran prófugos que, por razones de lo más diversas, no podían volver a la Unión Soviética y se habían asentado en la zona fronteriza. Algunos habían servido en la formación de Bałachowicz y habían sido soldados de la guardia. La frontera los atraía como el imán atrae al hierro. Aquí malvivían, aquí trabajaban y aquí morían. La vida de muchos de ellos podría servir de urdimbre para una pintoresca novela de aventuras. Un literato encontraría en ella una fuente inagotable de temas y tipos humanos. A nosotros esto no nos cabía en la cabeza, ni tampoco le dábamos muchas vueltas al tema. Muy pocos sabíamos escribir y nadie tenía la costumbre de leer. La política no nos interesaba en absoluto. Al observar a mis compañeros y descubrir su extraordinario talante y su insólita energía, solía decirme: «¡Cuántas cosas de provecho podría hacer esta gente si alguien supiese encaminar su energía, su ingenio y su imaginación hacia un trabajo útil para la sociedad!» Y aquí malgastaban sus fuerzas, a veces descomunales, del modo más absurdo.

A las dos de la madrugada llegamos a la guarida. Era un caserío aislado en medio de un bosque. Antes había habido allí una peguera. Cuando nos acercamos a la aldea, nos saludaron los ladridos de unos perros enfurecidos. Nos detuvimos. El Ángel profirió tres silbidos prolongados. Al cabo de unos minutos, se oyó en la oscuridad una voz ronca que apaciguaba a los perros y, a continuación, la luz de una linterna relampagueó siete veces seguidas. Seguimos adelante. En la entrada del caserío nos esperaba una silueta borrosa. Se oyeron las voces alegres de los muchachos:

—¡Salud, Bryła!

—¿Todavía estás vivo? ¿No te han estrangulado los demonios?

Retumbó una voz grave y ronca:

—¡Para demonios ya estáis vosotros!

En contra de la costumbre de los contrabandistas y de los amos de guaridas, no fuimos al granero, sino a la vivienda. Allí, en una enorme sala de paredes ennegrecidas por el tizne, nos libramos de las portaderas. Vi a un hombre alto y musculoso con una melena espesa y un rostro peludo. El apellido Bryła[1] cuadraba muy bien con su silueta. El Ángel y Bryła dejaron las portaderas sobre un banco que estaba junto a la pared. Después, Bryła echó más leña resinosa a la chimenea, y la luz inundó la estancia. Desde la habitación de al lado, llegaba el llanto de un bebé y la voz de una mujer que trataba de calmarlo. Los contrabandistas colocaron unos bancos alrededor de la mesa y empezaron a beber. Bryła puso encima

[1] En polaco, «mole, bloque». (*N. de los T.*)

de la mesa una enorme hogaza de pan de centeno que debía de pesar unos veinte quilos y fue a por tocino ahumado. Los muchachos bebían su propio alcohol, porque, además de la reserva que llevaba el Siluro, cada uno se había agenciado dos botellas para el viaje. Algunos rebajaban el espíritu de vino con agua. Berek Stypa, el Ángel y Bryła sacaron la mercancía de las portaderas y la extendieron sobre el banco.

Al rayar el alba, Bryła nos hizo salir de la casa y enseguida nos adentramos en el bosque. Nos abrimos paso por los zarzales durante casi una hora. Cuando se hizo de día, ya habíamos alcanzado un pequeño claro. En el centro, se erigía un gran refugio. Estaba atiborrado de haces resinosas, amontonadas de cualquier manera, que nos dejaban poco espacio libre. Nos instalamos allí como pudimos y nos dispusimos a dormir.

Oscurece. Abandonamos el claro y nos adentramos en el bosque. Me vuelvo atrás una y otra vez y veo unas llamas que se encaraman hacia lo alto... Es la ofrenda de los salvajes a los caprichosos dioses de los bosques, de los campos, de la noche y... de la frontera. Al comienzo, me parece que el bosque ya está sumido en la oscuridad, pero pronto mis ojos se acomodan a las tinieblas y veo que la noche aún no ha cerrado del todo.

Salimos del bosque. A lo lejos se dibujan los contornos negros de unos edificios. Unas luces titilan en las ventanas del caserío.

—¡Esperadme aquí, angelitos!—dice el Ángel, dirigiéndose hacia el caserío.

Vuelve al cabo de un cuarto de hora con Berek Stypa. Lleva diez botellas de vodka de producción casera. Se queda con una, otra se la da al Siluro—ellos son la aristocracia de la pandilla—y el resto es para nosotros: una botella por cada dos bocas sedientas. Bebemos este vodka casero, que apesta a pescado. Es más bien fuerte y nos levanta el ánimo.

Nos ponemos en camino. Caminamos con los cigarrillos entre los dientes en grupos de dos o de tres. Algunos se apoyan en palos, otros los llevan al hombro como si fueran carabinas. Se oye la algarabía de las conversaciones. El bosque acaba. Enfrente, el campo abierto. Miro el cielo y veo la Osa Mayor. Me pongo de buen humor. Repito para mis adentros, uno tras otro, los nombres de las estrellas: Ewa, Irena, Zofia, Maria, Helena, Lidia, Leonia... Me acuerdo de Lonia. Empieza la marcha, casi una carrera, a campo traviesa. No llevamos portaderas y el alcohol nos excita. Dejamos atrás aldeas, nos llega el eco de voces humanas, vemos fuegos en las ventanas. Salimos a un camino trillado. En la lejanía, oigo el chirrido de unas ruedas. Creo que nos apartaremos del camino, pero me equivoco. Seguimos adelante. El chirrido se acerca. De la oscuridad emerge un caballo blanco y, detrás, una carreta. Veo a tres campesinos y a una mujer tocada con un pañuelo blanco. Frena al caballo y observan nuestro séquito con ojos desorbitados. Oigo las voces de los muchachos:

—¡Mirad, tres para ella sola! ¿Eh, compadre, la res que lleváis al mercado ya es vaca o todavía es ternera?

—¡Ven, mozuela, nos daremos un revolcón sobre la hierba para entrar en calor!

Pasamos al lado de la carreta y nos zambullimos en la oscuridad. El aire es cálido y aromático. Meto la manos en el bolsillo de la chaqueta y aprieto la culata tibia del *nagan*. De repente, me invade una alegría pueril. Tengo ganas de reírme, de dar volteretas. Noto un exceso de fuerzas y de salud. ¿Y los peligros?... Me importan un comino... Tengo una pipa que no me traicionará nunca. Siete cartuchos infalibles... «¡Siete cartuchos en el cargador, siete estrellas en el cielo!» Le hago un guiño a la Osa Mayor y, acto seguido, le saco la lengua. Después escupo: caramba, ¿me estaré volviendo loco yo también?

Nos abrimos paso a través del bosque hacia el oeste. Camino con el revólver en la mano. Nadie se percatará y ya no falta mucho para la segunda línea. Dejamos atrás torrentes, barrancos y hondonadas... De improviso, nos detenemos, primero el Ángel, y después el resto. Estamos a doscientos metros de un bosque grande. Aquí, los árboles crecen espaciados, pero, aún así, la vista no alcanza a más de veinte pasos. Callamos durante un buen rato. Después, el Ángel se pone en marcha con determinación. A su lado, caminan el Siluro y el Chimpancé. De repente, oigo un crujido enfrente de mí. Uno de los nuestros grita: «¡Alto!» Relampaguean las linternas. El Ángel, el Siluro y el Chimpancé se abalanzan con los palos en alto. Los seguimos. Se oye el crujido de la broza... Un trueno se extiende por la espesura, alejándose cada vez más. Nos acercamos a los confines del bosque. Veo al Ángel, al Siluro y al Rata. Sostienen unos sacos y los examinan con atención. Yo también los miro. Son portaderas de contrabandistas.

—¡Han puesto los pies en polvorosa como angelitos!—dijo nuestro maquinista.

—¡Se han dado el piro a la desbandada como perdices!—dijo el Chimpancé.

—¿Quiénes eran?—preguntó Plusz.

—Tal vez algunos de los nuestros... de Raków—dijo el Siluro—. Ahora lo averiguaremos.

El Ángel empezó a deshacer las portaderas. Dentro, había medias, género de punto y hebillas cromadas.

—Era el grupo de Adam Druniło. Se abastece en la tienda de Aron, el de la calle Wileńska—dijo el Siluro—. Bueno, muchachos. Con esto habrá alpiste para todos y todavía nos quedará algo de calderilla.

Cogemos las portaderas y cruzamos un ancho prado en dirección al río. La segunda línea. Aquí, el agua es profunda, pero no buscamos vados porque, en el último mes, algunos muchachos de varias cuadrillas han caído en emboscadas al cruzarlos. Todos nos desnudamos y, ropa en mano, caminamos hacia la otra orilla. Nos hundimos en el agua hasta el cuello. Llego a toda prisa al otro lado y dejo la ropa en el suelo. Vuelvo al agua y me zambullo unas cuantas veces. Después corro hasta el ribazo y me visto en un abrir y cerrar de ojos. Seguimos avanzando hacia la frontera. Apretamos el paso, pero intentamos no hacer ruido. Casi todos llevan linternas. Yo empuño mi *nagan* escondido en la manga de la chaqueta. La frontera está aquí mismo... Casi a la carrera, enfilamos el camino fronterizo y avanzamos a lo largo de la alambrada. Vuelven a rechinar los dientes de los alicates y el alambre cortado cae a ambos lados... La vía está libre. ¡Hala, adelante!

A las dos de la madrugada, llegamos al cementerio de las afueras del pueblo. Allí, los muchachos se dispersan a los cuatro vientos. Yo voy a dormir a la casa del Rata. No llamamos a la puerta, sino que vamos directamente al granero y, allí, nos tumbamos sobre el heno mullido y oloroso. Sueño con los salvajes, con la frontera, con las persecuciones y las huidas, y con Lonia... Ella se me aparece en sueños a menudo. ¿Tal vez piense en mí? Me gustaría mucho verla. Hasta ahora no he tenido noticias suyas. Había pensado escribirle una carta y encomendársela a los muchachos que pasan por Minsk, pero no lo hice por miedo a que los atraparan por el camino. En tal caso, Leonia hubiera tenido problemas.

Al día siguiente, fui a ver a Pietrek y a Julek, pero no estaban en casa. Durante mi ausencia, habían salido con el grupo de Jurlin. Se habían enrolado en él, cuando nosotros lo abandonamos. Aquello me gustó mucho. Al fin y al cabo, era la cuadrilla más segura de todas y disponía de una guarida muy buena. Y los muchachos necesitaban ganar pasta para el invierno. Julek el Loco era ahora otra persona: bajo la influencia de Pietrek había sentado la cabeza; leía mucho y aprendía cosas.

Al caer la tarde, fui a casa de Ginta y me divertí en nuestro salón hasta altas horas de la noche. El Rata también estaba allí. Me dio cuarenta y cinco rublos: quince por haber hecho la ruta y treinta como participación en las portaderas que habíamos encontrado abandonadas en el bosque. Después, me escurrí del salón a hurtadillas. Fui a ver a Saszka. No..., no a Saszka. Aquél era sólo un pretexto... Tenía muchas ganas de hacerle una visita a Fela. En casa de los Weblin no había luz. Fui a dar la vuelta. Vi que una ventana estaba iluminada. Era la de la habitación de Fela, que daba al jardín. Me acerqué a escondidas. La ventana estaba tapada con una cortina que no llegaba al alféizar. Me agaché y, a través de este resquicio, miré adentro. Estuve en un tris de echarme atrás... Junto a la ventana, había un velador. Encima, ardía una lámpara que alumbraba perfectamente el rostro de Fela... La moza recostaba la cabeza entre las manos y leía un libro. Su cara, iluminada por la lámpara, era hermosa, y yo no le podía quitar la vista de encima... Volvió la página... Siguió leyendo... Al cabo de un rato, en su rostro afloró una sonrisa alegre. Sus ojos se irisaban y resplandecían como piedras preciosas. Tenían una profundidad extraordinaria; emanaban cálidos rayos, que a mí también me llenaron de júbilo... Se mordisqueó el labio inferior y lo retuvo por un instante entre los dientes... Después, su sonrisa desapareció. Su cara se volvió fría, casi severa. Pero aquella frialdad me abrasaba como el fuego y tenía una fuerza atractiva irresistible. Hubiera podido quedarme allí mucho tiempo, ebrio de aquella imagen, pero tenía miedo de ser visto. Me aparté de la ventana a la chita callando y me detuve en el centro del patio. Vacilé un buen rato antes de acercarme a paso firme a la puerta de la casa. Empuñé el pomo. Permanecí así un instante. Después, retrocedí poco a poco hacia el portal. Me quedé en la calle como un pasmarote. La delgada hoz de la luna se desplazaba por el cielo. Las estrellas brillaban con fuerza. La noche despedía fragancias. La Osa Mayor estaba especialmente espléndida. Sentí que no podía marcharme así, sin más, que tenía que ver a Fela costara lo que costara, oír su voz, decirle algo. ¡Algo muy importante! Volví hacia la casa. Giré el pomo de la puerta. Estaba cerrada. De repente, una tentación: ¡todavía puedo echarme atrás! Porque, ¿qué voy a decirle? A despecho de este arrebato, me acerqué a la ventana. La misma a la que había llamado el pasado otoño, cuando había traído a Saszka Weblin... Golpeteé el cristal. Me di cuenta de que lo hacía con demasiado ímpetu. Y sin saber por qué empecé a golpetear con más insistencia.

Enseguida oigo unos pasos precipitados dentro de la casa y, después, me llega la voz de Fela del otro lado de la ventana:

—¿Quién va?... ¿Qué pasa?...

—Soy yo. Władek.

—¡¿Władek?!... Un momento...

Vuelvo a oír sus pasos. Se aleja hacia el dormitorio.

Después, vuelve al salón con una lámpara encendida en la mano. La coloca sobre la mesa y se dirige de prisa al zaguán. Chirría el pestillo. Abro la puerta. Entro. Me he olvidado de saludar a Fela. Estoy como un pelele junto a la puerta, mirándole a los ojos.

—¿Qué le ocurre?

Callo unos segundos. ¡Fela siempre me había tratado de tú y ahora me habla de usted! Le digo:

—¡No me ocurre nada!

Leo la sorpresa en sus ojos.

—¡Pensaba que había sucedido algo!... Tiene cara de...—No acabó.

—¡Ando buscando a Saszka! Pensé que tal vez estuviera en casa.

Me mira a los ojos durante un rato y después dice:

—¿Síííí?... ¿Esto es lo que pensó?...

Noto que me pongo cada vez más colorado. Quiero controlarme y no puedo. Y, mientras, sus ojos se vuelven risueños.

—¿De modo que el señor Władek—pronunció mi nombre en un tono dulce, casi tierno—, ha venido a preguntar por Saszka, verdad?

—Sí.

—¿Y yo no le intereso en absoluto?

—Sí. Usted también me interesa.

—¿Yo también?

Sus ojos resplandecen con más y más alegría. Y, de repente, me invade un terrible sofoco. «¿Por qué diablos he tenido que venir aquí? ¡Se está burlando de mí descaradamente!» Pero sigo diciéndole no sé qué cosa y sin saber por qué:

—Sí... Usted también... Porque usted me dijo el otro día... aquel domingo...

—A ver, ¿qué le dije?

—Me dijo que algún día viniera a hacerle una visita.

—¡Ay sí, sí!... ¡Ahora me acuerdo! ¡Y tanto que me acuerdo!... ¡Vaya! Y resulta que el señor Władek ha encontrado un ratito libre... y ha venido a verme...

—Exacto.

—A altas horas de la noche... Y para ponerse a tono, el señor Władek ha tomado unas copitas, ¿verdad?

«¡Es evidente que se burla de mí!» Empiezo a enfadarme. Me siento acosado por sus preguntas. Le digo con frialdad:

—¡Yo cada día me tomo unas copitas! ¡Me lo puedo permitir!

—¡Cómo no! Al señor Władek las cosas le van que chutan...

Quiero decir algo, pero Fela me detiene con un gesto y prosigue:

—¿Y después de tomarse unas copas, el señor Władek siempre va a visitar a sus conocidas?

Noto que pierdo los estribos. Empiezo a hablar. Quiero parar y no puedo. Hablo y me enciendo cada vez más:

—¿Acaso a la señorita Fela le preocupa lo que hago por la noche? Yo no controlo adónde va la señorita Fela cuando está achispada. ¡Y no le cuento los novietes!

—¡Anda!—Fela se pone una mano sobre la cadera—. ¡Esta sí que es buena! ¡Muy buena!

—Gracias por reconocerlo! Y por lo que se refiere a las molestias que le he causado, le pido mil perdones...

—Está perdonado.

—¡No me ha dejado acabar!

—Disculpe...

—Está disculpada... Le pido perdón y estoy dispuesto a no molestarla nunca más con mi presencia.

—Como quiera.

La miro a la cara, una cara fría, tranquila, casi inexpresiva y, sin embargo, tan preciosa. De repente, noto que una larga arruga vertical le atraviesa la frente. Hace un momento, esta arruga todavía no estaba allí. «¿Qué me recuerda?... ¡Ah! Saszka también tiene una!»

—Buenas noches, señorita.

—Buenas noches, caballero.

Doy media vuelta y abandono la casa con pasos acelerados y decididos. Me detengo en el patio y siento que una oleada de amargura me invade el alma. «¿Por qué demonios le he dicho todo esto? ¡Al principio, estaba de tan buen humor! Nunca le había visto unos ojos tan alegres y radiantes! ¡Bromeaba! Y yo me he ofendido. ¿Por qué? ¿Por qué motivo?... Y ahora ¿qué voy a hacer?... Tal vez debería volver y pedirle perdón... No, no puedo... ¡No lo haría por nada del mundo!

Miro las ventanas iluminadas de la casa. Veo una silueta que se mueve dentro de la habitación. Una sombra movediza se recorta sobre los cristales. Después, oigo el ruido de la puerta del zaguán al abrirse. Más tarde... me araña el corazón el chirrido del pestillo. En breves momentos, la habitación vuelve a estar a oscuras. Poco a poco doy un rodeo a la casa y, con el corazón en un puño, me acerco a hurtadillas a aquella ventana. Vuelvo a mirar a través del resquicio que hay entre el ribete de la cortina y el alféizar. Fela está sentada junto al velador. Con la mano izquierda sostiene el libro abierto y golpea la mesilla con el puño derecho. Tiene una expresión fría. Los ojos sombríos. Esto dura un buen rato. A continuación, la chavala se inclina sobre el libro y se pone a leer... De improviso, cierra el libro con un chasquido y se incorpora, clavándose el respaldo en la riñonada. No dejo de mirar su cara, sus ojos, y me siento afligido. Me muerdo los labios... De repente, nuestras miradas se encuentran... «¡Si no puede verme desde el interior de la habitación iluminada! Pero ¿y si nota que la estoy mirando?» Veo que la larga arruga vertical vuelve a cruzarle la frente y los ojos se le impregnan de una expresión fiera. Quiero echarme atrás... Justo en ese momento, Fela descorre bruscamente la cortina. Me agacho y me escurro en la sombra de la casa. En un par de saltos desaparezco en las profundidades del jardín, me acerco a la valla y me siento sobre la hierba. La ventana se abre. Dentro del rectángulo iluminado, diviso la silueta de la muchacha. Se asoma e intenta penetrar la oscuridad con la mirada. Aguza el oído. Permanece inmóvil durante un buen rato... Después, la ventana se cierra y, un poco más tarde, se apaga la luz.

Me levanté. Me quedé como clavado en el suelo. La luna se encaramaba por el cielo. Se zambullía impaciente entre las nubes. Las estrellas me obsequiaban con una mirada elocuente y tranquila. El Carro rodaba sin tregua hacia el oeste. Salté el cercado y enfilé un callejón estrecho. Había bastante claridad. No di con ningún transeúnte. Al llegar a la calle Mińska, vi a un grupo de hombres que venían en dirección contraria. Hablaban a gritos y se reían ruidosamente. Estaban borrachos. Al acercarme más, identifiqué la voz de Alfred. Quise retroceder, pero era consciente de que ya habían reparado en mí, o sea que seguí adelante. Al aproximarme aún más, vi que eran los hermanos Alińczuk: Alfred, Alfons y Albin. Sólo faltaban Adolf y Ambroży para estar al completo. Cuando sólo nos separaba una decena de pasos, me desvié para esquivarlos. Ellos se echaron a un lado para cerrarme el paso. Entonces me aparté hacia la derecha. Ellos hicieron otro tanto. Alfred se tambaleaba, se reía y se desgañitaba:

—¡Miradlo!... ¡Aquí está este hijo de perra!... El de Fela, esa...—Y soltó una retahíla de procacidades.

Noté que la sangre me subía a la cabeza, pero no contesté e intenté pasar de largo. De repente, Alfons me echó la zancadilla, mientras Alfred se plantaba enfrente de mí.

—¿Qué quieres?—le espeté.

—¡Quiero romperte la cara, canalla!—dijo Alfred.

—Basta de discursos. ¡Arréale un mamporro!—gritó Alfons, alzando el puño.

Entonces, le aticé un fuerte puntapié en la barriga. Alfons profirió un gemido y, doblándose, se desplomó en el suelo. En aquel mismo momento, Alfred y Albin se me echaron encima. Me tumbaron. Así las cosas, saqué del bolsillo mi revólver que agarraba por la culata desde hacía un rato. Alfred me estrangulaba. Le incrusté el cañón del revólver en el muslo y apreté el gatillo con fuerza. Sonó un disparo. Alfred dio un brinco, pero enseguida cayó al suelo. Me levanté de un salto y me puse a molerlo a puntapiés. Entonces, Albin corrió a un lado, gritando:

—¡Policía!... ¡Policía!... ¡Asesinos!... ¡Policía!...

Dejé a Alfred y a Alfons tendidos en el suelo y me volví, pies para qué os quiero, por donde había venido. Albin me seguía de lejos. Permití que la distancia que nos separaba se acortara y disparé mi *nagan* al aire... Después, sin ningún obstáculo más, corrí calle abajo hacia el cementerio judío. A mis espaldas oía los gritos:

—¡Policía!... ¡Asesinos!... ¡Policía!... ¡Detenedlo!

En la lejanía, se oyeron los trinos de un silbato. No regresé a casa, sino que me dirigí a los campos. Después, bordeé el pueblo hasta llegar a casa del Rata. Lo encontré en el granero. Dormía. Lo desperté y le conté el incidente con los Alińczuk.

—¿Qué debo hacer ahora?—le pregunté.

—¡Les has dado en la cresta! ¡Esos animales han recibido una buena lección! ¡Pero ahora estás en los cuernos del toro!... ¡Te denunciarán a la policía!

—¿Y si yo mismo fuera a la comisaría y dijera que me han atacado?

—¿Has perdido la chaveta?... ¡No tienes testigos!... ¡Te empapelarán por posesión ilícita de armas y por haberlo herido! ¡Te pudrirás por lo menos un año en arresto preventivo! ¡Sé lo que digo!

—¿Qué puedo hacer, entonces?

—De momento, esconderte, y después ya veremos. Todavía no sabemos qué clase de herida tiene Alfred.

—¡Le he disparado en la pierna!

—¡Le has disparado en la pierna pero tal vez le hayas agujereado el vientre! Mañana iré a huronear y, por ahora, te esconderé en un granero... Conozco un sitio no muy lejos de aquí. Allí podrás quedarte un año o más sin que nadie te encuentre.

Enseguida nos pusimos en camino. En un cierto lugar de las afueras del pueblo nos acercamos a un enorme granero. Estaba cerrado con una cadena pesada. Nos colamos en él a través de una brecha que abrimos arrancando un tablón de la parte inferior de la puerta. Una vez dentro, volvimos a colocar el tablón en su sitio. En el granero hacía calor y reinaba el silencio. Era espacioso. Vi muchos recovecos. Mi compañero me dijo:

—Aquí podría esconderse todo un batallón. Ni el mismo diablo te encontrará. ¡Pero no salgas bajo ningún pretexto!

El Rata me dejó en el granero y se fue al pueblo. Volvió al cabo de una hora. Me trajo un centenar de cigarrillos, una botella de alcohol, unas cuantas de agua, y comida a espuertas. Trepamos al altillo y, allí, excavé una madriguera profunda en la paja. Después, el Rata me prometió regresar al atardecer y se marchó.

X

Han transcurrido dos semanas. Estamos a mediados de septiembre. Ha empezado la temporada de oro. La frontera se ha animado. Los contrabandistas trabajan a destajo. Hay cuadrillas que salen tres veces a la semana. Yo sigo escondido en el granero. Paso los días solo. Y al atardecer o por la noche hago expediciones al pueblo.

El día después del encontronazo con Alińczuk, me enteré de boca del Rata que me habían denunciado, diciendo que los había atacado en plena calle y que había herido a Alfred de un tiro. La herida era leve: tenía el muslo izquierdo horadado. El hueso había quedado intacto. Además, de una patada, le había hecho saltar un par de incisivos.

—Se los pondrá de oro. Es una buena oportunidad— dijo el Rata.

También me enteré de que me buscaba la policía. Habían registrado la casa del relojero Mużański y la de Trofida.

El Rata explica a todo el que quiere escucharlo cómo ocurrió en realidad el incidente con los Alińczuk e insiste en que fueron ellos quienes me abordaron por la calle.

Casi todos los muchachos están de mi parte. Ahora los hermanos Alińczuk no pueden dejarse ver, porque los muchachos los escarnecen y los insultan. El Rata y el Lord les han embadurnado con brea dos veces la puerta y los postigos de su casa, cosa que suele hacerse a las mozas a las que se tiene ojeriza. Pringar la puerta o las contraventanas de una casa con brea significa que allí vive una mala mujer. Y, como en el clan de los Alińczuk no hay ninguna hermana, todas las sospechas se concentran en ellos.

Algunas veces he topado con el Lord, el Cometa, Julek y Pietrek. Los muchachos son muy buenos conmigo. Me ofrecen dinero y escondrijos seguros. Esto me conmueve. No sospechaba que tuviese tantos amigos. Un día, el Rata me dijo:

—Escúchame bien: si algún día la policía te detiene, no te defiendas. ¿Has entendido? Si te arrestan, yo me ocuparé de todo. No faltará pasta para los abogados y para la fianza, aunque cueste un dineral. Todos los muchachos desembolsarán unos cuartos y reuniremos un buen pico.

A pesar de estar en el punto de mira, he ido tres veces al otro lado de la frontera. He faenado con los salvajes. Ellos no tienen miedo de trabajar conmigo. Y si alguno hubiese querido denunciarme, no hubiera podido. Nadie sabe nada de mi escondrijo, excepto el Rata. Pasa muchas noches en el granero para hacerme compañía. Alguna vez he ido a casa de las Kaliszanki, pero no me he quedado la noche entera. Una canita al aire y, hala, de vuelta a la madriguera. Empieza a molestarme lo de tener que esconderme en el granero. Cuando paso días largos y solitarios, me vienen a la cabeza pensamientos estúpidos. De vez en cuando, me da por matar a los tres

Alińczuk y entregarme a la policía. Pero en quien pienso más es en Fela. En particular al anochecer. Me río, hablo con ella en voz alta... ¡Me habré vuelto loco!... Bebo cada vez más. Trago espíritu de vino como si fuera vodka, vodka como si fuera cerveza, y cerveza como si fuera agua. A pesar de ello, nunca me emborracho hasta perder el sentido. Sé que comportaría un gran peligro. Sólo la presencia del Rata me anima un poco. No sé cómo expresarle mi gratitud por todo lo que ha hecho por mí. Él, tan cáustico con otros, conmigo es muy correcto y delicado. Nunca utiliza expresiones soeces, y reniega sólo en caso de necesidad. A menudo, deja a medias una grosería que le ha venido a la boca.

Un día el Rata me dijo que Józef Trofida quería verme. Le pedí que me esperara a las diez de la noche en Słobódka, en el puente que hay cerca del molino.

El atardecer era oscuro. Acompañado del Rata, me escurrí por las calles y los callejones en dirección a Słobódka. Józef ya nos estaba esperando. Después, el Rata volvió al pueblo, mientras que Józef y yo nos sentamos en la orilla del Isłocz. Callamos un largo rato y, al final, Józef me preguntó.

—¿Cómo andas?

—¡Voy tirando!

—¿Tienes ganas de marcharte de aquí? Tengo unos parientes que viven en el campo, cerca de Iwieniec. Si quieres, puedo instalarte allí.

—No. No quiero. Me moriría de aburrimiento.

Volvemos a sumirnos en el silencio. Después Józef dice:

—¡Choca esos cinco!

Me aprieta la mano con fuerza y dice, ocultando la emoción:

—Te lo agradezco.

—¿Qué?

—Ya sabes... lo de Alfred. Ahora todos lo tratan como a un perro.

—¡Siento no haber matado al cerdo ese!—digo con una voz llena de odio.

—¡No lo sientas! ¡Tal como están las cosas es mucho mejor!

Nos quedamos callados otra vez. Después añado:

—¿Y tú qué planes tienes? ¿Te enrolarás en una cuadrilla nueva?

—¿Yo?—me pregunta, atónito—. No. Yo ya me he cortado la coleta, chaval. ¡Le he dicho adiós a la frontera para siempre!

—¿Síííí?

—¡Tal como lo oyes!... Fui la perdición de mi hermana, porque me pasaba las noches merodeando como un lobo. ¡Pero no voy a permitir que a la pequeña le ocurra una desgracia!... ¡Diantres, eso no!...

Lo oí rechinar los dientes. La oscuridad era absoluta. No lo veía, pero me percaté de que estaba atormentado. Había querido mucho a su hermana. A mí también se me partía el corazón. De repente, le dije:

—Tranquilo, Józef. A Alfred todavía le pasaremos cuentas..., aún no ha acabado de pagar. Te lo digo en serio...—Dudé un instante antes de añadir—: No se lo digas a nadie, pero los Alińczuk tienen tratos con los confidentes soviéticos. Pronto lo averiguaré todo. Y entonces acabaremos con ellos de una vez para siempre.

Volvimos a quedarnos callados. Después, Józef dijo:

—¿Necesitas algo?

—No. Tengo todo lo que me hace falta.

—¡Si necesitas algo, házmelo saber!

A continuación exclamó:

—¡Por qué diablos te arrastré hasta aquí! ¡De no haber conocido la frontera habrías sido más feliz!

Protesté con viveza:

—No digas esas cosas. Te agradezco mucho tu buen corazón y tu compañerismo. ¿Sabes? ¡Soy feliz! De vez en cuando me pongo triste, pero ¡qué le vamos a hacer! ¡No le des más vueltas y no hablemos de eso nunca más!...

Charlamos durante un buen rato, sentados en la oscuridad a la orilla del río. Después nos despedimos y, conmovido, vagué horas y horas por los callejones. Se hizo de noche. No podía distinguir las caras de los transeúntes que caminaban en dirección contraria. Volví a mi escondrijo a las tantas. Me bebí media botella de vodka y me enterré bajo el heno. Pero no me dormí enseguida.

Al día siguiente, me encontré con el Lord. El Rata me había dicho que el Lord tenía que hablar conmigo de un asunto urgente. Nos esperaba en el cementerio. Había traído tres botellas de vodka y un tentempié. Nos bebimos el vodka, sentados sobre la hierba junto a un cercado bajo de piedra seca. Después le pregunté:

—¿Qué me ibas a decir?

—Fela ha preguntado por ti.

Por un momento me quedé sin habla. Por suerte no vieron la cara que puse. Después indagué, aparentando indiferencia:

—¿Qué quiere de mí?

—Ha llegado a sus oídos que te peleaste con Alfred en la puerta de la iglesia, y también lo de aquella noche que le disparaste. Y que él la insultó.

Permanecí un rato sin contestar y después dije:

—En cuanto al primer incidente, tú sabes muy bien

cómo fueron las cosas. Y la noche que los Alińczuk me abordaron, Alfred dijo algo insultante sobre mí en relación con Fela. Pero yo no se lo he mencionado a nadie. No tengo idea de cómo ha podido enterarse.

—Me ha pedido que te pregunte qué dijo Alfred de ella exactamente.

Yo todavía vacilaba. Entonces, el Lord dijo:

—¡Va, desembucha! ¡Fela es una mujer a quien se le puede decir todo! ¡Necesita saberlo! Tal vez quiera comentarlo con Saszka...

—Alfred dijo...—Le repetí al Lord las palabras de Alfred al pie de la letra.

—Muy bien—contestó mi compañero—. Se lo diré.

—Más vale que no le vayas con el cuento. Puede sentarle mal estar en boca de todos por mi culpa.

—No te preocupes. No le asusta el chismorreo. Se las apaña bien. Sólo quiere saber la verdad.

Pronto el Lord se despidió.

—¿Vas a verla?—le pregunté.

—Sí. ¿Quieres que le diga algo de tu parte?

—No... Nada...

El Rata y yo nos quedamos aún durante un buen rato tumbados en el cementerio. Él me relataba los incidentes de la frontera, los cotilleos que corrían por el pueblo y las últimas novedades sobre los muchachos. A continuación, me acompañó hasta el granero y se fue a casa. Aquella noche no pude conciliar el sueño durante muchas horas. No dejaba ni por un momento de pensar en Fela... Al día siguiente, el Rata vino a verme apenas hubo anochecido. Estaba muy alegre, me hacía guiños con aires de misterio y sonreía a cada instante.

—Ahora mismo vamos a un sitio. ¡Anda, muévete!

—¿Adónde? ¿Qué pasa?

—A su tiempo lo verás...

—¿A quién? ¿Qué?

—¡Ay, cómo eres!... Sufre un poco. Después estarás contento.

Caminaba de prisa al lado de mi compañero, devanándome los sesos para adivinar de qué se trataba. En un lugar saltamos una valla y entramos en el patio de una casa. Nos detuvimos en el umbral de una gran sala de paredes enjalbegadas. Vi a Saszka y al Resina sentados junto a una mesa.

—¡Aquí lo tenemos!—dijo Saszka.

—¡Aquí lo tenéis!—repitió el Rata.

Me acerqué a la mesa y saludé a Saszka y al Resina con un apretón de manos.

—¡Siéntate!—dijo Saszka—. Echaremos un párrafo.

Me senté junto a la mesa.

—¡Lo dejaste hecho un Cristo! ¡Bien arreglado!—dijo Saszka.

—Tenía que hacerlo... Me provocaron...

—¡Está bien! ¡Uno hace lo que tiene que hacer!

Saszka llenó cuatro vasos de vodka hasta la mitad y nos animó con un gesto de cabeza:

—¡Venga, a qué esperáis!

Apuramos el vodka de un trago.

—Ahora el mundo se te habrá hecho pequeño... ¿Has tenido que esconderte?—preguntó Saszka.

—Sí. Pero voy tirando e incluso salgo a hacer trabajillos. Él me ayuda—señalé al Rata—. ¡Si no fuera por él, no tendría dónde volver la cabeza!

Saszka le dio al Rata una palmadita en el hombro y me preguntó:

—¿Con quién faenas? ¿Con Jurlin?

—No... Con los salvajes...

El Resina soltó una breve risotada.

—¿Con los salvajes?—se sorprendió Saszka.

—Sí... ¡Qué le vamos a hacer!... Los demás me tienen miedo.

Saszka se queda pensativo. Durante un largo rato no aparta la mirada de un rincón del cuarto. En su frente se forma una prolongada arruga vertical... Como la de Fela. Lo miro, conmovido, y callo... Todos callamos. El Rata se muerde el labio inferior y nos mira sucesivamente, a mí, a Saszka y al Resina que con los dedos moldea una miga de pan hasta formar una bolita.

A continuación, Saszka me mira fijamente y dice:

—¡Mañana vendrás a trabajar conmigo!

No me lo pienso dos veces y le contesto con alegría:

—¡Con mucho gusto!

Veo una sonrisa en la cara del Rata. Saszka se dirige al Resina:

—Nos servirá, ¿verdad?

—Nos servirá—dice el Resina al tiempo que asiente con la cabeza.

—¡Venga, chócala!

Saszka me da un fuerte apretón de mano. El Resina sigue su ejemplo, pero me la agarra con suavidad. Un apretón fuerte de su manaza podría estrujarme los dedos. Saszka vuelve a llenar los vasos de vodka, diciendo:

—¡Por nosotros!... ¡Adentro!...

Brindamos.

Observo la frente de Saszka... Está lisa... La arruga ha desaparecido. Miro con alegría los ojos de mis compañeros... Me siento ligero y feliz... Vuelvo a oír la voz de Saszka:

—¡Venga, muchachos, salud!

XI

Vamos hacia el oeste. Los caballos corren en competición con el viento. Nos guía Jankiel el Roña. Los judíos del pueblo lo llaman *meshugine*.[1] A Jankiel el Roña le gusta la velocidad, las expediciones arriesgadas y, sobre todo, Saszka, a quien adora por su osadía, su sinceridad y su largueza. Trabaja a menudo con él. Jankiel el Roña es un borracho empedernido. Más de una vez, completamente trompa, llagaba a los caballos o los hacía correr hasta reventar. Antes, el *kahal*[2] le compraba caballos nuevos. Pero cuando Jankiel dejó de trabajar como arriero y empezó a salir con los contrabandistas, el *kahal* lo abandonó a la merced de su propio ingenio... Ahora tiene un par de caballos negros, jóvenes, fuertes y resistentes. El carro está atiborrado de mercancía cubierta con una capa gruesa de heno. Voy en el pescante al lado del Resina. Saszka yace en el centro del carro, arropado con una gran zamarra. Dormita. El Resina calla. La velocidad y la perspectiva de un trabajo interesante me ponen en un estado de euforia. También estoy contento de haber cambiado de aires.

El anochecer es cálido. El viento trae aromas. En el este, la noche emerge por detrás del bosque. Lóbrega y enorme, se inclina sobre la tierra... Con ambos brazos pugna por bajar desde las alturas un gran telón negro, pesado y frío.

---

[1] «Loco.» (*N. del A.*) En el original, en yidish. (*N. de los T.*)

[2] En hebreo, «comunidad». Consejo de administración de las comunidades judías que ejercía funciones religiosas, administrativas y judiciales. (*N. de los T.*)

—¡Arre, nenes, arre!—anima a los caballos a correr Jankiel el Roña, y seguimos precipitándonos hacia las tinieblas.

Ahora nos dirigimos hacia el sur. Los ojos se acomodan a la oscuridad y distinguen cada vez mejor el terreno. Pienso en muchas cosas: en la frontera, en los compañeros, en el Lord, el Rata y el Cometa. Pienso en la checa y en Dopr. Pienso en Lonia, Belcia y Fela. Calculo en cuántos grupos he faenado: el de Józef Trofida fue el primero, después vinieron el del Lord, el del Mamut y el de Jurlin; más tarde, los salvajes y ahora trabajo con Saszka.

Miro hacia el nordeste. La Osa Mayor, enorme y radiante, se ha desparramado por el cielo. Me meto la mano en el bolsillo para acariciar el acero del revólver, tibio por el calor de mi cuerpo. Doblamos hacia el este. Seguimos estrechos caminos forestales. En un momento dado, Jankiel el Roña tuerce hacia un prado que cruzamos a campo traviesa. Los caballos corren como alma que lleva el diablo, mientras el cochero aún los instiga a una carrera más veloz. Entramos en un riachuelo. El agua salpica a diestra y siniestra. El carro se hunde hasta los ejes. Después, rompiendo por los matorrales, salimos a campo abierto. El carro se balancea. Salta por los aires. A veces, tengo la sensación de que estamos a punto de volcar, pero Jankiel el Roña es un maestro guiando caballos, de modo que corremos adelante sin reducir ni un ápice la velocidad.

—¡Arre, nenes, arre!

Y los nenes corren como una tormenta, aplastando matas y arrojando por los aires terrones arrancados por las pezuñas.

Después, giramos hacia el sur. A ratos, titilan fuegos

en las ventanas de las casas. De vez en cuando, cruzamos alguna aldea. Nos saludan los ladridos de los perros que salen a nuestro encuentro para apartarse enseguida, enmudecidos. Quiero cantar una canción, pero reprimo este antojo. El entusiasmo y las ganas de actuar me colman el corazón. Me siento ebrio.

Al cerrar la noche, llegamos a un caserío aislado, más allá de Wołma. Por tres lados lo abrigan las alas de un bosque. Por el cuarto, lo ampara un huerto enorme. El carro entra en un patio espacioso y se detiene frente a la casa. Bajamos. Cruzando el patio, se acerca un hombre con una gran linterna. Saluda a Saszka con un apretón de manos y dice:

—¡Veo que habrá curro, señor Olek![1]

—¡Como no!—contesta Saszka con alegría.

Es noche cerrada. Saszka, el Resina y yo caminamos poco a poco a través del gran huerto. Las ramas, invisibles en la oscuridad, nos azotan la cara. Me protejo la cabeza con los brazos y me agacho hasta el suelo. Atravesamos un zarzal tupido. En un lugar, Saszka se detiene. Abre una puertecilla perfectamente camuflada y baja por una escalera empinada. Hago lo mismo. El Resina baja el último. Cierra la puertecilla a sus espaldas. Nos hallamos en una pequeña bodega. Sus paredes están revestidas de gruesos tablones y troncos. Saszka cuelga la linterna de un clavo y la bodega queda bien iluminada. En un lado, sobre un banco de madera maciza, veo unos cuantos sacos llenos. En otro banco, hay tres portaderas. Saszka lleva una bolsa de cuero colgada del hombro. Se sienta en el banco más cercano a la linterna y saca de la

---

[1] *Saszka* es el diminutivo ruso de Alejandro. *Olek* es su correspondiente en polaco. (*N. de los T.*)

bolsa tres pistolas. Una de cañón largo y dos normales. Las pone sobre el banco y coge de la bolsa una docena de cargadores de recambio. Examina las armas a conciencia, las carga y fija el seguro. Me acerca una *parabellum* y pregunta:

—¿Conoces esta pipa?

—¡Cómo no!

—Pues, ¡cógela!

A continuación, me entrega seis cargadores de recambio. Me saco del bolsillo mi *nagan* y se lo enseño.

—¡Aquí tengo otro aparato!

—Por mucho trigo nunca es mal año—contesta Saszka, entregándole la otra *parabellum* al Resina.

Después se dirige a mí:

—Procura mantener limpios los bolsillos donde guardas los cargadores.

Nos guardamos las armas y los cargadores de modo que no nos estorben y comprobamos si funcionan las linternas. A continuación, Saszka me indica la portadera más pequeña y dice:

—Ésta es tuya... Te la pondrás al salir de aquí.

Poco a poco, nos encaramamos por la escalera. Me coloco la portadera en los hombros. Pesará unas cuarenta libras. La de Saszka es mucho más grande. Y la portadera del Resina pesa alrededor de cien libras. Estamos en el huerto. Lentamente, nos adentramos en las tinieblas. En los límites del huerto nos detenemos. Saszka lanza un ligero silbido. Al cabo de un momento, de la oscuridad emerge una silueta borrosa. Oigo la voz del amo:

—Veo que todo está en orden... Id por el bosque y, más tarde, por el prado... Seguramente no estaréis de vuelta antes del amanecer, ¿verdad?

—No nos dará tiempo—dice Saszka y, al cabo de un instante, añade:

—¡Quédate en paz!

—¡Que Dios os acompañe!—contesta el amo.

Saszka va el primero, lo sigue el Resina y yo cierro la comitiva. Caminamos por las linderas para no dejar huellas en campo abierto. Tras un cuarto de hora nos adentramos en un bosque milenario. Huele a moho y a humedad. Los pies pisan el musgo espeso sin hacer el menor ruido. Oscurece cada vez más. Media hora más tarde, alcanzamos el confín del bosque. Enfrente, se extiende un gran prado. Sólo puedo ver dónde comienza, porque más allá el terreno se pierde en las tinieblas. Retomamos la marcha. Caminamos a poca distancia uno del otro, a paso rítmico y lento. Empiezan las ciénagas. Ahora avanzamos aún más lentamente. Aquí y allá, veo charcos relucientes. Las estrellas se reflejan en ellos. Entramos en campos de labor. Avanzamos cada vez más despacio. Llego a la conclusión de que la frontera debe de estar muy cerca. Detrás de nuestras espaldas, en la lejanía, ladra un perro. Aúlla con furia durante un largo rato. Aprieto la culata del revólver y miro a mi alrededor, pero a oscuras no veo nada. Me doy cuenta de que el Resina se ha detenido. Yo también me detengo. Nos quedamos así, como pasmarotes, durante un rato que parece interminable. Me llega desde un lado un leve rumor. Después, distingo el ruido de unos pasos. Miro atentamente en aquella dirección, pero no veo nada en absoluto. Sobre el fondo negro del cielo, la silueta negra del Resina parece un tronco de árbol. A Saszka no lo veo. Mientras tanto, los pasos se acercan. Oigo una tosecilla ahogada. Mantengo las armas a punto y me extraña que no retrocedamos o no sigamos adelante para evitar el encontronazo con los «caravinagres», invisibles en la oscuridad. Los pasos se acercan aún más. Se arrastran con desgana, pisan la tierra con parsimonia. Me parece que resuenan justo a nuestro lado. De golpe y porrazo, enmudecen y oigo claramente una voz que dice en un ruso de lo más genuino:

—¿*Nikak chtoto plesnulo?*[1]

Unos segundos más tarde se oye una voz de bajo, profunda y ronca:

—*Eto u tiebia v golovie...*[2]

Vuelven a oírse los pasos. Se arrastran con pesadez. Tengo la sensación de que ahora mismo vamos a topar con esa gente, que viene en dirección contraria. Los pasos empiezan a alejarse. Y al cabo de unos minutos nos envuelve el silencio más absoluto. Entonces, la silueta oscura del Resina empieza a avanzar, y yo la sigo. Pronto cruzamos el camino fronterizo. Pasamos de largo una gran ciénaga, bordeamos unos pequeños lagos. Nos acercamos a una larga lengua de matorrales que se clava en la ciénaga formando un promontorio. Después salimos a tierra firme. Nos encaramamos trabajosamente por la ladera de una colina. Ya estamos en la cima. A la derecha, columbro una larga hilera de luces. Allí hay un pueblo.

Delante de nosotros, resuena el chirrido de unas ruedas. Retumban unas voces excitadas. Después, se oye el estallido de una carcajada.

—¡Uee!—se oye un grito prolongado.

Del pueblo, nos llega una canción:

---

[1] ¿Algo ha chapoteado? (*N. del A.*)
[2] En tu cabeza. (*N. del A.*)

Nočka tiomna
Ja boyusia
Proviedi mienia
Marusia.[1]

Empezamos el descenso por la otra vertiente de la colina. Vamos sin prisas. Esquivamos algunos hoyos. Pasamos al lado de una gran roca y seguimos por un arenal, entre enebros. La canción sigue flotando en el aire:

Provazhala
Do vogzala
Zhalko stalo,
Plakala.[2]

Ahora caminamos a paso ligero. Observo las estrellas para saber la dirección de nuestra ruta. Avanzamos casi en línea recta hacia el este. Salimos a la carretera y la seguimos un largo rato. Nos conduce a un gran bosque. Noto en el aire el olor a pez.

Ya hace cinco horas que caminamos y en todo este tiempo ninguno de nosotros ha dicho ni una sola palabra. Damos pasos largos y rítmicos. Pisamos el suelo con ligereza y sin ruido. Estoy seguro de que nadie nos cogerá desprevenidos. Y si ocurre, ¡peor para él! Sin que nadie lo haya dicho en voz alta o lo haya acordado con los demás, entiendo que jamás nos entregaremos vivos. También entiendo algo más: que ninguno de nosotros abandonará a un compañero en peligro ni lo dejará cuando

---

[1] La noche es oscura, tengo miedo, guíame, Marusia. (*N. del A.*)
[2] Me ha conducido hasta la estación, le ha dado pena, ha llorado. (*N. del A.*)

esté herido... Durante todo el camino oigo un canto en mi alma. Me colma una gran alegría por el hecho de ir con estos hombres, unos contrabandistas fuertes, listos y famosos a lo largo y ancho de la frontera en quienes puedo confiar siempre y en cualquier circunstancia... Cuando voy con ellos, desaparecen las barreras y los peligros.

Tras dos horas más de caminata, nos acercamos a una aldea. Husmeo el olor a humo. Nos detenemos. Permanecemos allí durante largo rato sin hacer ningún movimiento. De improviso, desde la oscuridad de enfrente me llega el aullido prolongado de un lobo. Preparo el arma, pero pronto me doy cuenta de que es el Resina quien aúlla. Su voz ya se alza en el aire, ya desciende, y suena salvaje.

—¡Caramba!—reniego para mis adentros, y ésta es la máxima expresión de mi admiración por el arte de mi compañero.

Si no estuviera cerca, jamás creería que es la voz de un hombre. El aullido se interrumpe. El silencio se extiende por doquier. Pasan unos cuantos minutos tras los cuales oigo dos silbidos: uno sordo y breve seguido de otro potente y prolongado. Esto se repite tres veces. Entonces seguimos adelante. Pasado un rato, distingo unos pasos silenciosos. Alguien sale a nuestro encuentro. Se oye la voz de Saszka:

—¿Cómo va todo?

—¡Sin problemas!

Seguimos. Unos minutos más tarde entramos en una pequeña habitación. Las ventanas están tapadas con unas cortinas oscuras y gruesas. En el techo arde una lámpara colgada de un alambre. Veo a un hombre rechoncho y fornido. Tiene el rostro como esculpido en piedra: gris y macizo. En medio de una cabeza enorme le crece una tupida mata de pelo. Su mirada es penetrante y recelosa. Habla poco y de mala gana. Nos desembarazamos de las portaderas. El Tejón—éste es el apodo del amo de la guarida—, Saszka y el Resina sacan la mercancía de las portaderas y la colocan sobre la mesa. Es sacarina.

—¿Cuánto?—pregunta el Tejón.

—Doscientas libras—dice Saszka.

El Tejón desentierra un saco grande y resistente de las profundidades de un arcón y lo llena de mercancía. El Resina se cuelga del hombro este peso sin ningún esfuerzo y, acompañado del Tejón, sale del cuarto. Me quedo a solas con Saszka. Se saca del bolsillo una cajetilla de cigarrillos. Me ofrece uno y enciende el suyo. Al cabo de un cuarto de hora, vuelven el Resina y el Tejón.

—¿Pasarás el día aquí?—pregunta el Tejón.

—En el bosque—dice Saszka.

—¿Os apetece comer algo?

—Nos lo llevaremos. Tráenoslo aquí.

El Tejón sale de la habitación para volver al cabo de unos minutos con una hogaza de pan negro de ínfima calidad y una buena tajada de tocino. El Resina mete estos víveres dentro de una portadera vacía. Saszka se saca del bolsillo una botella de alcohol. Hace con la cabeza un gesto dirigido al amo de la guarida y dice:

—¡Va por ti!

Bebe un poco. Enjuga el gollete de la botella con la mano y se la pasa al amo de la guarida, que repite la misma ceremonia, brindando a la salud del Resina que, a su vez, brinda a la mía. Después, aguamos el espíritu de vino y bebemos una segunda ronda por la suerte.

A continuación, salimos de la casa en dirección al bosque. Amanecimos en una arboleda grande y espesa. Nos tumbamos bajo un roble gigante. Saszka cortó con un cuchillo el pan y el tocino. Nos pusimos a comer. Nos zampamos la mayor parte de la hogaza y del tocino. Después encendimos unos cigarrillos.

—¿Vive solo?—le pregunté a Saszka, refiriéndome al Tejón.

—Su mujer se dio el piro... Él se ha vuelto huraño...—respondió mi compañero.

Cuando acabamos de fumar, Saszka me dijo:

—¡Despiértame dentro de tres horas! ¡Si no aguantas, hazlo antes!

Mis dos camaradas se tumbaron para dormir, mientras yo permanecía recostado contra el tronco de un árbol, velando por su seguridad con el revólver en la mano. Contemplaba el bosque que nos rodeaba, miraba a los contrabandistas adormecidos, mi reloj y mi magnífica pistola. Me halagaba el hecho de velar el sueño de aquellos matuteros de tanto renombre, que se ponían del todo en mis manos. Entendí que Saszka me había asignado la primera guardia, la menos dura, porque la segunda interrumpe el descanso... Miro las manecillas del reloj que se desplazan lentamente y pienso en muchas cosas... Después me fijo en la cara de Saszka. En su frente se dibuja una profunda arruga vertical. ¡Soñará algo malo!

—No pasa nada... ¡Duerme tranquilo!...—digo en voz baja, enternecido.

Y el bosque murmulla a nuestro alrededor. Susurra con alegría. Ruidoso, susurra con júbilo... Saluda el alba...

XII

Era mediados de octubre. Habían llegado las noches largas y oscuras. El otoño arropaba la frontera y sus inmediaciones. La había cubierto con alfombras doradas de hojas.

Ya habíamos pasado nueve alijos al otro lado. Algunas veces habíamos conseguido introducir el matute en una sola noche y volver a casa antes del amanecer. Seguíamos transportando sacarina. Sospechaba que, en cuanto se acabara el «negocio dulce», nos dedicaríamos a otra mercancía. O tal vez Saszka haría un descanso. No se lo pregunté. En general, hablábamos poco y sólo de cuestiones importantes, imprescindibles. Nos habíamos hecho muy buenos amigos. A menudo nos comunicábamos sin palabras, con un gesto, con una mirada.

Llevábamos tres días sin hacer la ruta. Caían chuzos de punta. La lluvia había inundado el terreno. Los pequeños arroyuelos se habían convertido en torrentes de aguas rápidas. La noche anterior, la lluvia cesó y el tiempo empezó a mejorar. Hasta la madrugada, y durante todo el día, sopló viento del oeste. Después de almorzar, Saszka salió de casa. A través de la ventana lo vi dirigirse hacia el bosque que negreaba a poca distancia del caserío. Tardó casi dos horas y, al volver, dijo:

—Hoy salimos... Tenemos que poner fin a eso de una vez...

El Resina asintió con un gesto de cabeza sin dejar de jugar conmigo al sesenta y seis. Tras los primeros tres viajes al otro lado de la frontera, Saszka me había dado setenta y cinco dólares.

—Tu parte—había dicho a secas.

Tras los otros tres viajes, me había pagado cien dólares. Probablemente, porque por aquel entonces yo ya cargaba con portaderas de cincuenta libras y no de cuarenta como antes. Al regresar de la última expedición, me había entregado otros cien dólares. Ahora ya tenía ahorrados doscientos setenta y cinco dólares. Le pregunté a Saszka si debía pagarle algo al propietario de la guarida por mi manutención. Me contestó:

—¡Eso es asunto mío! De esas cosas me ocupo yo.

Salimos muy temprano, en cuanto oscurece. El viento ha cambiado de rumbo y sopla del este. El cielo está despejado. La luna rueda hacia arriba..., grande, pálida, desencajada como si acabara de tomarse una cucharada de aceite de ricino. Caminar es difícil, porque la lluvia torrencial ha convertido los campos de cultivo en lodazales. A duras penas logramos arrancar los pies del fango. Finalmente, alcanzamos el bosque. Resulta más fácil caminar por él, aunque la oscuridad es completa. Los rayos de la luna apenas si traspasan el ramaje aquí y allá. Cada vez que cruzamos la frontera, solemos hacerlo por un camino diferente. Saszka toma en consideración el hecho de que por fuerza tenemos que dejar algún rastro de nuestro paso, de modo que los «caravinagres» podrían prepararnos una emboscada en algún punto de la ruta.

En el viaje de hoy, desde el comienzo ha surgido un montón de contratiempos. Saszka ya lo había previsto y por eso nos hemos puesto en camino muy temprano. Los pies se hunden en el lodo hasta las rodillas. Allí donde hace apenas unos días había charcos, hoy hay lagos, donde había arroyuelos, hay torrentes, donde había torrentes, hay ríos. Un viento frío y crudo aguijonea los ojos y corta la respiración. Y lo peor de todo es la luna llena. Resplandece tanto que deslumbra con fuerza, como si hubiera hecho un pacto con los «caravinagres». Nos inunda como un foco con su cascada de luz y nos hace visibles a la legua. Durante un largo rato, esperamos inmóviles en los confines del bosque. Enfrente, hay un enorme espacio abierto partido en dos por la frontera... Entramos en la ciénaga. Saltamos de un islote de vegetación a otro, y avanzamos muy lentamente. Estoy calado y embadurnado de fango hasta la cintura, pero tengo calor: el movimiento calienta. Finalmente, cruzamos la frontera y seguimos adelante. De improviso, Saszka acelera el paso. Esto me sorprende, pero sigo al Resina sin darme la vuelta. De golpe y porrazo, oímos un disparo de fusil a nuestras espaldas. Parece venir de muy lejos, porque el fuerte viento del este empuja el eco del tiro hacia atrás. Tal vez allí abajo alguien grite como siempre: «¡Alto! ¡Alto! ¡Alto!», pero yo no oigo ninguna voz. Las balas empiezan a silbar a nuestro alrededor. Vuelvo la cabeza y, a unos doscientos pasos, unos soldados corren hacia nosotros. Serán una docena. Forman una línea. «¿De dónde habrán salido?», pienso mientras sigo a mis compañeros. La situación es fatal. Ya no podemos echarnos atrás y del bosque más cercano nos separan todavía cinco kilómetros. Más cerca hay unas pequeñas arboledas y unos matorrales, pero no ofrecen amparo. Saszka dobla hacia el sudeste. Casi corremos. Los tiros retumban sin tregua. Por suerte, ninguna bala nos toca. Alcanzamos un cañizar espeso. Allí nos detenemos. Saszka espeta:

—¡Dejad que se acerquen!... ¡Y entonces descargad la artillería!

Los esperamos de rodillas, escondidos en la espesura de los arbustos. Tenemos a punto las pistolas y los cargadores de recambio. Nuestros perseguidores están cada vez más cerca. Veo claramente sus siluetas grises desplazarse veloces hacia nosotros. Se han metido los faldones de los abrigos detrás del cinturón para que no estorben. Oigo una voz estentórea que se entrecorta a cada sílaba:

—*¡Tsepiu za-jo-di s pra-va-a-a!*[1]

«¡Quieren empujarnos hacia las ciénagas!», pienso. Ya están a unos cincuenta pasos. «¿Por qué Saszka no dispara?» Le arrojo una mirada y veo que ha apoyado el largo cañón de la *parabellum* sobre el codo doblado de su brazo izquierdo. Apunta a la derecha. Miro al Resina. Apunta al centro de la línea. Así las cosas, apunto a un soldado del ala izquierda. Mientras tanto, la cadena gris de hombres armados navega por un mar de rayos de luna. De repente, se oye el disparo de Saszka. Apunto con atención a los soldados que galopan hacia nosotros y empiezo a disparar también. He descargado diez cartuchos y, con una palmada, clavo un cargador nuevo en la culata de la *parabellum*. Saszka y el Resina disparan sin cesar. La línea de soldados se rompe y se detiene. A lo lejos, se oye una orden:

—*¡Lozhys'!*[2]

Las siluetas grises desaparecen. Retumban tiros de fusil. Mientras tanto, atravesamos los matorrales y nos adentramos en la ciénaga. Caminamos sobre una capa de líquenes que se hunde bajo nuestros pies. Detrás, se oye un tiroteo intenso. Avanzamos como fantasmas, paso a paso, muy lentamente. El estrépito de las detonaciones se oye cada vez más lejos. «No nos seguirán. ¡Han visto que somos una presa difícil!» Seguimos abriéndonos camino. El fango se hunde bajo nuestros pies. Las botas

[1] En ruso, «¡En línea y rodeo por la derecha!». (*N. del A.*)
[2] En ruso, «¡Cuerpo a tierra!». (*N. del A.*)

hacen brotar surtidores de agua. Aumentamos la distancia que nos separa a uno del otro para no romper la capa elástica de musgo y líquenes que recubre el chapatal. Al cabo de dos horas salimos a tierra firme. Cerca, se erige la pared negra de un bosque. Saszka señala con la mano el cenagal que acabamos de atravesar:

—¡Si quieren, que lo intenten!

—¡No podrán!—dice el Resina.

Nos ponemos en camino y pronto nos sumergimos en la oscuridad misterosa del bosque. «¡Aquí no nos detendría ni el demonio en persona!»

Ya hemos pasado al otro lado de la frontera doce alijos. Ayer Saszka me entregó ciento cincuenta dólares por los últimos tres viajes. Es mucho dinero, pero también es cierto que cargué con portaderas de setenta libras. Ahora tengo cuatrocientos veinticinco dólares. Un buen capital, y amasado sin ninguna changa.

He notado que mi estancia de un año y tres meses en la zona fronteriza me ha fortalecido mucho físicamente. Ahora, una portadera de setenta libras me pesa menos que antes una de treinta. Y recorro los caminos más abruptos con tanta facilidad como si se tratara de un simple paseo.

Cuando trabajábamos en la frontera y sus inmediaciones, protagonizamos muchos incidentes, pero no los cuento todos para no alargar innecesariamente mi relato. La última vez que regresábamos del otro lado, Saszka nos condujo por un camino totalmente nuevo, que daba un gran rodeo. Ahora evitábamos el trecho donde habíamos topado con los «caravinagres». Esto se traducía en unos cuantos kilómetros más de caminata, pero, a cambio, el terreno era más practicable. No había ciénagas, y sí grandes bosques por doquier. Pues bien, en aquel viaje de vuelta, descubrimos en medio de la espesura, cerca de la frontera, un *karaulnoye pomeščhenie.*[1] Saszka se acercó a hurtadillas. Lo seguimos. Teníamos las armas a punto. Saszka se detuvo junto a una ventana iluminada. Me situé a su lado. Vi un cuarto espacioso. Al fondo, un catre donde yacían algunos soldados rojos. Seguramente dormían. Cerca de la ventana había una mesa con un montón de papeluchos y una gran lámpara encendida. En el mismo centro de la habitación, un soldado rojo, alto y delgado, conversaba con algunos compañeros arrellanados en unos bancos. Les contaba una historia. Veíamos sus caras alegres. De repente, estalló una sonora carcajada general.

Entonces, veo que Saszka levanta su *parabellum.* Primero, pienso que quiere disparar contra los soldados a través de la ventana, pero pronto me doy cuenta de que apunta a la lámpara. El soldado rojo prosigue su relato; hace muecas, arquea las cejas, abre los brazos. Después, avanza un paso y sube tanto el tono de voz que puedo oír claramente cada una de sus palabras. Resuenan nuevas risotadas, todavía más fuertes. En aquel mismo momento, Saszka dispara. Se oye el estruendo del tiro, un chasquido, el retintín del cristal roto, y la habitación se sume en la oscuridad. Durante un rato, hay un silencio absoluto en el interior, después se oyen unas voces llenas de espanto y un griterío:

—¿*Čto za čort?*[2]

—¿*Kakiy miezhavets razbil lampu?*[3]

---

[1] En ruso, «Puesto de guardia». (*N. del A.*)

[2] En ruso, «¿Qué demonios ha sido eso?». (*N. del A.*)

[3] En ruso, «¿Quién es el canalla que ha roto la lámpara?». (*N. del A.*)

Oímos unas pisadas. Finalmente se enciende una linterna.

—*Eto ktoto vystrielil snaruzxi!*[1]—grita alguien en la habitación.

Poco a poco, nos retiramos a las profundidades del bosque. Saszka se ríe para sus adentros.

Regresamos felizmente a la guarida. Aquélla fue nuestra última ruta con sacarina. Habíamos pasado por la frontera todo el *stock* que habíamos traído del pueblo. Tras este último viaje, Saszka dijo:

—¡Bueno, chavales, mañana bajamos a Rubieżewicze! Tenemos que divertirnos un poco y aún nos queda pendiente un negocio. Se acerca el invierno.

Hace tres días que estamos en Rubieżewicze. Nos alojamos en la casa de un compañero de Saszka que vive en las afueras del pueblo. Saszka sale a hacer negocios y no vuelve en todo el día. Alguna vez lo he visto por el pueblo en compañía de unos judíos. El Resina y yo casi no salimos de casa. Dormimos, bebemos vodka o jugamos a los naipes. Anoche, montamos una juerga. Stasiek Udreń, el compañero de Saszka que nos da alojamiento, había facturado a sus dos hermanos pequeños a la casa de una vecina para gozar de plena libertad. Preveía el jaleo que íbamos a armar. Me sorprendió que viniera de Raków el acordeonista Antoni. Lo trajo Jankiel el Roña. Durante todo el día, Stasiek y Saszka fueron trayendo un montón de paquetes de varios tamaños. La casa de Stasiek era espaciosa, pero estaba muy abandonada. El Resina y yo la ordenamos un poco. En la cocina, desenvol-

[1] En ruso, «Alguien ha disparado desde fuera». (*N. del A.*)

vimos los paquetes que habían llegado del pueblo. Contenían muchos productos. Guardamos el coñac, los licores y el vodka en una alacena. Mientras contemplaba aquella abundancia, me dieron ganas de ponerme a tono, pero el Resina dijo que esperáramos, porque teníamos que dejar sitio para lo que llegaría más tarde.

El acordeonista Antoni estaba sentado en la sala, tocando por lo bajo varias piezas musicales. A las siete de la tarde, Stasiek compareció acompañado de tres mozas. Nos las presentó:

—Jula.

—Kazia.

—Jadzia.

Pronunciaban sus nombres, mientras nos saludaban a uno tras otro. Al principio, se comportaron con gran corrección, pero pronto las bromitas de Stasiek, la música de Antoni y la perspectiva de una velada alegre las calentaron. Sentamos a las chicas junto a la mesa y les servimos té y pasteles. Probé a bautizar el té con coñac. No protestaron.

Jula es un rubia metidita en carnes. Tiene una sonrisa agradable y se ríe alegremente a menudo, lanzando la cabeza hacia atrás. Kazia es morena. Tiene unos ojos negros muy hermosos y un rostro alargado. Se comporta con formalidad y se ríe sólo con las comisuras de los labios. Jadzia luce una abundante cabellera pelirroja y tiene un cutis blanco como la nieve. Cuando sonríe con júbilo, muestra unos dientes magníficos. Tiene unas piernas maravillosas y, probablemente por eso, lleva una falda muy corta. Las tres son jóvenes: seguro que ninguna ha cumplido todavía los veinte años. Sentadas junto a la mesa, forman tres manchas vistosas. Jula lleva un vestido de color crema, Kazia, verde oscuro y Jadzia, amarillo.

Al cabo de una hora llega Saszka. Saluda jovialmente a las muchachas y a Antoni. La conversación se anima. Stasiek no para de gastar bromas. Cada dos por tres, las mozas se mondan de risa. Tratamos de emborracharlas, pero beben de mala gana. Se hacen de rogar antes de tomar cada copa. Después, el ambiente sube de tono. A las chavalas les brillan los ojos y les arden las mejillas. Nosotros también nos hemos achispado. Antoni toca el acordeón con ardor. Las muchachas están sentadas en fila junto a la mesa. Intentamos separarlas. Saszka se levanta de la silla y se acerca a Kazia, que está más serena que las otras. La toma en brazos bruscamente y, antes de que la chavala tenga tiempo de protestar, se la lleva y la sienta a su lado, frente a las demás. Jula aplaude y dice:

—¡Qué bonito!

—Pues, ¡que sea todavía más bonito!—dice el Resina. Se acerca a Jula y la levanta en volandas junto con la silla.

La chavala chilla y se aferra con ambas manos al respaldo. Todo el mundo se ríe. El Resina da una vuelta al cuarto con Jula y la silla a cuestas y la planta a su vera. Más tarde, la sienta sobre sus rodillas. La muchacha hace intentos de escabullirse, pero el contrabandista la retiene con firmeza, aunque suavemente. Yo tomo asiento al lado de Jadzia, porque ya hace un buen rato que me atraen su hermosas piernas, su cutis níveo y su pelo de un rojo llameante.

—¡Mirad qué bien se han emparejado!—dice Stasiek—. ¡Y yo sin padre ni madre ni perro que me ladre!

Saszka se dirige a él:

—Ve a por Esterka. Ya habrá regresado de Baranowicze... Dile que yo le ruego que venga. Y que coja la guitarra... ¡Anda, marchando!

—¡Dicho y hecho!—grita Stasiek y sale de la casa sin la gorra, como alma que lleva el diablo.

Seguimos obsequiando a las muchachas con licor de cerezas y otras bebidas. Ya están algo ajumadas. Gesticulan con animación. Continuamente les da por reírse. He seguido el ejemplo del Resina y me he puesto a Jadzia sobre las rodillas. No ha protestado: me rodea el cuello con un brazo. Nos columpiamos al compás de un vals.

Al cuarto de hora vuelve Stasiek.

—¡Ya la tenemos aquí!—grita desde el umbral—. ¡La maravillosa, la inigualable Esterka en persona!

Una judía esbelta de estatura mediana entra a buen paso en el cuarto. Se saca una guitarra de debajo del paltó, la deja encima de una silla y dice con una voz sonora:

—¡Que tengáis una buena fiesta!

—¡Por favor!—se precipita Saszka—. ¡Siéntate aquí!

Esterka lleva un vestido rojo muy corto. De cara no es muy agraciada, pero tiene buena figura. El pelo moreno y corto, una boca grande y sensual y unos ojos preciosos. Stasiek enseguida empieza a emborracharla con licor de cerezas. La chavala come y bebe sin hacer melindros, y tampoco se queda atrás en la guasa.

—Esterka tiene las manitas como caramelos—dice Stasiek.

—¡Las piernas también las tengo como caramelos!—contesta Esterka, y pone sobre la mesa una pierna con el pie estirado.

Todo el mundo saluda su gesto con una carcajada. Stasiek se da por vencido y también planta una pierna sobre la mesa.

—¡A ver! ¿Quién las tiene más bonitas? ¡Que lo decidan las señoritas!

Y las señoritas se ríen alegremente. Después, Esterka

corre al centro de la habitación. Tiene la guitarra en las manos. Rasguea un rato las cuerdas del instrumento, probando varios acordes, y finalmente se pone a cantar:

Fijaos bien, mirones:
del vestido los botones,
el nácar y el ribete.
El pie tan chiquitín,
en los labios el carmín,
dama de alto copete.

La cantante, de puntillas, zapatea sin moverse de su sitio, arquea el cuerpo adelante y atrás y hace unas piruetas ágiles. Todos la contemplamos en silencio. Se pasea con gracia por la sala, ilustrando la letra de la canción con el gesto de la cara y movimientos sugerentes del cuerpo. Finalmente, entona un último cuplé:

Ya puede el Calvo[1] espiar,
a nosotros nos da igual,
¡somos hijos de la noche!
Tras la fiesta y el jaleo
otra vez el matuteo
¿hay en eso algún mal?

Esterka golpetea la guitarra con los nudillos de los dedos, grita «eej» y gira tan rápidamente que el vuelo de su vestido se levanta a una altura comprometida. Las señoritas se echan a reír. Nosotros aplaudimos. Seguimos bebiendo. Nadie hace remilgos. Esterka le da unas palmaditas en la mejilla a Stasiek, que se afana por desnudarla. La

[1] En el argot de los contrabandistas, la luna. (*N. del A.*)

muchacha ofrece resistencia no por vergüenza, sino por considerar que todavía es demasiado temprano. Yo sobo las piernas de Jadzia. Me percato de que el Resina se ha ido con Jula a la habitación contigua. Vuelven al cuarto de hora. Jula tiene la cara encendida y el vestido arrugado. Esterka se ríe y grita, sentada en las rodillas de Stasiek:

—¡A la salud de la señorita Jula!

—¡A la tuya!—contesta la moza.

Entonces, Esterka se levanta de un salto de las rodillas de Stasiek y lo arrastra hacia la habitación. Vuelve al cabo de un rato, pero ya no lleva más que la ropa interior. Se pone en jarras y le dice a Antoni:

—¡Toca una marcha!

Antoni se saca de la manga una marcha pomposa y Esterka baila, haciendo con gracia el paso de la oca con sus piernas esbeltas enfundadas en unas largas medias de seda negra. A ratos, adopta poses muy impúdicas, que saludamos con ruidosas muestras de aprobación. Me inclino hacia Jadzia y le digo: «¡Ven!»

Vamos a un cuarto lateral donde, sobre el alféizar de la ventana, hay una palmatoria con una vela encendida y, en el centro, una gran cama de matrimonio. A nuestras espaldas, Esterka se desgañita:

—¡Haz buen papel!

Ya es de madrugada. Las mozas llevan una buena tajada. Les hemos quitado los vestidos. En un momento dado, Esterka exclama:

—¡Ea, hagamos un concurso! ¿Quién tiene las piernas más bonitas?

Se encarama de un salto sobre la mesa. Está segura de tener las piernas más hermosas de todas. Además, no se corta ni un pelo y, desde el principio, ha sido la estrella de la fiesta.

—¡Magnífico!—grita Stasiek—. ¡Adelante con el concurso!

Las muchachas ofrecen una ligera resistencia, pero todas acaban encima de la mesa. Les examinamos las piernas. Hay tres votos a favor de Jadzia. Y uno, el de Stasiek, a favor de Esterka. Jadzia, Jula y Kazia saltan de la mesa con nuestra ayuda. Esterka finge estar enfurruñada y grita:

—¡Puestos a concursar, que sea en serio! ¡Qué piernas ni qué niño muerto! Hasta las cerdas tienen piernas... ¡Vamos a por todas!...

Empieza a quitarse piezas de ropa interior, arrojándolas al suelo. Se queda en cueros en lo alto de la mesa. Es esbelta y garbosa, pero algo escuchimizada. Se acaricia los pechos, los costados y las caderas. Después se dirige a las chavalas:

—A ver, ¿quién tiene agallas?... ¡El concurso! ¡Hala!

Pero a ellas les da vergüenza desnudarse del todo en público. Entonces, salta de la mesa y le dice a Antoni:

—¡Un vals!

Antoni toca un vals, mientras Esterka gira en pelotas por la habitación. Le brillan los ojos. Muestra en una sonrisa sus dientes menudos y blancos. Se pone los brazos detrás de la cabeza. Esto nos trastorna y nos excita. Después, uno tras otro, bailamos con ella. Más tarde, Esterka vuelve a bailar y a cantar sola.

Poco antes del fin de la velada, Saszka se saca del bolsillo lateral de la americana una gruesa cartera y reparte dinero entre las muchachas. Cien dólares por barba. Esterka se guarda los billetes en la media y dice:

—Esto es por la diversión y la compañía. ¿Y por las canciones?...

Saszka le arroja veinte dólares.

—¿Y por los bailes?

Saszka le da otros veinte dólares.

—¿Y por el concurso?

—Lo ha ganado Jadzia—dice Saszka, y le entrega a Jadzia veinte dólares.

—¡Jadzia ha cobrado por las piernas, pero a mí me debéis una paga por el resto!—no se da por vencida Esterka.

—Está bien. Cógelos—Saszka le lanza veinte dólares más.

El acordeonista Antoni también recibió cien dólares. Acabamos la juerga cuando despuntaba el día y las muchachas ya estaban completamente borrachas.

Hoy han venido dos mercaderes para hablar con Saszka. Uno de ellos es Judka, un conocido potentado. Han tenido una larga conversación. Saszka ha apuntado sobre un trozo de papel los artículos, las cantidades y los precios. Después, han regateado y han hecho planes. Finalmente, han salido juntos. Saszka ha vuelto a las tantas de la noche y nos ha dicho:

—Bueno, chicos, ¡todo arreglado! Mañana volvemos al tajo. Hay que arremangarse, porque el invierno se nos viene encima...

El Resina se ha frotado sus manos de gigante. He experimentado una gran alegría. ¡Habrá curro!

XIII

Chispea, llovizna y chaparrea. La noche es negra como boca de lobo. El carro está hasta los topes de tintes y cuero para suelas de zapatos. Varias arrobas de mercancía. Hemos cubierto el carro con una lona que hemos atado con sogas. Si volcara, no se caería nada. Las ruedas las hemos forrado con cuerdas muy finas impregnadas de pez. Esto tiene muchas ventajas: al viajar, hacemos menos ruido, las ruedas no se hunden tanto en los terrenos fangosos y no resbalan en las cuestas y sobre la hierba húmeda. Todo está a punto. El caballo negro, grande y fuerte, tira del carro con vigor. Salimos a la carretera. El amo se despide de nosotros desde el portal:

—¡Que Dios os acompañe!

Nos zambullimos en la oscuridad. El Resina, con las riendas en las manos, guía al caballo. Saszka va a su lado. Yo me he colocado en la parte posterior. Avanzamos poco a poco. A oscuras, no veo nada. Al cabo de una hora, el Resina frena el caballo. Saszka y yo bajamos del carro; me manda esperar, y sigue adelante solo. Vuelve tras un cuarto de hora.

—¡Anda! ¡Vamos!... Pero despacito y buena letra.

Ahora Saszka y yo abrimos la comitiva y el carro rueda en silencio siguiendo nuestros pasos. Tenemos las pistolas y las linternas a punto. Intuyo que la frontera está cerca, pero no me percato de cuándo la cruzamos. Casi no hacemos ruido. Tal vez algún «caravinagre» ande suelto, pero no nos puede ni ver, ni oír. Camino pensando en lo que hoy me ha dicho Saszka: «Bien, chaval, a trabajar. Antes de las primeras nieves habrás ganado un buen puñado de dólares. Entonces iremos a Vilnius. Te establecerás allí, porque aquí, tarde o temprano, perderás el pellejo». La lluvia arrecia. En las tinieblas, hacemos largos rodeos, esquivando los obstáculos del terreno. Finalmente, encontramos un camino. Ahora vamos a toda prisa. El carro nos sigue en silencio. De vez en cuando, el caballo me roza la nuca con el morro y siento su aliento cálido en el cuello. Después, Saszka detiene al caballo. Nos montamos en el carro y arrancamos inmediatamente. Un bosque, invisible en la oscuridad, bordea el camino por ambos lados. A menudo, el carro traquetea sobre las raíces de los árboles. Las hojas húmedas y las agujas punzantes de los abetos me acarician la cara. Durante todo este tiempo tengo a mano la linterna y la *parabellum*. ¿Quién sabe si tropezaremos con alguien por el camino? En un lugar nos desviamos hacia el bosque. Allí, liberamos las ruedas de las cuerdas. Por nada del mundo podemos dejar este rastro entre la frontera y nuestra guarida. Ahora serpenteamos por diversos senderos. Doblamos a un lado. Intentamos borrar nuestras roderas. A las tres de la madrugada, hemos llegado. Metemos la mercancía en el establo. Cuando amanezca, el Tejón la llevará hasta el punto siguiente, cerca de Minsk. El Resina y el Tejón conducen los caballos al establo, mientras que Saszka y yo entramos en la casa. En la estufa, arde un fuego vivo. Nos quitamos la ropa mojada y la colgamos sobre las cuerdas que ciñen la estufa caliente. Cuando regresa el Resina, también pone la ropa empapada a secar. El Tejón fríe tocino para todos. Bebemos alcohol y comemos chicharrones calientes. Todo nos apetece, hasta el pan negro de ínfima calidad y el tocino rancio. Antes del alba, la lluvia amaina. El Tejón engancha el caballo. Carga la mercancía con la ayuda del Resina y se va hasta el punto siguiente. Ha tapado la carga con heno.

—¿No lo trincarán por el camino?—le pregunto a Saszka.

—¿A él?... ¡Ni el diablo en persona sería capaz de darle el alto! Pasará por veredas donde no hay bicho viviente. Y si diera con alguien, tiene una pipa muy de aúpa que le he prestado. ¡Dará guerra mientras le quede un soplo de vida! ¡Es todo un personaje!

Nos encaramamos sobre la estufa para dormir. Hace mucho calor. Hacemos turnos para velar el sueño de los compañeros. A las tres de la madrugada vuelve el Tejón. Trae unos sacos enormes llenos de cerda. Será la carga del viaje de vuelta. No nos molestará, porque es ligera. Al atardecer, subimos la cerda al carro y arrancamos. Vamos de prisa. El caballo se impacienta por galopar, pero el Resina lo frena. Al cabo de tres horas de viaje nos detenemos. Envolvemos otra vez las ruedas del carro con cuerdas y seguimos algo más despacio. Empieza a llover. Sopla un viento del este. Nos ayuda a mantener el rumbo. Cruzamos la frontera, tomando todas las medidas de seguridad y, a la una de la madrugada, estamos de vuelta en el caserío.

Pasamos al otro lado de la frontera tres carros de mercancías. Recibí de Saszka doscientos cuarenta dólares. Ahora llevo ahorrados seiscientos sesenta y cinco dólares. Saszka me dijo que todavía estaba en deuda conmigo, pero que me la pagaría más adelante, cuando hubiéramos acabado definitivamente el trabajo, porque de momento los beneficios eran difíciles de calcular. Nunca había ganado tanto dinero.

La última vez que regresábamos de la Unión Soviética hubo un incidente que por poco acaba en un derramamiento de sangre. Teníamos la intención de volver a casa más temprano que de costumbre. Estábamos dando un rodeo. Llevábamos tres grandes hatos llenos de cerda. En un lugar nos metimos en un prado. A lo lejos se veía un pueblo. El crepúsculo caía lentamente. Desde el este se arrastraban unos nubarrones que iban cubriendo el cielo de punta a punta. Se fraguaba un aguacero. El camino estaba poco trillado; el carro traqueteaba sobre los baches. Vi en la lejanía una faja de mimbreras que dividía el prado, una pasarela sobre un riachuelo y unos abedules que crecían en sus márgenes. Me pareció ver gente en el puentecillo. Cuando estábamos más cerca, vi a unos hombres apoyados en la barandilla del puente que miraban en nuestra dirección.

—¡Hay unos tipos allí!—le dije a Saszka.

—¡Que se vayan a freír espárragos!—espetó mi compañero.

Nos acercamos más al puente. Vi a siete hombres. Tres vestían al estilo campesino, tres llevaban ropa de ciudad y el séptimo gastaba chaquetón de piel negra y gorra. El Resina aflojó las riendas del caballo y silbó suavemente. El carro rodó hacia delante a más velocidad. Yo tenía las manos metidas en los bolsillos y empuñaba las culatas de los revólveres. Separé las piernas para mantener mejor el equilibrio. Le lancé una mirada a Saszka. Una leve sonrisa afloró a sus labios. Hundía una mano en el bolsillo.

—¡Más despacio!—le dijo Saszka al Resina.

El Resina frenó un poco el caballo. Entramos en el puente.

—¿Quiénes sois y de dónde venís?—gritó, en un tono enfadado y agresivo el hombre del chaquetón de piel, intentando agarrar las riendas.

—¡De Minsk!—dijo Saszka con voz fuerte y alegre.

—¿De Minsk? ¿Y adónde vais?

—¿Adónde vamos?... ¡Ahora mismo le haré una confesión detallada! ¡Soooo!

El Resina detuvo al caballo y Saszka bajó del carro para acercarse al hombre del chaquetón negro de piel. Lo miró a la cara durante un rato y después dijo:

—¡Tu facha, camarada, me parece muy sospechosa!... ¿Con qué derecho paras a la gente por los caminos?

—¿Cómo que con qué derecho?

—Tal como lo oyes: ¿con qué derecho? ¡Enséñame tus documentos!

—Soy *sotrudnik koidanovskogo Pogranotriadu*.[1]

Entonces, Saszka retrocedió un paso y le puso el cañón de la *parabellum* delante de las narices, diciendo con calma y frialdad:

—¡Manos arriba! ¡Venga!...

El hombre del chaquetón de piel se puso pálido y levantó los brazos. En aquel momento, yo también me saqué bruscamente del bolsillo los dos revólveres y, desde el carro, les grité a los hombres del puente:

—¡Manos arriba! ¡Rápido, que es para hoy!

Todos alzan las manos por encima de la cabeza. El Resina aguanta con una mano las riendas y con la otra la *parabellum*. Sonríe y mira con curiosidad a los hombres que mantienen los brazos en alto. Saszka registra al agente, y le saca del bolsillo un *nagan* cargado.

—Me irá bien—dice, y se lo guarda.

Después, le saca de un bolsillo lateral del chaquetón una gruesa cartera y también se la quita.

—¡Esto ya nos lo miraremos más tarde!...

Tras cachear al agente se dirige a los hombres del puente:

—¿Quién más va armado?

---

[1] En ruso, «agente de un destacamiento de la guardia fronteriza». (*N. del A.*)

—Nosotros no tenemos nada!—dicen algunas voces.

—¡Cuidado! ¡Si encuentro algo, os pegaré un tiro en la cabeza! ¡A ver! ¿Quién lleva armas?

—¡No llevamos nada, camarada!

Saszka se dirige al agente:

—¿Querías saber adónde íbamos? Pues, el caso es que vamos al extranjero. ¿Y quieres saber quiénes somos? Somos unos juerguistas. De los que no compran «billete» para cruzar la frontera y no le untan la mano a un hijo de perra como tú! Ahora ya lo sabes... ¡Y llevamos cerda! ¿Quieres tocarla?

—Camarada... Yo no...

—¡Para ti no soy ningún camarada! ¡Tus camaradas duermen en casitas de perro y cazan pulgas con los dientes!

—Yo no pensaba... Sólo quería...

—¡...hacer la pascua!—acaba la frase Saszka, y añade—: ¡Salta al agua!

El agente se hace el remolón. Saszka alza la *parabellum* y frunce el ceño.

El agente sube con prisas al pretil del puente y salta al río. Se oye un chapoteo sonoro. El Resina suelta una carcajada.

—¡Al agua patos! ¡Así se os ahogarán las pulgas!—gritó Saszka al resto de los hombres del puente.

Todos se encaraman atropelladamente a la barandilla de la pasarela y van saltando al agua uno tras otro. Se oyen los sucesivos chapoteos.

—Se están bañando—dice el Resina.

Saszka se monta de un brinco en el carro. El caballo arranca.

—Esto les sentará bien. Les refrescará un poco la cabeza—dice Saszka.

Cruzamos el puente y entramos en el prado. A nuestras espaldas, resonaron los gritos de los hombres que salían del río. Anocheció. Pensaba en lo que nos acababa de ocurrir. Admiraba a Saszka. Nadie se habría comportado como él... Era cierto que hubiéramos podido fustigar el caballo y la gente del puente hubiera tenido que abrirnos camino, pero después tal vez nos hubiesen disparado por la espalda. También hubiéramos podido acribillarlos a balazos sin más y matarlos a todos, pero habríamos derramado sangre humana innecesariamente y habríamos hecho mucho ruido. Saszka había sabido evitarlo. Miro su rostro tranquilo y pensativo. Le aparece en la frente una estrecha arruga vertical. «¿En qué estará pensando?»

XIV

Pronto estaremos a mediados de noviembre. Hemos pasado por la frontera siete carros llenos de mercancía. Saszka me ha dado doscientos cuarenta dólares más. Ya tengo novecientos cinco. Presentimos la inminencia del invierno y trabajamos a destajo. Saszka quiere acabar antes de finales de noviembre. En los próximos días, los comerciantes nos suministrarán una mercancía cara de Rubieżewicze con la que esperamos echar buen pelo. Se han animado al ver nuestros últimos éxitos. Hace unos días nevó por primera vez, pero la nieve pronto se fundió. De momento, los caminos son practicables. ¡Ojalá sigan así todavía mucho tiempo! Un par de días más tarde sucedió algo terrible que dio al traste con todos nuestros planes. ¡Más nos habría valido no haber empezado nunca aquella faena que acabarla de aquel modo! Pero no quiero anticiparme a los hechos. Lo relataré todo punto por punto.

Volvíamos del trabajo. Le habíamos endosado la mercancía al Tejón y, de regreso, llevábamos unas cuantas pacas de lana de oveja. Llegamos sanos y salvos a aquel prado que está cerca de la frontera. Ya había pasado la medianoche. Dimos un descanso al caballo y, a continuación, retomamos el camino. El carro se deslizaba en silencio por la hierba húmeda. Saszka bajó de un salto y se puso a caminar. Quise seguirlo, pero me detuvo con un ademán. Me quedé en el carro.

Veo a Saszka avanzar por el prado a unos cuarenta pasos. Intento no perderlo de vista... Se acerca a la raya oscura de matorrales tupidos que crecen cerca de la frontera. La deja atrás... De repente, retumba el estruendo de un disparo, y de unos cuantos más, uno tras otro. Sólo entonces oigo unos gritos:

—¡Alto! ¡Alto! ¡Alto!

Resuenan unos tiros de revólver. Es Saszka quien dispara. Lo veo batirse en retirada. Mientras tanto, en la espesura que puebla la frontera no dejan de relampaguear los fogonazos de los disparos de las carabinas. El Resina ha detenido al caballo. Disparo mi *parabellum* en dirección a los matorrales. Calculo que deben de estar a unos ciento veinte pasos. Vacío un cargador. Vuelvo a cargar la pistola y sigo disparando. Los tiros de carabina enmudecen. De improviso, oigo la voz del Resina, una voz extraña y temblorosa:

—¡Sujeta al caballo! ¡Muévete!

Agarro las riendas y veo que el Resina corre. Y también veo a Saszka que yace en el prado a unos treinta pasos de nosotros, pero sin disparar ni moverse. Antes, entretenido con la escaramuza, le he perdido de vista.

De repente, la luna se esconde detrás de las nubes. Se hace más oscuro. No veo ni al Resina, ni a Saszka, ni los matorrales. Vuelvo a oír las voces:

—¡Alto! ¡Alto! ¡Alto!

Tiemblo como una hoja. «¿Qué habrá sucedido allí?» El caballo se impacienta, pero lo agarro con fuerza. Al cabo de un rato, oigo unos pasos precipitados. El Resina corre hacia el carro con Saszka en brazos. Lo tiende sobre las pacas de lana. Sube de un brinco al carro y me dice con una voz extraña:

—¡Ocúpate de él!... ¡Procura que no note el traqueteo! ¡Me cago en diez!

Coge las guías y obliga al caballo a dar media vuelta. Oigo muy cerca la carrera de unos hombres que se acercan a nosotros. Me saco la *parabellum* del bolsillo y me incorporo sobre el carro. La luna sale de detrás de las nubes, iluminando el prado como un foco. Veo a cuatro soldados. Les descerrajo unos cuantos tiros. Retroceden, pies para qué os quiero. El Resina arrea al caballo. Por poco me caigo. Arrodillado, vuelvo a disparar. Como respuesta, truenan unos tiros de fusil. Las balas silban cerca de mí. Disparo con frenesí. La luna vuelve a esconderse detrás de las nubes. Ya no puedo ver a los soldados que nos persiguen. Están lejos. El carro rueda a toda velocidad. Me inclino sobre Saszka. Veo una cara pálida y unos ojos brillantes. Se muerde los labios...

—¿Qué sientes? ¿Cómo puedo ayudarte?—le digo, desesperado.

No me contesta. Seguimos huyendo. Suerte que las nubes hayan tapado la luna. En los confines de una arboleda, nos detenemos. El Resina levanta a Saszka en brazos y lo tiende sobre la hierba. Yo me arrodillo a su lado. No sé qué hacer. No dejo de preguntarle:

—¿Cómo puedo ayudarte?

No me contesta. El Resina tira del carro las pacas de lana y, con un cuchillo, corta en un santiamén el embalaje. Después, esparce por el carro las vedijas: prepara una yacija mullida para Saszka. Llena el carro hasta la mitad y cubre la lana con la tela que antes servía de envoltorio a las pacas ahora despanzurradas. Después, tumba al herido sobre esta yacija. Las piernas, los brazos y la cabeza de Saszka cuelgan inertes. Después, el Resina sube al carro y me dice con una voz sorda:

—¡No le quites el ojo de encima!

El carro arranca. Poco a poco, nos desviamos hacia un lado y avanzamos en paralelo a la frontera, que queda a tres kilómetros de distancia. Galopamos a través de prados y campos de cultivo sin hacer nada de ruido. Me arrodillo al lado de Saszka. Veo que ha levantado los párpados. Dice algo. Me inclino sobre él.

—Sácame el saquito del cuello..., debajo de la camisa.

Febrilmente, le desabrocho la chaqueta, la blusa y la camisa. Le descuelgo del pecho un saquito de gamuza.

—Dáselo a Fela... Busca mi cartera...—susurra Saszka.

Le saco la cartera del bolsillo lateral de la chaqueta.

—Quinientos dólares para ti..., quinientos para el Resina..., y el resto para Fela...

—De acuerdo—le digo.

—Con los comerciantes y el Tejón se entenderá el Resina... Díselo. Él sabrá hacerlo...

—Esto no será nada—le digo—. Lo harás tú mismo.

—No..., estoy acabado... Haz lo que te digo...

Calla.

—¿Puedo ayudarte en algo?—le pregunto.

—No..., dejad este oficio... Y tú no te quedes aquí...

Calla de nuevo. Le pongo más lana debajo de la cabeza. Vuelve a hablar con un hilo de voz:

—Władek.

—Estoy aquí.

—Acércame el aparato.

Agita los dedos de la mano derecha. Meto entre ellos la culata de la *parabellum*. Se aferra a ella. No sé qué pretende. La luna sale de detrás de las nubes. Veo claramente los ojos hundidos de Saszka y su cara blanca desencajada por el sufrimiento. La profunda arruga vertical le cruza la frente. Sus ojos se anegan en lágrimas.

De repente, le aflora a la cara una sonrisa extraña. Me dirijo al Resina:

—¡Detén el caballo! ¡Se está muriendo!

—¡Qué dices! ¡Diantres!—contesta el Resina con una voz plañidera.

Nos inclinamos sobre Saszka. Susurra:

—¡A la izquierda!... Todavía más... Más... ¡Adelante, muchachos! ¡Sin cuartel!—dice Saszka en voz alta, y se desploma sobre su yacija.

Aquéllas fueron sus últimas palabras. Así murió Saszka Weblin, el rey de la frontera. Murió en la zona soviética a mediados de noviembre, en plena temporada de oro, una noche de luna creciente. Expiró a las dos de la madrugada. El «sol gitano» iluminó los últimos instantes de su vida. Nos envolvió un silencio solemne... Abandonaba a una hermana, Fela, y a sus dos amigos del alma: al Resina y a mí. Dejaba un buen recuerdo entre todos los muchachos de la zona fronteriza.

Nos arrodillamos en medio de un silencio lóbrego junto al cuerpo de nuestro querido compañero. Sobre mis manos caen las lágrimas del Resina. Esto es todavía más difícil de digerir: ¡un pedazo de hombre como él, llorando!... Me inclino sobre el cuerpo de Saszka. De golpe, el Resina se endereza bruscamente y dice con una mirada ausente y la cara desencajada por una sonrisa torcida:

—¿Qué hacemos aquí como unos pasmarotes?

Agarra las riendas y les da un tirón con tanto ímpetu que el caballo se sienta sobre las patas traseras. Después se desgañita:

—¡Al galope! ¡Adelante!

Arrancamos. El carro retumba por el prado con un eco sordo. Salta por encima de los surcos. El caballo se acalora y tiene ganas de correr más, más y más...

—¡Al galope! ¡Adelante!—grita el Resina tan alto que deben de oírlo por toda la frontera.

«¡Caramba, se ha vuelto loco!» Y el caballo se lanza a la carrera, cada vez más veloz. Es un caballo de contrabandistas. Nos conoce muy bien. Sabe que nos comportamos de una manera extraña y que nos ha ocurrido algo muy gordo. Tal vez le sorprenda que no se oigan disparos de fusil.

—¡Arre!

El Resina silba con los dedos, produciendo un sonido escalofriante. Estoy sentado sobre un montón de vedijas de lana. No sé dónde están mis armas. No entiendo nada... Por encima de nuestras cabezas, gira la luna. Los ojos se me empañan de lágrimas.

—¡E-je-je-je!... ¡Arre!...—el Resina lanza su espeluznante grito por toda la frontera.

«¿Por qué lo hace?», pienso, mordiéndome los labios. ¿Qué más ocurrirá esta noche? ¡Ya no puede suceder nada más!... ¡Lo peor ya ha sucedido!... A un lado, retumbaron unos tiros de fusil. Eran las salvas que los «caravinagres» disparaban en honor de Saszka. El carro rebotaba como una pelota. El caballo galopaba como alma que lleva el diablo. La luna bailoteaba por el cielo y, en el aire, resonaba sin cesar el grito:

—¡E-je-je-je!... ¡Arre!...

Por la mañana, cayó una nevada y la nieve cuajó. Enseguida sepultó los caminos. Para nosotros todo había acabado. Ya no necesitábamos caminos transitables, porque Saszka Weblin ya no estaba...

XV

Fui a Raków apenas anocheció. Me escurrí por calles laterales y callejones hacia la casa del relojero Mużański. Estaba allí Pietrek el Filósofo. El muchacho estaba sentado a la cabecera de la cama donde yacía Julek el Loco. Le leía un libro.

—¿Dónde está el Rata?—le pregunté.

—No lo sé... Hace tiempo que no lo veo. Últimamente salía con los salvajes.

—Y el Lord, ¿dónde está?

—Se ha marchado con un grupo. Todavía no ha vuelto.

—¿Qué te pasa?—le pregunté a Julek, porque noté que tenía muy mala cara.

—Estoy constipado... Pero no es grave.

El muchacho empezó a toser. El ataque de tos le duró mucho y fue violento. Vi inquietud en los ojos de Pietrek.

—¿Sabes qué?—le dije a Pietrek—. Podrías guardarme la pasta. Porque..., ya ves..., ando por la frontera. Y si me pelan, la pasta se hará humo. ¿Ahora hacéis rutas?

—No... Puedo guardarte el dinero.

Me saco del bolsillo un fajo de billetes. Cuento mil doscientos dólares y se los entrego a Pietrek.

—¡Vaya, toda una fortuna!

Me despido de los muchachos y voy hacia la puerta. En el umbral me detengo.

—¿Sabéis que... Saszka ya no está con nosotros?

—¿Qué quiere decir que no está con nosotros? ¿Se ha ido del pueblo?

—No... No está en ninguna parte.

Hago la señal de la cruz en el aire. Veo dos pares de ojos atónitos. Salgo al patio y miro hacia arriba. La luna ha bajado mucho y se ríe insolente. Voy hacia la casa de Fela. No hay luz en las ventanas. Golpeteo contra el cristal. Como aquella noche... Oigo unos pasos precipitados.

—¿Quién va?

—Władek.

—¿Qué Władek?

—¿Qué Władek quiere que sea... Yo.

Al poco, me hallo dentro de la casa. Una lámpara arde sobre la mesa. Fela me contempla con una mirada estupefacta. Callo durante un largo rato y después digo:

—¡Buenas noches!

Volvemos a callar. Me meto la mano en el bolsillo lateral de la chaqueta y saco el saquito de gamuza. Se lo entrego a Fela, diciendo:

—Esto es de Saszka.

Lo coge. Saco la cartera de Saszka y también se la doy.

—Y esto también es suyo... He cogido quinientos dólares para mí y otros quinientos para el Resina. Éstas fueron sus órdenes. Y me pidió que le entregara esto.

—¿Qué hay aquí?—señala el saquito con un gesto de cabeza.

—No lo sé. No he mirado adentro.

De repente, una profunda arruga vertical, igual que la de su hermano, le surca la frente. Los ojos se le oscurecen. Frunce las cejas.

—Y él, ¿dónde está?

—¡No está!

—¿No está?

—No... Lo han matado los bolcheviques cerca de la frontera.

Le explico en cuatro palabras, aunque con detalle, en qué circunstancias murió Saszka. Me escucha con atención. No me interrumpe con preguntas. Veo su cara pálida..., cada vez más pálida. Calla durante un buen rato. La miro y, en mi alma, noto un vacío absoluto. Alza la cabeza. Le pregunto:

—¿Puedo ayudarle en algo?

—¿Todavía está en busca y captura?

—Sí.

—Pues, no necesito nada. Me las apañaré sola. ¿Tiene donde esconderse?

—Sí.

—Bien. Ahora mismo voy a verlo. ¿El Resina está con él?

—Sí.

Se va a la habitación de al lado y empieza a vestirse. Al cabo de un rato vuelve.

—Ya puede marcharse. No le robaré más tiempo.

—¡Hasta la vista!

Salgo de la casa. Deambulo por las calles. Me he alzado el cuello de la chaqueta. Nadie me reconocerá. Miro hacia arriba. La luna sigue riéndose. No me cruzo con demasiados transeúntes. Hace frío. Se desencadena un viento gélido del este. Me hace llorar. Voy a casa de Ginta. Tengo que hacer algo. Pero ¿qué? Tal vez me limite a emborracharme. En el salón no hay gente conocida. Del techo cuelga una lámpara de petróleo encendida. Arroja una claridad exigua que no consigue iluminar una pieza tan grande. La mesa del centro está desocupada. En un rincón, alrededor de una mesilla veo a cuatro bisoños.

Llamo a Ginta.

—Hace mucho tiempo que no lo veía por aquí, señor Władek—dice la judía.

—¿Y qué?

—Nada. ¿Qué desea?

—Una botella de aguardiente, pepinos y longaniza.

Bebo sin compañía. Los bisoños no me hacen ningún caso. No sé por qué tengo tanta prisa si no sé adónde ir... Ya he hecho todo lo que tenía que hacer. Me bebo media botella de vodka más. He entrado en calor, pero estoy cada vez más triste. Lo pago todo y salgo a la calle. Vuelvo a vagar por el pueblo. Nieva. Unos copos minúsculos y blancos giran alegres en el aire. Se encaraman por los largos rayos de luna y bajan resbalando. Tengo sueño. Hace tanto tiempo que no duermo.

Cerrada la noche, golpeteo la ventana de la casa de las Kaliszanki. Zuzanna me abre la puerta. Da palmadas y expresa su gran alegría con una estridencia fuera de lugar:

—Ay... ¡El señor Władek! ¡Por fin! ¡Bienvenido! ¡Bienvenido!

—¡Bienhallada! ¡Bienhallada!—le sigo la corriente, lúgubre.

—¡Pase! ¡Pase! ¡Entre!

Sonríe. Sus ojos bizcos me soban con una mirada inquisidora.

—¿Le apetecería comer o beber algo?

—Tráeme vodka.

—Ahora mismo se lo traigo. Todo lo que se le antoje. Siéntese, por favor.

Vuelvo a beber vodka. Zuzanna sonríe con lascivia. No deja de dar vueltas por el cuarto. Los pechos le tiemblan como dos vejigas de goma llenas de agua.

—Tośka a menudo habla de usted... Veo que hoy está para pocas fiestas... ¡Yo no paro de charlar y usted no dice esta boca es mía!

—Se me ha helado la lengua. ¡Me la tengo que calentar!

Zuzanna suelta una carcajada ronca y con sus manos rollizas se da palmadas en los muslos. Sigo bebiendo. Después me fumo un cigarrillo tras otro. La mujer me mira de reojo.

—¿Y qué me dice de echar un polvito? ¡En la camita con la pequeña Tośka! ¡Salir del frío y entrar entre unas piernecillas calentitas!... ¡Ja-ja-ja-ja!

La sacude un ataque de risa muda. Veo que tiene dos narices y muchos pares de ojos, y que no deja de vibrar, de temblar, como si fuera de goma, de pasta. Paso a la habitación de al lado. Detrás, oigo el chancleteo de Zuzanna, que me sigue con una lámpara en la mano.

—¡Tośka, dale al señor Władek una hermosa bienvenida!

—¡Madre, siempre tienes que hacer el payaso!— contesta la moza medio adormilada.

Me desnudo. ¡Hace tanto tiempo que no duermo! Zuzanna me quita los zapatos. Después, me hundo tan largo como soy en la cama cálida y blanda. Zuzanna dice algo entre risotadas y abandona la habitación. Tośka se pega a mí con todo su cuerpo ardiente y suave. «¡Ha ocurrido algo muy, pero que muy importante! ¡Mucho! Pero ¿qué?» Me precipito por un abismo caluroso y sofocante.

—¡Anda! ¡Levanta!—oigo en sueños una voz amenazadora.

Alguien me agarra por el brazo y me sacude. Abro los ojos. Me deslumbra un rayo de luz de una linterna. Al cabo de un rato, distingo en la habitación a unos cuantos policías. Llevan los revólveres desenfundados. Enseguida recupero la conciencia. «Tengo las armas en el bolsillo lateral de la chaqueta. Pero ¿dónde está la chaqueta? Al fin y al cabo, da igual. ¡No debo defenderme por nada del mundo!»

—¡Nombre y apellido!—me pregunta la misma voz en un tono oficial.

—Antoni Piotrowski.

Zuzanna suelta una carcajada.

—¡Miradlo! ¡Qué bromista es el señor Władek! Señor comandante, todavía no ha dormido la borrachera. Ayer, estuvo de parranda... ¡Ja! ¡Ja! ¡Ja!

Me resulta repulsiva. Me doy cuenta de que ha sido ella quien ha ido con el soplo.

—¡Vístete!

Salgo de la cama y empiezo a vestirme. El rayo de la linterna me ilumina todo el tiempo, pero no siento ninguna vergüenza. Me he vuelto indiferente a todo.

—Ayer, el caballero se fue de parranda—oigo una voz de bajo enronquecida que llega a mis oídos como de lejos.

Alguien se ríe. Zuzanna suelta una risilla para sus adentros. Después noto en las muñecas las argollas frías de las esposas. «¡Ha ocurrido algo muy, pero que muy importante! Pero ¿qué?» Salimos al zaguán. Los cañones de los revólveres no me quitan el ojo de encima. Me acarician los rayos de las linternas.

—En mi casa, la ley se respeta, señor comandante... —oigo el cuchicheo de Zuzanna.

Caminamos por las calles. La luna se echa a reír. Los copos de nieve giran alegres en el aire. Nos cruzamos con dos hombres que llevan porras en la mano. La guardia nocturna.

Me llevaron a la comisaría. Al día siguiente, el interrogatorio, el expediente. Llamaron a Alfred, a Alfons y a Albin Alińczuk para un careo.

—¿Lo conoces?—le preguntan a Alfred.

—¡Cómo no!—dice el contrabandista con una sonrisa venenosa.

—¿Fue él quien te hirió?

—Sí. Nos cerró el paso y empezó a disparar. ¡Quería atracarnos!

Los hermanos de Alfred confirman sus palabras solícitamente. No les interrumpo. ¡Que digan lo que quieran! Todo esto no es nada en comparación con lo otro... Después, llegó mi turno. Les cuento el incidente punto por punto. Me vienen a la memoria los detalles. Pero veo sus miradas de inteligencia y sus sonrisas. No me creen. Entonces, dejo de contestar a las preguntas.

En el cuarto día a contar desde mi arresto, a las cinco de la tarde, salimos de Raków con destino a Iwieniec, donde está la oficina del juez de instrucción. Vamos en trineo. Me colocan en el centro del asiento trasero. Me escoltan dos policías, uno a cada lado. Desde la plaza mayor, nos dirigimos hacia Słobódka. Pasamos frente a la casa de Trofida. Miro las ventanas. Me parece ver una cara detrás de los cristales. ¿Será Janinka? Entramos en el puente. ¡Cuántas veces me había deslizado por allí con los muchachos! ¡Y miradme ahora! Anochece. Hace un frío que pela. Las esposas me congelan las muñecas. En el aire bailan los copos de nieve formando una cortina reluciente y movediza que otorga al paisaje un encanto especial. A ambos lados del camino hay árboles cuyas ramas se doblan bajo el peso de una gruesa capa de nieve. A lo largo del camino, corren hacia la lejanía los postes de telégrafo. Oigo su zumbido vibrante y monótono. Los policías sacan cigarrillos, los encienden y me ofrecen uno. Rechazo su oferta.

—¿Usted no fuma?—me pregunta uno de mis guardianes.

—Fumo..., pero sólo de los míos.

—¡Bien hecho!—dice el policía.

El cochero arrea al caballo, pero el pobre jamelgo arrastra las patas lentamente y sólo acelera el paso al oír el silbido de la tralla. Desde el este, sopla un viento frío y penetrante. Me congela la mejilla izquierda y una oreja. Saco las manos de las mangas y, con grandes dificultades, me alzo el cuello de la chaqueta. Nieva cada vez menos y, finalmente, amaina del todo. En el cielo, aparecen las estrellas. La luna se encarama laboriosamente hasta las alturas; está seria, pensativa, y no nos hace ningún caso. Me viene a la cabeza un alud de pensamientos... Huyen a la desbandada, no se enlazan unos con otros, corren en tropel, indisciplinados. Me invade una desgana general.

Los policías le dan a la sin hueso. Hablan de pluses para familias numerosas y de dietas. A menudo, interrumpen la conversación. En un momento dado, uno le dice al otro:

—¿Conoces a Saszka Weblin?

—Lo conocí. Es el hermano de aquella morenaza. ¿Cómo la llaman?

—Fela.

—Eso es. Bueno, ¿y qué pasa con él?

—Acaban de darle matarile en la frontera.

—¿Quién lo ha pelado?

—No se sabe. El Resina declaró que lo llevaba de Rubieżewicze a Raków y, a la altura de Wołyma, alguien les disparó desde el bosque y alcanzó a Weblin.

Presto el oído, aunque finjo que la conversación no me interesa en absoluto.

—¿Tal vez fuera un ajuste de cuentas?

—¡Yo qué sé!... Saszka Weblin era muy querido por todos, pero también podía tener enemigos... Tengo la sensación de que el Resina nos tomó el pelo con lo de la emboscada... Ayer se pegó un tiro en la cabeza.

—¿Quién? ¿El Resina?

—Sí.

—¿Cómo se le ocurrió?...

—Estaba borracho, algo lo trastornó... Ayer fue el entierro de Weblin y después hicieron el convite en la casa de la hermana. Aprovechó la ocasión para coger una buena curda. Por la noche, se marchó y, en la plaza mayor, se metió la *parabellum* en la boca y apretó el gatillo.

Me quedé helado de horror.

—¿Quizás tuviera algo que ver con aquel tiroteo y temía las represalias? ¿Qué te parece?

—Todo es posible... Es un asunto turbio. Ni el diablo en persona se aclararía. Este tipejo—el policía volvió la cabeza en mi dirección—también está arrestado por un tiroteo.

Por esta conversación me enteré de que el segundo policía acababa de volver de vacaciones y no estaba al tanto de las últimas novedades del pueblo.

Ahora me da una palmadita en el hombro y me pregunta:

—¡Oiga!... ¿Por qué le disparó?

—¿A quién?

—A aquél... ¿cómo se llama?

— Alińczuk—le ayuda el otro policía.

—Por hijo de puta.

Los policías intercambian miradas de complicidad: «¡es un pájaro de cuenta, ése!» Después vuelven a fumarse un cigarrillo.

«¡O sea que el Resina está muerto! ¡Se ha pegado un tiro!» La cabeza no para de darme vueltas. De repente, me dan unas ganas irresistibles de saberlo todo. No me trago lo del suicidio del Resina. Sencillamente, esto no me cabe en la mollera. No me cuadra... ¿A lo mejor hay algún otro Resina? En cuestión de segundos tomo una decisión irrevocable: ¡tengo que escaparme para comprobarlo! ¡Tengo que hacerlo por fuerza! De momento, me limito a observar a hurtadillas a los policías con gran atención. Están seguros de que no me voy a escapar. Se repantigan en los asientos fumando sus cigarrillos. Sujetan los fusiles entre las rodillas. No tendré tiempo para saltar del trineo por el lado. Me cogerán. ¿Y si tomo impulso con los pies contra el fondo del trineo y me lanzo hacia atrás? De este modo, puedo salir disparado fácilmente antes de que muevan un brazo. Pero ¡ojalá no caiga de cabeza!... A escondidas, examino el terreno. El trineo traquetea tanto sobre los baches que es fácil saltar fuera. Las piernas de los policías están cubiertas de heno y arrebujadas con sus capotes. Antes de que les dé tiempo de incorporarse y bajar del trineo, ya me habré levantado del suelo y me habré dado el bote. Llevo ropa ligera y puedo correr muy de prisa, así que, si no me tocan las primeras balas, me las piraré fácilmente.

—¿Falta mucho para Iwieniec?—le pregunta uno de los policías a su colega.

—Tres kilómetros.

Esto precipita la ejecución de mi plan. Busco con la mirada el terreno apropiado y espero el momento favorable. He doblado las piernas y he clavado los pies en el fondo del trineo. ¡Si no fuera por las esposas! El trineo sube poco a poco hasta la cima de un cerro. Una vez arriba, veo a la luz de la luna una ladera larga y empinada con un camino que se precipita cuesta abajo. Distingo una faja de matorrales que orillan el camino y, más allá, el campo abierto. Arrojo las últimas miradas a la escolta y al terreno. El trineo desciende a gran velocidad. La fuerza de la inercia me clava el respaldo del asiento entre los omóplatos. Entonces, con todo mi cuerpo, hago un movimiento brusco hacia atrás al tiempo que tomo impulso con los pies contra el fondo del trineo. Salto por los aires y caigo en el camino. Me levanto en un abrir y cerrar de ojos y me encaramo, pies para qué os quiero, por la vereda que el trineo acaba de recorrer en el sentido contrario.

—¡Frena los caballos! ¡Frena los caballos!

El trineo sigue deslizándose cuesta abajo.

—¡Soooo!—grita el cochero.

Sigo subiendo a toda prisa. Vuelvo la cabeza. Veo a un policía correr por el camino. Se detiene. Apunta. Salto hacia un lado, entre los matorrales. Resuena el disparo. Caigo en un campo y retomo la escalada. Se oye un segundo tiro, y después otros... Disparan sin ver el blanco, sin verme a mí, porque yo tampoco los veo. Alcanzo la cima del cerro. A continuación, corro como una flecha cuesta abajo. No me he cansado nada y sólo he entrado en calor a causa del movimiento. Me vuelvo una y otra vez. Sobre la blancura nívea del camino y de los campos no hay nadie. Ya me he alejado un kilómetro de la cima del cerro cuando, a la luz de la luna, veo el trineo que justo acaba de alcanzarla. Vislumbro un bosque cercano. Me adentro en él. Lo cruzo de parte a parte... Avanzo de prisa a campo traviesa. Vuelvo a entrar en un bosque... ¡Ahora, que me persigan si quieren! Otro bosque y otro campo. Miro alrededor. Un desierto. Miro las estrellas: busco el rumbo. La Osa Mayor me indica el oeste.

«No, querida, no... Mi camino conduce hacia el este... ¡En el oeste no hay sitio para mí!»

TERCERA PARTE

LOS FANTASMAS DE LA FRONTERA

No vayas a esta hora
tan cerca de la tumba,
no toques la fría losa.
¡Hay muerte en la penumbra!

*(Fragmento de una canción
de contrabandistas)*

I

Invierno. Frío. El sol se pone. Extiende por el cielo kílims floreados y multicolores. Los cambia a cada instante. No escatima tintes. Es rico, desprendido e ingenioso.

Estoy en un estrecho camino trillado por los trineos. El frío me cala el cuerpo. Corro a casa a través del patio cubierto de nieve y me refugio en el cuarto espacioso y cálido. Pronto estaremos a mediados de diciembre. Hace cuatro semanas que vivo en el caserío de los Dowrylczuk, a tres kilómetros de la frontera, entre Duszków y Wołma. Raków está a once kilómetros. Me ha instalado aquí el Lord. Los Dowrylczuk son parientes suyos. El caserío está completamente aislado. El pueblo más próximo se halla a dos kilómetros de distancia. No hay otra aldea en las cercanías. Una guarida segura. Puedo esconderme en ella durante muchos años sin que nadie me encuentre. Cerca del caserío, se extiende un gran bosque. Con un ala roza los edificios, mientras que tiende la otra hasta la frontera y, mucho más allá, en dirección este.

Los Dowrylczuk son una familia noble tan venida a menos que llevan vida de campesino. Tienen veinticinco áreas de tierras de labor y un trozo de bosque. No les falta de nada. No ahorran, sino que se lo gastan todo en vituallas y en ropa. No tienen tratos con los campesinos de la comarca. Forman una familia sorprendentemente bien avenida. No discuten por tonterías. Son pacíficos y alegres. Se quitan el trabajo de delante en un santiamén. El cabeza de familia, Maciej Dowrylczuk, tiene sesenta años, pero aparenta cincuenta. Está sano y fuerte y, a la hora de trabajar, no les va en zaga a sus hijos. De joven, viajó por medio mundo, y es bastante inteligente, aunque apenas sabe escribir su apellido. Tiene unos hombros y unos brazos impresionantes. Al caminar, se encorva ligeramente. Sus ojos siempre brillan de alegría y en sus labios se ha congelado una ligera sonrisa. Le gusta contar historias y habla de un modo pintoresco, aunque caótico. Intuyo que una avalancha de palabras y pensamientos le impide expresarse con claridad. La mujer de Maciej, Hanna, tiene cincuenta y cinco años. Anda con la cabeza erguida. Es muy trabajadora. Habla poco y de mala gana.

Los Dowrylczuk tienen tres hijos y cuatro hijas. Sus hijos son como robles y sus hijas como tilos jóvenes y carnosos. Todos gozan de buena salud, son alegres, fuertes y laboriosos. Siempre tranquilos y equilibrados, no saben qué quiere decir estar nervioso. Trabajan mucho y con ganas. La palabra de sus padres es sagrada.

Son una gente religiosa que observa las costumbres consagradas por la tradición. Muy a menudo, a la hora de las comidas, me dedico a contemplar el gran «ímpetu» con el que los miembros de esta familia asaltan la mesa. Los hijos y las hijas se parecen mucho entre sí. Las diferencias de estatura, edad y sexo son casi imperceptibles. Tienen cara de salud, una mata de pelo oscura y espesa que las muchachas recogen en trenzas gruesas y unos ojos castaños con el blanco veteado de azul. La única diferencia es que los rostros de las mozas carecen de la expresión de tenacidad que observo en los de los chavales. Cuando estoy junto a la mesa a la hora de las comidas mirando así a los Dowrylczuk, me recuerdan un juguete popular, el tentetieso, que en su versión rusa es una familia de figurillas de madera que miden entre cuatro y diez centímetros. Las figuras están pintadas con los mismos colores y no se distinguen una de otra sino por las medidas. Normalmente, hay siete. No tienen piernas, pero sí un tronco, una cabeza y un rostro redondo. Estas figuras se enderezan enseguida al tumbarlas, porque llevan plomo en la base. De ahí el nombre de tentetieso. El hijo mayor, Bazyli, tiene treinta años; el mediano, Ignacy, dos menos, y Szymon ha cumplido los veinticinco. Bazyli parece un oso. Aparentemente manazas y torpe, esconde una gran maña combinada con una enorme fuerza física. Ignacy es más ágil, pero también posee una constitución atlética. Szymon es más delgado y más «delicado» que sus hermanos. Tal vez por eso sea el preferido de la madre.

Hay cuatro hermanas: Kasia, Olena, Magda y Nastka. Tienen entre dieciocho y veinticuatro años. Se parecen como cuatro huevos y visten igual. A ratos, cuesta distinguirlas. Todas tienen buenos molledos, buena planta, caras redondas, ojos castaños y pelo moreno. Mientras el Lord me conducía a casa de los Dowrylczuk, me dijo que ellos también pasan contrabando. Tienen unos parientes en la zona fronteriza, por el lado soviético, y, de vez en cuando, les llevan alijos. Pero, durante toda mi estancia en su casa, los Dowrylczuk no han ido ni una sola vez al extranjero. He procurado tirar de la lengua a Szymon, con quien el contacto es más fácil. Me ha dicho que ahora no es el momento. Me aburro un poco sin dar golpe y espero con impaciencia que me salga un trabajillo... Cuando llegué al caserío con el Lord, mi compañero saludó a todo quisqui y, después de almorzar, le dijo a Maciej que tenía que hablar con él en privado.

—Bueno, chicos, ¡salid a echar una ojeada a la hacienda!—ordenó Maciej.

Los hijos y las hijas salieron de la habitación sin rechistar.

—Abuelo—dijo el Lord—, le ruego que acoja bajo su techo a este muchacho y que le deje pasar aquí el invierno. Es compañero mío. No puede vivir en el pueblo, porque la policía le pisa los talones por contrabando... En ninguna parte estará tan seguro como en su casa.

—Que se quede. Sólo que aquí no tenemos comodidades. Vivimos una vida de campesinos.

—Esto no le pilla de nuevas. Comerá lo mismo que vosotros. Y cuando sus chicos salgan con el matute, les será útil. Conoce bien el oficio..., es un contrabandista fogueado.

—Que se quede. No le faltará ni sitio ni pan, y la policía no viene nunca a huronear por aquí. Además, no tengo vecinos..., así que no me pueden delatar...

Entonces, metí baza:

—Puedo pagarme la manutención. Tengo suficiente dinero.

Enseguida me di cuenta de que había cometido una falta de tacto. Maciej me miró de hito en hito con una leve sonrisa en los labios y me dijo:

—El dinero no me interesa. He tenido y todavía puedo tener de sobra, pero no ambiciono forrarme. Así que, guárdalo para ti. ¡Un día lo vas a necesitar, porque eres joven!

—Le pido perdón. No era mi intención ofenderle.

—No ha sido nada. A mí no me puedes ofender, porque no me pico fácilmente. ¡No hay cosa que no haga de forma gratuita por un buen hombre, pero de los malos no quiero saber nada, aunque sean de oro macizo!

Al atardecer, el Lord se despidió y, acompañado de Bazyli, se puso en camino hacia el pueblo. Me prometió venir a verme de vez en cuando o mandarme al Rata. Salí para acompañarlo un trecho. Sin darnos cuenta, llegamos hasta Duszków. Me despedí del Lord pidiéndole que me visitara a menudo, y regresé corriendo al caserío.

Al día siguiente volvió Bazyli. Me traía un gran paquete y una carta del Lord. Dejé el paquete para otro momento y me puse a leer la carta:

¡Hola, cabeza de chorlito!

Sé que te aburres como una ostra en casa de los Dowrylczuk, pero te hará bien sufrir un poco. Antes de que llegue la primavera, ya se nos ocurrirá algo. No vengas al pueblo, porque volverán a denunciarte. No te apartes de los Dowrylczuk; tienen una guarida a prueba de bomba. Si necesitas algo, mándame a Bazyli.

Alfred trata de tirar de la lengua a los bisoños, pero nadie sabe dónde estás. Ayer, en casa de Ginta, el Ángel le sentó las costuras por haberle robado a Zośka Kalbowszczanka. Le tiene mucha ojeriza. Dice que le va a arrancar el pellejo. Alfred ha plantado a Belcia. La pobre es ahora el blanco de las burlas de todo quisqui. La llaman zorrilla de regimiento.

Tú estás triste, pero nosotros tampoco nos lo pasamos muy bien. Ahora no faenamos. Los muchachos arman jaleos y siempre andan a la greña. He hablado con el Rata. Me ha dicho que irá a verte pasado el domingo.

Te he comprado un montón de cosas. Los pañuelos dáselos a las mujeres, y con el resto haz lo que te parezca.

Pietrek el Filósofo me ha preguntado por ti. Le he dicho que estás bien y que vives en un lugar seguro. Lo de Julek el Loco no tiene cura. Tisis. Seguramente no llegará a la primavera. Va a liar el petate antes. Lástima de chico.

No hay más noticias. Si pasa algo, te escribiré. ¡Cuídate!

Bolek

En el paquete había cinco grandes pañuelos de mujer—todos de pura lana—, nueve botellas de espíritu de vino, unos cuantos quilos de caramelos, una pipa inglesa y un buen puñado de picadura y de cigarrillos. Regalé un pañuelo al ama de casa y repartí los otros entre las chicas. Al principio, no querían aceptar mi regalo. Pero, finalmente, la más joven, Nastka, dijo:

—Si padre no tiene nada en contra...

Entonces, Maciej contestó:

—¿No pretenderás que yo me ponga un pañuelo de señora, verdad?

Todo el mundo se echó a reír, y las muchachas aceptaron mis obsequios. A Maciej le di la pipa. La miró y dijo:

—Una pipa vieja es como una mujer vieja: fiel y segura, pero ¡de vez en cuando, una joven no estorba!—dijo, haciéndoles un guiño a los hijos.

Otra carcajada.

Al atardecer, a la hora de cenar, vaciamos dos botellas de alcohol rebajado con agua. Todo transcurrió apaciblemente. Yo les servía vodka a los hombres y repartía caramelos entre las muchachas, porque se habían negado rotundamente a beber. De este modo comenzó mi estancia en la casa de los Dowrylczuk.

Al cabo de una semana, un domingo, vino a verme el Rata. No esperaba su visita. Entró en el comedor cuando almorzábamos. Llevaba un gran paquete. Lo dejó sobre el banco que estaba junto a la pared, se quitó la gorra y se puso a parlotear, frotándose las manos:

—¡No os imagináis la prisa que tenía por llegar! Pensaba: ¿llegaré a tiempo para el almuerzo o me lo perderé?... ¡En lo de la manduca, no hay quien me gane! ¡Cuando tengo que hacer un trabajo, me pongo una zamarra, pero cuando tengo que tripear, me quito hasta la camisa!

Veo sonrisas en los rostros de la concurrencia: ¿quién será ese personaje tan raro? Mientras tanto, el Rata saluda a todo el mundo, comenzando por el amo. Finalmente han caído en que es un compañero mío. El amo lo invita a la mesa. El Rata se sienta a mi lado, y dice:

—Tengo unas tragaderas como hay pocas. Pongan lo que me pongan delante, me lo zampo. ¡De col medio kilo, este es mi estilo! ¡Un puchero me lo como entero!

Todos se ríen. Maciej le dice a su hija:

—¡Nastka, trae una escudilla y una cuchara para el invitado!

El Rata se dirige a Nastka, que sale de detrás de la mesa:

—¡Señorita Nastka! ¡Procure que la escudilla y la cuchara tengan un buen tamaño! ¡Yo soy así: me gusta meterme entre pecho y espalda cosas buenas, pero... en grandes cantidades! Y vuestra col la he olido cuando todavía estaba en Duszków, y he corrido tanto que por poco pierdo los zapatos.

Por regla general, en casa de los Dowrylczuk no se habla durante las comidas, pero la presencia del Rata enseguida anima el ambiente. ¡Y él, dale que dale, a charlar y a comer! Se inclina a derecha y a izquierda, los ojos le echan chispas, se ríe, gasta bromas. Ha alborotado a todo Dios... Veo caras alegres. Se oyen risotadas cada vez más fuertes. Miro al Rata y no lo reconozco. Normalmente, es un hombre de pocas palabras. Con los compañeros, mordaz y agresivo, conmigo, educado y solícito, pero de broma difícil. Y ahora, miradlo, derrama energía y vitalidad fingidas. Quiere hacernos reír y le sale de bigotes.

En la casa había una balalaica que tanto las muchachas como los muchachos tocaban a ratos para acompañar sus cantos. Al caer la noche, cuando toda la familia se reunió en casa, porque los trabajos más importantes de la hacienda ya habían terminado, el Rata la afinó y se puso a rasguearla. Tocaba bien y todos lo escuchábamos boquiabiertos. Nadie hubiera sospechado que de aquel sonajero pudiera extraerse una música tan maravillosa. Y el Rata se marcaba una pieza tras otra. Todo lo que no era capaz de hacer con el instrumento lo suplía con muecas, con gestos de las manos y del cuerpo. Al son de la balalaica comenzó a cantar en bielorruso:

> *Dziauchynienka, sertse moye,*
> *yak pxyiemne litsa tvoye!*
> *Nie tak litsa yak ty sama*
> *y u papieraj upisana.*[1]

El Rata siguió con su canción, lanzando miradas hacia las muchachas:

> *Yak ya siayu kala tsiebie,*
> *dykyay mys'lu xto ya v niebie!*
> *Yak ya tsiebie potsaluyu,*
> *Txy dni v gembie tsukier txuyu!*[2]

---

[1] Muchachita de mi corazón, | ¡qué agradables son tus mejillas! | Y más que las mejillas, tú misma, | heroína de los libros.

De hecho, es un bielorruso plagado de polonismos, típico de la zona fronteriza. (*N. de los T.*)

[2] ¡Cuando me siento a tu lado, | me parece que estoy en el cielo! | Cuando te doy un beso, | tres días tengo el sabor a azúcar en la boca. (*N. de los T.*)

Las muchachas soltaron una carcajada e intercambiaron codazos. El Rata siguió cantando con ardor. Cantó una canción tras otra. Tocó polcas, valses, marchas y algunas improvisaciones de cosecha propia. ¡Nunca se me había ocurrido que pudiera ser un artista! Así nos entretuvo todo el día y, por la noche, después de cenar, comenzó los preparativos de su marcha. Maciej lo invitó a volver siempre que tuviera tiempo. Yo lo acompañé un trecho. Por el camino, me contó las novedades del pueblo. Cerca del bosque se detuvo. Charlamos y fumamos todavía media hora. En un momento dado, el Rata me hizo un guiño y dijo:

—¡Vaya buenorras que tienes en casa! Unas chavalas como estufas.

—Sí, sí...

—Hazle la corte a alguna. Enseguida te cambiará el humor.

—Sabes, no me veo...

—Pues, haz algo para verte... Las muchachas están en su punto. Van calientes. Se restriegan una pierna contra la otra, y tú estás en Babia. ¡Pensarán que no eres un hombre!

Nos despedimos y el Rata se fue a toda prisa hacia el camino real, mientras que yo regresé al caserío. Todos seguían sentados junto a la mesa. Charlaron todavía durante un buen rato y, cada vez que recordaban los chistes y las anécdotas del Rata, se tiraban al suelo de la risa. Uno de los hermanos cogió la balalaica y se puso a tocar. Pero, en sus manos, el instrumento volvió a convertirse en un vulgar sonajero.

Las palabras del Rata despertaron mi interés por las chavalas. Empecé a fijarme en ellas con más atención y de un modo distinto. Tenían unos bonitos ojos castaños, cuyo blanco lanzaba brillos azulinos. Los sombreaban unas pestañas largas y espesas. Tenían una boca pequeña y bien dibujada, unos labios rosados, dientes espléndidos. Y seguro que ocultaban un cuerpo perfecto.

Miro las muchachas con creciente interés. Lo notan. Percibo algunos indicios de cierta coquetería: quieren gustarme, pero ¡lo parecidas que son!

Aquella noche nos acostamos tarde. Soñé con tentetiesos. Tenían los ojos castaños. Hacían reverencias cómicas y movían los labios.

II

Poco antes de Navidad, los hermanos Dowrylczuk empezaron los preparativos para un viaje al otro lado de la frontera. Maciej y Bazyli habían traído del pueblo una gran cantidad de mercancías. Daban para más de una decena de portaderas. Género barato: jerséis, chales, medias, cromo y cuero para suelas de zapatos. Pero con esta clase de productos se obtiene un buen margen, porque son cosas muy codiciadas en la Unión Soviética. Clasificamos el alijo y preparamos cinco portaderas grandes. El viaje lo haríamos los tres hermanos, yo y Kasia. Al principio, no querían llevarla, pero se empeñó en ir, argumentando que aquella no sería la primera vez que pasaría matute con sus hermanos. Finalmente, Maciej le dio permiso. Sólo nos quedaba esperar la llegada del tiempo favorable.

A pocos días de la recogida del género, se desencadenó una ligera ventisca.

—Si no deja de nevar antes del anochecer, hoy nos pondremos en camino—me dijo Bazyli.

—¡No dejará de nevar!—le contesté.

En efecto, la ventisca no solo no amainó ni con mucho, sino que se recrudeció. Cuando salí a la puerta justo antes del crepúsculo, me hallé en medio de un nubarrón de nieve turbio y ondulante que no permitía ver los detalles del terreno, y el bosque, que estaba a doscientos pasos, no se distinguía en absoluto. Pelado de frío, volví a entrar en casa. Allí, ya nos estaban preparando la cena. Durante la cena, reinó un ambiente serio, casi solemne. La familia estaba al completo. Apuramos una copa de vodka para entrar en calor y brindamos por el éxito de la empresa. Después, empezamos a vestirnos para el viaje. Kasia y sus hermanos se pusieron unos pantalones blancos de lana gruesa, de producción casera, unas zamarras blanqueadas y unas gorras blancas de imitación de astracán, de las que llevaban en invierno los soldados del ejército zarista. Maciej me trajo de la trasalcoba una zamarra y una gorra iguales. Era una ropa muy cómoda: ligera, caliente e invisible sobre la blancura nívea del paisaje.

Kasia y sus hermanos se despidieron del resto de la familia. Seguí su ejemplo. Les di un apretón de manos a Maciej, a Hanna y a sus hijas.

—¡Que Dios te ampare!—me decían todos.

Cerca del granero, salimos a campo abierto y nos adentramos en un remolino de nieve. Bazyli iba a la cabeza, les seguíamos Szymon, Kasia y yo, mientras que Ignacy cerraba el séquito. Por el camino, no aparté la mano derecha de la culata de la *parabellum* que el Rata me había comprado después de que los policías me requisaran las armas durante el arresto en la casa de las Kaliszanki. En el bolsillo izquierdo de la zamarra, llevaba cinco cargadores de recambio y una linterna. Caminamos durante un buen rato a campo traviesa, a unas decenas de pasos del bosque. Después, nos adentramos en la espesura y proseguimos entre los altos troncos de los pinos. Del comportamiento de Bazyli, de su cautela, deduje que estábamos cerca de la frontera. Íbamos cada vez más despacio. La ventisca no amainó. Yo apenas lograba vislumbrar a Kasia, que avanzaba a escasos pasos delante de mí. La blancura de su zamarra y de su gorra se confundía con la de la nieve, y no se veía nada más que la mancha oscura y movediza de su falda... Calzábamos unas botas de nieve de caña alta que tampoco se distinguían gran cosa del entorno.

Salimos del bosque. Delante de nosotros ondea una nube volátil de nieve. Estamos a un paso del camino de la frontera. Kasia se desabrocha la zamarra y se mete la falda dentro de los pantalones blancos que lleva debajo. Mientras no nos movamos, somos difíciles de divisar incluso a muy corta distancia. Ahora no puedo separarme ni un milímetro de la muchacha que camina delante de mí. Unos hilos enmarañados y móviles atraviesan el remolino de nieve. Es el alambre de púas. «¿Cómo pasaremos al otro lado?», pienso, porque no tenemos ni estera, ni perchas, ni tijeras para cortar la alambrada. Bazyli avanza con seguridad y rodea la larga barrera. Nos adentramos en el bosque que se extiende al otro lado del camino fronterizo. La ventisca barre laboriosamente las huellas que hemos dejado en la nieve: dos surcos largos y profundos. En el bosque reina el silencio. Nos deslizamos como fantasmas, sin hacer el menor ruido, entre los enormes troncos de los árboles o por los matorrales cubiertos de nieve. Nos abrimos paso a través de los montones de nieve acumulada, caímos dentro de los hoyos camuflados por una capa blanca. Volvemos a salir a campo abierto. No puedo distinguir el terreno que se abre enfrente. Sólo noto debajo de mis pies las laderas de las lomas. Me invade el sueño. Como un autómata, sigo con la mirada la silueta de la muchacha que me precede. La columbro sobre la blancura nívea sólo porque forma una mancha homogénea que se tambalea rítmicamente ante mis ojos. Sobre el trasfondo de esta mancha, distingo el rectángulo más oscuro de la portadera, que no para de avanzar. Me pasan por la cabeza varias imágenes, veo una multitud de personas, hablo con ellas y, sin darme cuenta de lo que hago, me abro camino.

Me siento del todo seguro. Vamos con mucho cuidado y no corremos casi ningún riesgo. Nos ampara la nevada, nos camufla la blancura de los trajes, además el guía es de confianza y conoce a la perfección cada palmo de terreno. Nos conduce sin vacilar. Y, en caso de peligro, basta con saltar hacia un lado para escabullirse de los perseguidores. Además, mantengo la mano sobre la culata de mi *parabellum*, un aparato que no falla nunca. A medianoche, nos acercamos a un edificio. Nos detenemos al amparo de la pared. Es un granero bastante grande. A la izquierda, ladra un perro. Nos ha husmeado, porque el viento sopla en aquella dirección. Los hermanos cuchichean. Kasia se desprende de la portadera, se saca la falda de los pantalones y bordea la pared del edificio. Desaparece detrás de la esquina. Vuelve al cabo de un cuarto de hora.

—Dicen que entremos en el granero. Allí, todo está en orden. El tío no tardará en venir.

Damos la vuelta al edificio y nos detenemos ante un portalón. Kasia abre el gran candado con una llave que ha traído de la casa y descorre el pestillo. Entramos en el granero. Nos rodean el silencio, el calor y la oscuridad.

Dejamos las portaderas en el suelo. Los hermanos se quedan abajo y yo me encaramo al piso de arriba. Excavo un hoyo profundo en el heno seco y oloroso, y me entierro en él. Me arrebujo con la zamarra. Mi yacija es calentita y suave. Se me cierran los ojos. Oigo entrar a alguien. Se produce una larga conversación en voz baja. Después, la puerta vuelve a cerrarse. Los hermanos también suben al entablado y se disponen a dormir. Bazyli se instala cerca de mí.

—Y Kasia, ¿dónde está?—le pregunto.

—Se ha ido a dormir a la casa.

—¿Es un caserío, esto?

—No... un villorrio... veintitrés fuegos.

—¡Que nadie vaya con el soplo!

—¡Qué dices!... Es gente de confianza... Y nadie sabe que hemos llegado.

Me conformo con estas respuestas y pronto me rindo al sueño. Al día siguiente, me despierto tarde. Los hermanos ya no duermen y charlan en voz alta, sentados en el entablado. Al cabo de una hora, entra un hombre alto y robusto vestido con una larga zamarra amarilla. Serio, juicioso y de movimientos pausados, tiene un parecido con Maciej. Sopesa las palabras y a menudo repite la muletilla: «por ejemplo, como si dijéramos...» Se llama Andrzej. Nos cuenta un montón de novedades, que a mí ni me van ni me vienen, pero que interesan mucho a los Dowrylczuk. Pronto llega Kasia. Lleva en las manos un gran cesto bien tapado con *riadno.*[1] Se encarama por la escala sin soltar el cesto. Me acerco al borde del entablado y le cojo el cesto de las manos.

—¡Buenos días, Kasia!—le digo.

[1] Del ruso *r'adno*, «lienzo burdo, lona gruesa». (*N. de los T.*)

Me sonríe alegremente y contesta:

—¡Lo mismo digo!

Dejo el cesto al alcance de los hermanos y vuelvo sobre mis pasos a toda prisa. Quiero ayudar a Kasia a subir. La agarro por el brazo. La moza salta de la escala sobre el heno y por poco se cae de bruces. La agarro por la cintura, la estrecho fuertemente con el brazo y la levanto. Se pone colorada y dice:

—¡Ay, lo patosa que soy!

—Ha sido culpa mía. Me he metido en medio.

La muchacha me lanza una mirada con sus bonitos ojos castaños y sonríe. Desayunamos, hay huevos revueltos, tocino frito y buñuelos. Bazyli se saca del bolsillo de la zamarra dos botellas de vodka. Bebemos por turnos con un solo vaso. En un momento dado, el tío Andrzej me señala con la cabeza y, haciendo un ademán en dirección a Kasia, pregunta:

—¿Y éste, por ejemplo, como si dijéramos, es su prometido?

La moza se sonroja y se tapa los ojos. Los hermanos se ríen.

—No. Es nuestro invitado—dice Bazyli.

El tío Andrzej sopesa un rato la respuesta, y después dice:

—¿Qué más da que sea un invitado?... Hoy invitado y mañana, por ejemplo, como si dijéramos, cuñado. ¿Verdad?

Los hermanos se tronchan. Yo también me río para encubrir mi turbación.

—¿Y por qué, por ejemplo, como si dijéramos, no te casas?—El tío Andrzej vuelve a dirigirse a Kasia—. ¡¿No ves lo lozana que te has puesto?! ¡Te quemarás, mujer! ¡La sangre te quemará!

Bazyli mete baza.

—¿De qué le servirá irse a vivir entre forasteros, donde no va a encontrar más que miseria? En casa, hay pan y curro para todos. No la forcemos, que haga lo que quiera. Han venido muchos casamenteros. Los ha rechazado a todos.

Después, el tío Andrzej se dispone a salir. Tiene que llevar el matute a un mercader que ya hace tiempo que le compra los alijos. Kasia sale del granero con él.

Al anochecer, el tío Andrzej y Kasia vienen a vernos otra vez. La moza trae un cesto lleno de comida y el tío lleva a cuestas un gran saco. Se encaraman al entablado.

Cenamos durante un largo rato. Apuramos dos botellas de vodka que ha traído el tío. Más tarde, los hermanos Dowrylczuk y el tío Andrzej calculan el valor de la mercancía que hemos traído. Esta operación dura mucho. Finalmente, terminan de echar números. El tío Andrzej saca del costal ochenta y cinco pieles de zorro y se las entrega a Bazyli. Además, le mete en la mano unas decenas de monedas de oro. Mientras lo hace, dice:

—En nuestra familia, por ejemplo, como si dijéramos, todo tiene que ser como Dios manda. Vosotros os ganáis el cocido y a mí también me cae alguna que otra miga. Y así podemos ir tirando juntos. ¡Si Dios quiere!

Nos disponemos a partir. Los hermanos cargan las pieles de zorro en dos portaderas que cogen Bazyli e Ignacy. Protesto. Les digo que todos, excepto Kasia, tenemos que cargar con el alijo. Bazyli me contesta:

—¡Lo que hay no basta ni para dos!

Después salimos del granero. El tío se despide de todos y cada uno, y le dice a Kasia:

—¡Y a ti, mujer, más te valdría no andar por esos

mundos y, para colmo, por ejemplo, como si dijéramos, con pantalones! ¡Esto no es como Dios manda!

—¡Pero es cómodo!—dice Szymon con voz alegre. Emprendemos el camino de vuelta.

Al día siguiente, se me acercó Bazyli y me dijo:

—¿Cuánto quieres que te paguemos por la ruta: dos zorros o veinticinco rublos?

—No quiero nada. Que todo sea para vosotros..., por mi manutención.

Bazyli protestó con energía y tuve que aceptar los veinticinco rublos.

Antes de Navidad, todavía tuvimos tiempo de ir de nuevo al extranjero, pero aquella vez Kasia se quedó en casa. Tal vez la hubieran avergonzado las palabras del tío Andrzej. O tal vez prefiriera ayudar a sus hermanas en los trabajos domésticos que, por aquellas fechas, son más numerosos que nunca. Regresamos sanos y salvos del extranjero y de nuevo recibí de Bazyli veinticinco rublos. Al día siguiente, Maciej, Hanna y Bazyli bajaron al pueblo, donde se celebraba la última feria antes de las fiestas. Le di a Bazyli la lista de cosas que tenía que comprarme y una carta para el Lord. En cuanto se hubieron marchado, me puse a ayudar a Szymek y a Ignacy. Ellos serraban leños gruesos y yo los partía con un hacha. Después, corrí a la cocina para imponerle mi ayuda a Nastka, que tejía en un telar un *riadno* grande y floreado. Le prestaba un flaco servicio, de modo que me gané un codazo en las costillas. Abandoné a Nastka para abordar a Kasia, que freía *oladie*[1] de patata rallada y harina. Durante un tiempo trabajábamos en paz y armonía. Ella freía los *oladie*, los sacaba de la sartén, los ponía en una gran

---

[1] Del ruso *olad'*, «una especie de buñuelos». (*N. de los T.*)

escudilla, y yo me los zampaba todavía calientes. Pronto, Kasia se percató de que la escudilla no se llenaba y, entonces, nuestra colaboración se fue al traste. Tuve que apartarme ante la amenaza de un gran cucharón de madera con el que Kasia ponía la masa en la sartén. Conque fui a buscar a Magda que, en medio de nubes de vapor, hacía la colada en un barreño, exhibiendo sus musculosos brazos. Intenté aprovecharme de aquellas nubes como de una cortina de humo para comprobar si tenía los bíceps duros. Pero mi intentona tuvo un final fatal. Magda me azotó la espalda con una pieza de ropa enrollada y empapada de agua, de modo que tuve que salir por piernas de inmediato ante una prueba tan evidente de su fuerza muscular. Finalmente, abordé a Olena, que fregaba con arena y agua caliente la mesa, los bancos y el suelo de la sala. Mientras recogía el agua del suelo con un trapo, provoqué unas cuantas colisiones. A la tercera, tuve que coger las de Villadiego. Olena me agredió con un cubo lleno de agua y, si no me hubiera apartado a tiempo de la cascada, me habría calado hasta los huesos. A regañadientes, volví junto a Szymon e Ignacy que, mientras tanto, ya habían serrado un montón de leña. ¡Qué otra solución me quedaba sino coger el hacha y ponerme a trabajar!

Ahora me siento en la casa de los Dowrylczuk como un miembro más de la familia. Me he hecho amigo de los chavales y de las mozas, que no se cortan nada ante mi presencia. Pasamos juntos los ratos de ocio. Al viejo Maciej le gusta contarme episodios de su vida. Los cuenta de una manera interesante y pintoresca, o sea que lo escucho con gusto. Él fuma su pipa, yo mis cigarrillos, y a menudo pasamos juntos muchas horas.

Al tercer día de haber regresado por primera vez del

otro lado de la frontera, me acosté como siempre. Por la noche, juntan dos bancos y extienden encima un gran jergón para que yo pueda dormir allí. Me dan un enorme cojín donde apoyar la cabeza y, para taparme, una colcha rellena de lana con la cara exterior hecha de retazos multicolores. Las muchachas duermen en dos camas detrás de una mampara, y los chicos en grandes yacijas detrás de la estufa. Los lechos del amo y del ama están en el otro extremo de la habitación, cerca de la puerta, detrás de un tabique que forma una especie de alcoba pequeña. Aquel anochecer, estuve largo rato sin poder conciliar el sueño. Cogía los cigarrillos que guardaba en el alféizar de la ventana y fumaba. Pensaba en muchas cosas. De detrás de la estufa me llegaban los ronquidos sonoros de los hermanos. Al principio, me molestaban, pero con el tiempo me acostumbré... Así pasaron dos horas, y yo seguía sin poder dormir. Me desembaracé de las sábanas y me fui a un rincón de la pieza donde, encima de un taburete, había una artesa llena de vinagrada de centeno. Tomé un trago y volví a mi sitio. No tenía nada de sueño. Lo que más me apetecía era ir a bailar o a contrabandear. En un momento dado, oí el cuchicheo apagado de las mozas. A menudo, las oía hablar o susurrar, pero nunca tan bajito ni a altas horas de la noche. Al cabo de unos minutos, oí los pasos ligeros de unos pies descalzos. Miré hacia la mampara, pero no pude atisbar nada. Los pasos se acercaron a mi yacija. Se detuvieron al lado de los bancos. Oigo el roce de una mano contra el canto del anaquel que cuelga justo sobre mi cabeza. Está buscando algo. Busca un largo rato, pero no encuentra. Entonces pienso: «¡Tal vez sea sólo un pretexto!» Digo por lo bajinis: «¿Quién es?» No recibo ninguna respuesta, pero el roce de la mano contra el anaquel no cesa. Entonces, me incorporo en mi yacija y tiendo los brazos hacia donde intuyo la presencia de alguien. Toco con las manos el cuerpo de una muchacha vestida con un grueso camisón de lino. Finge que quiere rehuirme. La agarro fuerte por la cintura y la siento sobre mi yacija. Empiezo a besarla. Quiero decir algo, pero ella se precipita a taparme la boca con la mano. Entonces, en silencio, la tumbo sobre la yacija. Una hora más tarde, la muchacha quiere abandonarme. Intento retenerla un rato más, pero se zafa de mi abrazo con un gesto decidido y desaparece detrás de la mampara sin hacer el menor ruido. Tras unos minutos, oigo un cuchicheo sordo y—me da esa impresión—una risilla.

Al día siguiente, me siento un poco incómodo. A la hora de desayunar, estamos todos: el amo y el ama como siempre a la cabecera de la mesa, yo al lado de los hermanos, y las hermanas enfrente. Reina el silencio, como de costumbre durante las comidas. Cada dos por tres, les lanzo miradas a las muchachas. De vez en cuando, capto las suyas, exactamente iguales que siempre. No noto ninguna diferencia en su comportamiento. Miro sus caras llenas de salud, sus cabecitas morenas con una raya bien marcada en el centro y dos trenzas que caen sobre los hombros, sus bonitos ojos castaños, y me pregunto: ¿cuál de ellas? No observo ningún cambio en el trato que me dispensan. Así transcurre el día. Al anochecer, tras una jornada extenuante, nos retiramos para descansar. El quinqué se apaga. La pieza se sume en la oscuridad. Presto el oído con avidez para captar cualquier crujido, cualquier rumor... Silencio. Sólo los ronquidos de los hermanos. Al fondo de la habitación, oigo el carraspeo de Maciej. Enciendo un cigarrillo. Doy vueltas en mi yacija. Cuando ya he perdido toda la esperanza de que la muchacha venga a hacerme una visita e intento adormecerme, oigo un cuchicheo al otro lado de la mampara y, al cabo de un rato, distingo los pasos de los pies descalzos. Más tarde, mientras la moza yace entre las sábanas, le palpo la frente, las mejillas, la barbilla, la nariz, las orejas y los labios. No se opone, porque probablemente piensa que le estoy haciendo caricias. De hecho, lo que quiero es aprender su cara de memoria. Pero esto no me sirve para nada. Todas las hermanas tienen los rasgos muy parecidos. Quiero que diga algo para reconocer su voz, pero se emperra en callar y no se traiciona ni con una sola palabra. Y cuando intento musitarle cosas al oído, se apresura a taparme la boca con la mano.

Al día siguiente, volví a observar a las mozas con gran atención, pero no llegué a ninguna conclusión. Durante unas cuantas noches seguidas se repitió lo mismo. Un anochecer, dejé una linterna bajo la almohada. Cuando la muchacha estaba conmigo, intenté iluminarle la cara. Metí la mano bajo la almohada, pero ella debió de adivinar mis intenciones, porque me arrebató la linterna de las manos y, arrodillándose sobre la yacija, la dejó en el anaquel. A partir de entonces, cada noche que venía a visitarme, lo primero que hacía era comprobar si tenía alguna linterna al alcance de la mano. Por otra parte, yo ya había abandonado mis pesquisas por miedo a que dejara de venir... Después de pensármelo bien, había decidido no hacer ningún esfuerzo por enterarme de cuál de las hermanas era mi visitante nocturna. Hubiera podido iluminarla con la linterna mientras se acercaba a mi yacija, o bien hacerle una marca a lápiz en el cuello que me permitiera identificarla a la mañana siguiente. Pero, si para ella era tan importante mantener el anonimato, yo no pensaba ponerle obstáculos. Alguna de sus hermanas debía de estar al corriente de aquellas visitas, porque al regresar la muchacha a su cama, comenzaba el parloteo. Sin duda pensaban que yo no las oía.

Bromeaba con las mozas como antes y, siempre que intentaba cortejarlas, recibía sopapos y puñadas de todas sin excepción, pero las visitas nocturnas de mi amante misteriosa y callada continuaron.

Mientras tanto, en casa, todos nos afanamos haciendo los preparativos para las fiestas y no nos queda mucho tiempo libre. Ahora curro como los demás. Por eso, los días se me hacen más cortos y, como diría el Rata, tengo buen saque. Cada día espero impaciente la llegada de la noche y... de mi extraña amante. Ahora, estoy de mejor humor y ya no echo de menos tan a menudo al pueblo y a mis compañeros. Sólo de vez en cuando me vuelve a tentar el trabajo de contrabandista y me invaden los recuerdos de Fela, pero su imagen se borra paulatinamente de mi memoria. Pienso en ella no como en una mujer de carne y hueso, sino como en un bello personaje femenino extraído de un sueño o de una novela, que no existe en la realidad. Al principio, pensaba mucho en Saszka y en el Resina, pero ahora hago lo imposible por ahuyentar sus fantasmas, porque me doy cuenta de que me hacen daño. Cuando aparecen, algo me empuja hacia los bosques, hacia los caminos impracticables donde luce el «sol gitano» y el cielo, el reino de la Osa Mayor resplandece con miles de estrellas.

III

Llegaron las fiestas. La cena de Nochebuena se celebró con solemnidad, de acuerdo con las viejas tradiciones. Había heno bajo el mantel, *kutia*[1] a la cabecera de la mesa y los doce platos de rigor. Eran manjares muy sabrosos y no pude evitar probarlos todos. Acabada la cena, apenas si podía levantarme de la mesa. Por la noche, la muchacha no vino, aunque los cuchicheos detrás de la mampara tardaron un buen rato en apagarse. Tal vez le surgiera algún impedimento, o bien tuviera reparos en hacerlo en una festividad tan importante.

Al día siguiente, todos fueron a misa excepto yo y Szymon, que la víspera de la fiesta había agarrado un buen trancazo mientras tomaba un baño y ahora se estaba curando encima de la estufa. No fueron a la iglesia parroquial de Wołma, sino a la de Raków. Regresaron a las dos de la tarde. Me contaron muchas novedades y me dieron recuerdos de parte del Lord y del Rata.

Al caer la noche, sirven una cena copiosa. No se escatima el vodka y todo el mundo coge una curda..., incluso las mozas. Sentadas en fila en el banco, mastican nueces y pegan la hebra alegremente conmigo y con el resto de la familia. El vodka les ha enrojecido las mejillas, les ha encendido chispas en los ojos y las impulsa a soltar carcajadas festivas. Cojo la balalaica y empiezo a rasguearla. Estoy ebrio de alcohol y de las miradas que las muchachas me lanzan a escondidas y que hoy son dis-

---

[1] Del ruso *kut'ya*, «postre hecho de granos de trigo cocidos, miel, nueces, pasas, corteza de naranja confitada y adormidera triturada». (*N. de los T.*)

tintas. Después, al apagarse la luz, espero impaciente la llegada de mi amante. ¡Es una lástima que no pueda ir a buscarla! ¡No tendría que esperar tanto tiempo! Todos tardan en conciliar el sueño. Los hermanos parlotean tumbados sobre sus jergones. De vez en cuando, Szymon, el enfermo, mete baza desde lo alto de la estufa. Maciej tose en el otro extremo de la habitación. Y las mozuelas charlan en voz baja durante un buen rato. Oigo sus risas alegres. Finalmente, todo se calma. Los hermanos roncan. La tos de Maciej se apacigua. Las chavalas dejan de hablar. Espero una hora más y capto un susurro apenas perceptible. A continuación, distingo los pasos de unos pies descalzos que se acercan a hurtadillas... Abrazo con fuerza y estrecho contra mi pecho el cuerpo caliente, firme y deliciosamente bien formado de una muchacha. La beso apasionadamente en la boca, en la cara, en el cuello...

—¡Qué maravillosa eres!—le murmuro al oído.

Me pone los dedos sobre los labios y me parece que la oigo reírse para sus adentros. Después, responde a mis arrumacos con una fuerza y una fogosidad totalmente inesperadas.

Al día siguiente, a las diez de la mañana, llegaron el Lord y el Rata. Me contaron muchas novedades y trajeron dos paquetes llenos de exquisiteces para todos. Animaron bastante el panorama. El Lord saludó a todos, empezando por los mayores. El Rata les expresó sus mejores deseos en un tono humorístico. Cuando saludaba a las muchachas, fingía hacerles un besamanos, aunque de hecho se tocaba con los labios su propia mano. A una le deseaba un dormir alegre, a otra unos ronquidos sonoros, a la tercera un jadeo ligero y a la cuarta unos estornudos potentes.

Las chavalas sonríen alegres y, de vez en cuando, contestan con salero a sus guasas. Hoy, las hermanas van emperifolladas: vestidos nuevos abigarrados, corsés bordados, botines de tacón y medias blancas. Llevan cintas multicolores entrelazadas en las trenzas. Del cuello les cuelga un buen puñado de sartas de coral. Huelen a perfume y a afeites. El Rata se acerca a Nastka, aspira profundamente por la nariz, estornuda, y dice:

—Si tuviera una mujercita como ésta... ¡Hasta me abstendría del rape!

El Lord habla con Maciej y los hermanos y, a continuación, se reúne con nosotros para entretener a las muchachas con su conversación salpicada de chistes. En un momento dado, el Rata se acerca a Kasia y le da un pellizco en el muslo, diciendo:

—¿Cuánto ha pagado la señorita Kasia por esta mercancía?

La moza le asesta un empellón tan fuerte que el Rata sale disparado al centro de la habitación.

—¡Así se hace!—exclama el Lord.

El Rata pone cara de miedo y dice:

—Si no hubiera visto con mis propios ojos que ha sido la delicada mano de la señorita Kasia la que me ha arreado este mamporro, habría apostado una fortuna a que ha sido la coz de un caballo. ¡Córcholis! ¡Vaya brazo que tiene la señorita! Me pregunto cómo tendrá las piernas.

—¡A estas piernas no les falta nada! ¿Quieres probarlas?—dice el Lord.

El Rata se echa atrás y dice:

—¡No correré ese riesgo!

Después de almorzar, cogemos tres trineos y vamos hasta una colina cercana. Hace un frío que pela. La nieve resplandece al sol y cruje bajo los pies. Los trineos se precipitan cuesta abajo. El viento nos silba en los oídos. De vez en cuando, los trineos vuelcan y caemos sobre montones de nieve. Las mozas tienen un trineo para ellas solas y bajan de dos en dos o de tres en tres. A ratos, intentamos atraparlas, pero se nos escapan. En un momento dado, cuando las muchachas han subido al trineo y se disponen a iniciar el descenso, el Rata se cuela entre Olena y Magda. Las chavalas le meten nieve detrás del cuello de la camisa y tumban el trineo. El Rata tiene que batirse en retirada. De repente, cuando Kasia se dispone a lanzarse cuesta abajo, le arrebato el trineo de debajo de las posaderas, porque quiero montar yo. Kasia intenta quitármelo. Empezamos a forcejear. Al principio, de broma, y después, en serio. Todos nos rodean para enardecernos a la lucha.

—¡Venga, venga... no dejes que te gane, Kasia!—grita el Lord.

—¡Cuidado, Władek, que no te despeñe montaña abajo!—se desgañita el Rata.

Y nosotros luchamos con furia, pero sin resultado. Kasia es más fuerte que yo y pesa mucho más. En cambio, yo soy más ágil, pero aún así consigue escabullirse algunas veces de mis llaves. Finalmente, ambos nos caemos en un montón de nieve. Todos se echan a reír. Me levanto de un brinco y corro hacia el trineo, objeto de nuestra rivalidad. Subo e inicio el descenso. Kasia apenas si tiene tiempo de montarse atrás. Nos precipitamos cuesta abajo. El viento nos refresca las caras encendidas. Me dirijo a la muchacha.

—Kasia, ¿eres tú?

—¿Qué?

—¿No sabes de qué estoy hablando?

Tiene el rostro acalorado. Sus ojos se ríen alegremente.

—No...

No pregunto nada más por miedo a equivocarme. Ya hemos llegado abajo. Detrás, descienden el Lord, Bazyli y el Rata, y después Olena, Magda y Nastka. Cerrada la noche, regresamos alegres a casa. Las risotadas no tienen fin. El Rata se acerca y me palpa las costillas.

—¿Qué quieres?—le pregunto.

—Quiero ver si tienes todos los huesos enteros. ¡Con Kasia no es cosa de andarse con bromas!

Sirven una copiosa cena de fiesta. Comemos con avidez y sin contención. Hay vodka para dar y tomar. Y, después de cenar, volvemos a divertirnos. El Rata toca la balalaica y canta:

Zakladaika paru koni
Y poyas shyroki!
My payedziem u zaloty
Da panny Saroki.[1]

Cuando termina me pide que toque un vals. Cojo la balalaica y toco. El Rata corre de moza en moza con un gesto cómico para sacarlas a bailar, pero ninguna sabe los pasos del vals. Entonces, el Rata baila con el Lord. Adopta poses grotescas y hace muecas, provocando una risa general. Después, les toco una polca, y ellos la bailan de una manera aún más cómica, despertando la hilaridad de la concurrencia. Finalmente, el Rata trae del zaguán una escoba y baila con ella. Al principio, trata a su dama

[1] En bielorruso: «Enganchad un par de caballos | y preparad un coche ancho. | Iremos a cortejar | a la señorita Urraca...»

con mucha galantería, pero a medida que el ritmo de la polca se acelera, él y su pareja hacen movimientos cada vez más alocados. A cada poco, unas carcajadas sonoras hacen temblar la habitación. De pronto, Maciej le dice al Rata:

—¿Por qué no tocas una *lavonija*, chaval?

El Rata se da una palmada en la frente como si se hubiese olvidado de esta danza y coge la balalaica. Enseguida unas notas alegres y alborozadoras llenan el cuarto. El Lord saca a Olenka a bailar. Yo bailo con Magda. Kasia y Nastka bailan con sus hermanos. Formamos varias parejas. A continuación, el Rata nos toca una *miatelitsa*, otra danza popular bielorrusa. El ritmo se vuelve cada vez más vivo y la habitación me rueda ante los ojos. Los vestidos multicolores de la mozas revolotean. Brillan los ojos, relucen las caras, las piernas apenas logran seguir el ritmo frenético de la danza. Los gritos del Lord y del Rata retumban en el aire. La danza embelesa a todos. Incluso el Rata baila, marcando con el pie el ritmo de la balalaica, que toca con más y más ardor. La *miatelitsa* nos ha invadido y ahora da vueltas, rueda y gira como una verdadera *miatelitsa*.[1]

La fiesta duró todavía un buen rato, y no nos retiramos a descansar hasta altas horas de la noche. El Rata y el Lord se quedaron a dormir con nosotros. Juntamos dos bancos y pusimos encima una yacija ancha para los invitados. El silencio aún tardó mucho en imponerse. Se oían conversaciones y risillas. Aquella noche, mi amante no vino a visitarme. Seguramente, tenía miedo de ponerse en evidencia ante mis compañeros.

Al día siguiente, acabado el desayuno, el Rata y el

[1] En bielorruso, «ventisca, vendaval». (*N. del A.*)

Lord tomaron el camino de vuelta. Los Dowrylczuk insistían en que se quedasen un día más, pero los muchachos dijeron que tenían que regresar por fuerza, porque les esperaban los preparativos de una ruta. Les acompañé un trecho. Me enteré de muchas novedades. Jurlin había dejado de matutear. Había hecho el agosto en la temporada de oro y ahora no quería correr riesgos. Prefería esperar tiempos más propicios. El Lord ocupaba ahora el lugar de maquinista en un grupo que aprovechaba la guarida de Jurlin. Antes de Navidad, regresó al pueblo el Clavo, que había caído con toda su cuadrilla en la Unión Soviética en el otoño del 1922. Había huido del lugar de deportación y, enfermo, extenuado y medio muerto, volvió a casa. El Ángel había caído en manos de los guardias polacos y estaba en la cárcel de Nowogródek. Ahora el Siluro era el cabecilla de los salvajes. El grupo de los salvajes se había reducido: lo formaban entre diez y quince hombres. Al inicio del invierno, los salvajes le habían hecho dos changas al Centauro, pero ahora acababan de pasar unos cuantos alijos sin camelos. Los hermanos Alińczuk no pasaban matute: algo les daba miedo. Pietrek el Filósofo quería mandar a Julek el Loco al hospital; tal vez allí lo curarían. Los muchachos habían organizado una colecta para Julek y habían reunido cuatrocientos rublos. Al enterarme, le escribí a Pietrek rogándole que tomara cien de mis mil doscientos dólares para el tratamiento de Julek y que me avisara cuando hiciera falta más dinero. Bolek el Cometa empinaba el codo como siempre. El Mamut, el Elergante y Felek el Pachorrudo iban al otro lado de la frontera con el grupo del Lord. Wańka el Bolchevique también iba con ellos. El Rata me dijo que Jurlin había dejado de trabajar porque sospechaba que Sonia se la pegaba con Wańka, y que, durante las rutas, se les presentaban demasiadas ocasiones. Belcia con su grupo femenino (el Lord dijo: agujereado), había ganado dinero a porrillo en la temporada de oro y de momento no pasaba matute. Mis compañeros me contaron muchas más cosas sobre la frontera, los bisoños y la vida del pueblo, pero ni una palabra de Fela. Finalmente, le pregunté al Lord por ella.

—Ahora vive en su casa una parienta suya de cerca de Dubrowa—dijo el Lord—. Alfred volvió a mandarle a los casamenteros, pero recibió otra calabaza. Fela tiene ahora una dote importante. Se calcula que le caerán cerca de treinta mil dólares, sólo contando el dinero en efectivo. Todos se desviven por casarse con ella, pero la moza hace remilgos. Será que espera a un príncipe azul.

Acompañé a los muchachos casi hasta Duszków. Al despedirnos, el Lord me preguntó:

—¿Y qué? ¿Te has acostumbrado un poco?... ¿Te aburres mucho?

El Rata contestó por mí:

—¡Qué va aburrirse! ¡Manduca y balarrasa a espuertas, y las chorbas son como corzas! ¡Resucitarían a un muerto!

—A mí no me vuelven loco—dije, aparentando indiferencia—. Y, por aquí, no solemos tener muchas alegrías. Sois vosotros las que nos animáis... ¡Estoy donde estoy por necesidad!

—Por ahora, quédate en esta guarida y, en primavera, ya se nos ocurrirá otra cosa—dijo el Lord—. No puedes vivir en el pueblo, porque... alguien dará el bocinazo. Alfred mete las narices en todas partes como un lebrel. A la que se enterara de algo, iría con el cuento a los maderos echando leches.

Mis compañeros enfilaron el camino de Duszków, y

yo volví al caserío de los Dowrylczuk. Ahora había aún más silencio que antes. Pasaron las fiestas. Llegó el año nuevo. Yo seguía viviendo en la casa de los Dowrylczuk. Arrimaba el hombro y me aburría cada vez más. Le pregunté varias veces a Bazyli cuándo iríamos al otro lado de la frontera. Siempre me contestaba que no había ninguna prisa. La víspera de Reyes, las mozas jugaron a adivinar el futuro. Fundieron plomo y, una tras otra, lo vertieron en el agua. El metal caliente silbaba en contacto con el agua, adoptando formas extraordinarias que las mozas examinaban atentamente y comentaban. Me uní a ellas, aunque no admitieron mi presencia sino a regañadientes. Me permitieron verter un poco de plomo en el agua, pero yo vacié el crisol entero, por lo que cobré un par de guantazos. Sacaron de la tina el metal solidificado. Lo examinaron. Al cabo de un rato, Nastka se echó a reír.

—Madre mía, es una osa.

—¿Qué?—le pregunté, atónito.

—Es verdad... ¡Una osa!—confirmaron las palabras de Nastka las otras muchachas—. Lleva algo entre las patas. Seguro que este año te vas a casar con una osa. Acabas de modelar a tu novia.

—¡Y un lobo te hará de casamentero!—dijo Magda.

—¡Y os casará un zorro!—añadió Kasia.

Después, las chavalas quemaron papel y adivinaban el futuro a base de sus formas retorcidas. Más tarde, esparcieron adormidera sobre una sábana. Al final, colocaron dos cirios ante un espejo y contemplaron la larga y oscura perspectiva del pasillo que se adentraba en las profundidades del espejo, bordeado por dos hileras de velas encendidas. Lo hicieron por separado en la cocina. Todas vieron algo extraordinario y hablaban de ello con todo lujo de detalles. Yo también me senté frente al espejo y, haciendo lo imposible para no parpadear, clavé los ojos en aquel pasillo largo y misterioso. Durante un buen rato no veía nada. Después, en la lejanía, apareció una pequeña mancha movediza de color dorado. Se convirtió en una mancha blanca. Empezó a acercarse muy de prisa y a crecer... Al cabo de un rato, tenía delante de las narices el rostro alegre y risueño de Fela. La cara le empalideció y una larga arruga le surcó la frente. De golpe y porrazo, me di cuenta de que aquello ya no era la cara de Fela, sino el rostro pálido y frío de Saszka. Unas rayas multicolores, que mudaban sin tregua, lo cruzaban como relámpagos. La cara retrocedió y se desvaneció en aquellas profundidades oscuras de las que me veía incapaz de apartar los ojos. De improviso, vi justo enfrente de mí un rostro pálido y escuchimizado con unas cejas y unos ojos negros... ¿Dónde lo había visto antes? Le di vueltas y más vueltas a la pregunta... ¡Ah!, era el fantasma que se me había aparecido en la Tumba del Capitán, cuando yacía allí con fiebre tras mi fuga de la Unión Soviética... Y aquella cara también desapareció. Enseguida ocupó su lugar una fisonomía de contornos muy netos, un rostro masculino, feo y repulsivo... Vi una barba pelirroja, una cicatriz en la mejilla izquierda, unos ojos llenos de maldad y una sonrisa burlona... He aquí el agente secreto Makárov... Me levanté de un salto de la silla y todo se esfumó... Los cirios ardían. La pieza estaba sumida en la penumbra. Unos retazos de tinieblas se escondían por los rincones. Fui a toda prisa a la zona de estar. Las mozas me lanzaron miradas indagadoras.

—¿Por qué estás tan pálido?... ¿Qué se te ha aparecido?—me pregunta Kasia.

—¡He cogido frío!—le digo, frotándome las manos.

—No es verdad... ¡Tú has visto algo!—dice con firmeza—. Desembucha: ¿qué era?

Entonces le contesto en un tono serio:

—¡Al comienzo, te he visto a ti! ¡Después a ella!—señalo a Olena—. ¡Después a ti!—me vuelvo hacia Magda—. ¡Y, por último, a ella!—hago un gesto hacia Nastka.

Magda se echa a reír. Y yo prosigo:

—Al final, he visto una osa... grande, enorme... La mayor osa del bosque.

Las muchachas se mondan de risa.

—Este año te casarás con una osa—dice Kasia.

—¡Con la Osa Mayor!—añade Nastka.

IV

En enero sólo fuimos una vez al otro lado de la frontera. Además, el tiempo no era nada propicio. Y en febrero, los hermanos adquirieron, por mediación del Lord y a mitad de precio, una gran remesa de mercancía. Sospecho que aquel alijo provenía de una changa. Constaba de grandes cantidades de batista, lana, tirantes, guantes, ligas y medias. Después, esperamos la llegada de un tiempo más favorable, es decir, del mal tiempo. Repartimos la mercancía entre doce portaderas. Por fin, a mediados de febrero, se desató una ventisca considerable. Aprovechamos esta circunstancia y, al caer la noche, nos pusimos en camino. Llegamos sanos y salvos a la guarida y, la noche siguiente, regresamos cargados de pieles de zorro y con unos cuantos centenares de rublos en monedas de oro. Dos días más tarde, pasamos por la frontera otra parte del alijo. Cuando volvíamos, el cielo se despejó un poco. A pesar de ello, empaquetamos el resto de la mercancía en cuatro portaderas grandes de casi setenta libras cada una. Temíamos que la ventisca amainara del todo, de modo que nos limitamos a descansar durante el día y, todavía aquella misma noche, emprendimos el viaje. Era una noche clara. La luna llena ora se escondía detrás de las nubes, ora salía al espacio abierto del cielo. Hacía un viento variable. A cada rato, cambiaba de rumbo. De vez en cuando, se recrudecía y levantaba nubes de nieve para huir enseguida hasta más allá del horizonte. Y entonces, la nieve volvía a arropar los campos con un velo mullido y reluciente. El camino era incómodo. Nos abríamos paso poco a poco, salvando con grandes dificultades los obstáculos del terreno. Bazyli nos conducía preferentemente a través de los bosques. Aquella era, como las otras veces, una ruta nueva. Al cabo de una hora conseguimos llegar a la frontera. En aquel lugar no había vallas de alambre espinoso, de modo que cruzamos el camino fronterizo en un santiamén y nos escondimos en una arboleda en el lado soviético. Pronto salimos del bosque y seguimos la marcha, atravesando campos de cultivo. El terreno era ondulado. Por regla general, caminábamos por valles y barrancos. Dos horas más tarde, nos detuvimos en una llanura y vimos enfrente un gran bosque. A partir de allí, el camino resultó casi del todo seguro y llegamos a nuestra guarida sin salir de la espesura.

El tío Andrzej nos dijo:

—¡Muchachos, por ejemplo como si dijéramos, esto es un disparate! La visibilidad es mejor que a plena luz del día y la ventisca ha amainado...

—¡Da igual! ¡Nos las arreglaremos!—contestó Ignacy.

—¡No pienso meterme en vuestros asuntos! Pero ¡id con cuidado!

Durante el día, cerraron todos los tratos relacionados con el alijo. El amo de la guarida le dio a Bazyli unos cuantos centenares de rublos en monedas de oro y unas decenas de pieles de zorro. Al anochecer, enfilamos el camino de vuelta. El terreno parecía una hoja de papel llena de arrugas iluminada por una linterna eléctrica. En aquella extensión, no había punto movedizo capaz de escapársele a la vista humana. Por suerte, íbamos vestidos de blanco y no se nos podía divisar sino a muy corta distancia. Era fácil caminar sin portaderas, o sea que avanzábamos de prisa hacia el oeste. Me percaté de que volvíamos por el mismo camino que habíamos recorrido en la primera expedición al otro lado de la frontera, camino que había hecho con los hermanos y Kasia. Comprendí que Bazyli quería contornear la alambrada por el norte. Dejamos atrás el bosque y salimos a campo abierto. Finalmente, nos hallamos en una pequeña arboleda que lindaba con el camino fronterizo. Aquel bosquecillo formaba sobre la blancura nívea de los campos una especie de isla alargada y oscura que flotaba en un océano de rayos de luna. Lo atravesamos de parte a parte y nos detuvimos en una espesura de matorrales. A cien pasos de nosotros, hacia la izquierda, vi la valla de alambre de púas esfumarse en la lontananza. A la derecha, distinguí un vasto espacio abierto entre el extremo de la alambrada y un grupo oscuro de matas. Al otro lado del camino fronterizo, una lengua negra de bosques se bañaba en la claridad de la luna. Aquello ya era Polonia.

Permanecimos allí un largo rato, escudriñando el terreno. No notamos nada sospechoso. Bazyli retomó la marcha a paso firme. Lo seguimos. Con la mano derecha, estrechaba la culata de mi *parabellum* cargada y asegurada que llevaba escondida en la manga de la zamarra. Con la mano izquierda, agarraba un cargador de recambio. Nos dirigíamos hacia el espacio abierto que se extendía entre la alambrada y los matorrales. De pronto, me pareció que algo se movía en aquellos matorrales, pero no estaba seguro del todo. Y Bazyli avanzaba a pasos de gigante. Ya estábamos cerca de la frontera. De improviso, restallaron unos disparos y unos soldados rojos con carabinas en la mano salieron corriendo de aquella isla de arbustos. Nos cortaron el paso.

—¡Alto! ¡Manos arriba!—resonó una voz.

Rápidamente, retrocedimos. En el espacio abierto del camino fronterizo, los «caravinagres» nos podían perseguir y coser a tiros con gran facilidad... Yo lo había visto muy claro, de modo que había empezado a disparar con mi *parabellum* apenas se oyeron los primeros silbidos de bala y los soldados rojos salieron escopeteados de entre las matas. Disparé nueve veces y corrí hacia el bosque en pos de los hermanos. De una palmada, clavé el cargador de recambio en la culata de la pistola. Corría muy agachado y, de vez en cuando, me desviaba, ora hacia la derecha, ora hacia la izquierda, para ser un blanco más difícil. El silencio duró unos segundos. Después, los soldados, que se habían retirado, pies para qué os quiero hacia las matas, volvieron a disparar. Irrumpimos en el bosque como alma que lleva el diablo. Volví la cabeza. Los soldados avanzaban tras nuestras huellas. Los hermanos Dowrylczuk corrían por el bosque como gamos. Yo me arrodillé al socaire del tronco grueso de un abedul desmochado. Las balas silbaban en el aire. Los soldados se acercaban en tropel a todo correr. Algunos se detenían por un instante y disparaban en dirección al bosque «*na straj vragam*».[1] Oía sus gritos:

—¡Adelante, camaradas! ¡A por ellos!

Estaban seguros de que todos huíamos a través del bosque. Se reafirmaron en esta convicción gracias al ruido de los pasos de los hermanos Dowrylczuk, que se alejaban hacia el extremo opuesto de la espesura. En cuanto los soldados se me acercaron a una distancia de treinta pasos, empecé a disparar atropelladamente, apuntando al centro del grupo. Algunos se tumbaron en la nieve, otros iniciaron la retirada hacia la frontera. Entonces, me lancé en pos de los hermanos Dowrylczuk. Procuraba no armar ruido para que los soldados no se dieran cuenta de que había abandonado la emboscada. Crucé el bosque de parte a parte en un abrir y cerrar de ojos y, a unos centenares de pasos, vi tres siluetas. Los hermanos Dowrylczuk se dirigían corriendo hacia una gran espesura de la que los separaban unos tres kilómetros. A pesar de ir de blanco, eran muy visibles sobre la nieve. Los perseguí. Los alcancé a medio camino de la espesura. El trecho restante lo recorrimos juntos. Muy lejos detrás de nosotros, cerca de la frontera, retumbaban los disparos de fusil. De pronto, columbré en la nieve unas manchas oscuras. Me incliné. Era sangre... Corrí adelante y alcancé a Szymon, que iba a la zaga.

—¿A quién le han dado?—le pregunté.

—A Ignacy... Le han tocado en el brazo.

Cuando habíamos dejado atrás las dos terceras partes del espacio que nos separaba de la espesura, resonaron otra vez los tiros..., más cercanos y más audibles. Me

[1] En ruso, «para asustar al enemigo». (*N. de los T.*)

volví. Distinguí a unos soldados que emergían del confín norte de la arboleda. La habían orillado y se habían percatado de que huíamos por los campos. Se lanzaron en nuestra persecución y, de vez en cuando, nos disparaban. Pero la distancia era demasiado larga y sus tiros no nos hacían ningún daño. Nos acercábamos a la espesura. Yo caminaba a paso ligero al lado de Szymon.

—¿De dónde ha salido esta romería?—le pregunté, pensando en nuestros perseguidores que, según mis cálculos, debían de ser por lo menos diez.

—Por aquí cerca hay un puesto de guardia—me contestó Szymon.

Entramos en la espesura. Allí, hicimos un breve descanso. Ignacy se desembarazó de la portadera y de la zamarra. Bazyli le vendó la herida.

—¡Suerte que los has detenido allí!—me dijo Szymon—. No habríamos salido del apuro... Ellos vienen frescos, mientras que nosotros estamos hechos polvo por la caminata.

A un centenar de pasos de las lindes del bosque, vi un gran montículo cubierto de nieve. Se me encendió la bombilla. Tuve una idea. Me acerqué y quité la primera capa de nieve mezclada con ramitas. Debajo, había broza seca hacinada. Me saqué del bolsillo una caja de cerillas y le prendí fuego. Las llamas saltaron con alegría de una rama resinosa a otra, y pronto ardía una gran hoguera. Me reuní con los hermanos. Habían acabado de vendar a Ignacy y lo habían vuelto a vestir. Su brazo herido descansaba colgado de una larga bufanda de lana anudada alrededor del cuello. Su portadera la cogió Bazyli.

—¿Por qué lo has hecho?—me preguntó Szymon, señalando con la mano la hoguera.

—Pensarán que nos hemos detenido aquí y les dará miedo entrar en el bosque.

—¡Es verdad!—confirmó Szymon.

Nuestros perseguidores ya estaban a medio camino y avanzaban de prisa, y eso que se detenían de vez en cuando para disparar. Primero, nos adentramos entre los árboles. Después, doblamos hacia el sur, trazamos un semicírculo y volvimos a los confines del bosque, a medio kilómetro del lugar donde habíamos dejado el montón de broza ardiendo. Desde allí, veía con claridad a los soldados rojos que atravesaban el campo. Ahora se desplegaban en una línea y avanzaban lentamente. La hoguera los desorientaba. No sabían qué pensar. Se detuvieron y empezaron a descargar sus armas en dirección al bosque. Bazyli se rió:

—Pueden jugar así hasta la madrugada... ¡Naturalmente, si antes no se les acaban los cartuchos!...

Orillamos el bosque hacia el sur y después hacia el sudoeste. Las detonaciones de fusil se oían cada vez más lejanas. Yo me alegraba mucho de haber tenido una idea tan ingeniosa. Tras dos horas de camino, Bazyli nos condujo por un barranco, directamente al oeste. A las cuatro de la madrugada, cruzamos la frontera por un sitio bastante alejado de Wołma hacia el sudoeste. Llegamos al caserío al despuntar el día. Habíamos caminado trece horas. Ignacy a duras penas había logrado volver a casa por su propio pie. Estaba completamente agotado, aunque la herida no le molestaba gran cosa y sangraba poco. En casa, empezó el trajín. Encendieron la estufa. Hirvieron agua. Después, Maciej en persona se encargó de curar la herida de Ignacy. El hueso no estaba afectado. La bala sólo había atravesado el músculo.

Al cabo de una hora, todo estaba en orden. Habíamos escondido la mercancía, habíamos sacudido la nieve de nuestra ropa y la habíamos tendido junto a la estufa para secar. Sirvieron el desayuno. Bebimos un vaso de vodka y nos abalanzamos sobre la comida. Después de desayunar, los hermanos contaron nuestra aventura. Le dieron mil vueltas. La relataron con todo lujo de detalles, ensalzando mis méritos: haber detenido dos veces a los guardias... En la habitación, el ambiente se animó. Cuando contaron mi hazaña con la enorme hoguera, sonó una carcajada. Sólo Maciej escuchaba con un semblante serio para declarar solemnemente al final:

—Bueno, hijuelos, dadle las gracias a Władek por haberos salvado de las garras de los rojos. ¡Si no fuera por él, tal vez no os habría vuelto a ver nunca más!—Se interrumpió por un instante y, acto seguido, dijo en un tono todavía más grave—: ¡Y ahora escuchad mi voluntad!

Todos lo miraron con atención:

—¡No iréis nunca más al otro lado de la frontera!... ¡Nunca más!... ¡No quiero pagar el oro con la vida de mis hijos!... ¡En vez de ir detrás de las pieles de zorro, cuidad de la vuestra!... ¡Ésta es mi voluntad!...

Nadie le llevó la contraria. A partir de aquel momento, a los hermanos ni siquiera se les ocurrió ir al otro lado por más propicio que fuera el tiempo.

Transcurren los días. Pasan las semanas. Sigo viviendo en casa de los Dowrylczuk. Les ayudo en los trabajos de la finca. No me lo piden, pero intento ser útil. Además, con el trabajo mato el aburrimiento que me hace cada vez más la pascua. Mi situación me parece muy desagradable. Me siento como si estuviera encerrado en chirona de por vida. Y la libertad de abandonar en cualquier momento este remanso de paz me crispa todavía más los nervios. Me tienta la idea de dejar el caserío para volver al pueblo, donde podría esconderme igual de bien y sumarme a la cuadrilla del Lord para ir al otro lado de la frontera... Y, tal vez, de paso, vería de vez en cuando a Fela y podría charlar con ella. Espero que haya olvidado aquel incidente.

Las visitas de mi amante continúan y, cada anochecer, espero su llegada con impaciencia. Es lo único que endulza mi estancia en el caserío y, si no fuera por ella, ya hace tiempo que hubiese cogido el portante. Pero, ni siquiera esto me satisface... ¿Por qué se emperra en no revelarme su nombre? ¡Ya hace tres meses que dura esta historia! Sin embargo, no hago ningún intento de desenmascararla. Si ella lo quiere así, que todo siga como hasta ahora. Dentro de todo, ¡quizá sea lo mejor! En la segunda quincena de marzo soplaron vientos cálidos del oeste. En el aire se husmeaba el hálito de la primavera. Mi añoranza se recrudeció. Distraído, deambulaba por el caserío y por la vivienda. Me daban ganas de volver al trabajo. En tales momentos, me iba a un bosque cercano y vagaba entre las zarzas. De vez en cuando, me colaba a través de la espesura de los árboles hasta la frontera y, a hurtadillas, observaba a los guardias que transitaban por el camino fronterizo. Pero después regresaba al caserío...

Empecé a beber vodka en secreto. Szymon me lo compraba de tapadillo a un campesino de un pueblo vecino que comerciaba con alcohol de producción casera.

Un día fui al bosque con una botella de vodka en el bolsillo. Volví a casa cuando faltaba poco para la puesta de sol. No puedo describir la alegría que experimenté al ver al Lord. Saludé a mi compañero con entusiasmo y le pedí que me contara las novedades. Conversamos un rato muy largo. De pronto, me preguntó:

—¿No te fastidia la vida de aquí?

—¡Y tanto que me fastidia!—le dije.

—Pues, si quieres, hay curro. Como hecho a tu medida. Un poco..., no sé cómo decírtelo..., peligroso, pero se puede sacar una buena tajada.

—¿Qué clase de curro?—le pregunté.

—Guiar «figurillas».

El Lord me dijo que el Cuervecillo buscaba un socio, un chaval formal y arrojado, que, junto con él, quisiera hacer de guía a los prófugos de la Unión Soviética deseosos de cruzar la frontera con Polonia. Su colaborador anterior había caído con el alijo en Minsk, adonde había ido a visitar a unos parientes. Lo habían metido en la cárcel de la checa (que ahora se llamaba GPU). Del Cuervecillo ya he hablado. Es aquel que, durante el baile en casa de Saszka Weblin, le había abierto la cabeza a Alfred Alińczuk con una botella por jugar con los naipes marcados. Acepté de buen grado la propuesta del Lord. No me atraía tanto la perspectiva de unos beneficios suculentos como la de tener un trabajo nuevo e interesante. Además, corría la voz entre los contrabandistas de que el Cuervecillo los tenía bien puestos, y hasta los camorristas y los bravucones más famosos del pueblo lo trataban de igual a igual.

Aquella noche, el Lord no volvió al pueblo, sino que se quedó a dormir en casa de los Dowrylczuk. A la hora de cenar, anunció a todos los presentes que yo me marchaba al día siguiente.

—¿Por mucho tiempo?—preguntó Szymon.

—¡Vete a saber! Tal vez para siempre...

—Quizá lo que nosotros le ofrecemos no le baste—dijo Maciej.

Protesté con energía.

—¡No tengo ninguna queja y siempre guardaré un buen recuerdo de vuestra casa!

—¡Qué le vamos a hacer! ¡Haz lo que quieras!—dijo Maciej—. Y si hace falta, vuelve. En nuestra casa no hay comodidades, pero no te faltará pan.

A pesar de que el Lord dormía en el mismo cuarto que yo y que esto era arriesgado, mi amante silenciosa me visitó por última vez. Se quedó conmigo un largo rato, pero tampoco soltó prenda.

Al día siguiente por la mañana, me despedí de los Dowrylczuk y me marché en compañía del Lord. Me di la vuelta repetidas veces para echar una ojeada a las edificaciones del caserío que desaparecían en la lontananza, y me sentía cada vez más triste. ¡Qué extraño es el corazón humano! La monotonía lo cansa, se aburre de estar rodeado siempre por las mismas personas. Pero en cuanto las abandona, enseguida empieza a echarlas de menos. El sol ya estaba muy alto sobre el cielo. La nieve se fundía. Yo husmeaba la llegada de la primavera en los soplos cálidos del viento. Caminábamos a paso ligero, hablando de muchas cosas. El Lord me dijo que, en esta época, los muchachos hacían pocas rutas. La mayoría habían interrumpido la faena hasta el otoño. Sonia se había fugado del pueblo con Wańka el Bolchevique. En Olechnowicze, los habían visto subir a un tren con destino a Vilnius. Jurlin los había seguido. Decía que iba a matar a aquella perra y a su rufián. Algunos de los salvajes habían caído en la Unión Soviética.

Me di cuenta de que seguíamos el camino de Raków. El Lord me contó que el caserío donde vivía el Cuervecillo estaba sólo a tres kilómetros del pueblo, pero muy bien situado, y que yo encontraría allí una guarida «a prueba de bomba». Le pregunté a mi compañero si el Cuervecillo sabía que yo iba a trabajar con él. El Lord me dijo que habían hablado de ello el día anterior y que le había prometido que, si yo aceptaba la propuesta, me llevaría hoy a su caserío. A dos kilómetros de Raków, el Lord abandonó el camino y dobló a la derecha, hacia el bosque. Caminamos mucho rato por un terreno impracticable. Finalmente, nos hallamos en los límites de un vasto calvero. En un extremo, había una casita de madera ennegrecida, resguardada de las miradas indiscretas por una hilera de abetos. Se abrazaban a ella unos chamizos y unas pocilgas. Un gran perro negro nos salió al encuentro. Se precipitó contra nuestras piernas con unos ladridos furibundos.

—¡Karo! ¡Karo! ¡Ven aquí!

El Cuervecillo salió corriendo de la casa y ahuyentó al perro. Nos saludamos. Tenía un aspecto juvenil. Nadie diría que era un contrabandista experimentado y un famoso guía de «figurillas». Sus ojos azules de niño se reían y todo su rostro se llenaba de risa. Correteaba por el patio, perseguía al perro y parecía un granuja adolescente. Mientras lo mirábamos, tampoco podíamos contener la risa. El Lord dijo:

—¡Para él todo es un juego!

Entramos en la casa. El pequeño cuarto apañado de cualquier manera con unos troncos escuadrados a hachazos tenía un aspecto lúgubre. Cerca de la entrada, había una gran estufa. La parte izquierda estaba delimitada por un largo tabique. El suelo era de barro, las paredes estaban desnudas, una capa de hollín cubría el techo oscuro. Pero la alegría del Cuervecillo iluminaba aquel interior tétrico.

—¡Helcia! ¡Mamaíta!—gritó el chico—. ¡Tenemos

invitados! ¡Preparad la manduca! ¡Y no os quedéis cortas! ¡Es para hoy!

Vi a una viejecita rechoncha que tenía los mismos ojos risueños que su hijo. A su lado se afanaba una muchacha joven de unos quince años, muy parecida a su hermano. Se pusieron a preparar la pitanza.

—¡Acabamos de desayunar!—se excusaba el Lord.

—¡Gran cosa, un desayuno! ¡Yo hablo del almuerzo! ¡Vamos a ponernos las botas!—dijo el Cuervecillo.

El contrabandista se puso a ayudar—aunque sería más exacto decir estorbar—a su madre y a su hermana, que se ajetreaban en torno a los fogones. Después, salió corriendo de la cocina para volver al cabo de unos minutos con cuatro botellas de vodka.

—¡Una por barba y media para mamá y Helcia, porque no tienen bigote!

—¡Miradlo! ¡Como si él tuviera!—repicó la hermana—. ¡Tendrías que pintártelo con carbón!

—¡Pero pronto tendré! ¡Y tú te quedarás con un palmo de narices!

En un periquete, nos prepararon unos entrantes y empezamos a beber vodka. Enseguida entré en calor y me puse de buen humor. Sólo faltaba el Rata... Tenía el presentimiento de que me esperaba un trabajo interesante.

V

La noche era oscura. Soplaba un viento cálido del oeste. El cielo estaba sembrado de miles de estrellas. A oscuras, los ojos sólo eran capaces de distinguir dos trasfondos: el negro del cielo punteado con las chispas de las estrellas desparramadas por doquier, y el blanco de la nieve manchado aquí y allá por los contornos de los árboles y matorrales. El campo estaba cubierto por la papilla aguada y gris de la nieve medio fundida, en la que los pies se hundían hasta el tobillo o resbalaban en todas direcciones. Esto hacía la caminata más difícil. En algún que otro lugar, la nieve que se había fundido durante el día formaba charcos. Por la noche, el frío los revestía de hielo, configurando así infinitas pistas de patinaje para el viento cálido del oeste. Y cuando éste se hartaba, deshacía el hielo con su aliento tórrido y fruncía los charcos con las minúsculas escamas de las olas.

Al cerrar la noche, el Cuervecillo y yo salimos de la casa, dirigiéndonos al bosque. Bajo las chaquetas llevábamos las «alforjas», una especie de enormes chalecos de lona de doble fondo, donde escondíamos la mercancía. El trabajo principal del Cuervecillo era guiar «figurillas» a través de la frontera, pero aprovechaba los viajes para pasar matute. No solía llevar consigo mucha mercancía para no limitar su libertad de movimientos. Llevábamos las alforjas repletas de agujas de sastre, de agujas de gramófono y de leznas de zapatero y de talabartero. Además, ambos cargábamos con unas cuantas decenas de navajas de afeitar. Caminábamos por el bosque cerca de la barraca del Cuervecillo. El perro, Karo, iba a la cabeza. En un lugar, el Cuervecillo se encaramó a la rama de un enorme tilo y sacó de un agujero del tronco un revólver. Era un *nagan* ruso de los que utilizan los oficiales, de repetición automática. Entonces le mostré mi *parabellum*.

Después, fuimos a través del bosque hacia el este. Karo corría adelantado.

—¿Pasas la frontera con el perro?—le pregunté al Cuervecillo.

—Sí. Karo la conoce mejor que yo. Es de confianza. Éste es el tercer año que trabajamos juntos.

Al oír su nombre, el perro se nos acercó, se detuvo y miró al Cuervecillo a los ojos.

—¡Anda! ¡No te pares!—le dijo el contrabandista.

El perro volvió a adelantarse una docena de pasos. Llegamos a los confines del bosque. Vi un gran espacio abierto. La frontera estaba a tres kilómetros, y unos doscientos pasos nos separaban del camino que une Wołma con Raków. Nos sentamos sobre el tronco de un árbol caído. Esperábamos a que oscureciera más. Vaciamos una botella de vodka y nos fumamos algunos cigarrillos. Después, en cuanto oscureció del todo, nos dirigimos lentamente a campo traviesa hacia la frontera. Nos habíamos untado las botas con grandes cantidades de aceite de ricino para que no se empaparan de agua. Cerca de la frontera, descansamos un cuarto de hora con los oídos bien abiertos. Karo tomó la delantera. Lo seguimos. La nieve crujía profiriendo un sonido amortiguado. Pronto alcanzamos la frontera. La reconocimos por la gran cantidad de huellas que atravesaban la blancura de la nieve de sur a norte y viceversa. El camino era muy pesado. Hundirse continuamente hasta las rodillas y tener que sacar los pies de aquella espesa masa nívea era agotador. De golpe, el Cuervecillo se detuvo. Me acerqué a él.

—¿Qué ocurre?

—¿Te atreves a arriesgarte?—me preguntó en vez de contestar a mi pregunta.

—¿De qué se trata?

—Si te atreves, podemos ir por el camino. Yo a menudo voy por caminos.

—De acuerdo—dije—. Vayamos por el camino.

—Y si tropezamos con un demonio...—El Cuervecillo blandió su *nagan*.

Dicho y hecho: enfilamos el camino. Estaba lleno de baches y de agujeros dejados por las pezuñas de los caballos. De vez en cuando, lo cortaban anchos charcos. Pero, a pesar de ello, andar por allí era más fácil que por campo abierto. Por lo menos, los pies no se hundían en la nieve. A cambio, era muy resbaladizo. A lo lejos, vislumbramos las luces de un pueblo. Nos llegaron los ladridos de los perros. El Cuervecillo se detuvo.

—¿Atravesamos el pueblo o damos un rodeo?

—¿Hay «caravinagres» por allí?

—No... Al menos, antes no había ninguno...

—Pues, crucemos el pueblo.

Pronto atravesamos un arroyo por una pasarela para entrar en un gran pueblo que se extendía a ambos lados de una calle muy estrecha, trazando un ancho semicírculo. La nieve que cubría la calle era gris, casi negra, y en muchos sitios se mezclaba con el lodo. Avanzábamos a buen paso. A derecha y a izquierda, en las ventanas minúsculas de las casas agazapadas a la vera del camino, titilaban unos miserables reflejos amarillos. Aquí y allá, en los patios, se oían voces humanas. Parecían voces excitadas y llenas de ira. En la mayoría de los casos, mascullaban maldiciones. En un lugar, el Cuervecillo se acercó a una valla y arrancó una estaca. Probablemente, lo hizo porque había oído aullar a unos perros. Karo ya no corría delante de nosotros, sino que se mantenía muy cerca. Todavía dejamos atrás unas cuantas casas. En cuanto llegamos al centro del pueblo, nos rodearon unos perros que empezaron a ladrar. El Cuervecillo los ahuyentó a golpes de estaca. Siguieron ladrando y nos perseguían, pero a una distancia prudente. Karo iba tranquilo en cabeza. De repente, por la puerta de un patio salieron dos hombres. Cuando nos acercamos a ellos, nos iluminaron con una linterna de bolsillo. Se oyó una voz:

—¡Eh, vosotros! ¿Se puede saber adónde vais?

—¡No es asunto tuyo!—contestó el Cuervecillo.

—Soy el secretario del *Volispolkom*.[1]

—Me alegro. ¡Pues, vete a tu *Volispolkom* y duerme la mona, porque vas trompa!

—¿Qué has dicho?

—Nada. ¡Apártate!

El Cuervecillo quería pasar, pero el secretario del *Volispolkom* lo agarró por el brazo. Entonces, el Cuervecillo le asestó un garrotazo en la cabeza. En aquel mismo momento, Karo se abalanzó sobre la garganta del secretario. El otro hombre quiso darse el bote, pero le eché la zancadilla y se cayó en el fango. El Cuervecillo los zurró con la estaca. Los gritos despabilaron las calles. En la oscuridad, relampaguearon unos fuegos. Dejamos a los dos hombres tendidos en el suelo y retomamos precipitadamente nuestro camino. Entonces, se desgañitaron de una manera espeluznante:

—¡A por ellos! ¡A por ellos! ¡Ladrones! ¡Bandidos! ¡A por ellos!

En las tinieblas, retumbaron unos pasos que se acercaban a todo correr. Lancé un haz de luz de mi linterna hacia atrás y vimos a una docena de hombres que nos perseguían con garrotes en la mano.

—¡Va, suéltales una traca! ¡Que se diviertan!—dijo el Cuervecillo.

---

[1] En ruso, *Volostnoi Ispolitelnyi Komitet*, «Comité Ejecutivo Comarcal». (*N. del A.*)

Les mandé un puñado de balas de mi pipa. Oí unas pisadas aún más fuertes, pero ahora ya no se acercaban, sino que se alejaban a gran velocidad.

—¡Les ha dado por correr los cien metros lisos!—dijo el Cuervecillo.

Aceleramos el paso. Al salir del pueblo, abandonamos el camino para continuar a campo traviesa. El Cuervecillo sospechaba que el secretario iba a llamar por teléfono al pueblo vecino, donde estacionaba una guarnición de *zagraditelnyi otriad*.[1] O sea que podíamos esperar una batida. Reiniciamos la larga y pesada caminata a través de los campos de labor. Resultaba particularmente difícil avanzar sobre las glebas por estar la tierra aún helada y cubierta por una costra de escarcha que no ofrecía a los pies un apoyo lo bastante firme. Al cabo de mucho rato, salimos de aquel terreno resbaladizo y volvimos al camino para hacer unos cinco kilómetros más. Después, doblamos a la derecha y, a campo traviesa, alcanzamos un bosque.

A las cuatro de la madrugada llegamos a un caserío solitario. El Cuervecillo hizo pasar primero al perro, mientras nosotros avanzábamos poco a poco hacia las edificaciones. Nada delataba la presencia de forasteros. Con las armas en la mano, nos acercamos a una ventana que daba al camino y que no estaba protegida con postigos. El Cuervecillo la iluminó con la linterna. Entre una cortina blanca y el batiente, vi una maceta con geranios, la señal convenida de que en el caserío todo estaba en orden y no había gente extraña. El Cuervecillo golpeó el cristal con los nudillos. Durante un buen rato no hubo ninguna respuesta. Cuando, tras dejar que pasaran unos

[1] En ruso, «destacamento de guardia fronteriza». (*N. de los T.*)

minutos, volvió a llamar con más insistencia, se oyó en el interior una voz femenina:

—¿Quién va y qué desea?

—¡Abre, Stasia!—respondió el Cuervecillo.

—¡Espera! ¡Ya voy!

—¡No tienes que vestirte, así también te reconoceré!

Al cabo de un rato, alguien descorrió la cortina y quitó la maceta. El Cuervecillo se subió al alféizar, saltando con gran agilidad, y se coló en la casa por la ventana. Seguí su ejemplo. El muchacho llamó al perro y Karo también entró por la ventana. Estábamos en una cocina. En un primer momento, a oscuras. Stasia salió corriendo de la casa para cerrar los postigos.

—¿Geniusia, todavía no estás durmiendo?—preguntó el Cuervecillo—. Podrías hacerme sitio a tu lado para que me caliente sobre la estufa... Entre tus muslos cálidos...

—¡Y un cuerno, granuja! Sube aquí y verás cómo te arderán las orejas. ¡Qué te has pensado! ¡Ajo y agua!

Oigo una risotada. Vuelve Stasia y enciende la lámpara de la mesa. El lado izquierdo de la cocina está ocupado por una gran estufa. Por un lado la tapa una cortina larga y floreada a través de la cual unos ojos inquisidores nos lanzan miradas curiosas. Nos libramos de las chaquetas y, acto seguido, de las alforjas. Sacamos de los bolsillos cuatro botellas de alcohol. La puerta se abre y entra en la cocina una mujer de unos cuarenta años, alta y corpulenta. Parpadea deslumbrada por la luz y se rasca las nalgas. Lleva una bata rosa, holgada y desteñida, y unas zapatillas que dejan entrever unos pies desnudos. Es Marianna Zych, la propietaria del caserío y madre de seis hijas. En el caserío no había hombres, si no contamos a un jornalero corto de entendederas llamado Onufry que tenía la misma edad que su ama y vivía allí desde hacía más de diez años. Le habían dado un techo para que cuidase de los caballos y fuese al bosque a por leña. El resto de los trabajos de la finca los hacía con sus propias fuerzas la «brigada femenina», como la llamaba el Cuervecillo. La finca no era muy grande y las mujeres se las arreglaban sin problemas. La madre del Cuervecillo era una parienta lejana de Marianna.

Marianna Zych regentaba aquel punto de enlace a medio camino entre Nowy Dwór y Piotrowszczyzna, al sudoeste de Minsk. Los intermediaros buscaban en la ciudad a personas que quisieran pasar clandestinamente de la Unión Soviética a Polonia. A cambio de una retribución astronómica, las llevaban al punto de enlace de Marianna y, desde allí, el Cuervecillo las guiaba a través de la frontera. Aquél era el tercer año que se dedicaba a este negocio sin renegar no obstante del contrabando.

Vaciamos las alforjas y Marianna, con la ayuda de Stasia, su hija mayor, clasificó e inventarió la mercancía. A continuación, se puso a echar números con el Cuervecillo (solían hacer estas cosas en un decir Jesús). El precio de todo el alijo se fijó en trescientos setenta dólares. A mí me tocaron veinte.

Más tarde, Stasia y Marianna nos prepararon el desayuno. Después de desayunar, el ama dijo:

—Bueno, muchachos. ¡Subid al desván a dormir!

—¡Y un cuerno!—gritó el Cuervecillo—. ¿Al desván? ¡Prefiero dormir sobre la estufa!

Saltó a la repisa. Desde allí se zambulló bajo la cortina y se subió arriba. Se oyeron gritos, chillidos y risas.

—¡Fuera de aquí! ¡Sinvergüenza!

Enseguida, el Cuervecillo saltó de la estufa al suelo, perseguido por una lluvia de puñetazos. Acto seguido, cogimos dos zamarras largas y, acompañados de Marianna y Stasia, que llevaba una lámpara de queroseno, fuimos al zaguán donde había una escalera que conducía al altillo. El Cuervecillo se encaramó y llamó al perro. Karo subió con mucha maña por los peldaños de la escalera. Un vez en el desván, Marianna nos dijo:

—¡No encendáis las linternas y no provoquéis un incendio!

—Bueno, bueno—contestó el Cuervecillo.

Medio desván estaba ocupado por gavillas de paja hacinadas hasta el techo. El Cuervecillo sacó unas cuantas por un lado y me mandó meterme en aquel agujero. Karo me siguió. Entonces, el Cuervecillo volvió a colocar las gavillas de paja en la entrada de aquel túnel para camuflarla. Stasia, que había subido al desván detrás de nosotros, le echó una mano desde fuera. Adentro, había un espacio vacío bastante grande donde podían esconderse hasta diez personas. La pequeña claraboya del tejado estaba tapada con un retazo de un pañuelo negro de lana. Era una posible vía de escape en caso de peligro. Improvisamos una yacija cómoda y pronto conciliamos el sueño.

Cerraba la noche. El Cuervecillo y yo, acompañados de Marianna, que vestía una larga zamarra amarilla y unas botas de badana de caña alta, nos dirigíamos al bosque cercano. Marianna llevaba en la mano un largo bastón que le servía para apoyarse mientras caminaba. Karo iba a la cabeza.

—¿Cuántos son?—preguntó el Cuervecillo.

—Cinco—contestó Marianna.

—¿Qué clase de gente?

—No lo sé. Yo no les pido los papeles. ¡Pero no son de fiar! ¡Más vale que te andes con cuidado!

—¿Por qué dices que no son de fiar?

—¡Porque son demasiado bien educados! Continuamente dicen: «lo que usted diga, señora...», «ahora mismo, señora...». Tienen que ser nihilistas o intelectuales...

Caminábamos por el bosque. De improviso, apareció una casita. De ella salió un anciano de pelo blanco. A pesar de su edad provecta, era un torbellino y gesticulaba con viveza mientras hablaba con el Cuervecillo y Marianna.

—¡Hola, Hongo! ¿Cómo van las cosas? ¿Todo bien?

—¡Y tanto! ¡Y tanto!... ¡Como siempre!...

—¿Les has llevado la comida?

—¡Cómo no! ¡Cómo no!

—Pues, ¡vamos a verlos!

Nos adentramos en un bosque espeso. Tras una breve caminata vi la techumbre de una bodega excavada en la tierra. En la parte anterior, había un escotillón cerrado con un candado de hierro, todo cubierto de orín. El Hongo no se acercó al escotillón, sino que dio la vuelta a la techumbre y sacó unos tablones de la parte trasera. Después, se inclinó y dijo:

—¡Salid! ¡Es hora de ponerse en camino!

Unos individuos salieron a la superficie. Cada uno llevaba una ropa distinta, pero cuando los miré de cerca, noté que todos tenían en la cara la misma expresión indefinible donde la atención de un investigador se mezclaba con la mirada fría de un campeón de boxeo, con la ingenuidad de un niño, con la curiosidad de un hombre que se enfrenta a unos personajes extraños a quienes tiene que confiar su vida y, finalmente, con la tristeza tierna de una persona tranquila y resignada a todo. Llevaban chaquetas y paltós raídos. Dos de ellos calzaban botas, los demás, zapatos. Uno estaba tocado con un casquete militar llamado popularmente «grano de cebada», otro con una gran gorra con orejeras, dos llevaban montera y el quinto lucía un enorme chacó de pieles. Esta indumentaria no cuadraba con ellos. Lo noté enseguida. Parecían militares o deportistas andrajosos. Sus movimientos eran racionales y ágiles. Tenían la espalda recta. Al salir del subterráneo, uno de ellos saludó a Marianna:

—¡Le presento mis respetos, señora! ¿Hoy es cuando comienza la travesía?

—Sí. Estos dos—la mujer nos señaló con la mano—os van a conducir al otro lado de la frontera hasta el próximo punto de enlace.

Todos nos lanzaron una mirada llena de curiosidad. En sus ojos se podían leer la alegría y el miedo. Tal vez les sorprendiera ver a dos muchachos tan jóvenes. Debían de haberse imaginado que sus guías serían unos esbirros gigantes y repulsivos.

Anocheció. Avanzábamos poco a poco a través del bosque por una vereda estrecha. El Cuervecillo iba al frente, las «figurillas» lo seguían y yo cerraba la comitiva. En el bosque, la nieve se mantenía mejor que en campo abierto, y siempre que nos apartábamos de la vereda, se resquebrajaba bajo nuestros pies con un crujido. Entonces volvíamos a la vereda, que pronto nos condujo hasta los confines del bosque, cerca de un camino trillado por los trineos. El anochecer era cálido y oscuro. En el bosque se oían rumores extraños. Las ramas de los árboles crujían; capas de nieve helada se desprendían del ramaje. El Cuervecillo se detuvo. Se sacó del bolsillo una botella de alcohol. Hizo saltar el tapón dando una palmada seca en el culo de la botella y, con la cabeza inclinada hacia atrás, empezó a beber a morro. Observé unas sonrisas casi imperceptibles en las caras de las «figurillas». No entendían que un mocoso pudiese beber de aquella manera. El Cuervecillo me pasó la botella.

—¡Toma!... ¡Mama y pásasela al siguiente!

Eché un trago de espíritu de vino y les pasé la botella a las «figurillas», diciendo:

—Haced una ronda... ¡Así os calentaréis!

Empezaron a beber, engullendo con dificultad el alcohol puro. Casi todos se atragantaban y tosían. Entre cinco, apenas lograron apurar media botella. El Cuervecillo y yo acabamos con el resto. A continuación, mi compañero dijo:

—Quien quiera fumar, que fume ahora... ¡Más tarde, estará prohibido!

Todos encendieron un cigarrillo.

—¿Falta mucho para la frontera?—me preguntó uno de los hombres que guiábamos.

—Mucho.

—¿Hay mucha vigilancia?

—No... Quiero decir: según se mire. Siempre hay alguna manera de cruzarla.

También le preguntaron muchas cosas al Cuervecillo, y él les contestaba, pero a regañadientes. Tras un breve descanso, reiniciamos la marcha. Avanzábamos por los campos de cultivo que, en algunos puntos, estaban ya del todo libres de nieve. Pronto alcanzamos la orilla del Ptycz. Nos dirigimos a Nowy Dwór. El camino era pesado. Las piernas se nos hundían en el aguanieve. Finalmente, vislumbramos los contornos borrosos de la pasarela. El Cuervecillo se detuvo, aguzando los oídos durante un buen rato. Después, continuó adelante. Lo seguimos. Entramos en el puentecillo. Las pisadas hacían retumbar los tablones helados. Yo caminaba lentamente a la zaga de nuestro séquito sin esperar ninguna sorpresa desagradable. De improviso, en la oscuridad relampagueó una llamarada procedente del cañón de un fusil y resonó un disparo. Las «figurillas» se detuvieron. Eché a correr hacia adelante. Me saqué del bolsillo la *parabellum*. Lancé un ráfaga de luz con la linterna. Vi al Cuervecillo aferrado con la mano izquierda al cañón de un fusil, mientras que, con la derecha, apuntaba su *nagan* al pecho de un soldado rojo. Al principio, no lograba distinguirlos bien, porque el soldado rojo yacía tumbado debajo del perro que lo inmovilizaba con las patas y el morro. Oí la voz del Cuervecillo.

—¡Karo, fuera! ¡Suelta!

El perro se apartó de un salto y se quedó inmóvil, dispuesto a abalanzarse en cualquier momento sobre el enemigo. El soldado rojo soltó la culata del fusil y el Cuervecillo tiró el arma al río. Se oyó un chapoteo.

—¡Arriba!—le dijo al soldado el Cuervecillo.

Cuando éste se levantó, el Cuervecillo masculló un reniego y dijo:

—¿Esto es lo que os enseñan: primero disparar y después dar el alto?

—Me ha asustado el perro, camarada. ¡Pensaba que era un lobo!

—¡El único lobo que hay por aquí eres tú!... ¿Conoces Dulicze?

—Sí.

—¿Está lejos de aquí?

—¡Y tanto!

—Pues, venga, ¡llévanos allí! Pero cuidado: ¡un paso en falso y te pegaré un tiro en la nuca! ¡Si intentas darte el piro, te atrapará el perro!...

—¡No me las voy a pirar!... ¡Os llevaré adonde queráis!...

Continuamos la marcha. El soldado rojo iba primero, detrás de él el Cuervecillo, después las «figurillas» y, al final de todo, yo. Íbamos por caminos y veredas estrechas casi invisibles bajo la nieve. El soldado rojo procuraba ahorrarnos encuentros indeseables. Tenía miedo de que lo matáramos.

Al cabo de una hora y media de caminar a campo traviesa, vimos a mano izquierda un bosque, y a mano derecha los fuegos en las ventanas de unas casas. Aquello era Dulicze. Allí, el Cuervecillo le mandó al soldado rojo que caminara delante de mí y lo relevó como guía. Yo observaba con atención la silueta gris del soldado. Al cabo de una hora de vagar por los zarzales, enfilamos un sendero forestal bien trillado. Allí, el Cuervecillo detuvo nuestra procesión y se acercó al soldado rojo. Le mostró el camino y dijo:

—Deberíamos reventarte la cachola por habernos disparado sin aviso, pero no quiero mancharme las manos de sangre. Vuelve rápidamente con los tuyos. Diles que te han atacado cien bandidos y diez tigres. ¡Te darán la medalla al valor! ¡Anda! ¡Largo de aquí!

El soldado rojo enfiló el sendero en dirección al bosque y desapareció al instante en la oscuridad. Y nosotros proseguimos la marcha. «¡La suerte no nos acompaña!», pensé. «¡A la ida, nos cerraron el paso aquí! ¡A la vuelta, más de lo mismo!» Las «figurillas» se habían cansado mucho y pidieron que hiciéramos un descanso cada dos o tres kilómetros. El Cuervecillo miró el reloj y les dijo:

—¡Descansáis demasiado! Ahora os daré un respiro más largo, pero después iremos de un tirón hasta la frontera. No podemos perder el tiempo... Son las dos. Si en la frontera empiezan a pisarnos los talones, tendremos que buscarnos otro sitio para atravesarla, y esto requiere tiempo. ¿Entendido?

—De acuerdo. Haremos lo que podamos.

—El camino es muy malo—se oyeron las voces de las «figurillas».

Tras hacer una parada un poco más larga, continuamos hacia delante a toda prisa. El Cuervecillo nos guiaba por un camino bien trillado que atravesaba campos y bosques. Era la primera vez que yo hacía aquella ruta, pero conocía bien los parajes. Llegamos a la orilla de un arroyo. Ya estábamos en la segunda línea de la frontera. Doblamos a la derecha. Vi un largo tronco de árbol tendido por encima del agua. Karo corrió a la otra orilla del arroyo y olisqueó los matorrales. Pronto se reunió con nosotros. El Cuervecillo empezó la travesía. Pasó ágilmente por el tronco a la otra orilla. Después, las «figurillas» se sentaron sobre el tronco a horcajadas, se apoyaron con ambas manos y se arrastraron lentamente de un extremo hasta el otro. Mientras esperaba a que todo el mundo acabara de cruzar el arroyo, escudriñaba con la *parabellum* en ristre el gran espacio abierto que se extendía entre el agua y el bosque. Me obsesionaba la sensación de que allí, en el límite del bosque, había gente... Tal vez se escondiera en aquel lugar una cuadrilla de contrabandistas en espera del momento propicio para cruzar la segunda línea y salvar el arroyo.

Ha terminado la travesía. Avanzamos poco a poco por el bosque. Noto que la gente que guiamos está muy inquieta. Procuramos hacer el menor ruido posible. El Cuervecillo ha soltado al perro para que corra como avanzadilla. Finalmente, llegamos a la frontera. El Cuervecillo se detiene y permanecemos inmóviles durante un largo rato... Capto unos rumores. Llegan a mis oídos con más y más claridad. El Cuervecillo reinicia cautelosamente la marcha y se acerca a un islote de abetos que crecen apiñados. Allí nos agrupamos y, sin hacer ningún movimiento, aguzamos los oídos. Los rumores ora aumentan, ora se apagan del todo. «O son contrabandistas, o "caravinagres"», pienso sin salir de nuestro escondrijo. Me da la sensación de que los rumores nos rodean de lejos y huyen hacia la frontera. «¿Serán los salvajes?» De repente, a la izquierda y en diagonal, restallan uno tras otro varios disparos que retumban por el bosque. A continuación, se oyen unas voces humanas:

—¡Alto! ¡Alto!... ¡Manos arriba!

«¡Primero matan y después dan el alto!», pienso, prestando oído a aquellos ruidos. El Cuervecillo sale de nuestro escondrijo y dice por lo bajinis:

—No os quedéis atrás... ¡Avanzad en silencio!

Se pone en marcha. Lo seguimos. Tengo el arma a punto para disparar. Y el ruido de la izquierda no cesa. Oigo tiros, gritos y pisadas. Calculo que todo esto se produce a unos cuantos centenares de pasos de nosotros. Salimos al camino fronterizo. Sobre la nieve, vemos un sinnúmero de huellas que van en todas las direcciones. Hay rastros de hombre y de animal. Forman el gran libro de la frontera que enseña cosas de lo más interesantes a quien sabe leerlo. Dejamos en aquel libro nuestras improntas y nos adentramos en el bosque por el lado polaco de la frontera.

Antes del amanecer, condujimos a las «figurillas» a un granero que estaba a las afueras del pueblo. Me quedé junto a la puerta, mientras el Cuervecillo iba a la casa de la judía que era la propietaria de aquel punto de enlace. Regresó al cuarto de hora. Le acompañaba un judío viejo. Entramos juntos en el granero. El Cuervecillo se dirigió a aquella gente:

—Estáis en Polonia. Éste es el punto de enlace. Aquí os lo explicarán todo y os echarán una mano, si necesitáis algo... A partir de ahora, tenéis que espabilaros por vuestra cuenta. Os deseo suerte.

Las «figurillas» se acercaron a nosotros. Uno de ellos, el mayor de todos, quería darle al Cuervecillo, y después a mí, unas monedas de oro. El Cuervecillo no las aceptó, ni yo tampoco. Dijo:

—Nosotros ya estamos pagados... En el punto de encuentro de Minsk pagasteis por todo el viaje... No os queremos dejar sin blanca. Con lo que ganamos, tenemos suficiente.

—¡Esto no es una paga! Es una muestra de agradecimiento por el trabajo que habéis hecho. Además, nos lo podemos permitir.

—¡Entonces es otra cosa!—dijo el Cuervecillo—. Si es como decís, soltad la pasta.

Aceptó los sesenta rublos en monedas de oro que ofrecían, y a mí me dio treinta. Después, salimos del granero y nos dirigimos por callejones laterales hacia Słobódka. Cuando llegamos a casa del Cuervecillo, ya clareaba. El cielo se iba ruborizando... Anunciaba la llegada del alba.

VI

La primavera. Se habían acabado las rutas blancas y habían empezado las negras. Pero los contrabandistas iban poco al otro lado de la frontera. Las noches eran breves, los caminos impracticables. La frontera y toda la zona adyacente estaban bien vigiladas. En comparación con la temporada de oro, ahora sólo trabajaba un diez por ciento de los contrabandistas. La mercancía se pasaba al extranjero a un ritmo irregular: se elegían únicamente las noches más propicias. Las cuadrillas más antiguas habían suspendido la faena por mucho tiempo. En cambio, salían los bisoños, contrabandistas jóvenes y sin experiencia que no sabían ni jota de este oficio. Muy a menudo caían en manos de los guardias, pero enseguida los relevaban otros novatos, movidos por el afán de ganar unos rublos para la bebida.

Estuve cinco veces en el extranjero con el Cuervecillo. Seguíamos pasando «figurillas» a Polonia. Mi compañero me dijo que aquellos cinco que habíamos guiado a través de la frontera durante nuestra primera expedición eran oficiales.

—¿Cómo lo sabes?—le pregunté.

—¡Tengo buen olfato!... He pasado por la frontera centenares de personas de toda clase. ¡En un santiamén veo quién es quién!

La tercera vez llevamos al punto de enlace a dos mujeres con dos críos y a un hombre de edad que las acompañaba. Nos dieron muchos quebraderos de cabeza. Las mujeres se cansaron enseguida, los churumbeles lloraban, y perdimos toda una jornada escondidos en el bosque para cruzar la frontera a la noche siguiente. La cuarta vez condujimos a Polonia a un sacerdote ortodoxo con su mujer y su hija. Tenían mucho miedo. El pope repetía sin cesar:

—¡Ojalá, queridos míos, todo salga como Dios manda!

—¡Con nosotros todo sale siempre como Dios manda!—le contestaba el Cuervecillo.

Además de hacerles de guía a las «figurillas», pasábamos algo de matute. Con cada viaje ganábamos entre sesenta y ciento cincuenta rublos en monedas de oro. Tras volver del extranjero, solíamos tomarnos entre dos y cuatro días de descanso antes de ponernos de nuevo en camino. El Cuervecillo era el encargado de gestionar nuestros asuntos. Adquiría el género. Y yo me quedaba en casa a la espera de su regreso, o vagaba por los bosques, que se habían cubierto de verdor primaveral y ofrecían un aspecto magnífico. Cuando volvimos del extranjero por quinta vez, el Cuervecillo bajó como siempre al pueblo, mientras que yo me fui a dormir. Mi compañero no regresó en todo el día y toda la noche siguientes. Esto me alarmó, porque me había prometido que nos veríamos aquella misma tarde. Al día siguiente, tampoco se presentó, o sea que decidí ir al punto de enlace al atardecer para averiguar qué le había ocurrido. Pero, poco antes de la puesta de sol, vino a verme el Rata. Estaba fuera de sí. Nunca lo había visto tan agitado.

—¿Qué te pasa?... ¿Dónde está el Cuervecillo?...—le pregunté.

—¡El Cuervecillo está en las últimas! ¡No sé si sobrevivirá! Se lo han llevado al hospital. El Lord está detenido...

—¿Por qué?

—¡Salió en defensa del Cuervecillo! ¡Palurdos! ¡Canallas! ¡Paletos!—maldecía el Rata.

Por su relato caótico, me enteré de lo que voy a contar a continuación. El día anterior, a eso de las doce, el Cuervecillo y el Lord habían ido a echar un trago a la taberna de Ginta. No había allí ninguno de nuestros muchachos. El salón estaba hasta los topes de bisoños. Borrachos, armaban una bronca detrás de otra. Bebía con ellos Alfred Alińczuk, que negociaba algún trato. Cuando el Cuervecillo y el Lord se sentaron junto a la mesa del rincón, los bisoños empezaron a tocarle las narices al Cuervecillo. Los azuzaba Alfred, que nunca le había perdonado el botellazo de aquella memorable noche en la casa de Saszka. Uno de los bisoños, completamente trompa, le lanzó un trozo de arenque en la cara. El Cuervecillo se le tiró encima y le arreó un mamporro. Otros novatos acudieron en ayuda de su compañero. Se armó un bochinche. Luchaban a puñetazo limpio, a botellazos y golpes de silla. Algunos de los bisoños sacaron las navajas. Tumbaron al Cuervecillo en el suelo. Entonces, el Lord desenfundó el revólver. Disparó repetidas veces al aire para acoquinarlos y, cuando cundió el pánico, arremetió con una silla contra los novatos que huían. Hirió de gravedad a dos. Lo arrestaron. El Cuervecillo recibió muchos navajazos. Alfred huyó apenas empezó la zapatiesta.

El relato me impresionó muchísimo.

—¿Y ahora, qué?—le pregunté al Rata.

—Que me aspen si lo sé. El Cuervecillo está malherido. Dudo que salga de ésta. ¡Y al Lord le caerá una buena castaña por tenencia ilícita de armas y por lesiones graves!

—¡Mal asunto!

—¡Malo!—confirmó el Rata.

—¡Los dos nos hemos quedado sin trabajo al mismo tiempo! Porque el grupo del Lord se ha ido al traste.

Pensativo, el Rata tardó mucho en contestarme. Después dijo:

—¡Esto se verá!

El Rata dio una patada en el suelo. Apretaba los puños.

—¡No se lo perdonaré nunca!... ¡Jamás!... ¡Y a ese Alfred, tampoco!—decía mi compañero, intentando dominar la ira.

Calló y se quedó durante un buen rato con la mirada clavada en el infinito.

—¿Tienes vodka?—preguntó.

—Queda un poco.

—¡Tráemelo! ¡Canallas! ¡Hijos de mala madre!—volvió a imprecar el Rata.

Traje una botella de vodka. Mi compañero apuró de una sentada casi la mitad, después encendió un cigarrillo y, escupiendo a diestra y siniestra, dijo:

—Tú tranquilo. No te preocupes. Saldremos adelante y todavía le echaremos una mano al Lord. Y ahora hay que mandar a la madre del Cuervecillo a ver a su hijo. ¡Vamos a buscarla!

Entramos en la casa. El Rata le contó a la madre del Cuervecillo a grandes rasgos la historia del incidente de su hijo. La anciana se vistió en un decir Jesús y salió de casa acompañada del Rata. Al despedirse, el Rata me dijo:

—No te alejes demasiado. Cuando arregle mis asuntos en el pueblo, vendré a buscarte.

Volvió al día siguiente, al atardecer. Ya iba ajumado. Me saludó cordialmente y lanzó:

—¡Bueno, compañero! ¡A trabajar! ¡Les aguaremos la fiesta!

—¿A quién? ¿De qué me estás hablando?

—A los novatos. ¡No les dejaré pasar ni un miserable alijo! Haré que caigan todos sin excepción. Pero, ojo, ¡no podemos aflojar las tuercas!

—¿Dónde está el Cuervecillo?—le pregunté al Rata.

—Lo han trasladado al hospital de Vilnius. Van a operarlo. Su madre ha ido con él.

—¿Y el Lord?

—Lo han mandado a Iwieniec. Al juez de instrucción.

—¿A qué trabajo te refieres?

—¡Por ahora, basta! Éste es un tema para una conversación más larga. Después te lo explicaré todo con detalle.

Apuramos una botella de vodka y el Rata empezó a hablar:

—Mientras en la frontera sólo trabajaban los nuestros, todo iba sobre ruedas. Después, aparecieron los bisoños. Faenan por cuatro duros. ¡Se pisan uno al otro! Se denuncian mutuamente. ¡Dirías que no son contrabandistas, sino un pandilla de palurdos! ¡Sus maquinistas también son unos charranes! Ni siquiera los salvajes quieren tratos con ellos. ¡Le pidieron al Siluro que les hiciera de maquinista y él les contestó que prefería pasar hambre o servir en una casa judía a hacer negocios con un hatajo de animales! El Buldog les contestó lo mismo. Antes, el contrabandista era todo un señor, y ahora es un macarra, un canalla y un hampón. ¡Ahora, por una botella de aguardiente, un novato bardearía hasta al tío más legal! ¡Es lo que le han hecho al Cuervecillo por lo de Alfred! ¿Sabes qué se me acaba de ocurrir?

Yo estaba intrigado por aquel sermón del Rata, o sea que le interrumpí:

—Quisiera saber de una vez qué te ronda por la cabeza.

—Quiero atacar a las cuadrillas de bisoños para desplumarlos. Si esto se repite, los mercaderes dejarán de suministrarles el género. ¿Comprendes?

—¿Y cómo vas a saber por dónde pasan?

—Me enteraré a través de sus maquinistas, de boca de los muchachos de la propia cuadrilla, o bien los espiaré. ¡Yo me apaño! ¡Daremos el golpe aquí, en la zona fronteriza, o todavía mejor, en la Unión Soviética!

El Rata me explicaba con un entusiasmo creciente cómo pensaba llevar a cabo su propósito. Yo asentía a todo y, de vez en cuando, metía baza. Poco antes de marcharse, mi compañero me dijo:

—¡Esta chusma nos ha dejado sin los mejores muchachos y sin trabajo! ¡Pero nos las pagarán!

Al cabo de unos días volvió de Vilnius la madre del Cuervecillo. Su hijo había muerto en el hospital, y tanto la madre como la hija lloraron su pérdida a lágrima viva. Al verlas tan desesperadas, sentía cada vez más odio hacia los bisoños. Esperaba el regreso del Rata con impaciencia, pero él se había metido Dios sabe dónde y yo ya empezaba a temer por si le había ocurrido alguna desgracia. Finalmente, vino pasados unos días. Me saludó con alegría:

—Ya hace tiempo que habríamos puesto manos a la obra, pero no encontraba a nadie adecuado para completar el trío. Y que no lo conocieran los novatos.

—¿Lo has encontrado?

—¡Cómo no! ¡Pero tuve que ir a buscarlo hasta Radoszkowicze!

—¿Quién es?

—Janek el Sepulturero. No lo conoces. Es un tío legal, de toda confianza. Y muy valiente. Igual sirve para un barrido que para un fregado. Y no es nada roñoso... ¿Sabes dónde lo he dejado?

—¿Dónde?

—En casa de Pietrek el Filósofo. Esta noche traeremos aquí un montón de cosas. Yo viviré en el pueblo y estaré al tanto de lo que pasa, y vosotros dos aquí... Hay que hablar con la madre del Cuervecillo.

Llamamos a la vieja para preguntarle si aceptaba tenernos en casa y si la podíamos convertir en un punto de enlace. Accedió con alegría. El Rata le dijo que le pagaríamos bien.

—¡Aunque no me pagarais!—dijo la anciana—. Erais sus amigos... ¡Ésta es vuestra casa!—Y se puso a llorar.

—No llore, madre—le dijo el Rata—. La vida no ha terminado... No hay que desesperar. Va a sacar una buena tajada del punto de enlace. Si hay suerte y podemos trabajar bastante tiempo, reunirá una buena dote para Helcia.

Me había olvidado de decir que Karo, el perro del Cuervecillo, murió en la reyerta con los novatos. Se les echó encima en defensa de su amo. Les desgarró las manos, las piernas y la cara. Pero uno de los novatos, que yacía en el suelo, lo abrió en canal con un cuchillo. También me había olvidado de decir que Julek el Loco había muerto en el hospital de tuberculosos. Me lo comunicó Pietrek el Filósofo a través del Rata.

Por la noche, vino a verme el Rata acompañado de Janek el Sepulturero. Era un hombre de media estatura, bastante corpulento y muy astuto. Tenía un pelo rubio que le clareaba por delante formando una calvicie de considerable tamaño. Sonreía a menudo y entornaba sus ojos grises y penetrantes. Debía de tener cuarenta tacos. Solía frotarse las manos diciendo: «¡Esto está hecho!... ¡De primera!» Mis compañeros habían traído dos grandes paquetes. Los desenvolvimos en el desván, donde teníamos nuestro escondrijo y desde donde era fácil escabullirse por el tejado del granero sin despertar a la madre del Cuervecillo ni a su hermana Helcia. En caso de peligro, desde allí se podía huir a través de unos agujeros abiertos en el tejado expresamente para esta eventualidad. Y el bosque nos rodeaba por todos los lados. Dentro de los paquetes, había una gran cantidad de ropa y los utensilios necesarios para una caracterización no demasiado complicada. Después de guardarlo todo, celebramos un consejo.

—Tenemos pocas armas—dijo el Rata—. Dos pipas para tres. Pero mañana habrá más.

—¿De dónde las has sacado?—le pregunté.

—¿De dónde?—El Rata sonrió y dijo—: Ya te enterarás. ¡Mañana hacemos nuestro primer trabajo!

El Sepulturero se frotó las manos:

—¡Esto está hecho! ¡De primera!

—¿A quién vamos a limpiar?—le pregunté al Rata.

—¡A los Alińczuk!—contestó en un tono solemne.

—¡A otro perro con ese hueso!—No me lo podía creer.

—¡Que me ahorquen si...!

—¿Dónde los limpiaremos?

—A la altura del puentecillo, justo enfrente de Wielkie Sioło. Pasarán por allí con el género...

—¿Cómo lo sabes?

—Lo sé y punto. Pasan por allí cada cuatro o cinco viajes... Y ahora toca... Y que salen mañana lo sé de boca de un judiazo. ¡Un tío legal!

—¿Hablas de Josek el Ansarero?

—Sí.

—¡Pero los Alińczuk van todos empalmados, y nosotros tenemos sólo dos fuscas para los tres!

—¡Por eso seremos los primeros en descargar la artillería! Así conseguiremos más armas. Lo he calculado todo—dijo el Rata.

Ultimamos los detalles de nuestra expedición del día siguiente. A continuación, el Rata se despidió y volvió al pueblo, mientras que el Sepulturero y yo nos acostamos.

El atardecer era oscuro y silencioso como el día en que fui por primera vez al otro lado de la frontera con Józef Trofida. Ahora me hallaba en el mismo lugar, pero no me agazapaba en una zanja con todo un grupo de contrabandistas y no cargaba con ninguna portadera. Como ya dije al comienzo de este relato, el camino pasaba por un alto terraplén. Por debajo, había un desagüe de unos cuantos metros de largo que se llenaba durante las inundaciones de primavera. Los Alińczuk tenían que meterse en aquel desagüe y esconderse allí un rato para tomar aliento. Así actúan casi todos los grupos que siguen esta ruta. Lo sabíamos muy bien. Cuando llegamos al sitio, examinamos con atención el terreno. Por el lado de Pomorszczyzna, se extendían tierras negras de labor con anchos surcos entre caballón y caballón. Por aquel lado, no había manera de esconderse cerca de la entrada del desagüe. Al otro lado del terraplén, el de la frontera, se extendía un prado que formaba una cuña estrecha. Aquí tampoco encontramos ningún sitio lo bastante bueno para escondernos cómodamente con la entrada del desagüe en nuestro campo de visión. Entonces, lo organizamos así: en ambas caras del terraplén, por encima del desagüe, cavamos dos agujeros alargados de veinticinco centímetros de profundidad. El Sepulturero y yo nos tumbamos en el agujero que daba a la parte de Pomorszczyzna. El Rata se colocó en el lado de la frontera. Por debajo teníamos el desagüe y bastaba con levantar la cabeza para poder observar su entrada. Comprobamos si quedábamos bien escondidos. A continuación, nos metimos en el desagüe para fumarnos algunos cigarrillos y volvimos a ocupar nuestras posiciones. El tiempo se arrastraba lentamente. Muchas veces tuve la sensación de oír los pasos de gente que se acercaba desde Pomorszczyzna e incluso me pareció ver sus siluetas oscuras, pero aquello no eran más que imaginaciones mías. Mi mano derecha agarraba la *parabellum* y la izquierda, la punta de una cuerda cuyo otro extremo sostenía el Rata, tumbado en el lado opuesto del terraplén. Si veía a alguien cerca del desagüe, yo tenía que tirar de la cuerda una vez, y, en caso de que se metieran dentro, tres veces. Entonces, el Rata saltaría hasta la desembocadura del canal y encendería una linterna, dirigiendo el haz de luz hacia dentro, mientras que el Sepulturero haría otro tanto desde nuestro lado. La otra parte del trabajo estaba planeada hasta el último detalle, y todo el mundo sabía muy bien lo que tenía que hacer. El Rata y yo debíamos mantener la boca cerrada y abrirla sólo en casos excepcionales. Teníamos que ser muy lacónicos y desfigurar la voz. Esto era particularmente importante para el Rata, que todavía no era un proscrito y que, si seguía viviendo en el pueblo, podría reunir toda clase de información necesaria. El Rata llevaba una chaqueta con el cuello alzado y una gorra de ciclista con una gran visera. Había adornado su rostro con un enorme bigote postizo y ofrecía un aspecto cómico. Yo también gastaba un mostacho negro pegado con cola.

La espera se me hace eterna. Yazgo escondido junto al Sepulturero de cara a Pomorszczyzna y pienso en muchas cosas. No muy lejos de aquí, cerca de la frontera, está la Tumba del Capitán. Levanto la cabeza y miro por encima del terraplén en aquella dirección. Pero no veo nada en la oscuridad que arropa el terreno. En algún lugar, ladra un perro. Intento adivinar dónde. «Por allí viene alguien». En Pomorszczyzna arden hogueras. Hay unas cuantas. Cuando las miro durante un rato, me parecen cambiar de sitio. Pasan las horas. No hay nadie. Miro las saetas fosforescentes del reloj. Son casi las once. De repente, oigo un sonido confuso, como si alguien tropezara con el tacón en una piedra. Miro hacia la derecha y aguzo el oído. Me parece captar el eco de unas pisadas. Después, todo se apacigua. Una quimera. «Tal vez hoy no hayan salido o hayan escogido otra ruta.» De golpe, oigo con toda claridad un ruido de pasos. «¡Ya vienen!», pienso con alegría. «¡Seguro que son ellos!» Me incrusto en la tierra con todo mi cuerpo y sólo levanto la cabeza a fin de penetrar con la mirada el terreno sumido en las tinieblas. Pero hace una noche tan oscura que el oído presta mejor servicio que la vista, y capta, cada vez más nítidos, los pasos de aquella gente. Le doy un codazo al Sepulturero, señalando con el cañón de la *parabellum* la zona de la sombra donde resuenan. Él aguza el oído durante un buen rato y asiente con un gesto de cabeza. Noto que prepara la linterna y la sirla (faca en mano, registrará a los Alińczuk dentro del desagüe). Ahora oigo muy bien los pasos que se acercan. Entonces, le doy un tirón a la cuerda. El Rata me responde con una sacudida ligera. Está alerta... Los pasos van acercándose. Sé que no pueden ser los «caravinagres», porque de aquí a la frontera hay un buen trecho. Así que deben de ser los Alińczuk u otra cuadrilla de contrabandistas. De repente, a unos diez pasos, veo con claridad una silueta que emerge de las tinieblas. Y, a su espalda, avanza otra. Agacho la cabeza para que los contrabandistas no puedan verme la cara.

Son cinco. Alcanzan el terraplén. Se detienen cerca

del canal. Permanecen inmóviles durante un buen rato y, a continuación, uno de ellos sube corriendo por la vertiente escarpada y pasa al otro lado. No me lo esperaba. «¿Esto qué es? ¿No piensan meterse en el canal?» Miro a los cuatro hombres que se han quedado al pie del terraplén y la entrada del desagüe. Nos rodea el silencio. «Quizá quieran inspeccionar el otro lado del terraplén y del canal.» No me equivoco. Al cabo de un rato, veo emerger del desagüe a unos cuantos metros de mi posición a una figura tenebrosa con el rectángulo gris de la portadera a cuestas. Oigo un ligero: «¡Sst, sst!», y las cuatro siluetas se dirigen a lo largo del terraplén hacia la entrada del canal. El corazón me late de alegría en el pecho: ¡todo va que chuta, tal como habíamos previsto! Los Alińczuk, muy agachados, se meten dentro del canal. Entonces, le doy tres enérgicos tirones a la cuerda y el Rata se pone en pie de un salto. En cuatro zancadas desaparece detrás del terraplén. El Sepulturero se precipita por nuestro lado. Lo sigo. Las linternas, una en la entrada y la otra en la salida del canal, se encienden casi al mismo tiempo. Inundan el interior de rayos deslumbrantes. Después, oigo la voz fría y tranquila del Sepulturero.

—¡Manos arriba! ¡Venga! ¡Y no quiero oír ni mu! ¡De primera!

«¡Diantres!», pienso. «¡Sí que es una buena pieza!»

Enciendo mi linterna, mientras el Sepulturero, con la reluciente sirla en la mano derecha, empieza a avanzar encogido. El Rata y yo seguimos iluminando el interior del canal. Nos hemos desabrochado las chaquetas y tapamos la entrada y la salida del desagüe para que, de lejos, no se vea el titileo de las linternas. El Sepulturero registra al primero de la fila. Reconozco a Albin. Le saca del bolsillo un revólver, los cargadores y algo más que no puedo identificar ya que estoy demasiado lejos. Se lo mete todo en los bolsillos. Después, registra a Adolf. Lo soba de la misma manera y le requisa el arma. El tercero es Alfons. Detrás de él, Ambroży. Y, finalmente, Alfred. Dice algo. No lo oigo bien. Resuena la respuesta del Sepulturero:

—¿Qué con qué derecho? ¡Porque me da la real gana! Y si además me da la gana de partirte los dientes y pincharte con el churi, también lo haré! ¿Entendido?

El Sepulturero acaba de registrar a los Alińczuk. A continuación, les dice:

—¡Soltad las portaderas! ¡Con garbo, si no queréis que os ayude yo!

Ahora, el Sepulturero lleva en la mano izquierda la linterna y, en la derecha, la *parabellum* que le ha quitado a Alfred. Los hermanos se libran rápidamente de las portaderas. Entonces, el Sepulturero dice en voz alta:

—¡Y ahora, hacia la frontera! ¡Venga! En fila india... Yo iré a la cola. Quien vuelva la cabeza, recibirá una pastilla... para purgar la conciencia. ¡Arriba! ¡Esto está hecho! ¡De primera!

El Rata apagó la linterna y destapó la entrada. Uno tras uno, los Alińczuk salieron del canal y se dirigieron hacia los campos. El Sepulturero los seguía. El Rata se metió en el canal y empezamos a sacar afuera las portaderas. Pesaban mucho. Las até de dos en dos. Dos para el Sepulturero y dos para mí, dejando sólo una para el Rata, que era el más débil de los tres. Esperábamos a que volviera el Sepulturero.

—¡Los ha pasado por la piedra!—le dije al Rata a media voz.

—¡Es gato viejo! ¡Un bandolero nato! Sé con quien me juego los cuartos! ¡Hay pocos como él en la frontera!

Pronto oí unos pasos ligeros y el Sepulturero bajó corriendo por el terraplén.

—¿Dónde los has dejado?—le preguntó el Rata.

—Les he hechos andar medio kilómetro. Tal vez hasta la misma frontera... No lo sé, no conozco estos parajes. Y después yo, a la chita callando, marcha atrás... Tienen un canguelo... Caminarán así hasta Moscú. Piensan que les sigo pisando los talones.

Regresamos a nuestra madriguera. En el desván, a la luz de la linterna, el Sepulturero fue sacando las cosas que les había robado a los Alińczuk. Había allí cinco hierros—tres *parabellum* y dos *nagan*—, cinco linternas y un buen puñado de cartuchos y cargadores de recambio. Además, unas cuantas carteras. El Rata las examinó. Contenían un cierta cantidad de dinero polaco y soviético; y también dólares. No encontramos documentos de ninguna clase. Los contrabandistas no llevan carné de identidad cuando salen a trabajar.

—¿Sabes qué?—dijo el Rata—. La mitad de este dinero se lo daremos a la madre del Cuervecillo y la otra se la mandaremos al Lord al talego. Al fin y al cabo, ambos han sido víctimas de esa chusma. ¡Que saquen por lo menos algún provecho!

—Hasta de una oveja roñosa se puede sacar una vedija—dijo el Sepulturero.

—Y el género y las pipas serán para nosotros.

Desenvolvimos las portaderas. La mercancía era cara: charol, gamuza, botones franceses de nácar, batista y medias de seda. Todo de la mejor calidad.

—¡Válgame Dios! ¡Nos hemos llevado una buena tajada!—dijo el Rata.

—¿Dónde lo vas a colocar?—le preguntó el Sepulturero.

—¡Qué sé yo! ¡Conozco un sitio, pero perderíamos un buen pico!

De repente, se me ocurrió una idea.

—¿Sabes qué?—le dije al Rata—. ¿Y si llevamos el alijo a la casa de Bombina? Ya hace tiempo que está en libertad y ya habrán echado tierra a aquel asunto.

—¡Qué gran idea!—dijo el Rata—. Aquí, tendríamos que darlo todo casi de balde. Y allí ganaremos el cien por cien. Además—me hizo un guiño—, verás a tu Bombina. ¡Suerte que has pensado en ella!

Decidimos, pues, aprovechar las noches sin luna para llevar al otro lado de la frontera la mercancía que les habíamos quitado a los Alińczuk. El Rata bajó al pueblo y el Sepulturero se quedó conmigo en la guarida.

VII

Vamos bien empalmados. Yo llevo dos *parabellum*: la mía y una de las que les hemos arrebatado a los Alińczuk. El Rata también lleva dos, y el Sepulturero dos *nagan*, porque no se fía de las armas automáticas. Transportamos el alijo de los Alińczuk repartido entre tres portaderas muy pesadas. Estaba destinado a los soviéticos y acabará en manos de los soviéticos. Sólo que con un día de retraso y en otro sitio. La noche es muy oscura. Caminamos sobre todo por el bosque, lentamente, con mucho cuidado, aunque nadie nos da miedo, porque podemos responder con una lluvia de balas a los disparos traicioneros procedentes de detrás de unos matorrales. Nuestra cautela se debe a las ganas que tenemos de sorprender a quien nos pueda acechar. Tomamos medidas de precaución que podrían calificarse de exageradas, pero si fuera necesario, lucharíamos hasta el último aliento.

Cerca de la frontera nos detenemos, nos sentamos en el suelo y nos quitamos las botas. A continuación, nos las metemos detrás del cinturón con la caña hacia abajo. Seguimos la marcha en calcetines. Nos deslizamos sin hacer el menor ruido, como fantasmas. Conozco muy bien este terreno y voy el último. El Sepulturero va detrás del Rata. En las manos llevo las dos pipas. Los cargadores de recambio me lastran el bolsillo izquierdo. Avanzamos poco a poco, en silencio. Dejamos atrás matorrales, árboles y montones de broza. Los ojos se acomodan lentamente a la oscuridad y empezamos a distinguir el terreno a gran distancia. Cruzamos los torrentes que los soldados soviéticos utilizan para desplazarse por la retaguardia de la frontera. Muy concentrados, aguzamos el oído durante un buen rato antes de atravesar estos lugares tan peligrosos. Y, ¡dale que dale!: la marcha, el bosque y otro torrente...

De golpe y porrazo, el Rata se detiene a dos pasos de una vereda. Inesperadamente, se arrodilla. Seguimos su ejemplo. Al principio, no oigo nada, pero al cabo de unos segundos empiezan a llegar unos rumores confusos. En un primer momento, me cuesta adivinar qué puede ser. Después, oigo el ruido de unos pies que se arrastran por el suelo... Son los «caravinagres». De vez en cuando se detienen y, entonces, se hace un silencio extraño, inquietante. Vuelven a oírse las pisadas... más y más cerca... De improviso, vislumbro unas siluetas oscuras que se desplazan por la vereda hacia donde estamos nosotros... Callamos. Levanto las pipas con los cañones hacia adelante: «¡Puedo hacer con ellos lo que se me antoje! Tengo dieciocho balas a punto. Puedo dispararles en cuestión de segundos. ¡Puedo convertir a estos dos guardias en un montón de carne trinchada a balazos!» Caminan poco a poco, desganados... Se detienen justo delante de nosotros. Uno carraspea flojito. El Rata está tan cerca de ellos que, si quisiera, podría agarrarlos por el abrigo. Permanecen allí un rato, aguzando los oídos. No ven nada sospechoso a su alrededor y reinician la marcha. Siento por ellos una mezcla de compasión y desprecio. El rumor de los pasos se aleja. El Rata se levanta y continúa adelante. Lo seguimos sin hacer nada de ruido, como sombras, como fantasmas. Somos pícaros, experimentados, astutos, valientes, vamos armados hasta los dientes y nos sentimos seguros de nosotros mismos. Da gusto trabajar en estas condiciones y con compañeros como éstos.

Me fascina el loco del Rata. Pensaba que lo único que sabía hacer era armar broncas, pero él nos guía en silencio y con tanta prudencia que no encuentro palabras para expresar mi admiración. Por ejemplo: cruzar la segunda línea por el puente. Nadie lo vigilaba. Y si hubiera habido alguien, no nos habría visto hasta tenernos casi a su vera. Y entonces...

Oímos un carro que viene por el camino. Nos desviamos y nos detenemos cerca de un grupo de abetos. No es un solo carro, es toda una caravana. Se dirigen hacia la frontera, tal vez para realizar trabajos forestales.

A unos kilómetros de la frontera, volvemos a calzarnos las botas y proseguimos por los caminos vecinales, intentando hacer un atajo. Justo antes del alba llegamos al caserío de Lonia. ¡Por fin la veré! ¡He pensado tanto en ella! Nos detenemos en el bosque, cerca del caserío. Esperaremos a que salga el sol. Clarea. Ahora vemos muy bien el camino y el patio. Vemos a un jornalero que engancha los caballos para salir a arar. Después, observo una moza que se dirige a la pocilga con un gran barreño a cuestas. No se ve gente extraña alrededor del caserío.

—Iré a echar una ojeada...—le digo al Rata.

—De acuerdo. Y si ves que hay moros en la costa, dispara la artillería un par de veces y date el piro. Nosotros te cubriremos.

—¡De chipén!

Sin la portadera, camino ligero hacia el caserío. Entro en el patio, después en la galería y en el zaguán. No saco las manos de los bolsillos. Tengo allí mis hierros listos para disparar. Desde el zaguán, meto la cabeza en la cocina por la puerta entreabierta. Veo a Lonia. De espaldas a la puerta, se lava en una gran jofaina colocada sobre un taburete que está en el centro de la pieza. Se frota la cara y el cuello con las manos enjabonadas. Me acerco a hurtadillas. Lonia se enjuaga la cara con agua. Cuando se incorpora al cabo de un rato, la agarro por la cintura y la levanto en volandas. Profiere un grito y se escabulle de mis manos. La jofaina se cae al suelo. El agua se derrama.

—¡Lonia, soy yo!

Se pone la mano en el corazón y dice:

—¡Vaya susto me has dado! ¿De dónde has salido?...

—De Polonia... Me ha caído en las manos un alijo. Quería verte y he venido con unos compañeros.

—¿Cuántos son?

—Dos.

Lonia se seca de prisa con una toalla y contesta a mis preguntas con una sonrisa alegre y los ojos resplandecientes.

—¿Todo está tranquilo por aquí?

—Muy tranquilo... Ahora ya no me molestan... De alguna manera se habrán enterado de que liquidé el punto de enlace.

—¿Pero venderás esta mercancía para mí, verdad?

—¡Qué no haría yo por ti! ¿No me has olvidado? Ven aquí, te daré una bienvenida como Dios manda.

Lanza la toalla sobre el banco y me rodea el cuello con sus brazos. Huele a jabón y a menta. Me tira de la mano y me conduce a la otra parte de la casa.

—¡Abajo me esperan los muchachos!—le digo.

—Que se esperen un poco. ¡Yo te he esperado más tiempo!

Después, voy al bosque a buscar a mis compañeros y los traigo al caserío. Lonia ya está vestida. Nos hace pasar a la trasalcoba escondida detrás del tabique, donde, tiempo atrás, solíamos preparar las alforjas. Vamos sacando la mercancía de las portaderas, la clasificamos sobre la mesa y hacemos cálculos.

—¿Cuándo colocará estos trapos, querida señora Bombina?—pregunta el Rata.

—¿Tienes prisa?

—Sí. Ando corto de dinero.

—¿Cómo queréis cobrar: en oro o en dólares? ¿O tal vez querríais cobrar en pieles?

—¡Los dólares nos van bien!

—Si es así, lo preparé todo para mañana por la tarde. Hoy ya no da tiempo. Tendréis que pasar la noche en mi casa.

—¡Dios no quiera que nos trinquen aquí!

—No os van a trincar. ¿Cómo podrían saber que habéis venido?

—¿Y cómo lo supieron entonces, cuando lo de Władek?...

—¿Entonces? Entonces os estaban esperando. Os había delatado alguien del pueblo y Makárov preparó una emboscada. Hacía cuatro días que os esperaban.

Pasamos la jornada en el desván, porque desde allí se veía perfectamente el camino en ambas direcciones y era fácil huir en caso de necesidad. Lonia se fue a Minsk y, al atardecer, cinco trajineras transportaron todo el alijo al lugar de destino. Yo maté el tiempo en la casa y mis compañeros en el desván.

—Hoy podremos marcharnos—le dije a Lonia—. La mercancía ha sido entregada y seguro que ya tienes nuestra pasta.

Lonia se enfadó.

—¿A qué vienen tantas prisas? ¡No nos hemos visto durante más de un año y ahora resulta que no puedes esperar un poco! ¡No te preocupes, habrá tiempo para todo! ¡Tienes alguna urgencia en casa? ¿Eh?

—Ninguna.

—¡Pues, te irás mañana! Además, todavía no me han dado toda la manteca. Mañana iré a por el resto. ¡Con los judíos va como va, y vosotros queréis cobrar a tocateja!

—Sí.

—¿Lo ves? Conozco el paño.

Los muchachos durmieron en el altillo y yo pasé la noche con Lonia. Al día siguiente por la mañana, Lonia bajó a la ciudad. Volvió por la tarde. Calculó con detalle el valor de la mercancía y nos pagó dos mil novecientos cincuenta dólares. Separé doscientos cincuenta y se los entregué, diciendo:

—Esto es tuyo, por la fatiga y el techo.

Soltó una carcajada alegre.

—¡Miradlo! ¡Qué generoso! Si quieres pagarme, págame de tu parte y no de lo que es de todos.

—Muy bien—dije—. ¡Te daré la mitad de lo que me corresponde o, si quieres, hasta mi parte entera!

Lonia meneó la cabeza con un gesto de admiración fingida.

—¡Vaya, vaya! ¡Qué potentado! ¡Por mí no te preocupes! Yo cobro mi tanto por ciento de los judíos. Y lo vuestro es neto. Si queréis pieles en vez de dólares, todavía ganaréis más.

—¡Con lo que hemos ganado nos basta!—dijo el Rata—. No queremos meternos en líos.

Nos repartimos el dinero.

Al caer la noche, tras una cena copiosa, nos despedimos de Lonia y emprendimos el camino de regreso.

—¡Siempre que tengas más género, ven!—me dijo Lonia—. Ya no tengo punto de enlace, pero a ti nunca te diré que no.

La noche era cálida. Daba gusto caminar por campos y bosques sin llevar la portadera a cuestas. Eran las vísperas de alguna fiesta local. En los pueblos, las chavalas cantaban monótonas canciones bielorrusas. Atravesamos prados, campos de cultivo y bosques, hollamos veredas, musgo y caminos vecinales... Siempre rumbo a poniente, hacia donde el Carro se precipita al sesgo de este a oeste. Formamos una buena cuadrilla. Tenemos unas armas inmejorables. Disponemos de un buen fajo de dinero y esperamos ganar aún más. ¿Para qué lo quiero? ¿Yo qué sé? De hecho, no lo necesito. Me conformo con cualquier cosa...

Estamos a mediados de mayo. El Rata se encarga de nuestros asuntos en el pueblo: huronea con gran aplicación y astucia para descubrir si algún grupo de bisoños está a punto de cruzar la frontera. El Sepulturero se pasa todo el santo día durmiendo en el desván de nuestra guarida en la casa de la madre del Cuervecillo. Y yo, con las dos pipas en los bolsillos, vago por caminos y bosques. A veces llego hasta muy lejos. ¡No sé qué es lo que me empuja! No lo puedo comprender. ¿Tal vez la añoranza? Pero ¿la añoranza de qué? ¡Tengo buena manduca, vodka y unos compañeros leales! Estamos en plena primavera. El sol abrasa la tierra con sus rayos calientes. El bosque murmura y canta. La tierra se desfallece y jadea sin aliento. No dejo de deambular por los bosques, muy lejos del pueblo. De vez en cuando, me acompaña el Sepulturero, pero sólo por la tarde—mi compañero no es amante del sol—, y juntos visitamos las aldeas de la comarca. Allí, conocemos a muchos chavales y chavalas. Nos ganamos su simpatía con vodka y caramelos. El Sepulturero no es muy exigente: ¡se conforma con cualquier cosa que se parezca mínimamente a una mujer! Y, de día, con gran cinismo escarnece a las mismas mozas a las que, por la tarde o por la noche, soba obstinada y laboriosamente por rincones y graneros. Por ejemplo, dice:

—Para mí, una hembra empieza muy por encima de las rodillas y acaba alrededor del ombligo. ¡Eso sí que es de primera! ¡El resto no vale nada! Y tanto me da una que otra...

El Sepulturero sabe hablarles a las chavalas y tiene mucho éxito, aunque es feo y cínico. En cada pueblo de la comarca tiene unas cuantas amiguitas. Muchas veces le he oído contar a las muchachas unos chistes tan brutales, sobados y lúbricos que dan ganas de vomitar. Ellas lo ponen como chupa de dómine, le arrean puñetazos, se tapan los oídos con los dedos, pero lo escuchan y buscan su compañía. Cuando tenemos la noche libre, el Sepulturero no duerme en la guarida. Aparece por la mañana, picotea algo y se va a dormir hasta la tarde, que es cuando sale a inspeccionar los pueblos. O sea que de día estoy solo, porque no sé dormir hasta tarde. Me paso las horas muertas tumbado sobre el musgo mullido con los ojos clavados en las profundidades turquesas del cielo, por donde se deslizan borregos ingrávidos o se arrastran enormes castillos de nubarrones. Una vez me entretuve más de la cuenta en el bosque, cerca de Duszkowo. Quería bordear una aldea llamada Wygonicze para volver a la guarida. De repente, desde los confines de la espesura vislumbré a una pareja que caminaba hacia el pueblo: un muchacho jovencito y una muchacha. La silueta del muchacho me resultaba familiar. Retrocedí y me escondí detrás de un matorral. Cuando los paseantes se acercaron, reconocí a Pietrek el Filósofo de bracete con una muchacha desconocida. Nunca la había visto en el pueblo. Llevaba un vestido modesto. Tenía el pelo oscuro y unas cejas negras que contrastaban con su cara pálida.

Era muy joven, tal vez más que Pietrek. Tenía la sensación de haber visto aquella cara en algún lugar. Al principio, pensé acercarme a ellos, pero me detuve al percatarme de que la muchacha tenía gran parecido con alguien que había conocido en el pasado. Desfilaron por mi lado. Siguieron su camino, hablando a media voz. Yo no les quitaba la vista de encima y no dejaba de calentarme la cabeza. Finalmente, me acordé de la Tumba del Capitán y del fantasma... La misma cara, u otra muy parecida. La había visto en estado de delirio, se me había aparecido en la penumbra, pero había quedado grabada en mi memoria.

Los espío de lejos. No me atrevo a acercarme. Algo

me retiene. Llegan a la finca Duszkowo y vuelven sobre sus pasos. Los acompaño desde lejos. Después, doy un rodeo por el bosque, los adelanto y me escondo entre las matas que crecen en la orilla del camino. Se aproximan. Oigo la voz de la muchacha:

—Escriba a Varsovia. Quizá allí tengan noticias de ellos...

—¡No señorita Irena! Todo esto no lleva a ninguna parte. Ahora quiero dirigirme a los emigrantes mediante la prensa. Pueden haberse marchado a Alemania o a Francia. Tal vez allí tengan algún conocido que sepa de ellos...

No oí la continuación del diálogo. De este fragmento deduje que Pietrek intentaba encontrar a unos parientes y hablaba de ello con la muchacha, que se llamaba Irena. Pero ¿quién era ella? Yo sabía que me enfrentaba a un enigma que no sería capaz de resolver sin la ayuda de Pietrek. Se alejaron, desapareciendo detrás de una colina.

Camino por campos de cultivo hacia el bosque donde está nuestra madriguera. En casa, Hela nos prepara la cena. Podríamos comer abajo, pero nos sentimos más a gusto en el desván, donde no hay «ceremonias». Así pues, meto la comida en un cesto, salgo de la casa y me encaramo al desván. Cuando entro, el Sepulturero me mira por debajo de los párpados entornados y finge dormir.

—¡Tío, nunca te cansas de dormir!—le digo, sorprendido.

—¿Y a ti qué te importa? ¿Qué otra cosa puedo hacer? De noche chingar y de día sobar.

—¡Levántate para cenar!

Comemos unos apetitosos huevos revueltos con lonjas de panceta, buñuelos calientes, carne guisada y col.

Apuramos una botella de vodka. Después encendemos un cigarrillo. Todavía falta mucho para la puesta de sol.

—Ha venido el Rata—dice el Sepulturero—. Ha traído diez botellas de alpiste y dos mil trujas.

—¿Ha dicho algo?

—Los bisoños están quietos. Por ahora no hacen ninguna ruta. Y los Alińczuk te denunciaron diciendo que los habías atracado en el camino de Raków a Olechnowicze.

—¡No fastidies! ¡No puede ser!

—Lo ha dicho el Rata. También echaba pestes. ¡De primera!

—No pudieron reconocerme de ningún modo. ¡No dije ni mu y no me vieron ni la punta de la nariz!

—El Rata opina que lo dijeron al tuntún, por si la bofia se lo tragaba. No saben quién los desplumó, pero te denunciaron a ti, porque te tienen ojeriza. Esto es obra de Alfred... ¿Te preocupa? No querrás que alguien crea que perdieron la mercancía camino de la estación.

—¡Me la trae floja!—dije con furia—. ¡Que me denuncien! ¡Le pediré al Rata que investigue cuándo vuelven a cruzar la frontera y se lo haré pagar con las setenas!

—¡Ahora me gustas! ¡Hazlo!—dijo el Sepulturero.

—¿Qué más ha dicho el Rata? ¿Habrá curro?

—De momento, no hay nada. Ha dicho que todavía tenemos que aguantar un poco. Hasta que lleguen las noches sin luna. ¡Entonces nos pondremos a trajinar! ¡De primera!

—Me aburro...

—Pues, ve a darte un revolcón. ¡Sé de un pueblo de por aquí donde hay unas pelanduscas que no tienen desperdicio! ¡De primera!

El sol se ha puesto. Hacemos una excursión a uno de los pueblos vecinos. Nos sentamos sobre una roca, cerca de la primera casa y, desde lejos, observamos el ajetreo vespertino. Unos pastores, envueltos en una polvareda, conducen al establo un rebaño de vacas. Un campesino pasa por nuestro lado. Tiene una cabeza enorme y greñuda, y unos pies ennegrecidos y deformes.

—¡Que Dios te bendiga, Walenty!—le grita el Sepulturero.

El campesino vuelve hacia nosotros su cara sudada.

—Ah... ¡*Dziakuyu*![1]

Sigue caminando.

—¡Vaya ametralladora!—dice el Sepulturero.

—¿Dónde has visto una ametralladora?

—La lleva a cuestas.

—¡Es una horca!

—Es lo que digo. Una ametralladora bielorrusa: ¡hace cinco agujeros de una tacada!

—Entonces ¿cómo será un cañón bielorruso?

—Es el hacha—dice el Sepulturero—. ¡Un hachazo y hasta un caballo estira la pata!

Por el lado de los prados se acerca un grupo de mozas con rastrillos en las manos. Llevan las faldas arremangadas y las camisas empapadas de sudor. Desfilan frente a nosotros, meneando la pechuga y dejando un rastro denso de tufo a cuerpo sudado, a queso, a cebolla y a estiércol. Nos miran atentamente y siguen adelante, mimbreando las ancas con exageración.

—¡Hanka, se te ha deshecho la trenza!—grita el Sepulturero.

Una de las mozas se toca la nuca con la mano.

---

[1] En bielorruso, «gracias». (*N. de los T.*)

—No por detrás..., sino por delante—le espeta el Sepulturero.

—*A xtob tiabie trasca uziala*[1]—le contesta Hanka.

Las demás muchachas sonríen de oreja a oreja y muestran unas encías rosadas y un buen puñado de dientes blancos y sanos.

—Si os apetece, venid a casa de Akulina. ¡Nos divertiremos un poco!—se desgañita el Sepulturero en pos de las mozas.

—Muy bien—dice una de ellas.

Seguimos sentados sobre la piedra. Se despliega una noche cálida de primavera. Oscurece. El Sepulturero se levanta, aprieta los puños y se despereza hasta que le crujen todos los huesos.

—¡Va! ¡Ven! Nos vamos a divertir! ¡De primera!

Nos adentramos en el pueblo por una calle estrecha y tortuosa. Todo lo de aquí es natural: el hedor, la mugre, el hambre... Las mujeres también: si son guapas, lo son de veras, y si son feas, lo son un rato largo. En todo el pueblo no encontrarás ni un corsé, ni una peluca, ni una dentadura postiza. Apenas una pizca de colorete, un poco de polvos y algún que otro afeite. Y eso sólo en casa de los campesinos más acomodados.

VIII

La noche es cálida y silenciosa. El cielo negro está salpicado de miles de estrellas que iluminan vastos espacios.

[1] En bielorruso, «¡Que se te lleve la fiebre!». (*N. de los T.*)

Estoy sentado en el borde de un despeñadero que se eleva a unos cuantos metros por encima de la carretera que une Raków con Minsk. En la mano izquierda llevo una linterna de bolsillo, en la derecha, la *parabellum* cargada. Miro con atención hacia el puente que está a unos cien pasos. Oigo el murmullo del agua, pero no veo ni el puente ni el arroyo. Allí, el agua corre entre los pedruscos. Esperamos a unos bisoños que tienen que volver de la Unión Soviética cargados de pieles por este camino. Como hemos deducido, cruzarán el torrente saltando de piedra en piedra y, si a continuación enfilan el sendero excavado en una larga loma, por fuerza tendrán que salir al inmenso calvero. Este sendero forma una especie de desfiladero de entre cuatro y cinco metros de ancho y un centenar de largo. Estoy a un lado de la entrada de este desfiladero artificial, y el Rata al otro. Es un buen lugar para tenderle una trampa al grupo que perseguimos desde hace dos semanas y que ya se nos ha escabullido tres veces. ¡Tienen una suerte extraordinaria! Esto nos irrita y estamos emperrados en cazarlos. Es la tercera noche que organizamos una emboscada en este desfiladero. Estamos a mediados de agosto. El verano está a punto de acabar. Ya hace cuatro meses que nos dedicamos a cazar novatos. Hemos pillado a más de diez grupos. Sin duda, muchos más que los guardias de ambos lados de la frontera a lo largo de todo el año. No perseguimos a las pequeñas cuadrillas de bisoños que van por cuenta propia: son una presa demasiado nimia para nosotros. Nos apoderamos sólo de cargamentos grandes, con mercancía valiosa. Hemos conseguido eliminar del todo alguna que otra cuadrilla, porque los comerciantes, al ver que sufrían un desliz tras otro, han dejado de confiarles el género. Ahora, a menudo nos conchabamos con los maquinistas u otros miembros de esos grupos que, a escondidas de sus compañeros, le pasan información al Rata; precisamente son ellos los que nos revelan los detalles de los itinerarios y de los puntos de enlace. Y nosotros les preparamos emboscadas en la Unión Soviética. Nos hacemos pasar por confidentes, chequistas o agentes secretos, y los cogemos in albis antes de que tengan tiempo de comprender lo que ha pasado y quiénes somos.

Luzco una chaqueta negra de cuero y una gorra con la estrella roja. Además, llevo unos pantalones azul marino con las costuras reforzadas con tiras de cuero y unas botas de caña alta. El Sepulturero va vestido igual. El Rata lleva un abrigo militar y la gorra reglamentaria sin distintivos. Es la una de la madrugada. Tengo mucho sueño, pero lo domino y miro con atención hacia el puente. Inopinadamente, oigo un leve rumor a mis espaldas. Me agacho hasta el suelo y preparo la pipa. Me llega un silbido sordo. Dos veces. Respondo. De detrás de los árboles emerge el Rata. Se sienta a mi lado y cuchichea.

—Seguro que ya no vendrán.

—Seguro... Ya es más de la una.

Me adentro en el bosque. Me quito la chaqueta. Me tumbo en el suelo. Con ella me cubro la cabeza. Enciendo el cigarrillo. Me lo escondo en la manga y vuelvo con el Rata. Él también enciende uno. Nos quedamos sentados un largo rato en silencio y fumando. Abajo, se extiende la superficie gris del camino que desaparece en una tenebrosidad blanquecina. El Sepulturero no está con nosotros. Acecha en la otra margen del riachuelo, en un matorral, cerca del puente. También hemos tomado en cuenta que el grupo pueda enfilar otra ruta, porque a la izquierda del puente hay un vado. Si el Sepulturero viese que el grupo pasa por allí, nos lo haría saber, y les cerraríamos el paso unos cuantos kilómetros más allá.

Mientras permanecemos sentados en el borde del despeñadero fumando con precaución los cigarrillos, de golpe noto que algo se mueve abajo. Parece como si una parte del camino empezara a reptar hacia arriba sin hacer el menor ruido... Me asomo enseguida. Oigo un ligero retintín de metal. Y otra vez el mismo sonido... Debe de ser el ruido de las armas. Levanto la *parabellum* que tengo en el regazo y me tumbo en el repecho del despeñadero. El Rata se arrodilla a mi lado con el revólver a punto. Transcurren unos segundos y vemos que, justo por debajo, caminan dos soldados rojos. Sus abrigos grises se confunden con el trasfondo blanquecino del camino, y si no se movieran, no podríamos distinguirlos. El ligero ruido de las armas resuena con cada movimiento. No oímos las pisadas de sus botas, porque los pies de los soldados rojos se hunden en el polvo que cubre el camino. Seguimos mirando hacia abajo. Los perdemos de vista.

—Han pasado de largo—le digo al Rata al oído.

Tarda mucho en contestarme y después susurra:

—No. Se han detenido...

—Voy a echar una ojeada.

Me levanto. Sigilosamente, doy un gran rodeo entre los pinos que crecen en la cresta del despeñadero y salgo al claro por donde pasa el camino de la frontera. No puedo ver ni el límite opuesto del claro, marcado por una faja de bosque, ni el puente que está en medio del camino, pero, sin embargo, me parece oír cómo se aleja el ruido de las armas. Me tumbo en el suelo y miro hacia el camino de modo que mi mirada abarque una parte del trasfondo oscuro del cielo. Es un buen método para ensanchar el campo de visión. Me parece avistar las siluetas de una gente que se aleja. Vuelvo al bosque y me dirijo hacia el despeñadero. Allí, entre las raíces salientes de un pino, he dejado una bolsa de lona con seis botellas de espíritu de vino, un litro de licor y una docena de tabletas de chocolate. Busco ese lugar. Avanzo poco a poco entre los árboles. En la mano izquierda llevo la linterna, en la derecha la *parabellum*. De improviso, me doy cuenta de que, en el borde del despeñadero, cerca del tronco de un pino viejo, hay una mancha gris. Pensando que es mi bolsa, me inclino para cogerla. De pronto, la mancha rehuye mi mano y oigo un grito:

—¿*Kto eto*? ¡*Ruki v vierj*![1]

Doy un gran brinco hacia atrás y, al mismo tiempo, a un lado. Me arrodillo y, con el brazo estirado hacia la izquierda, arrojo un haz de luz de la linterna eléctrica. Veo dos cabezas tocadas con casquetes militares con la estrella roja en la frente. Dos cañones de fusil apuntan al lugar donde yo estaba aún hace un instante. En el mismo momento, por la derecha, desde el borde del despeñadero, relampaguea otra linterna y se oye la voz del Rata:

—¡*Ruki v vierj*!

Apago mi linterna y, desde lo alto del despeñadero, que en aquel lugar no es excesivamente elevado, salto en medio de los soldados rojos. Tengo mi *parabellum* a punto. El Rata nos ilumina desde arriba.

—¡Diantres! ¿Quiénes sois?—reniego en ruso.

—Soldados del Ejército Rojo.

—¿Y qué diablos hacéis aquí?

—Volvemos de Krasne. Hemos estado en una emboscada.

[1] En ruso, «¿Quién va? ¡Manos arriba!». (*N. del A.*)

—¿De dónde sois? ¿De la frontera?

—Claro.

—¿Quién os ha dado permiso para vagar por la retaguardia y preparar emboscadas?

—El oficial político.

—¿Lleváis las cartillas del Ejército Rojo?

—No.

—¿Y cómo carajo puedo saber que realmente sois del
Ejército Rojo?

—Camarada, no digas palabrotas. ¡No tienes derecho!

—¿Y por qué vagáis por aquí y nos espantáis a los
contrabandistas?

—Íbamos por el camino sin hacer ruido...

El Rata también saltó sin dejar de iluminar el escena-
rio con la linterna. Después, la apagó y, por un instante,
mientras los ojos no se acostumbraron, nos envolvió la
oscuridad más absoluta.

—¿Tenéis un rato?—les preguntó a los soldados rojos mi compañero.

—Sí.

—Así nos echaréis una mano. Debéis permanecer en
silencio... Pueden oírnos. Ahora es la una y media. Podemos estar al acecho hasta las tres.

Uno de los soldados rojos se dirigió a mí diciendo:

—Camarada. Hay alguien en la otra orilla del riachuelo, entre los matorrales.

—¿Cómo lo sabes?

—Le hemos visto encender un cigarrillo. Ha cente-
lleado la cerilla.

Comprendí que habían visto al Sepulturero, y dije:

—Es uno de los nuestros... ¿Conocéis a Makárov?

—De oídas...

—Es él.

—Pensábamos que eran contrabandistas. Esperábamos que saldrían a campo abierto, pero no han salido. O sea que hemos decidido seguir adelante, porque entre los matorrales puedes encontrarte con cualquier sorpresa.

—Bien hecho—les dije—. Si lo hubierais sorprendido, hubiera podido dispararos.

El Rata se lleva a un soldado rojo y yo al otro. Volvemos a nuestras posiciones y seguimos al acecho. Hablo en voz baja con el soldado. Es de Borysów. Me cuenta muchos detalles sobre él y sobre el servicio militar. Dice que hay un sitio por donde los confidentes pasan matute a Minsk en carro. Nos promete ayudarnos a tenderles una trampa. Me pregunta por la marca de mi revólver. Es la primera vez que ve semejante arma.

A las tres de la madrugada dejamos de vigilar. El Rata silba flojito dos veces y baja del despeñadero con su acompañante. Nosotros también abandonamos la loma y salimos al camino. Después, quedamos con los soldados rojos el próximo domingo a las nueve de la noche cerca del matorral, a la derecha del camino, pasado el torrente. Nos despedimos y se dirigen hacia la frontera. Cuando se han marchado, vamos a buscar al Sepulturero. Nos sale al encuentro de entre los arbustos.

—¿Qué novedades traes?—le pregunto.

—Han pasado por aquí los guardias... Eran dos. Han estado husmeando y se han marchado. He pensado que no estaría mal descerrajarles un par de tiros, pero no he querido armar jaleo.

—¡Te han guipado mientras fumabas!—dijo el Rata—. ¡Ándate con cuidado! ¡Éstas no son maneras de hacer las cosas!

Nos adentramos en el bosque por unas veredas estrechas y tortuosas. Cambiamos de rumbo muchas veces. Atravesamos una ciénaga. Finalmente, al rayar el alba, nos detuvimos en un lugar muy bien camuflado. Allí pasamos la jornada.

Antes que nada, desayunamos. Una rebanada de pan, una gran tajada de tocino, media tableta de chocolate y unos tragos de espíritu de vino por barba. Nos disponemos a dormir, acalorados por el movimiento y el alcohol. A mí me toca la primera guardia. Siempre lo hacemos así: velamos el sueño de los compañeros haciendo turnos de dos horas. Dormirse está terminantemente prohibido. Intento no tumbarme en el suelo. Me siento, permanezco de pie o camino en silencio alrededor de nuestro escondrijo, pero no me tumbo nunca para no quedarme dormido sin querer.

Se nos están acabando las reservas de alcohol y de tocino. Ya hace días que nos hemos quedado sin pan. Tenemos pieles de marta, de zorro y de lirón, pero nada para echarnos al coleto. Pasamos un día más, escondidos. Estoy de guardia. Atizo la hoguera. Aso al rescoldo las patatas que he recogido en el campo, cerca de la peguera. En mi regazo, se sienta un enorme gato pelirrojo. Tiene la cabeza grande y las orejas destrozadas en innumerables luchas. Debe de ser un vagabundo nato. Un conquistador felino. Sacudo la sal de unas lonjas finas de tocino y se las doy al gato. Se las come a regañadientes.

Este gato llegó ayer, cuando yo estaba al acecho. Mi puesto era una zanja no muy profunda, cerca del puente. El Rata se escondía entre los matorrales que crecen en la otra orilla del camino. El Sepulturero se colocó en al otro extremo del calvero. Por ahí tenía que pasar un grupo considerable de contrabandistas guiado por un maquinista y un representante de los mercaderes que debían de llevar consigo una importante suma de dinero. El plan de acción era sencillo: en cuanto el grupo hubiera salido del bosque, el Sepulturero tenía que espiarlo, pisándole los talones a hurtadillas. Apenas entraran en el puente, yo los iluminaría con la linterna gritando: «¡Alto! ¡Manos arriba!» A continuación, el Rata haría lo mismo desde el otro lado del camino. Teníamos que identificar al maquinista y al representante de los mercaderes y, en caso de que el grupo se dispersara para huir, perseguirlos a ellos, ya que serían los que llevarían los dólares escondidos. La espera se me hacía interminable. Estaba muy oscuro. Me senté en la espesura de unas matas que poblaban las lindes del bosque y una zanja que hacía mucho que no había sido desbrozada. Con la mano izquierda sostenía la linterna, con la derecha, la pistola. Me harté de tanto aguzar los oídos y penetrar las tinieblas de la noche con la mirada. Entorné los ojos. Estaba convencido de que, aún así, oiría los pasos del grupo de contrabandistas cuando se acercaran. De repente, a mi izquierda, resonó un crujido dentro de la zanja. Casi me puse en pie de un salto. En el primer momento, quise lanzar un haz de luz de la linterna en aquella dirección, pero recordé a tiempo que no me estaba permitido hacerlo sino en caso de extrema necesidad. Seguí arrodillado en el fondo de la zanja. Dirigí el cañón de mi pistola hacia la izquierda y me preparé para disparar. De pronto, noté que algo me rozaba la rodilla. Era un gato. Tenía la cola cortada de raíz. Me sorprendió que hubiera llegado hasta aquella zona despoblada, en medio de un gran bosque. Se quedó conmigo emboscado hasta el amanecer.

Después, lo llevé a nuestro escondrijo diurno. Ahora, juntos, velamos el sueño del Rata y del Sepulturero.

Poco antes del crepúsculo, nos ponemos a limpiar las armas por turnos, para que no haya muchas desmontadas al mismo tiempo. Les cuento a mis compañeros mi sueño. He soñado que estaba en un bosque espeso. Permanecía entre los troncos de unos pinos gigantes mirando a mi alrededor. De golpe, veía moverse los árboles. Esto me asustaba. Me parecía que los árboles iban a aplastarme. Quería defenderme. De improviso, veía un gran revólver en el suelo. Lo recogía. Estaba cargado. Lo agarraba con fuerza y barría con la mirada la espesura. Los árboles iban estrechando más y más el cerco. Entonces, levantaba el revólver y disparaba contra sus troncos rojizos que parecían cubiertos de sangre. Las balas arrancaban pedazos de corteza, dejando al descubierto las hebras blancas y jugosas. Pero los árboles seguían estrechando el cerco. Caía en el abrazo duro e implacable de aquellos gigantes vestidos de corteza rugosa, un abrazo que me quebraba los huesos. Tenía los brazos levantados. En la mano derecha, llevaba el revólver. Sentía que me estaba muriendo. Me faltaba el aire, y el abrazo se intensificaba gradualmente. Arriba, por encima de mi cabeza, veía una pequeña mácula blanca... Era el cielo. Apretaba el gatillo por última vez y disparaba mi revólver.

El trueno del disparo me ha despertado. He visto a mis compañeros y he respirado con gran alivio. El Sepulturero renegaba; mientras dormía, el fuego ha prendido en su gorra y le ha chamuscado el escaso pelo que le quedaba. El Rata, que estaba de guardia, no se ha percatado de que una ascua de la hoguera ha saltado a la gorra del Sepulturero.

—¿Sabéis qué he soñado?—ha dicho el Sepulturero, apagando la gorra y palpándose la cabeza.

—¿Qué?—le he preguntado, curioso.

—Que el bosque me saludaba.

—¿Qué quieres decir con lo de saludar?

—Me saludaba, inclinándose hasta el suelo. Árboles grandes y pequeños...

El Rata ha soltado un breve resoplido. No sé si porque le fascina el sueño del Sepulturero, porque le atribuye algún significado o porque lo desprecia.

Cuando les acabo de contar mi sueño a mis compañeros, el Rata dice muy serio:

—¡Habrá una pelea! ¡Tenemos que andarnos con cuidado!

Por la noche, como siempre, vamos a emboscarnos. Me coloco en la zanja. Me siento al gato en el regazo. Ronronea por lo bajinis. Me trae recuerdos de mi casa, de mi familia, del fuego que ardía en la chimenea. Mis pensamientos vuelan lejos y, con ellos, pasan volando las horas. De repente, me despabilo. He oído muy cerca el ruido de unos pasos. Reniego para mis adentros, porque he estado en un tris de dormirme. Echo al gato fuera de mi regazo. Descontento, resopla en la oscuridad. Dispuesto a saltar hacia delante, estrecho la linterna con la mano izquierda y la *parabellum* con la derecha. Me repito que hay que perseguir al maquinista, un hombre de gran estatura, o al representante de los mercaderes, un retaco que va a la zaga. Pero da igual: si fallo yo, lo atrapará el Sepulturero, que sigue al grupo por la retaguardia. Penetro con la mirada la negrura de la noche. Pongo el pie izquierdo en el repecho de la zanja. Veo avanzar a una silueta oscura. La dejo pasar. Resuenan sus pasos en el puente. Sospecho, y con razón, que es el contrabandista que va de señuelo. A unos cuantos metros, camina el resto del grupo. Avanzan sin orden ni concierto, arrastrando los pies y haciendo mucho ruido. A los bisoños los llaman «elefantes» precisamente porque no saben caminar con sigilo.

Llegan a mi altura. A la cabeza, veo la silueta oscura de un hombre alto. Pienso: el maquinista, y lanzo en la oscuridad un haz de rayos luminosos. Al mismo tiempo, grito:

—¡Alto! ¡Manos arriba!

Ocurre algo extraño. Se oyen gritos y la masa oscura de cuerpos se precipita hacia los matorrales del otro lado del camino, donde, en aquel mismo instante, relampaguea otra linterna y suena la voz del Rata:

—¡Alto! ¡Cuerpo a tierra!

Por detrás, el Sepulturero repite la misma orden. Pero los novatos caen presa del pánico. Corren, tropiezan, se dan golpes contra los árboles, se arrastran por el suelo. Disparamos los revólveres, gritando: «¡Alto!», pero esto sólo aumenta el pánico. Alumbro con la linterna los alrededores, buscando al maquinista. De repente, a una docena de pasos delante de mí, veo a un hombre alto y robusto que se escurre entre los árboles. Corro tras él. Para desorientarlo y hacer que choque contra un árbol, lanzo un haz de luz hacia un lado. Pero no cae en esta trampa. Estoy a punto de atraparlo. Ilumino los bajos de sus piernas. Elijo el momento propicio y le salto sobre el talón. Se desploma.

—¡Levántate!—le digo.

Se levanta.

—¡Manos arriba!—exclamo, apuntándole con el cañón del revólver al pecho iluminado con la linterna.

De improviso, el contrabandista hace un gesto brusco. Apenas logro echarme atrás: ha intentado arrebatarme el revólver. Le doy una patada en la barriga. Entonces, se da a la fuga. Admiro su valor. Si no me hubiese hecho la promesa solemne de no matar si no es estrictamente necesario, ya hace un rato que lo habría matado. Y un verdadero chequista o un guardia fronterizo le hubiera disparado al primer desacato, sin siquiera tomarse la molestia de darle caza. Persigo al fugitivo. Vuelvo a derribarlo al suelo. Le ordeno que se levante. El contrabandista intenta por segunda vez arrebatarme el revólver y, tras una intentona frustrada, huye de nuevo. Esto me extraña. No puedo entender por qué huye tan desesperadamente a pesar de correr el riesgo de morir. Una vez más lo tumbo a tierra. Entonces, me meto la linterna entre los dientes y, con la mano izquierda, lo agarro por el cuello del chaquetón y lo levanto. Sostengo la *parabellum* en la mano derecha. Lo conduzco hasta el camino, y nos dirigimos hacia el puente. Allí, parpadean las linternas de mis compañeros. Inesperadamente, el prisionero me asesta un fuerte puñetazo en las costillas y se precipita fuera del camino, hacia la derecha. La linterna se me cae. Por suerte no se apaga. La recojo y, con el costado aún dolorido, corro en pos del fugitivo. Me invade una rabia cada vez más grande.

—¡Alto! ¡Alto o te mato!—grito sin detenerme.

Sigue huyendo. Entonces, casi tocándole el hombro con el cañón de la *parabellum* y sin interrumpir la persecución, aprieto el gatillo. No suena ningún disparo. Es la primera vez que me ocurre algo semejante. Siempre había tenido la *parabellum* por un arma infalible. Con un movimiento rápido, me meto la *parabellum* en el bolsillo y, sin dejar de correr, saco el *nagan*. Es fiable al cien por cien. Grito:

—¡Alto! ¡Último aviso! ¡Si no, te mato!

No se detiene. Disparo, apuntándole al brazo izquierdo, justo por encima del codo. Apenas resuena el disparo, se desploma y se pone a gritar con una voz penetrante:

—¡O-go-go-go-go-go!

Diría que esto parece un estallido de alegría o una llamada más que un alarido de desesperación. Y él sigue desgañitándose con una voz terrible que el eco atrapa y esparce por todo el bosque.

—¡O-go-go-go-go-go!

Noto que empalidezco. Tengo ganas de pegarle un tiro en la cabeza para interrumpir este grito horroroso. «¿Por qué vocifera de este modo? Seguro que no de dolor.» Sé por experiencia que, en un primer momento, no se siente dolor. Y, además, su herida no es nada grave.

—¡Levántate!—le ordeno.

No hace ningún movimiento y grita aún más fuerte. Entre los árboles relampaguea una linterna. Se acerca. Es el Sepulturero. Se inclina sobre el herido.

—¿Qué le pasa?—me pregunta.

—¡No ha querido detenerse! Ha intentado huir unas cuantas veces. Me ha arreado un puñetazo. Quería arrebatarme el revólver... Le he herido en el brazo.

—¿Y por qué no le has pegado un tiro a la primera? ¡Menudo jueguecito! ¡Él no hubiera tenido tantos miramientos contigo!

El Sepulturero se dirige al herido:

—¡Venga! ¡Arriba! ¡Zumbando! Si no, te reviento la cabeza y cachearé a un fiambre.

El herido se levanta y, doblado en dos, se arrastra hacia el camino. Nos acercamos al puente, que está cerca del calvero. Allí, veo a dos hombres tendidos en el suelo.

Son los novatos a quienes el Rata ha echado el guante cuando intentaban esconderse de nuestra persecución agazapados bajo una mata. No llevan nada encima. Registramos a mi prisionero centímetro a centímetro. Sólo encontramos diez rublos en monedas de oro. Esto nos deja atónitos.

—¡¿Por qué, diablos, huías?!—refunfuña el Sepulturero—. ¿Te has emperrado en recibir un balazo?

Después, les preguntamos a los «elefantes» si se van a llevar al herido y los dejamos en libertad. Se alegran mucho. Agarrando al herido por el brazo, se alejan camino de la frontera.

Durante el incidente, el Rata ha escondido la cara en la sombra sin decir esta boca es mía. A pesar del disfraz—lleva pegado un bigote pelirrojo—tiene miedo de ser reconocido. Ahora que tengo un momento de calma, examino mi *parabellum* para saber por qué no ha disparado. La causa es del todo inesperada. La pistola estaba en perfecto estado, pero mientras yo forcejeaba con el «elefante», he corrido sin querer el seguro.

Aquella vez no tuvimos suerte. Más tarde, encontré al gato en la zanja. No lograron ahuyentarlo ni los gritos, ni los disparos. Era un gato aguerrido que no se dejaba impresionar o asustar fácilmente.

IX

Es el quinto día que paso en la guarida del bosque Krasnosielski. El Rata y el Sepulturero han cruzado la frontera con pieles—teníamos un porrón—para venderlas al otro lado. Y yo me he quedado en el bosque para espiar al grupo de Kazik el Araña, que guía a los novatos. Nos ha llegado la información de que su cuadrilla suele regresar dos veces de la Unión Soviética con las manos vacías, pero a la tercera lleva muchas pieles. Se trata de atrapar al grupo precisamente cuando vaya cargado. Atraviesan el bosque Krasnosielski—es allí donde los queremos desplumar—, por cuatro camino distintos. Alguien que observe bien sus itinerarios y calcule la alternancia de sus rutas, puede deducir aproximadamente cuándo y por dónde pasarán la próxima vez que vuelvan de la Unión Soviética cargados de pieles. Espío sin cesar las travesías de la cuadrilla del Araña. Hasta ahora, no se me ha escapado ni una. Al anochecer y por la mañana, examino las huellas de los cuatro caminos que la cuadrilla suele recorrer al cruzar el bosque Krasnosielski. Siempre que encuentro su rastro en el lodo, sobre la arena, a orillas de un riachuelo o en medio del camino, lo borro cuidadosamente y así veo cuando dejan uno nuevo. De este modo, puedo deducir casi sin miedo a equivocarme qué ruta elegirán la próxima vez.

El Rata y el Sepulturero me han prometido volver como mucho dentro de una semana. Venderán las pieles y traerán comida, tabaco y alcohol. Al marcharse, me dejaron un poco de tocino, una botella empezada de espíritu de vino y algunas tabletas de chocolate. Con esto tengo que satisfacer mis necesidades hasta que vuelvan. Poco después de que mis compañeros se marcharan, cayó un aguacero. Duró todo el día y toda la noche sin tregua. Quedé calado hasta los tuétanos. Al día siguiente, me construí una cabaña, pero me salió minúscula y tenía goteras. Entonces, recogí cortezas y empecé a montar un gran cobertizo. Trabajé muchas horas, pensando en cada detalle. Finalmente, lo acabé y lo coloqué sobre cuatro postes encima de la hoguera, que la lluvia anegaba continuamente. Acto seguido, resguardado por arriba, le añadí tres paredes laterales. La leña estaba empapada y humeaba. Esto era molesto al tiempo que peligroso, porque el humo podía delatar mi presencia. A un kilómetro de mi escondrijo, descubrí unos montones de madera seca de abedul. Al primero le quité la tonga exterior de tarugos mojados y transporté hasta mi escondrijo los secos. Los coloqué bajo la techumbre de tal modo que la lluvia no pudiese humedecerlos. Así, tenía bastante leña para encender fuego y estaba al abrigo de las inclemencias del tiempo. El gato no me había abandonado. Cuando dejaba de llover, se iba al bosque. Volvía calado hasta los huesos, se restregaba contra mis piernas, se calentaba junto a la hoguera y me canturreaba su monótona canción. Su presencia me alegraba la vida. Yo le hablaba, compartíamos los restos de comida, y él se lo tomaba todo con una seriedad extraordinaria. Pero, a pesar de su porte altivo, mi compañero rabón de orejas desgarradas parecía un vagabundo sin hogar más que un respetable cazador doméstico de ratones. Al caer la noche, yo iba al bosque. Tendía hilos a través de las veredas forestales que conocía palmo a palmo. Con ramas entrelazadas, construía barreras que cerraban el paso. A orillas de los ríos y torrentes, allí donde había vados, borraba los rastros antiguos para que la travesía de la cuadrilla dejara huellas nuevas. Después, volvía a mi escondrijo. A menudo, me costaba encontrarlo en la oscuridad de la noche. Atizaba el fuego. Tapaba la entrada de mi cabaña y ponía alrededor varios obstáculos para que los que se acercaran tuvieran que hacer ruido. A continuación, asaba patatas al rescoldo de la lumbre. Me las comía con tocino. Echaba un trago de espíritu de vino y, sin reavivar el fuego por miedo a que reverberara, me acostaba sobre anchas ramas de abeto, resinosas y templadas por las ascuas. La lluvia tamborileaba sobre la techumbre y caía a chorro del alero. Las brasas de la hoguera llenaban de calor el interior de mi escondrijo. El gato se me arrimaba, ronroneando una canción. A pesar de sentirme del todo seguro, tenía las armas a punto. ¿Quién podría llegar hasta allí en la oscuridad? La noche, la madre de todos los infelices que se ven obligados a esconderse de la gente, me arrebujaba con su velo. Al amanecer, salía a examinar las huellas recientes en las veredas y en los pasos secretos. Sacaba conclusiones y me las grababa meticulosamente en la memoria.

Al otro día de marcharse mis compañeros al pueblo, caí en la cuenta de que el grupo del Araña había regresado a Polonia. A partir de entonces, no habían vuelto a cruzar la frontera. Quizá se lo hubiera impedido la lluvia. Era del todo imposible que su travesía me hubiese pasado por alto. Aunque se me hubieran escapado, camino de la Unión Soviética, habría tenido que verlos cuando volvían. ¡A mí nada me pasaba desapercibido! Sabía cuántos grupos pequeños habían cruzado la frontera y cuántos habían regresado. Lo deducía de las huellas y de muchas otras circunstancias que, juntas, formaban una fotografía de la vida nocturna en la frontera.

El sexto día de mi estancia en el bosque Krasnosielski llega a su fin. Ya no tengo ni gota de alcohol. El chocolate también se me ha acabado. Todavía me queda un poco de tocino. Lo ahorro como puedo y siempre tengo hambre. He aborrecido las patatas asadas sin sal. La cuadrilla del Araña todavía no ha pasado al otro lado de la frontera, de modo que nada me obliga a seguir vigilándola. Incluso en el pueblo sería más fácil conseguir alguna información sobre sus movimientos. Tras pensármelo bien, decido cruzar la frontera esta noche.

En todo el día no ha caído ni una gota, pero ahora vuelven a acercarse remolinos de nubarrones. Cubren el cielo sin dejar ni un resquicio. Oscurece. Caerá un aguacero impresionante. El gato está inquieto. Se acerca el anochecer. Todo se petrifica y parece como si las nubes galoparan por el cielo con un fragor sordo. Arrojo al fuego todos los tarugos y hago una gran hoguera. Me caliento y aso patatas. Las aparto a un lado. Saco del zurrón la última loncha de tocino. Le doy la tercera parte al gato y el resto me lo como con las patatas. Oscurece cada vez más. Me levanto. Le hago al gato una caricia de despedida y salgo de mi escondrijo. El gato maúlla. Tal vez tenga el presentimiento de que lo abandono para siempre. Camino a través del bosque hacia el sendero que conduce a Zatyczno. En la lejanía, se oyen los suspiros sordos y pesados de los truenos. Se acercan. Se desencadena un viento que corre por las alturas, por las cúspides de los árboles, llenando el bosque de un rumor quejumbroso. Cierra la noche. A duras penas me abro paso entre los árboles. De improviso, un largo relámpago verde cae sobre el bosque. Abajo, casi en las entrañas de la tierra, se oye el trueno que huye hacia las tinieblas en oleadas grávidas... Otro relámpago, ahora amarillo, corta el aire... El tercero, rojo, explota como un fuego de artificio... El cuarto, dorado, se entrelaza con la oscuridad en la lontananza... El quinto, blanco, arranca la noche de la tierra y, durante un rato, puedo ver con toda claridad cada tronco, cada rama, cada hoja... Después, los relámpagos caen a puñados. Se entrecruzan, se esquivan... Uno corre en pos del otro. Derraman torrentes de luz entre los árboles. El aire vibra... Los árboles tiemblan... Un huracán... El viento rompe ramas y derriba árboles. Los relámpagos hacen trizas los pinos, los abetos y los abedules más robustos. El bosque se estremece...

Sigo avanzando. Desde lo alto, me caen en la cabeza ramas segadas. A derecha y a izquierda se desploman algunos árboles. En el cielo, parpadean los relámpagos. El rumor atemorizado del bosque se confunde con los silbidos del viento y con el eco de los truenos. Llevo la linterna en la mano, pero no necesito encenderla. Los relámpagos me iluminan el camino. Por fin, llego a las lindes del bosque. Camino a campo traviesa. Aquí no hay tanto peligro. No me aplastará la cabeza ningún árbol truncado, no me golpeará ninguna rama que se desploma desde las alturas. Empieza un chaparrón. Riadas inundan los campos de cultivo. Pronto estoy completamente calado. Intento encender la linterna. Está estropeada. Entonces, me saco del bolsillo las armas y camino con los dos revólveres en la mano. Hago tentativas de salir a la carretera. Si no, con este tiempo de perros no sabría encontrar la dirección correcta. Por fin doy con ella. La examino un buen rato antes de decidir si sigo adelante. Tengo miedo de extraviarme. Avanzo. Llevo las armas a punto. Bajo la lluvia, chapoteo por interminables charcos. En las orillas de la carretera, torrentes de agua se precipitan cuneta abajo. «¿Qué hará ahora el gato? Seguro que no ha quedado ni rastro de mi escondrijo del bosque». Camino y camino por la carretera. Dejo atrás algunos puentes. Los cuento. Por aquí debe estar el puente de la segunda línea de la frontera. Me detengo y aguzo el oído, pero al cabo de un rato sigo adelante. «¿Se puede oír algo en medio de este huracán de sonidos?» Entro en el puente. Avanzo poco a poco, concentrado, con los índices sobre los gatillos de los revólveres. «¿Y si alguien me tiene en el punto de mira?» De repente, estoy en un tris de caerme. No he disparado por un pelo. Me detengo y toco con el pie algo blando. Es un saco de heno que se le ha caído a alguien del carro. Sigo avanzando. La carretera se encarama por la ladera resbaladiza de una colina. Un kilómetro me separa de la frontera. Paso tras paso, me abro camino con cautela. En un lugar, miro las saetas fosforescentes de mi reloj. Son las diez. Si me doy prisa, dentro de una hora estaré en la guarida. Intuyo que la frontera está muy cerca. Me desvío de la carretera hacia la izquierda y, pronto, sumergido en el agua hasta la cintura, atravieso un arroyo que en condiciones normales no es muy profundo. A juzgar por su aspecto, en breve se convertirá en un río. Finalmente, me acerco al pueblo. Enfilo la calle Minska, después entro en la plaza mayor y, desde allí, me encamino hacia Słobódka. Al poco, llego a nuestra guarida. Subo al piso de arriba reptando por la techumbre y llamo al postigo del desván. Al cabo de un rato, se oye la voz del Sepulturero:

—¿Quién va?

—Soy yo, Władek.

El postigo se abre bruscamente. Me escabullo en el desván. Hay una vela encendida sobre una caja tumbada boca arriba. Al lado, está sentado el Rata. Delante de él, unas botellas y algo para picar. El Rata me saluda con alegría:

—¡En nombrando el ruin de Roma! ¡Has elegido el momento oportuno! Tenía la intención de ir a buscarte hoy mismo, pero me ha salido un negocio urgente en el pueblo y lo he dejado para mañana...

—Dadme de beber y de comer—les digo a mis compañeros—, he pasado mucha hambre.

Apuro un vaso de vodka en un santiamén y engullo gruesas tajadas de jamón. Calmada la primera hambre, me desnudo, me quito las botas y me pongo ropa seca.

El Rata me cuenta que el Araña, tras aquella primera vez, ha hecho un descanso, porque los comerciantes no tendrán mercancía hasta que llegue un envío de Vilnius.

—He estado pudriéndome allí para nada—le digo al Rata.

—No. Lo aprovecharemos más adelante. Ahora conoces mejor las rutas de los «elefantes»...

Después, el Rata me entrega mil novecientos sesenta dólares. Es mi parte de nuestros últimos trabajos. Ahora, contando lo que he ganado últimamente y lo que le dejé en depósito a Pietrek, tengo más de cuatro mil dólares. Para mí es una suma exorbitante. Ahora podría hacer lo que me aconsejó Saszka: dejar este oficio e irme a vivir a una ciudad. Le doy vueltas a la idea, pero el Rata me interrumpe. Nos expone el plan del próximo trabajo. Se acalora, blande los puños al mencionar a los bisoños y nos enardece con su fervor.

Aún apuramos una botella de aguardiente, brindando por la buena suerte, y nos acostamos. El Rata no volvió a su casa, sino que se quedó con nosotros por culpa del aguacero. Me contó que el novato a quien yo había herido se estaba curando en el pueblo a escondidas, y que aquel grupo había vuelto sin dinero y sin el representante de los mercaderes. Fumamos un buen rato, dándole a la sin hueso en voz baja. Por encima de nuestras cabezas, se enfurecía la tempestad. Me dormí. Aquella noche soñé elefantes, no elefantes africanos o indios, sino los nuestros, los de la zona fronteriza, aquellos a los que los gatos viejos han bautizado con este nombre despectivo. Los espiaba, los perseguía, los atrapaba. Me ayudaba un gran gato pelirrojo con la cola cortada y las orejas hechas jirones.

X

Un día el Rata vino a la guarida más temprano de lo esperado. Subió al desván, cerró la puerta y dijo en un tono solemne:

—¡Muchachos! ¿Sabéis la gran noticia?

—¡Venga, desembucha!—dijo el Sepulturero.

—Pietrek el Filósofo ha dicho adiós a la frontera. Hoy mismo se va a Vilnius. Quiere verte—se dirigió a mí—. Ha encontrado a su familia. Ayer recibió una carta de su madre. Está como aturdido. Hoy ha comenzado los preparativos para el viaje. Mużański, el amo de la casa donde vive, llora como una magdalena. El viejecito le había cogido cariño. Lo quería como si fuera su hijo.

El Rata se calló. Pensó un largo rato y después añadió:

—¿Sabéis qué, muchachos? Quizá nosotros también podamos hacer una escapada de un par de días a Vilnius. Tenemos una porrada de pieles que deberíamos vender. Y, de paso, nos divertiríamos un poco. ¿Qué me decís, eh?

—¡Eso está hecho! ¡De primera! Yo me apunto ahora mismo—se apresuró a decir el Sepulturero.

Entonces yo añadí:

—Yo también estoy de acuerdo. Además, es verdad que tenemos que hacer algo con las pieles.

El Rata bajó al pueblo para hablar con Pietrek sobre nuestro viaje a Vilnius. Volvió al atardecer cargado con dos maletas grandes y flamantes. Metimos en ellas todas las pieles y repasamos nuestra ropa para ofrecer un aspecto un poco más decente.

—¿Pietrek también coge el tren de noche?—le pregunté al Rata.

—Sí. Él va solo. Nos encontraremos en el tren por el camino.

Al anochecer nos despedimos de Hela y de su madre y les dejamos una importante suma de dinero. Primero, no querían aceptarla, diciendo que les parecía demasiado. Pero el Rata dijo que era el tanto por ciento que les correspondía de nuestro trabajo. Les prometimos volver al cabo de una semana. Al cerrar la noche, maletas en mano, nos dirigimos hacia el pueblo. Por senderos laterales, orillando el pueblo a través de prados y huertos, alcanzamos el camino que conducía a la estación de ferrocarril. Nos detuvimos en los confines del pueblo, cerca de la desembocadura de la calle Wileńska.

—¿A qué esperamos?—le pregunté al Rata.

—Al cochero.

—¿Cómo nos va a encontrar aquí?

—Nos encontrará... Hemos quedado. Es Jankiel el Roña...

—¡Eso es otra cosa!

Al cabo de unos minutos, oí el fragor de las ruedas de un carro a toda carrera. Se acercaba a nosotros. Resonó la voz del cochero:

—¡So, nenes! ¡So!

El Rata enciende la linterna y traza un gran círculo en el aire. El carro se detiene. Montamos en el vehículo espacioso y resistente, adaptado para recorrer caminos impracticables. Jankiel el Roña me reconoce Dios sabe cómo. Tal vez vea en la oscuridad como los gatos, porque yo no he dicho esta boca es mía.

—¡Mis respetos, señor Władzio!

—¡Buenas noches, Jankiel!

El carro arranca y corre adelante hacia la espesura de las tinieblas. No vamos por el camino normal y cómodo que conduce a Olechnowicze y se extiende a lo largo de la frontera desde Raków hasta Kuczkuny y Dubrowa, sino por el de Buzuny y Wołkowszczyzna. Es un camino pésimo. Todo el tiempo tengo la sensación de que de un momento a otro vamos a volcar. El carro se tambalea y salta en los baches, pero los caballos corren a través de campos, prados y bosques, bordeando pueblos y caseríos.

—¡Arre, nenes! ¡Arre!

Recuerdo el viaje con Saszka y el Resina, y se me rompe el corazón. Dejamos a un lado Dubrowa y, ya por el camino normal, seguimos a toda velocidad, adelantando a numerosos viajeros. En la plaza de la estación, Jankiel para los caballos. El Rata y el Sepulturero se quedan en el carro, mientras yo voy a comprar los billetes. Tenía la intención de comprarlos de segunda clase, pero el Rata me ha dicho que llamaríamos la atención, porque no vamos vestidos como es debido. Me pongo en la cola de la ventanilla y compro tres billetes. Después, vuelvo a la plaza. Encuentro el carro cerca de la fonda... Mis compañeros, que se han apeado, beben vodka y lo comparten con el cochero.

—¿El tren sale pronto?—me pregunta el Rata.

—Dentro de un cuarto de hora.

—Pues, ¡vamos!

El Rata paga generosamente a Jankiel. Le doy veinte dólares de los míos y le digo:

—¡Que te traigan suerte!

—¡Dios lo quiera!—contesta el cochero.

Cogemos las maletas y damos la vuelta a la estación. No queremos atravesar la sala de espera, donde hay policía y podríamos tropezar con algún conocido del pueblo. Desde el otro lado del tren, subimos a un vagón de tercera clase. Ocupamos un compartimiento libre. El tren arranca. El Rata sale. Va a buscar a Pietrek. Al poco vuelve con él. Saludo a mi compañero. Le ayudo a colocar sus trastos sobre la repisa. Hablamos de muchas cosas. El tiempo nos pasa sin darnos cuenta. El Rata y el Sepulturero se han tumbado para dormir, y nosotros seguimos charlando. Pietrek quiere devolverme el dinero que le dejé en depósito, pero yo le propongo que me guarde además los dos mil novecientos dólares que llevo, y así serán cuatro mil justos. Se deja convencer a regañadientes. Por la mañana llegamos a Vilnius. El Rata dijo que cogiéramos hoteles diferentes para no llamar la atención de los confidentes de la policía. Pietrek me dio la dirección de su madre, en el barrio de Zwierzyniec, y me pidió que fuera a verlo por la tarde. El Rata se instaló en un hotel de mala muerte, cerca de la estación. Llevamos allí nuestras pertenencias. Yo me alojé en un hotel de la calle Wielka. Y el Sepulturero llamó un coche de punto con un gesto majestuoso:

—¡Al hotel!

—¿A cuál?

—¡A uno de primera!

—Están el Bristol, el Kupiecki, el Palace...

—¡Al mejor!

Al principio, la gran ciudad me causó una enorme impresión. Estaba como aturdido. Me exasperaba el tráfico. Me ensordecía el ruido. Más de dos años de vida de lobo habían dejado su rastro. Muchas noches sin dormir, la costumbre de penetrar la oscuridad con la mirada, las caminatas bajo una lluvia de balas, el estado permanente de alerta, todo aquello me había convertido en otra persona. Hasta mi físico había cambiado. Hacía tiempo que no me miraba en un espejo grande. Cuando lo hice ahora, vestido de los pies a la cabeza con ropa nueva, me quedé estupefacto. Vi a un desconocido. Sobre todo, me parecieron extraños mi rostro y mis ojos..., unos ojos fríos, ausentes, con una profundidad que antes no existía. Desde entonces, no me gusta mirar a la gente de hito en hito y procuro que mi mirada sea tranquila y dócil...

La gente me sorprende. Se ponen nerviosos sin ningún motivo. Hacen muchos movimientos superfluos e irracionales. Son muy distraídos y poco cautelosos. Cualquier bagatela los saca de quicio y gritan. Son muy codiciosos y cobardes. A cada paso intentan estafarme... por cuatro céntimos. Me dejo tomar el pelo y me río para mis adentros.

Paso los días y las noches de jarana. Apenas si tengo tiempo de dormir un rato. Voy de parranda, es decir: como y bebo en los restaurantes, frecuento los cines y los teatros y compro a mujeres de la vida. Son una mercancía barata y por doquier hay intermediarios a porrillo. Ofrecen citas con pelanduscas, con chicas, con adolescentes y casi con crías. A las mujeres se les pone precio como a las yeguas: por un viaje, por una hora, por una noche. Algunas veces me han hecho proposiciones que me han revuelto el estómago. Vivo rodeado de comisionistas. Han husmeado la pasta. Ahora voy conociendo la otra cara de la ciudad, una cara que antes ignoraba por completo. Y veo que la gente vive de una manera terrible, peor que en la frontera. Aquí, a cada paso se libra una lucha sin cuartel que no deja muchas opciones ni a los débiles ni a los inadaptados.

Anoche, regresé al hotel a eso de la una. Me estaba divirtiendo en compañía del Rata y el Sepulturero en una de las casas de citas clandestinas más caras. Estaba asqueado de todo aquello: de las mujeres desvergonzadas, libertinas y borrachas, del hedor a alcohol y de los cuartuchos con el ambiente cargado. Salí un momento al patio. Hacía una noche cautivadora. Las estrellas brillaban tan bellas como allí..., en la frontera. La Osa Mayor se desperezaba sobre el fondo negro del cielo. Todo era tan bello como allí... Sólo faltaba el murmullo del bosque, y lo que me rodeaba no eran campos ni árboles, sino casas de pisos oscuras, lóbregas y frías, donde vivía una gente tan oscura, lóbrega y fría como ellas.

Volví adentro. Me despedí de mis compañeros y de las mujeronas.

—¿Adónde vas tan temprano?

—La juerga todavía no ha empezado y tú ya...

—¿Te largas sin mojarla?

Vi los ojos ebrios y turbios de mis compañeros y sus sonrisas estúpidas. Vi los rostros sudados de las mujeres. Los polvos les chorreaban por las mejillas.

—Tengo jaqueca—dije, y salí de aquella casa.

Poco a poco, me arrastro por la ciudad. Las calles están desiertas. Hay pocos transeúntes. En las encrucijadas se dibujan las siluetas oscuras de los policías.

«La frontera», pienso, «y los "caravinagres"... Aquí también hay caminos fronterizos, alambre de púas, puestos de guardia y emboscadas. Sólo que el matute se pasa legalmente. Aquí, bajo muchas apariencias y muchas formas, se pasa de contrabando la mentira, la explotación, la hipocresía, la enfermedad, el sadismo, la arrogancia y el engaño... ¡Aquí todos son contrabandistas!... ¡Bi-soños!»

Me paseo lentamente por las calles. Voy bien vestido, por lo que los policías no me hacen caso. Cerca del hotel donde vivo, una muchacha sale a mi encuentro de un callejón lateral. Va desaliñada. Me observa un rato y finalmente me sonríe con coquetería, y me pregunta:

—¿Vamos?

Veo una cara joven y una sonrisa profesional prendida en los labios .

—¿Qué haces tan tarde en la calle?—le pregunto.

—Hoy no he ganado nada... Son días malos... ¡Antes de la paga!

—¡Pues, ven conmigo!

La introduzco en mi habitación del hotel. Le ordeno a un camarero soñoliento que traiga una botella de vodka, cervezas y entremeses. La muchacha devora con avidez la comida y esto me gusta: estaba verdaderamente hambrienta. Me bebo un vaso de vodka. Cuando deja de comer, le mando tumbarse en la cama por el lado de la pared. Cierro la puerta con llave y la escondo sin que se dé cuenta. Guardo la cartera con parte de mi dinero en el cajón de la mesilla de noche. Los billetes grandes los llevo escondidos en el infierno de la americana. Me meto en la cama. Me fumo un cigarrillo. Después, me duermo. Por la noche, me despiertan los movimientos cautelosos de la chavala. Suelo despabilarme en un segundo, no como la gente de ciudad que necesita un cierto tiempo y mucho esfuerzo. En un instante estoy alerta y consciente, pero finjo seguir durmiendo. Enseguida olfateo una trampa. Pienso: «A mí, hermanita, no me cogerás desprevenido.» Sé que quiere levantarse de la cama, de modo que sigo aparentando que duermo, me vuelvo sobre el costado izquierdo para tener una buena visión de todo el cuarto, me cubro la cara con el brazo y espero...

Ha salido de la cama. Se ha acercado a la mesa. En silencio, ha llenado de agua un vaso y bebe sin quitarme los ojos de encima. Después, vuelve a la cama y se inclina sobre mí. Respiro con regularidad, sonoramente. Aguza el oído un buen rato y, a continuación, abre a hurtadillas el cajón de la mesilla de noche para sacar la cartera. Del grueso fajo de billetes coge unos cuantos de diez *zlotys*. Vuelve a meter la cartera en el cajón y lo cierra. Después, recoge del suelo su zapatilla. Dobla los billetes varias veces y los introduce con fuerza en la punta de la zapatilla. La deja en el suelo y se escabulle con cautela a su sitio. Se mete en silencio bajo la sábana y escucha con atención si duermo. ¡Y yo duermo! Duermo, riéndome para mis adentros.

Por la mañana, me lavo y me visto con esmero. Lola—ha dicho llamarse así—también se viste. Pido un desayuno copioso y la invito a compartir la mesa conmigo. La trato con mucha educación. La sirvo. Cada dos por tres le pregunto:

—¿Tal vez la señorita Lola desee algo más?

La muchacha come a dos carrillos, sin perder puntada. Después dice:

—Uff, ya estoy harta.

—Pues, ¡adiós!

Le tiendo la mano. Entonces, ella dice con una voz agresiva y chillona:

—¿Y quién me va a pagar la noche?

—¿La noche?—pregunto.

—¡Sí... la noche! ¿Qué te has pensado?

La miro fijamente. Empieza a retroceder hacia la puerta. Me acerco. Me agacho y le arranco del pie la zapatilla. Con dificultad, saco los billetes que había escondido en la punta. Los desdoblo. Hay setenta *zlotys*. Le doy un billete de diez y me meto el resto en el bolsillo.

—Toma. ¡Esto es por la noche!

Quiere decir algo, pero le señalo la puerta con la mano. Sale de prisa al pasillo.

Un poco más tarde apareció el Sepulturero y juntos fuimos al hotel donde se había instalado el Rata. Pieles sobre la cama. Pieles sobre la mesa. Un montón de pieles en las sillas, en el suelo, en los alféizares de las ventanas. Las había de zorro rojo, blanco y azul. Las había de marta, de nutria, de astracán y de lirón. Sobre todo, de marta y de lirón. Y también se habían colado trescientas pieles de gato húngaro: quince paquetes de veinte piezas. Digo «se habían colado», porque normalmente los gatos «van» de nuestra casa a los soviéticos. Son las únicas pieles que los contrabandistas transportamos a Rusia. Además de nosotros tres, en la habitación había tres judíos. Eran comerciantes. Clasificaban la mercancía y examinaban cada piel a conciencia. Soplaban a contrapelo, las palpaban por ambos lados y las miraban a contraluz. Finalmente, toda la mercancía estuvo clasificada. Empezó el regateo entre el Rata y los mercaderes. Para mi sorpresa, me enteré de que las pieles adobadas eran más baratas. Más tarde, el Rata me explicaría que, en Europa, la gente no tenía un gran concepto de los métodos rusos de adobar pieles.

Las martas las vendimos a doce dólares y medio la piel, y los lirones a veinte dólares el paquete de veinte. Esto era el grueso de la mercancía. A continuación, pusimos precio a los gatos húngaros: también a veinte dólares el paquete. Los comerciantes regateaban. Se lamentaban: «¡Que no vuelva a ver a mis hijos si no es verdad que, con este negocio, pierdo hasta la camisa!» Finalmente, pagaron siete mil quinientos dólares por todo. Metieron la mercancía en sacos y abandonaron la habitación del Rata. Nos repartimos el dinero: dos mil quinientos dólares por barba. Después, fuimos a mojar el negocio.

Fui a ver a Pietrek a la hora de almorzar. Lo encontré en casa. Había sufrido un cambio extraordinario. El chico estaba radiante de felicidad. No paraba de reírse y de gastar bromas. No hizo ninguna mención de la frontera. En casa de su madre me sentía patoso. Procuraba no moverme por miedo a no tumbar ni romper nada. Todo el mundo era muy amable y solícito conmigo, pero yo veía la curiosidad en sus ojos. Y esto es lo que más me intimida y me pone de mal humor. Encontré el momento propicio para decirle a Pietrek:

—¡Quiero hablarte de algo!

Cuando nos quedamos a solas en su cuarto, aparté dos mil dólares de la suma que me había correspondido y se los entregué para que me los guardara. En total, ahora tenía en depósito seis mil dólares. De repente, dijo:

—¿Y qué pasaría si este dinero se esfumara? ¿Si alguien me lo robara?

Le miré a los ojos y le dije en un tono serio:

—No lo sentiría en absoluto. Si me hiciera falta pasta, sabría ganármela. ¡Y si algún día lo necesitas, no tienes más que decirlo!

—¡No seas malpensado!—contestó Pietrek—. Ha sido una broma. ¡Nadie sabe que tengo tu dinero y nadie me lo robará!

Durante el almuerzo, me sentía incómodo. Los manteles eran de un blanco deslumbrante. Había flores en el comedor. Alrededor de la mesa, estaban sentadas unas señoritas elegantes, amigas de Zosia, la hermana de Pietrek, acompañadas de algunos petimetres. Yo allí sobraba. No sé soltar elegantes parrafadas y no me veía capaz de adaptarme al tono general de aquel grupo. Me di cuenta de ello y puse cara de viernes. Respiré con alivio cuando el almuerzo terminó y pude abandonar la sala. Salí con Pietrek al jardín. Nos paseamos por los senderos, conversando. Después, nos sentamos en un banco, en el rincón más recóndito. Encendimos los cigarrillos. Callamos un buen rato... A continuación, le pregunté:

—¿Eres feliz?

Calló durante unos segundos, sorprendido por mi pregunta, pero enseguida me contestó:

—Sí, soy feliz.

—¿Y no echas de menos a los muchachos y a la frontera? Piensa: ¡ahora es la temporada de oro! Las noches son largas, sordas y negras. El oro se cuela a chorros por la frontera. Los muchachos se escabullen por campos y bosques. Pasan el día en los graneros o en la espesura. Beben, se divierten... ¡Cada día algo nuevo! ¡Cada noche algún incidente!...

Ya hace mucho rato que le hablo, cuando de pronto capto su mirada perdida y me detengo. Me doy cuenta de que no me está escuchando. Y él me dice:

—¿Sabes qué? ¡Ya lo he olvidado del todo!

—¿Del todo?

—Sí... No pienso nunca en ello... Porque ¿qué tiene de interesante?

Entonces, me levanto y le digo:

—¡Bueno! ¡Se me ha hecho tarde!... ¡Me esperan!

Me despido de él. Me aprieta la mano y me pregunta:

—¿Cuándo volverás?

—No lo sé.

—Ven mañana. Sin falta.

—Tal vez.

Me acompaña hasta la calle. Después se retira. Mientras camino por la acera de su casa, me llega a través de las ventanas abiertas su risa alegre. Diferente de la de antes: ¡jugosa, sincera, llena de vida y de energía!... «No, él no es uno de los nuestros!»

Voy calle abajo. Tengo la cabeza llena de pensamientos rebeldes. Algo me duele. ¡El corazón se me hace añicos como si hubiera perdido para siempre algo de valor! Voy a buscar a mis compañeros. Iremos al restaurante: allí, nos emborracharemos y remataremos la velada en un burdel. Todo esto empieza a aburrirme. Estoy hasta la coronilla de las cogorzas, de los mentirosos y de esta ciudad, donde la verdad se pasa de contrabando como nosotros matuteamos el alijo: ¡esquivando muchos cordones de control! Aquí todo es artificial, brillante y muy complicado, pero por debajo se oculta la simple mugre y el vacío... Allí, yo vivía con más plenitud. Allí, la gente es sincera. Bajo una capa mísera de palabras, se esconden pensamientos dorados y en el pecho laten sentimientos vivos y corazones ardientes. Y aquí, ni un solo pensamiento sincero, ni una sola palabra sincera. Aquí todo el mundo aparenta algo, desempeña algún papel en una gran farsa, en una comedia, actúa en casa y fuera de ella. Aquí, las mujeres camuflan sus cuerpos contrahechos y ajados con atuendos preciosos y lencería refinada, aunque a menudo sucia. Allí, bajo un vestido barato y una miserable ropa interior de lino, hay cuerpos calientes y fuertes que aman sin falsedad, y lo hacen por necesidad y no por afán de lucro o para fisgonear...

Empiezo a sentir añoranza... Tengo la intención de anticipar mi regreso a la frontera. Se me ocurre un buen pretexto: hay que aprovechar la temporada de oro y acabar con los novatos. Mañana hablaré de ello con los muchachos.

XI

Acompañado de un hombre a quien apenas conocía y que era un experto en el fondo «alegre» de la ciudad, entré en un local donde había varias mujeres bonitas. Me quedé boquiabierto al ver entre ellas a Sonia, la mujer de Jurlin. Primero pensé que me equivocaba de persona, pero pronto me convencí de que era ella. Llevaba un vestido verde de seda con un escote muy pronunciado. Exhibía una espalda desnuda. Tenía un aspecto juvenil y atractivo. Estaba alegre. Me acerqué. No me reconoció.

—¿Tiene habitación adonde ir?—le pregunté.

—Sí.

—Pues, vamos.

Al encontrarnos a solas en un pequeño cuartucho, noté que la mujer fruncía el ceño y me clavaba una mirada atenta. Le pregunté:

—¿Cómo se llama?

—Laura.

—Muy bien. Para otros serás Laura, pero para mí eres Sonia.

—¿Y tú quién eres?

—Soy de Raków. Hacía rutas por la frontera contigo y con Jurlin. Después, no me llevasteis más con vosotros porque disparé contra unos campesinos en la ciénaga de las afueras de Gorań.

—¡Ah! ¡Ya me acuerdo! ¡Eres Władzio! ¡No te habría reconocido! ¡Has cambiado tanto!

—Te fugaste con Wańka el Bolchevique. ¿Dónde está?

Los ojos de Sonia se empañaron de lágrimas.

—¡Me plantó, el hijo de perra! ¡Me robó todo lo que tenía y se fugó Dios sabe dónde!...

—Vuelve junto a tu marido. ¡Te quiere con locura! Te recibirá con los brazos abiertos.

—¿Para volver a vivir encerrada bajo siete llaves o rondar por los bosques? ¡Estoy harta de la frontera! ¡Acabé hasta el moño!

—¿O sea que prefieres estar aquí?

—Sí... No está tan mal... La dueña es buena. La comida es abundante. No tengo que partirme la crisma. Me visto como me da la gana. Les gusto a los clientes.

Boquiabierto, la escuché cantar las glorias de su profesión. Después, me preguntó:

—¿Vas a volver al pueblo?

—¡Cómo no!

—Pues, cariño, no le digas a nadie que me has visto aquí. ¿Me lo prometes?

—Si no quieres, no diré nada. No es asunto mío.

Más tarde, al despedirnos, volvió a rogarme, mirándome a los ojos con zalamería, que no se lo dijera a nadie. Noté miedo en su voz.

—No dirás nada, ¿verdad, cielo?

—¡Ya te lo he prometido una vez! ¡No hablemos más del tema!

—¡Va, no te enfades!

Me despido de Sonia. Me pide que vaya a verla de vez en cuando. Voy a por el Sepulturero. Mi compañero está repasando la larga lista de compras que acaba de hacer, mientras el Rata, sentado en un sillón, fuma un cigarrillo y se burla de él. El Sepulturero me dice:

—¡Míralo!—señala al Rata con la mano—. No para de leerme la cartilla. ¡Todo le parece mal! ¡Nada le gusta!

—¿De qué, diantres, te servirán todas esas cosas?—dice el Rata—. ¿Y dónde las vas a meter?

—Las llevaré a Radoszkowicze. Se las regalaré a mi madre...

—¿El neceser también?—pregunta el Rata.

—Todo.

—Y ella, ¿qué hará con eso?

—Le encontrará alguna utilidad en la finca. ¡De primera!

—¡Un neceser para pesar las patatas!

—¿Te preocupa mi dinero?

—¡Por mí, como si lo tiras o lo quemas! ¡Si ni siquiera el mío me preocupa!—replicó el Rata—. ¿Para qué diablos necesitas todos esos chismes? Todavía puedo entender que les sueltes mucha pasta a los cocheros, a los camareros, a los mozos del guardarropa y a las furcias. Pero ¿por qué compras todos esos cachivaches? ¡No lo entiendo!

—Los fabricantes también tienen que ganarse el cocido—dice el Sepulturero, soltando una carcajada sonora.

—¡Se ríe como un semental al ver una yegua!—observa el Rata.

Se hacía de noche. En el cuarto, oscurecía. No encendimos la luz. Callábamos. De buenas a primeras, el Rata dijo:

—¿Sabéis qué, muchachos? ¿Y si dejamos esto?... ¡Ahora es la temporada de oro, hay curro para todos, y nosotros estamos aquí tocándonos la barriga!...

—¡Sí! ¡Basta ya! ¡Mañana nos volvemos!—dije en un tono decidido.

—¡Yo también vuelvo!—dijo el Rata.

—Entonces, voy con vosotros—metió baza por fin el Sepulturero—. Pero tenemos que divertirnos para rematar la juerga. ¡La vamos a armar gorda! ¡De primera!

Nos detuvimos en los confines del pueblo y despedimos al campesino que nos había llevado hasta allí desde la estación de Olechnowicze.

—Esperadme aquí, muchachos, que voy a la casa del Ansarero. Me informaré de lo que ocurre en el pueblo—dijo el Rata.

—¡Pero vuelve enseguida!—insistió el Sepulturero.

El Rata desapareció en la oscuridad. No volvió hasta al cabo de una hora. Y cuando finalmente compareció, dijo:

—Suerte que no hemos ido directamente a la guarida, chicos. Hace dos días que nos están esperando allí. Han registrado la casa... Alguien se ha ido de la lengua y saben que te escondes en la casa del Cuervecillo. ¡Maldita sea! ¡Meten el dedo a ciegas y aciertan! De mí todavía no saben nada. Sólo te buscan a ti. Bueno, y a él también—el Rata señaló al Sepulturero con un gesto de la cabeza—, pero no saben quién es.

—¿Y qué voy a hacer ahora?—le pregunté al Rata.

—Conozco un lugar. Una guarida a prueba de bomba. Sólo que allí no podrás hacer ruido...

—¡Llévame a ese lugar!

Bordeamos el pueblo por el ribazo y salimos a los campos. Después, nos abrimos paso por senderos estrechos que se extienden a ambos lados del Isłocz. A continuación, nos acercamos a campo traviesa a un gran edificio de ladrillo que se caía a trozos.

—¿Qué es esto?—le pregunté al Rata.

—Una destilería. Pomorszczyzna no queda muy lejos. Y la frontera está al alcance de la mano. Muchas veces he escondido aquí la mercancía y hasta he descabezado un sueñecito.

El Rata se acercó a la ventana de la pared trasera de la destilería, que actualmente estaba fuera de servicio, y sin ningún esfuerzo arrancó del marco un gran gancho de hierro que, sin duda, había sido apalancado y aflojado. Después, entreabrió la contraventana y nos hizo entrar. Nos encontramos en un pequeño cuartucho con unas puertas que daban acceso a otras salas y a la destilería propiamente dicha. En un rincón, vi una gran caldera y, en otro, un enorme tonel en el cual podrían bailar cómodamente dos parejas. Echamos una ojeada dentro del tonel. Había allí una gran cantidad de tocino, un cubo y una docena de botellas vacías de vodka—vestigios de una antigua estancia del Rata—. Colocamos en el tonel nuestras cosas. Después, el Rata trajo de un riachuelo cercano un cubo lleno de agua. A continuación, fuimos al bosque contiguo a la casa de la madre del Cuervecillo. Encontré el tilo donde habíamos escondido las armas. Saqué del hueco del tronco los revólveres, los cartuchos, las navajas, las correas, los sacos y las linternas.

—Es una lástima que no tengamos aquí nuestra ropa—dijo el Rata.

—Sí. Todo se ha quedado en el desván.

—¿Y si fuéramos a la guarida?—propuso el Sepulturero—. No estará vigilada a todas horas. Vamos armados. ¡Nos las apañaremos!

—Tengo otra idea mejor—dijo el Rata—. Que nadie sepa que hemos vuelto. Es preferible tener una guarida provisional. Además, ¿para qué necesitáis un refugio fijo? Ahora es tiempo de currar. Y, en el bosque, os abrigará cada abeto, os cobijará cada arbusto.

Interrumpió su discurso. Calló un largo rato y después dijo con voz solemne:

—¡Ahora, muchachos, tenemos que dar el golpe decisivo! Que toda la frontera recuerde siempre qué grandes contrabandistas ha tenido.

—¡Esto está hecho! ¡De primera!—exclamó el Sepulturero, frotándose las manos.

Yo también me puse de buen humor. El Rata nos dijo que, de día, no la abandonáramos nunca, no fuera cosa que alguien nos guipara. Y él bajó al pueblo a comprar lo que necesitábamos y a informarse de las últimas noticias. Compartí con el Sepulturero una botella de vodka y nos acostamos dentro del enorme tonel. Aquello era una guarida inexpugnable. Nos sentíamos del todo seguros. Fumábamos y hablábamos en voz baja sobre el futuro trabajo. Yo fantaseaba sobre este tema y el Sepulturero decía que sí a todo.

—¡Esto está hecho! ¡De primera!

XII

La temporada de oro y el otoño dorado se presentaron juntos en la frontera. El contrabando no cesaba. Casi no quedaba ninguno de los viejos matuteros..., ahora trabajaban los bisoños. Urdían intrigas, chismorreaban, se delataban mutuamente a ambos lados de la frontera y reventaban los precios.

El Rata pasó dos días en el pueblo. Consiguió enterarse con detalle de qué cuadrillas cruzaban la frontera, dónde tenían sus puntos de enlace y por qué caminos circulaban en la zona fronteriza. Nos trajo mucha información interesante y valiosa. En el pueblo quedaban pocos contrabandistas de la vieja guardia. En cambio, pululaban por allí novatos poco recomendables y despreciados por los cuatro matuteros viejos que todavía seguían en la brecha. Ahora, la frontera parecía desierta y sin color. Yo a menudo recordaba a los viejos compañeros y los echaba de menos. Józef Trofida ya no cruza la frontera. A Saszka Weblin lo han matado. El Resina se ha pegado un tiro. Julek el Loco ha muerto. Pietrek el Filósofo se ha marchado. Bolek el Lord está en chirona. Al Cuervecillo lo han asesinado los bisoños. Jurlin abandonó a raíz de la fuga de Sonia. El Chino ha caído muerto en la Unión Soviética. El Clavo se cortó el cuello con una navaja poco después de huir de donde estaba deportado. Felek el Pachorrudo cayó en manos de los guardias al comienzo del otoño. El Buldog ha sido condenado a deportación por el Tribunal Revolucionario. Wańka el Bolchevique, después de pirárselas con Sonia, la de Jurlin, no ha regresado más al pueblo. Bolek el Cometa ahora es el maquinista de los salvajes. Tras el asesinato del Siluro, es su undécimo maquinista, es decir, el undécimo loco de remate, porque, si no lo fuera, no habría alcanzado una dignidad tan elevada. El Mamut se rompió la pierna en la segunda línea al saltar a un pedregal desde la margen escarpada de un río. Una vez curado, ha quedado cojo. Los Alińczuk salen poco. Tienen miedo de que se los carguen al otro lado de la frontera, porque saben que se han creado muchos enemigos. Los salvajes cada vez cambian de equipo. A algunos los han trincado en Polonia, a otros en la Unión Soviética, otros han muerto de bala o han sido heridos, y el resto trabaja haciendo aún más jolgorio y bullicio bajo el mando del orate de Bolek el Cometa. Nunca les hemos preparado una emboscada a los salvajes, aunque habría sido fácil. En el fondo, es la única cuadrilla que despierta nuestra simpatía.

Caímos sobre la frontera de improviso. Enseguida empezamos a hundir a un grupo tras otro. A veces sucedía que acabábamos con dos grupos en una sola noche. Y, a menudo, desplumábamos a la misma cuadrilla muchas veces seguidas. El pánico cundió en la zona fronteriza. Los «elefantes» temblaban. Los mercaderes perdieron el oremus. Nadie podía adivinar quién les hacía la pascua. Les limpiábamos los bolsillos en Polonia y en la Unión Soviética. Si no podíamos atraparlos por el camino, los atracábamos en los puntos de enlace. Llegamos a reunir una cantidad nada despreciable de género. Lo escondíamos en bosques y graneros, en las antiguas trincheras y en la destilería abandonada. De vez en cuando, el Rata les vendía grandes alijos a los contrabandistas de Rubieżewicze y de Stołpce. Preparábamos emboscadas con tanta astucia que, entre los tres, conseguíamos detener a cuadrillas muy numerosas. Para hacerlo, tomábamos en consideración el terreno, la hora del día, el tiempo, el tipo de mercancía, el tamaño de la cuadrilla, su talante, sus costumbres y muchas otras circunstancias. Pronto los novatos se enteraron de que era yo quien les hundía las partidas y les quitaba el contrabando, porque me reconocieron el Ruiseñor y el Elergante, que por aquel entonces salían con ellos. Me vieron en compañía del Sepulturero, que era un desconocido en el pueblo, y del Rata, a quien nunca nadie identificó porque llevaba un disfraz. En el pueblo se propaló el chisme de que yo, después de huir, me había hecho confidente para vengarme de los Alińczuk. A partir de entonces, cada vez que en algún lugar caía una cuadrilla, me cargaban el muerto a mí. Y los Alińczuk dejaron de ir al extranjero e incluso temían ser vistos por la noche en las calles del pueblo. Sólo había una cosa incomprensible para los bisoños: que les hiciera la puñeta tanto en la Unión Soviética como en Polonia.

De resultas de nuestras acciones, algunas cuadrillas de novatos dejaron de existir y algunos mercaderes les suspendieron el suministro de mercancía. Mientras tanto, nosotros seguimos con nuestro «juego». Cuanto más difícil era, tanto más fervor y empeño poníamos en él. Requería mucha habilidad y resistencia. En resumidas cuentas, era un juego de azar apasionante en el que a menudo apostábamos nuestras vidas a una carta y, por tanto, estaba prohibido perder... Y no perdíamos nunca. Cometíamos errores insignificantes, pero pronto rectificábamos. Además, aprovechando la experiencia adquirida y los servicios de los informadores del pueblo generosamente pagados por el Rata, actuábamos casi sobre seguro.

En el pueblo, había un grupo que todavía no habíamos podido atrapar a pesar de haberle puesto muchas trampas. Siempre se nos escabullía. Esto nos irritaba y decidimos hundirlo costara lo que costara. Puesto que no queríamos perseguirlo a ciegas, el Rata bajaba al pueblo a por información. Y retomábamos la cacería, y ellos volvían a escabullirse. Aquella cuadrilla estaba formada por diez novatos guiados por un maquinista, Wicek Hetman, que era compañero y amigo de Alfred Alińczuk. Esta circunstancia nos enardecía aún más. Llevaban una mercancía muy cara y no se iban nunca de la lengua. Además, era una cuadrilla de creación muy reciente. El Rata nos dijo que Alfred sacaba tajada de las ganancias del judío que le suministraba la mercancía a Hetman. Finalmente, nos enteramos de la ruta que iba a tomar el grupo de Hetman y le preparamos una emboscada a tres kilómetros de la frontera. Decidimos pescar a la partida en el camino de vuelta a Polonia. Suponíamos que estarían cansados tras haber recorrido casi treinta kilómetros— su guarida estaba en las afueras de Minsk—. Sabíamos que el grupo de Hetman solía pasar al rayar el alba cerca del lugar donde nos habíamos emboscado. Puesto que normalmente tenían «comprado» el peaje de la frontera tanto a la ida como a la vuelta, se sentían del todo seguros. Después de haber examinado el terreno, les tendimos la trampa en un lugar abierto. A nuestras espaldas, estaba el bosque Krasnosielski. A la derecha, más allá de una ciénaga y de unas colinas, el pueblo de Gorań. Lejos, delante de nosotros, se extendía la faja oscura de una espesura. Precisamente de allí tenía que salir la cuadrilla de Hetman que, para atajar, cruzaría un buen trecho de espacio abierto a lo largo del riachuelo, se adentraría en el bosque Krasnosielski y se dirigiría hacia la frontera.

El Sepulturero se apostó en medio de un prado, en una hondonada que habíamos ensanchado detrás de una gran isla de matas. El Rata se puso al acecho dentro de un almiar construido con una docena de gavillas hacinadas que se erigía en las lindes de un campo de labor. Yo me situé dentro de un grupo de arbustos, en la margen del riachuelo. De este modo, formábamos un triángulo de cincuenta pasos de largo por cada lado. Teníamos que permitir que el grupo de Hetman entrara en aquel triángulo como en un garlito y entonces atraparlo. La emboscada estaba lista a eso de las tres de la madrugada. No los esperábamos tan temprano. Echamos un trago de alcohol y nos fumamos dos cigarrillos por barba. Preparé mi pistola y una granada de mano. Ahora, cada uno de nosotros tenía cinco granadas que el Rata había conseguido en el pueblo. Poco a poco, despuntaba el día. Yo iba distinguiendo cada vez más detalles del terreno que se abría ante mí. Finalmente, columbré un valle estrecho y, a lo lejos, la faja de espesura que se destacaba en negro y de donde tenía que emerger el grupo de Hetman.

A mi alrededor, ni un alma viviente. En el bosque cercano murmuran los árboles. El riachuelo susurra por lo bajinis mientras se escabulle a través del terreno fangoso. Escudriño un rato el bosque y, después, busco con la mirada a mis compañeros. Están perfectamente escondidos. Sólo puedo suponer dónde. En el momento crucial, aparecerán como si salieran de las entrañas de la tierra. Mi escondrijo tampoco se ve, ni siquiera a escasos pasos de distancia. De repente, me parece captar un movimiento en la lejanía. Al principio, pienso que es un espejismo, pero pronto me percato de que, al fondo del valle, cerca del bosque, algo se mueve. Veo a unos hombres que avanzan hacia nosotros. Dan grandes zancadas, porque quieren dejar atrás el espacio abierto cuanto antes. Miro el lugar donde se esconden el Rata y el Sepulturero. Noto que, de un modo casi imperceptible, se preparan para saltar adelante. Yo también adopto una posición cómoda para levantarme de un brinco. Y los que atraviesan el prado están cada vez más cerca. Ahora los distingo muy bien, aunque no puedo ver a cada uno de ellos por separado, porque van en fila india. A la cabeza, camina con brío Hetman. Ya puedo reconocer sus facciones. La distancia entre los «elefantes» y nosotros se acorta por momentos. Espero con paciencia a que se acerquen aún más. De improviso, Hetman dobla a la izquierda. Salva de un salto el riachuelo y, a unos cien pasos de nuestro escondrijo, se dirige en diagonal hacia el bosque, escalando un pequeño montículo. Va a campo traviesa, cruzando cultivos. Detrás de él, se abren camino los otros novatos. No son diez como siempre, sino once: el grupo ha crecido.

Me quedé boquiabierto. Al cabo de un rato, miré a mis compañeros. Vi que, entre las gavillas, asomaba la cabeza del Rata y que el Sepulturero había salido de detrás de su isla de matas. Seguimos con una mirada triste el grupo que se iba alejando. No tenía sentido perseguirlo. Sólo serviría para asustarlos y podrían dispersarse a los cuatro vientos. Nuestro objetivo era atrapar a la cuadrilla entera y no a unos cuantos hombres. El Rata y el Sepulturero se acercaron. El Rata hizo un gesto amenazador con el puño dirigido contra el grupo de Hetman que desaparecía en el bosque.

—¡Diantres, habéis salido de ésta! Pero da igual. ¡Ahora os tocaremos otra música!

En aquel mismo momento, el Sepulturero apuntó con el dedo hacia el valle. Miramos en aquella dirección. Capté un movimiento cerca de la espesura.

—¡Muchachos, a vuestras posiciones!—dijo el Rata. Corrió serpenteando hasta el otro extremo del prado y se enterró en su almiar.

El Sepulturero se escondió detrás de la isla de matas. Al cabo de un rato, vi acercarse a un grupo de «elefantes». Caminaban sin orden ni concierto, ajenos a lo que pasaba a su alrededor. Se veía a la legua que eran novatos.

Ya están cerca. Me agacho entre los arbustos, dispuesto a saltar hacia adelante. Nuestras previsiones no han errado: este valle, el prado y la vereda que orilla el torrente son una ruta ideal para los contrabandistas. Y los «elefantes» enfilan precisamente esta vereda. Pasan junto a los arbustos donde me escondo. Veo sus pies. Los cuento: uno, dos... De repente, veo una falda corta y unas piernas de mujer enfundadas en unas medias negras. Esto me deja atónito. Los «elefantes» han pasado de largo. Emerjo de entre los matorrales y los sigo a hurtadillas. En una mano llevo la *parabellum*, en la otra, la granada. No vuelven nunca la cabeza y no me ven. Siguen avanzando hacia la isla de matas, tal como habíamos previsto. Ya están muy cerca. De repente, justo delante de sus narices aparece el Sepulturero. Oigo su voz tranquila, fría y tajante:

—¡Alto! ¡Manos arriba!

Los «elefantes» se echan hacia atrás. Por un lado, surge el Rata. Se oye su voz desfigurada:

—¡Quedaos quietos!

Veo que algunos novatos retroceden. Entonces también grito:

—¡De rodillas o lanzo una bomba!

—¡Camarada! ¡No lances la bomba!—grita uno de ellos.

Para que nadie nos pueda ver de lejos, conducimos a nuestros prisioneros hasta la línea del bosque y los ponemos en fila de espaldas a los matorrales. El Rata y el Sepulturero se colocan a ambos lados de los contrabandistas, cerrándoles el paso en dirección al bosque. Me meto la fusca y la granada en el bolsillo y sacó del cinturón un puñal muy afilado. Es una precaución para que ningún loco intente arrebatarme la pistola mientras lo cacheo. Los «elefantes» son siete: seis hombres y una mujer. Me acerco y pregunto:

—¿Quién va armado?

Todos callan. Entonces repito:

—¡Si alguien lleva armas que lo diga ahora mismo! ¡Después será peor!

Callan, inmóviles, con los brazos en alto. De golpe, veo una cara conocida. Enseguida recuerdo al contrabandista a quien herí aquella noche cuando se escapaba por el bosque Krasnosielski. Pero entonces iba con otra cuadrilla. A la izquierda, hay un judío. Es el representante de los mercaderes. Empiezo por él. Al principio, lo registro muy someramente para ver si va armado, y después lo hago más a fondo. Encuentro dos pieles de zorro azul. Me las quedo.

—¡Camarada, suéltanos!—me dice el judío—. Te daré treinta rublos.

—¡Todo en su momento! ¡Y el dinero te lo quitaré sin tu permiso!

Rasgo con el puñal la caña de sus botas y saco cinco billetes de cien dólares. A continuación, desgarro la visera de su gorra y encuentro doscientos dólares más.

—¡Mira que listo!—le digo al judío, que sonríe tristemente con unos labios pálidos.

Tras haberlo cacheado, le ordeno que se tumbe en el suelo boca abajo con los brazos en cruz. Me dispongo a registrar al «elefante» de al lado. Aparto un saco lleno de pieles que lleva a cuestas. No encuentro nada más. Hace una mueca extraña.

—¡Abre la boca!—le digo.

Y entonces, el contrabandista escupe sobre la palma de la mano unas monedas de oro. Le hago un guiño y digo:

—¿De quién es esta calderilla? ¿Del mercader?

—¡Es mía, camarada, es mía!

Le meto el dinero en el bolsillo del chaquetón. Justo

en ese momento, oigo unas pisadas y el crujido de las matas. El contrabandista que, tiempo atrás, se me había escabullido repetidas veces, ahora vuelve a intentarlo. El Sepulturero corre en pos de él. Lo atrapa en el bosque y lo obliga a reunirse con el resto del grupo. Lo pone de rodillas, diciéndole con furia:

—¡Si vuelves a hacerlo, te pegaré un tiro en la cabeza! ¡Estás avisado!

Me acerco al contrabandista y le digo:

—¿Qué? ¡Veo que se te ha curado aquella herida!

El bisoño me mira fijamente con ojos desorbitados. Entonces, añado:

—¡Ándate con cuidado, chaval, si no quieres irte al otro barrio!

Lo cacheo a fondo, pero sólo encuentro una docena de rublos en monedas de plata. No le quito el dinero. También desdeño las pieles que algunos «elefantes» llevan ocultas bajo la blusa. Hacino las portaderas. Hay mucho género. Me acerco a la mujer. Me da bochorno registrarla. Está asustada, pero intenta sonreír con unos labios pálidos. Veo que tiembla de la cabeza a los pies. La registro de prisa y someramente. Capto un guiño del Sepulturero y su risilla. Entonces, me pongo a cachear a la contrabandista a conciencia y con calma. No encuentro nada. Esto me parece sospechoso, porque creo que no tiembla sólo de miedo, sino también porque teme que encuentre algo. Si no fuera porque mis compañeros pudieran interpretarlo mal, la registraría mucho más a fondo. De improviso, me doy cuenta de que lleva el pelo recogido en la nuca en un gran moño. Saco las agujas y las peinetas. Algo cae al suelo. Es un fajo de unos cuantos centenares de dólares muy bien doblados y envueltos en un jirón de un media negra.

—¡Bien hecho!—digo, y recuerdo al Lord, porque ésta era una de sus frases preferidas.

Los representantes de los mercaderes no suelen llevar todo el dinero encima, sino que le dan a guardar una parte a su gente de confianza en el grupo. Acabado el registro y les ordeno a los hombres tumbados en el suelo:

—¡Arriba!

Todos se levantan atropelladamente y me miran con atención. Entonces les digo:

—¡Marchaos con viento fresco! ¡Y podéis volver siempre que queráis, con más mercancía!

Las caras de los contrabandistas se serenan. El hombre a quien herí aquella vez se dirige a mí:

—Camarada, ¿me dejas ir al bosque a buscar la gorra? La he perdido.

—¡Irás descubierto! Esta gorra te importa demasiado! ¡Lárgate de aquí!

Los «elefantes» se marchan a la carrera en la dirección que les he indicado y pronto desaparecen en el bosque. Mientras tanto, embutimos la mercancía en dos portaderas grandes. Hay cuarenta y dos martas y cinco cortes de lirón. En un saco, encontramos algunas vituallas y ropa interior femenina. ¡El Sepulturero se ríe!

—¡Mira qué elegante! ¡Hasta para salir a trabajar lleva consigo una muda! ¡Por si le entra el canguelo!

Después me dice:

—No has sabido cachearla bien. ¡Deberías haberla dejado en cueros!

—Sin desnudarla encontró lo que tenía que encontrar—dice el Rata—. ¡En cambio, tú sí que lo hubieras hecho y no habrías visto más que la pelambrera!

Con aquella partida que nos había caído en las manos de una manera tan imprevisible ganamos un pastón.

Después, el Sepulturero encontró en el bosque la gorra que había perdido el novato. La descosimos, pero no encontramos nada. ¡Qué tipo más terco! ¿Para qué quería aquella gorra barata? ¡Y yo que estaba seguro de que llevaba en ella dinero oculto!

Vamos a la guarida del bosque. Encendemos una hoguera. Comemos, fumamos y bebemos alcohol, pero no estamos nada contentos. El hecho de que el grupo de Hetman se nos haya escabullido, nos pone de muy mal humor.

—No importa... ¡Ya veremos!—dice el Rata, y le brillan los ojos.

Sin preguntárselo, sabemos muy bien de qué habla. Media palabra, un gesto, una mirada, nos bastan para entendernos.

Habían empezado las lluvias. Las noches eran oscuras como boca de lobo. Nos zambullíamos en ellas como en el hollín. Continuaba la persecución del grupo de Hetman. Cuando el Rata vendió el resto de la mercancía que se nos había acumulado, dijo:

—¡Bueno, muchachos! ¡Ahora nos ocuparemos de Hetman! ¡Caramba, tarde o temprano tiene que dar un traspié! Ahora lo abordaremos de otra forma.

—¿Cómo?—le pregunté.

—¿Cómo?—repitió mi pregunta—. Muy sencillo: en la guarida... ¡Si ellos se ponen en camino, nosotros también! Que ellos se van a la guarida, nosotros tras ellos. Ponen pies en polvorosa, y nosotros, ¡pam!, los agarramos por el pescuezo. Y una de dos: ¡o manteca o mercancía!

—¡De fetén!—aplaudió el Sepulturero, dándose una palmada en la rodilla.

El Rata volvió al pueblo, mientras que yo y el Sepulturero seguimos escondidos en el bosque. Habíamos encontrado una guarida de ensueño. En caso de una redada, podíamos largarnos en cualquier dirección. Al anochecer, el Rata vino corriendo:

—¡Venga, muchachos! ¡Vamos! ¡Acaban de salir!

Salimos en cuanto hubo anochecido. Avanzábamos guiados por el instinto, encontrando a oscuras el camino hacia Minsk, donde Hetman tenía su guarida. Caminábamos muy de prisa, sin descanso, y, a eso de la medianoche, llegamos cerca de nuestro objetivo. El Rata saltó la valla sin hacer ruido y se escurrió hacia el granero. Pronto volvió a reunirse con nosotros.

—¡En marcha, muchachos! ¡Todo está en orden!

Nos acercamos al granero. Nos introdujimos a través de un hueco que había debajo del portalón. En el interior, reinaban el silencio y la oscuridad. A la izquierda, había unas tarimas donde solían dormir los bisoños. A la derecha, un cortapajas y un montón de gavillas. En un rincón, algunas decenas de sacos de trigo. Un pasillo estrecho los separaba de la pared del granero. Allí nos escondimos. El Rata nos dijo:

—Hoy vendrán y hoy mismo emprenderán el camino de vuelta. ¿Me seguís? Traen una mercancía de mucho precio y se llevarán otra aún más valiosa: pieles por el valor de tres remesas. ¡Éste sí que será un buen trabajo! Pero, andaos con cuidado, porque Hetman va empalmado. El Sepulturero se pondrá en la puerta y tú les mandarás tumbarse en el suelo y los registrarás. Le quitarás la pipa a Hetman. No busques pasta, porque no tienen mucha, y el género está ensacado. Ya deberían estar aquí. Han salido antes que nosotros. Y ya son casi las doce...

Al cuarto de hora oímos unas pisadas al otro lado de la pared. Después, silencio.

—Han ido a ver al amo—dijo por lo bajinis el Rata.

Pronto se oyó un ruido en la puerta. Chirrió el pestillo. Rechinaron los batientes y oímos unas pisadas en el solado. El amo de la guarida se sacó de debajo de la zamarra una linterna encendida y la colocó junto a la puerta. Vimos a los contrabandistas ajetrearse por el granero. Eran once. Se zafaban de las portaderas y las colocaban al lado de la puerta. Extendían heno por el solado y se tumbaban para dormir. El amo, Hetman y dos contrabandistas más cogieron la mercancía y salieron del granero. Al cabo de unos minutos, volvieron con cinco portaderas grandes a cuestas. Dentro, había pieles de astracán blancas y negras que los matuteros pensaban pasar a Polonia. Tocaban a dos por portadera y las tenían que cargar por turnos. Los «elefantes» fumaban, tumbados sobre el heno.

—¿Comeréis algo?—le preguntó el amo a Hetman.

—No. Volvemos a salir ahora mismo. Antes del alba tenemos que cruzar la frontera. Echaremos un trago y ¡en marcha!—contestó el contrabandista.

—¿Podría traernos unas manzanas? Las de San Antonio que son muy sabrosas—oí la voz de uno de los novatos.

—¡Son canela fina!—dijo el amo, escondiendo la linterna bajo la zamarra al salir del granero.

Está oscuro. En las tinieblas brillan las puntas de los cigarrillos. Se oyen las escasas palabras que alguien pronuncia de vez en cuando. Todos tienen ganas de descansar. Algunos descabezan un sueño. De repente, el Rata dice a media voz:

—¡El Sepulturero a la puerta! ¡Tú, adentro!

—¡Esto está hecho! ¡De primera!—susurra el Sepulturero.

Salimos de nuestro escondrijo y avanzamos a oscuras. En la mano izquierda llevo la linterna, en la derecha, la *parabellum* lista para disparar. Me acerco a los novatos que conversan en voz baja. Espero...

—Aquí hay un extraño—oigo una voz en la oscuridad.

Entonces, enciendo la linterna y levanto mi *parabellum*. Desde la puerta del granero y desde una tarima relampaguean las linternas de mis compañeros.

—¡Manos arriba! A la una, a las dos... ¡Venga! ¡Porque os volaré los sesos!

—¡Todos al suelo! ¡Boca arriba!—grita el Sepulturero.

Todos callan. Veo que Hetman deja caer el brazo a lo largo del cuerpo. Sé que quiere tirar su revólver a un rincón. El Rata se dirige hacia el portalón. Lo abre. Echa afuera las portaderas llenas de pieles. Yo chequeo, uno tras otro, a los contrabandistas, empezando por Hetman, a quien requiso un *nagan* cargado.

—¡Vaya garras que tienes!—le comento.

Al poco rato, ya los he registrado a todos. El representante de los mercaderes llevaba encima casi mil rublos en monedas de oro.

—¡Ven aquí!—me grita el Sepulturero.

Voy hacia la puerta abierta. Después me vuelvo y digo:

—Que a nadie se le ocurra salir antes del amanecer. ¡Porque si pillamos a alguno fuera del granero, le pegaremos un tiro!

Cuando nos hallamos en el patio, vi al amo acercarse linterna en mano. La linterna estaba medio cubierta con un faldón de su zamarra y lanzaba hacia el suelo una mancha de claridad temblorosa. Me abalancé sobre él. Le arrebaté el capazo repleto de manzanas y lo dejé en el suelo. Después dije, deslumbrándolo con la linterna:

—Estás detenido. ¡No salgas del granero si no quieres tragarte una bala!

Abrí la puerta y empujé hacia dentro al campesino helado de miedo. Después, cerré la puerta y eché el pestillo. El Sepulturero y yo cogimos dos portaderas, y el Rata sólo una. Lentamente, nos pusimos en camino. Nos arrebujó una oscuridad densa. A duras penas logramos llegar a nuestra guarida del bosque Krasnosielski antes de que rayara el alba. Aquel mismo día, al anochecer, transportamos la mercancía al pueblo y el Rata la colocó. Dos días más tarde, volvimos a desplumar al grupo de Hetman. El Rata se enteró en el pueblo de que los «elefantes» se trasladaban a otra guarida. Vino a vernos en pleno día:

—¡Bueno, muchachos!—dijo con un brillo maligno en los ojos—. Hoy, Hetman y los suyos vuelven a hacer la ruta. Daremos el golpe aquí, en el pueblo. ¡Se armará un buen cisco! Salen del granero de Malcusiak, de la calle Zagumienna. Y recordad: ¡con mucho brío! ¡Van a saber lo que vale un peine!

Al atardecer, preparamos la emboscada cerca del granero donde iban a reunirse los bisoños del grupo de Hetman. Cuando cerró la noche, saltamos la valla y nos tumbamos en un surco, a diez pasos de la entrada del granero. Oímos que, por allí, se detenía un carro para descargar el género. Después, el carro se marchó y los contrabandistas empezaron a acudir al granero. Llegaban de uno en uno o en parejas. Captamos sus conversaciones apagadas.

—¿Ya estamos todos?—se oyó la voz de Hetman.

—¡Sólo falta Janek Kiełb!—contestó alguien.

—Llegará pronto. Ha ido a por bebida—dijo otro novato.

Al cabo de unos minutos, oímos unos pasos precipitados. El caminante abrió el portalón y entró. Nos pusimos en pie de un salto e irrumpimos en el interior en pos de él, al tiempo que encendíamos las linternas. Haciendo ostentación de las fuscas iluminadas por los haces de luz, ordenamos:

—¡Manos arriba! ¡Sentaos!

Cacheé a los «elefantes». Esta vez también comencé por Hetman y le volví a quitar un *nagan*. Le dije:

—La próxima vez que te pille con un juguete de estos, lo usaré para esparcir tus sesos por el suelo!

Los registré a todos. Lo hacía con una parsimonia deliberada. Mientras tanto, el Sepulturero arrojaba las portaderas fuera del granero y el Rata se las llevaba de dos en dos muy lejos, al campo. A continuación, les ordené a los contrabandistas que no salieran del granero antes del amanecer y cerré la puerta. Llevamos la mercancía a un intermediario que el Rata había avisado el día anterior. Media hora después del atraco, el alijo ya estaba vendido. Cobramos sólo la tercera parte de su valor efectivo.

El Rata se reía alegremente:

—¡Ahora sí que habrá chismorreo! ¡Es como meter un palo en un hormiguero! ¡Pero, hemos hecho lo que había que hacer! ¡Y si se tercia, los desplumaremos otra vez!

Decidimos tomarnos una semana de descanso. De día, el Sepulturero y yo dormíamos en la destilería, y de noche vagábamos por los alrededores de Raków. Rondábamos por los bosques, por los caminos y, de vez en cuando, incluso hacíamos incursiones en el pueblo. Mientras tanto, el Rata planeaba trabajos futuros. Nos encontrábamos por la noche.

Por aquel entonces, además de los seis mil dólares que le había dejado en depósito a Pietrek, tenía ocho mil quinientos dólares y más de dos mil rublos en monedas de oro. Escondí la mayor parte del dinero en la madriguera del Cuervecillo. El Sepulturero también guardaba allí su capital. Aquel escondrijo—el agujero en el tronco del viejo tilo—lo llamábamos nuestro banco.

Una tarde fui con el Rata y el Sepulturero a ver al Mamut, que había quedado tan cojo que no podía seguir de contrabandista. El compañero nos recibió con alegría. Tapó las ventanas con las cortinas y cerró los postigos. Nos pusimos a beber vodka. El Mamut clavó en mí los ojos, se quedó mirándome un buen rato y después dijo lentamente, ligando con dificultad las palabras:

—¿Es... verdad... que tú?... Bueno...

—¿Es verdad, qué?—le pregunté.

—Que tú eres un con-fi-den-te.

El Rata soltó una carcajada, y después dijo:

—Mamut, estás espeso. Somos nosotros tres los que desplumamos a los novatos. ¿Lo entiendes? Les caemos encima aquí y allá... ¡Ellos lo han reconocido cuando los desplumaba y ahora cuentan patrañas!

El Mamut me hizo un gesto de aprobación con la cabeza y los ojos le brillaron de alegría.

—¡Les estamos pasando factura por todo!—prosiguió el Rata—. Por el Cuervecillo, por el Lord y porque son unos palurdos, unos catetos y unos hijos de perra! ¡Si se nos antoja, por la frontera no pasará ni un solo cargamento! ¡La frontera es nuestra, no suya! ¡Es nuestra y basta! ¡Somos tres y ellos son trescientos, pero no pasará ni uno solo! ¡Ni uno! ¡La frontera es nuestra!

El Mamut bebía, asintiendo con la cabeza. Tenía la cara como esculpida en piedra y sólo los ojos, unos ojos buenos, de niño, nos sonreían mientras reflejaban una avalancha de emociones y pensamientos que aquel hombre nunca sería capaz de expresar con palabras. Cuando nos disponíamos a marchar, el Rata llamó a la mujer del Mamut y le dijo:

—Ahora su marido no le sirve de gran cosa, ¿verdad?...

—¡Qué le vamos a hacer! No me quejo...

—¿Le apetecería poner una tienda o montar cualquier otro negocio?

Los ojos de la mujer brillaron de alegría.

—Pero, ¿con qué dinero?

—Yo pongo mil rublos—dijo el Rata.

—Yo también—seguí su ejemplo.

—Y aquí van otros mil—añadió el Sepulturero.

—¿Y cómo los devolveré?—preguntó la mujer.

—¡No es necesario! Lo hacemos por él—El Rata señaló al Mamut con el dedo—. Basta con que usted cuide de este... mamut, porque incluso un crío podría hacerle daño. En los tiempos que corren, se destroza a dentelladas a cualquiera que sea frágil y bueno.

Le dimos tres mil rublos a la mujer del Mamut y abandonamos su casa. Al día siguiente, el Rata me trajo un paquete que alguien había mandado a su dirección, pero que estaba destinado a mí. El paquete procedía de Vilnius, de Pietrek. Dentro, había una carta y una cajita. En ella encontré una brújula de Bézard de excelente calidad en un estuche de piel. Nunca se me había ocurrido comprarme una brújula, aunque me hubiese resultado muy útil. A partir de ahora, incluso en la noche más oscura podría encontrar el rumbo en un terreno desconocido sin miedo a equivocarme. Aquella tarde, contemplé un largo rato la aguja fosforescente de mi brújula y, enternecido, pensaba en Pietrek: «¿Cómo se le ha ocurrido? A pesar de todo, ha pensado en mí... ¡La ha comprado para mí!»

XIII

En las profundidades del bosque Krasnosielski, a tres kilómetros de la frontera, hay un enorme claro atravesado en diagonal por un camino. Por la parte del sur, hay un gran barranco, oscuro y poblado de árboles apelotonados. Por allí se escurren a menudo los bisoños que atajan cruzando de prisa el calvero para desaparecer en los matorrales que bordean el barranco. Una noche, a unos cien pasos del ángulo izquierdo de este claro, creció un arbusto y, detrás de él, apareció una hondonada que no se veía desde lejos. A una docena de pasos hacia la izquierda, casi en el repecho del barranco, surgió un montón de heno... Yo estaba en la hondonada, parapetado tras el arbusto, y el Rata se había escondido en el nial. El Sepulturero estaba al acecho en los matorrales, a más de una decena de pasos del lugar donde el límite de bosque alcanzaba el barranco. De este modo, formamos un garlito parecido al que habíamos tendido cerca de Goran y en el que, en vez del grupo de Hetman, habían caído por casualidad siete contrabandistas, seis hombres y una mujer.

Una hora después del alba, vi al otro lado del claro a una gente que emergía del bosque. Caminaban a paso de gigante y hacían lo imposible por atravesar cuanto antes el espacio abierto. Todos llevaban chaquetones cortos de color negro y botas de caña alta. Pasaron al lado de mi escondrijo y se acercaron al grupo de matas que crecía en un rincón del calvero. Vi que el Sepulturero corría a su encuentro. En un primer momento, los bisoños no se dieron cuenta. Después se detuvieron, atónitos. Se oyó la voz del Sepulturero:

—¡Manos arriba!

Los novatos se lanzaron hacia la izquierda. El Rata salió de un salto del montón de heno. En las manos llevaba dos revólveres. Les gritó desde muy cerca:

—¡Cuerpo a tierra, o lanzo una granada!

Se desplomaron en el suelo.

—¡Brazos en cruz!—gritó el Sepulturero.

Les palpé la ropa: buscaba armas. Después les mandé levantarse y los registré a uno tras otro a conciencia. Fui amontonando los sacos llenos de pieles que llevaban a cuestas. El grupo estaba formado por hombres robustos, de buena estatura.

—¡Seríais unos buenos soldados del Ejército Rojo!—dije, mientras los chequeaba.

Los bisoños soltaron una risilla lisonjera. De sopetón, desde un extremo de la hilera, me llegó una voz familiar, la del Elergante. Era extraño que no lo hubiese visto antes:

—¡Mu-chaaaa-chos! ¡Es el Raaata!

El Elergante señaló con el dedo al Rata que estaba a pocos pasos del montón de heno. Se le había caído el bigote postizo mal pegado, de modo que el otro lo reconoció enseguida. Me precipité hacia el Elergante:

—¡Cierra el pico o verás un gato en lugar de una rata!

El Elergante empezó a retroceder, diciendo con una voz llorona:

—Señor..., camarada..., Władek...

Acabé de registrar a los novatos y los dejé en libertad. Antes, les dije:

—¡Anunciadles a vuestros compañeros, a aquella caterva de bravucones de Raków, que la frontera está cerrada! ¡Que no dejaré pasar a ningún grupo! ¡Decidles que así pagan por el Cuervecillo, por el Lord y por tener tratos con los Alińczuk! ¿Entendido?

Se oyeron las voces de los bisoños:

—Entendido.

Entonces les dije:

—Bueno, ¡esfumaos! ¡Aligerad, porque si no, os acribillaré a balazos!

Los «elefantes» se dieron a la fuga. Les disparé un par de tiros por encima de las cabezas, cuidando de no darle a ninguno. Y el Sepulturero gritaba:

—¡Au-au-au! ¡A por ellos! ¡Contrabandistas! ¡Bravucones! ¡Ladronzuelos! ¡Bergantes!

Más tarde, cuando llevábamos el alijo a la guarida, el Rata dijo:

—Ahora yo también estoy arreglado. Lo sabrá todo el pueblo. A partir de ahora, estaré en el punto de mira.

—No te preocupes. ¡Saldremos de ésta!—dijo el Sepulturero.

Al cabo de unos días se organizó una cacería en la que nosotros éramos la presa. Habíamos ido a las inmediaciones de Minsk a hacer unos recados. Por la noche empezó a llover. Antes del alba, habíamos conseguido salir de los bosques Archirejskie y llegar al bosque Starosielski. Pasamos el día allí, cerca del camino, a diecisiete verstas de Minsk. Estábamos calados hasta los tuétanos. Poco antes del mediodía, la lluvia amainó y encendimos una hoguera para entrar en calor y secarnos la ropa. El humo podía traicionarnos, pero nos daba igual. Hacíamos guardia por turnos y secábamos nuestra ropa junto al fuego, que atizábamos añadiendo grandes leños. De golpe, dos rabadanes pasaron cerca de nuestro escondrijo. Los zagales se detuvieron un rato, lanzándonos unas miradas curiosas.

—Eh, ¿buscáis algo?—les gritó el Sepulturero—. ¡Largo de aquí!

Los pastorcillos se esfumaron entre los matorrales. Y al cabo de una hora—precisamente cuando yo hacía guardia—oí un crujido sospechoso. Volví la cabeza a la izquierda y, de improviso, mi mirada se cruzó por un instante con la de un par de ojos que me espiaban desde la espesura. Además, vislumbré una gorra negra de cuero con una estrella roja de cinco puntas. Sabía que me observaban, de modo que, en vez de dar muestras de inquietud, corrí el seguro de la fusca y metí un pie en la hoguera. Mis compañeros me miraron atónitos. Les di a entender con gestos que tenían que vestirse inmediatamente. Lo hicieron sin perder ni un segundo, pero no abandonaron el escondrijo. Les señalé con la mano los matorrales. Desde allí, nos llegaban murmullos y cuchicheos apagados que se percibían cada vez mejor. De pronto, muy cerca ladró brevemente un perro. Entonces, me incliné hacia mis compañeros y les susurré al oído:

—¡Las granadas! ¡Rápido!

Arrancaron las anillas de seis granadas defensivas de producción francesa y me dieron dos. Arrojé una hacia delante, directamente contra las matas, y otra algo más lejos. En aquel mismo momento, el Rata y el Sepulturero lanzaron las suyas a la derecha y a la izquierda. Al cabo de unos segundos, las granadas explotaron. El bosque se estremeció. Surtidores de tierra se elevaban al cielo. Chasqueaban las ramas de los árboles. Se oían gritos y pisadas de gente que huía. Lo aprovechamos para dirigirnos enseguida al oeste. Procuramos no hacer ruido. Hubo un largo rato de silencio y después retumbó un disparo de fusil. Le siguió un tiroteo intenso. No respondimos ni siquiera con un tiro, sino que proseguimos la marcha. Al cabo de un rato, a nuestras espaldas se oyeron los ladridos del perro.

—¡Maldita sea!—dijo el Rata—. Nos persiguen con un perro.

—Si tuviéramos aguarrás o amoníaco, podríamos rociar el suelo. El chucho no nos seguiría hasta muy lejos. Pero, tal como están las cosas, lo veo muy negro—dijo el Sepulturero.

Nos acercamos a las lindes del bosque. Enfrente, campos de labor. Para la frontera faltaban aún doce verstas, y más de cuatro nos separaban del bosque más cercano por donde podríamos alcanzarla. Además, no anochecería antes de tres horas, o sea que era demasiado peligroso salir a campo abierto. Bordeamos el bosque en dirección sur. Cruzamos un camino y volvimos al este. Ahora este camino nos separaba de nuestros perseguidores. De momento, la persecución se dirigía al oeste, mientras que nosotros íbamos al este. Ellos avanzaban muy lentamente, porque se temían una emboscada, mientras que nosotros caminábamos a toda velocidad. De vez en cuando, oíamos los ladridos del perro. Yo iba el primero. Para no perder el rumbo y no alargar la marcha guiaba a mis compañeros siguiendo las indicaciones de la brújula. Llegamos a los confines del bosque. Desde allí se veía Stare Sioło y los carros que circulaban por el camino. Torcí hacia el norte. Escogimos un momento propicio, cuando no había nadie por los alrededores, para cruzar el camino y regresar a la misma parte del bosque de donde nos habíamos retirado hacía una hora. Ahora estábamos en la retaguardia de la redada, que avanzaba poco a poco a unos dos kilómetros delante de nosotros. Pasamos al lado de nuestra hoguera apagada. Vimos los cráteres que las explosiones de las granadas habían abierto en la tierra. A partir de allí, nos dirigimos hacia el norte, y después volvimos a doblar hacia el oeste. Oíamos los ladridos del perro cada vez más cerca y el ruido que hacía aquella gente. La oímos alejarse hacia le sur y cruzar el camino. Entonces alcanzamos las lindes del bosque y, allí, nos detuvimos. Volvíamos a estar delante de los campos de cultivo... Pero todavía faltaban dos horas para la caída de la noche. Ya no dimos más vueltas por el bosque, porque sabíamos que descubrirían nuestra estratagema y nos prepararían otra emboscada o invertirían la dirección de la redada. Y todavía disponían de unas fuerzas considerables. Nos pusimos al acecho detrás de un grupo de arbustos cercano a las lindes del bosque, y allí esperamos. Teníamos las granadas y los revólveres a punto. El tiempo se nos hacía infinitamente largo... Faltaba mucho para el anochecer... Al cabo de una hora, la batida había dado la vuelta entera al bosque y se volvía a acercar. A intervalos de unos cuantos minutos se oían los ladridos del perro.

—¡Voy a pelar a ese maldito chucho!—dijo el Sepulturero, rabioso—. ¡Esperadme aquí!

Se metió los revólveres en los bolsillos y arrancó las anillas de seguridad de dos granadas de mano. Después, avanzó por el bosque al encuentro de la gente que nos perseguía. Durante un cuarto de hora, hubo silencio. La batida estaba cada vez más cerca. De repente, explotó una granada y la explosión retumbó en el bosque... Otra explosión... El perro se calló... Después, empezaron a tronar los fusiles. Al cabo de unos minutos, el Sepulturero se reunió con nosotros.

—¿Le has dado al chucho?—le preguntó el Rata.

—¡Vete a saber! Pero seguro que esto los frenará un poco.

Faltaba más de una hora para la puesta de sol. Salimos a campo abierto. Nos dirigimos de prisa hacia el bosque que se destacaba en negro delante de nosotros. Cuando ya habíamos recorrido la tercera parte de la distancia, oímos unos disparos a nuestras espaldas. Me volví. Unos soldados corrían a campo traviesa en nuestra dirección con los fusiles en la mano y, de vez en cuando, se detenían para disparar. Aceleramos el paso. A medio camino, había un pueblo. Para igualar las posibilidades con las de nuestros perseguidores, que sin duda pensaban atravesarlo, decidimos ir por el atajo, enfilando un callejón estrecho y enlodado. No escondíamos las armas. Llevábamos a la vista las granadas y los revólveres. En medio del pueblo, había un gentío. Un mitin. La muchedumbre rodeaba un carro sobre el cual un hombre pronunciaba un discurso gesticulando con viveza. De golpe y porrazo, alguien nos divisó. Todas las miradas se concentraron en nosotros. Sin parar mientes en ello, seguimos adelante a toda velocidad. De improviso, el hombre que pronunciaba el discurso saltó del carro y echó a correr hacia el patio más cercano. El Rata gritó con voz penetrante:

—¡Cogedlo!

El Sepulturero silbó con los dedos una y otra vez. La muchedumbre se desbandó. Se dispersó a los cuatro vientos. Mientras seguíamos corriendo por la calle desierta, veíamos a gente espiarnos por la ventana o por detrás de una esquina. Llegamos al confín del pueblo y continuamos la marcha a campo traviesa. En la lejanía, no cesaban los disparos de los soldados que nos pisaban los talones y que, de este modo, querían avisar a los habitantes del pueblo para que nos detuviesen, pero lo único que consiguieron fue extender aún más el pánico y que los campesinos se escondieran cada cual en su agujero. Finalmente, alcanzamos el bosque.

—Podemos esperarlos aquí—dijo el Sepulturero, y se sentó sobre un tocón de abedul—. Veo que tienen prisa por ir al infierno...

A partir de entonces, ninguno de nosotros podría dejarse ver por el pueblo con impunidad. Solíamos visitarlo juntos y sólo de noche. El Rata se introducía a hurtadillas en las casas de sus informadores para obtener noticias sobre los trabajos de los novatos y los incidentes de la frontera, la zona adyacente y el pueblo. Después, íbamos juntos de tiendas y nos comprábamos lo que nos hacía falta. Algunas veces nos reconocieron, pero no había quien se atreviera a molestarnos. Y, con la compra hecha, nos escabullíamos del pueblo para volver a la guarida de la destilería de Pomorszczyzna o para escondernos en los bosques vecinos. La mayoría de las veces nos resguardábamos en los bosques, donde nos sentíamos más seguros que en ninguna otra parte.

Tardamos un par de días en reunir la mercancía que habíamos escondido en varios sitios y en transportarla a la casa del intermediario. Ganamos un pastón. Pero el dinero ya no nos alegraba. Qué más me daba estar forrado si no me podía comprar todo lo que me gustaba. La mayor parte de mis ganancias—por regla general, oro y billetes pequeños—la metía en nuestro banco, es decir, en el agujero del tronco del viejo tilo.

Ayer, el Rata bajó al pueblo solo. Lo esperábamos en el cementerio. Trajo unas cuantas botellas de vodka y mucha pitanza, y me dijo:

—Tengo una noticia para ti.

—¿Qué clase de noticia?

—Te lo diré cuando estemos en la guarida..

Llovía, de modo que fuimos a guarecernos a la destilería, donde podíamos descansar mejor.

—¡Cuéntame la noticia!—le dije al Rata.

—No sé si debería decírtelo...

—¡Va! ¡Desembucha!

—De acuerdo. Pero después no digas que te ha sentado mal... Mañana, domingo, se celebra el compromiso de Fela.

—¡Imposible!... ¿Con quién?

El Rata hizo una sonrisa amarga y pronunció poco a poco entre dientes:

—Con el se-ñor Al-fred A-liń-czuk.

Me quedé boquiabierto. El Rata se dio cuenta de que la noticia me había afectado profundamente, y dijo:

—Mira, yo también me he quedado de una pieza. Lo he pensado mucho. Muchísimo... Me decía: ¿será posible que semejante hijo de perra se case con la hermana de Saszka y se haga con la dote que él atesoró y que pagó con su vida?... Esto es lo que he pensado. Y he decidido: ¡lo voy a liquidar! Pero después he sopesado los pros y los contras y he cambiado de parecer: no es necesario hacerlo y no lo haré. Quiero que me comprendas. ¿Sabes por qué no lo haré?

El Rata enderezó la vela encendida, levantó dos de-

lejos se pierde mi canto
cual de un reo el llaaaan-tooooo...

No soy capaz de despegarme de la ventana. La canción me deja maravillado. Me hace temblar de pies a cabeza. La absorbo con el alma, con el corazón y con todos mis nervios. De repente, el Rata me pone la mano en el hombro.

—¡Vamos!

Entro con ellos en el zaguán. La canción termina. Justo en aquel momento, el Rata abre la puerta de par en par e irrumpe en la sala. Le seguimos, atrayendo las miradas estupefactas de todos los presentes. Noto una agitación entre los Alińczuk. Alfred se mete la mano en el bolsillo. En aquel mismo instante, el Rata muestra dos pistolas y apunta a la concurrencia. Se dirige a todos, diciendo:

—Hemos venido aquí en nombre de Saszka, el hermano de Fela. ¡Saszka era mi compañero y murió en los brazos de éste!—Me señala con un gesto de cabeza—. O sea que, si estuviese vivo, nos invitaría a la fiesta de compromiso de su hermana antes que a muchos de vosotros. Y usted, señorito—el Rata se dirigió a Alfred—, cálmese y tenga las manos quietas, porque en lugar de una boda habrá un par de entierros.

El Rata se sienta a la mesa entre Lutka Zubik y Zosia, frente a Alfred. Todo el mundo calla. De improviso, se oye la voz de Fela que, mirándome fijamente, dice:

—Señor Władek, ¿le parece bonito venir de visita armado?

—Yo no llevaba ninguna arma en la mano—le contesto con una voz lúgubre—. ¡La he sacado porque Alfred intentaba hacer lo mismo y porque sé muy bien que

473

no sería la primera vez que disparara contra alguien a traición!

—¡Esto me ofende!—dice Fela y, en su frente aparece una larga arruga vertical.

—¡Ah! ¿O sea que la señorita Fela es tan susceptible? Eso no me constaba. Más bien opinaba lo contrario, porque veo que el mismo individuo que hace un año la llamó «puta», cosa que nuestra querida Fela sabe muy bien, ahora es su prometido.

—¡No es asunto tuyo!—masculla entre dientes Alfred.

El Rata mete baza:

—¡Sí que es asunto suyo, porque es tu padrino!

—Claro. ¡Llevó a la pila bautismal a un gato roñoso! —añade el Sepulturero.

—No—prosigue el Rata—. No es por eso. Es porque te partió la cara y te agujereó la pierna.

—¿Quién os ha invitado?—pregunta Fela.

Entonces digo:

—Un día usted me invitó. Vine achispado... y fui objeto de sus burlas. Ahora vengo sereno, con unos compañeros, y tampoco le gusta.

—Con unos bandidos—espeta Alfred.

—¡Pero no con unos canallas como tú, que disparan por la espalda desde detrás de una valla, les van con el soplo a los maderos, tienen tratos con los confidentes de la checa y venden a los nuestros en la Unión Soviética!—le digo.

—¡Sois vosotros los que no dejáis trabajar a nadie!—dice Alfred.

—¡No permitimos que trabaje la chusma como tú! ¡Y no lo permitiremos nunca! ¡Se os ha acabado la mina de oro! ¡Se os da mejor cortar leña, traer agua del pozo y lavar pañales que hacer de matuteros!—dice el Rata—. ¡Por tu culpa murió el Cuervecillo, y también por tu culpa murió el Clavo! Tu predispusiste a los bisoños en contra de nosotros. Tú nos lanzaste a los chequistas encima. Así que recuerda: ¡Para vosotros la frontera está cerrada y si, a partir de este momento, os pesco al otro lado—el Rata toca con el dedo, uno tras otro, el pecho de los cinco hermanos Alińczuk—os pegaré un tiro en la cabeza para que no ensuciéis más la frontera! Y si trinco a algún novato, y seguro que trincaré a alguno, le romperé los huesos. Se lo podéis decir. ¡Y ahora basta de discursos! Hemos venido a brindar y a desearle suerte a Fela. ¡Ya pasaremos cuentas en otro sitio!

El Rata coge de la mesa una gran botella de cristal tallado y llena de vodka tres vasos: uno para él, otro para mí y otro para el Sepulturero.

—¡Venga, remojemos el gaznate!—dice alegremente—. ¡Brindemos a la salud de la señorita Fela, la hermana de Saszka Weblin, el rey de la frontera!

Apuramos el vodka de un trago.

—¡Y ahora, muchachos, los vasos contra el suelo, para que nadie pueda brindar con ellos a la salud de Fela, la señora de Alińczuk, la esposa de Alfred!

Los rostros de los presentes expresaban muchos sentimientos contradictorios. Algunos contenían una carcajada, otros frenaban un ataque de furia. Algunos estaban asustados, aunque deducían de nuestro comportamiento que no teníamos intención de hacerle daño a nadie. Notaba en la cara del Ruiseñor y en la del Elergante una expresión de simpatía hacia nosotros. El Rata se acercó al Ruiseñor, le quitó la guitarra de las manos y dijo:

—Canté muchas veces para Saszka. ¡Ahora, cantaré por última vez para su hermana!

Rasgueó las cuerdas de la guitarra y se puso a cantar. La canción era cómica y subida de tono. Describía con humor las desgracias y los riesgos de la profesión de contrabandista. En algunos rostros, sobre todo femeninos, distinguí unas sonrisas alegres. El Rata terminó la canción y dijo:

—Y ahora, mi apreciada Fela...

—¡Ni tuya, ni apreciada!—gruñó Alfred desde el otro extremo de la mesa.

El Rata entornó los ojos y replicó:

—¡En eso de que no es mía te doy la razón! Pero, cuando digo «apreciada» tengo razón yo, porque lo que te interesa no es la novia, sino su dote.

—¡El perro ha olido el tocino!—gritó el Sepulturero.

—Todos están cargados de razón... ¡Pero a este cabrón lo meteremos en razón nosotros!—dijo en un tono jocoso el Rata, señalando a Alfred con el dedo.

Fela se levantó de un salto.

—¿Tienen ustedes la intención de quedarse aquí mucho rato?—dijo con una voz aguda y desagradable—. Porque, si es así, ¡yo me voy!

—No—dijo el Rata—. Nos marchamos ahora mismo... Para acabar, sólo querría entregarle a la señorita Fela mi regalo de boda, porque no espero que nos invite. Además, no iríamos—añadió tras un instante de silencio—. A ver, el oro le sobra, porque Saszka ganó bastante para... Alfred. O sea que no le daré oro. Le haré otro regalo, que incluso Saszka aceptaría de buena gana.

El Rata se inclinó hacia Fela por encima de la mesa y puso sobre el mantel una granada de mano. El Sepulturero lo imitó.

Entonces dije:

—En cambio, yo quiero ofrecerle otra cosa: un obsequio que, en su tiempo, me mandó Alfred. Entonces no corrí a llevarlo a la policía, sino que se lo mostré a Saszka, y ahora se lo doy a usted.

Puse al lado de las granadas aquella bala de *browning* que había sacado de la pared de la casa de los Trofida en el otoño de 1922, después de que me dispararan.

Todos callaban. Fela miraba con ojos desorbitados las granadas y la bala que tenía delante. Algunos de los invitados se apartaron de la mesa junto con sus sillas. Y el Rata dijo:

—¡Venga, chicos, larguémonos! Dejemos que esta pareja se revuelque en su propio hedor y engendre una caterva de críos. ¡A nosotros nos esperan las noches negras, las veredas invisibles, el bosque verde y la frontera silenciosa!

Salimos de la casa. Una vez en el zaguán, oí la voz de Alfred:

—¡Hay que avisar a la policía! ¡Qué se han creído! ¡Vaya escándalo! ¡Tenemos testigos!

E inmediatamente después nos llegó la voz de Fela, tranquila, grave, con unas resonancias metálicas:

—Siéntate de una vez... Eres un..., un...—no acabó.

Salimos a la calle y nos zambullimos en la oscuridad de aquella noche de noviembre. Yo caminaba pensando todo el rato: «¿Qué palabra tenía Fela en la punta de la lengua al dirigirse a Alfred?» ¡Pagaría lo que fuera para saberlo!

XIV

Nuestra guarida es muy peligrosa. Vivimos rodeados de enemigos. Los «caravinagres», los confidentes, los de la secreta, los aduaneros y los chequistas pululan por los caminos, por los senderos, por los bosques, por los campos y por los prados. Y nosotros nos hemos refugiado, como en un nido, en una guarida camuflada en las profundidades del bosque Krasnosielski, y esperamos a que anochezca. Cualquier imprudencia nos puede traicionar, y un combate en pleno día contra un enemigo más numeroso no nos apetece nada, de modo que guardamos silencio y ni siquiera encendemos fuego. Estamos en aquel lugar tan peligroso porque esperamos atrapar allí a unas cuadrillas de bisoños.

De día, había caído un calabobos latoso. Eran las dos. No dormíamos. El Rata había encendido una pequeña hoguera en una hondonada que había quedado después de que, entre todos, arrancáramos una enorme roca clavada en la tierra. Para la hoguera utilizábamos sólo leña seca. Nuestra guarida estaba rodeada por tres lados por una ciénaga, pero se encontraba en la cima de un promontorio seco. Alrededor, crecían unos abetos pensativos, lóbregos y encanecidos por la vejez. Se elevaban formando unas columnas negras. El acceso quedaba cerrado no sólo por la ciénaga, sino también por enormes hendeduras, matorrales espesos y montones de broza. De repente, el Sepulturero se levantó de su sitio y dijo:

—Voy a estirar las piernas... Traeré agua.

El Rata asintió con un gesto de cabeza. El Sepulturero cogió la cantimplora y desapareció entre los árboles. Transcurrió una hora y aún no había vuelto. De improviso, a poca distancia hacia el sur, oímos dos disparos de revólver. El Rata se levantó de un salto.

—Un *nagan*—dijo brevemente.

De pronto, resonaron más tiros.

—La *parabellum*—exclamó el Rata—. Es el Sepulturero.

Corrimos a través del bosque en dirección de los disparos. Al cuarto de hora, estábamos en las lindes del bosque. En la lejanía, se perfilaba el tejado de un caserío. A la izquierda, a unos centenares de pasos, vi una silueta negra entre la hierba. Me acerqué a la carrera, pistolas en mano. Allí yacía un hombre vestido de campesino. Me agaché junto a él. Reparé en una barba pelirroja que apuntaba al cielo, una cicatriz en la mejilla izquierda y una sonrisa torcida y malévola sobre unos labios inertes, muertos y pálidos...

—¡Es Makárov!...—exclamé.

El Rata se inclinó sobre el cadáver del confidente.

—¡Míralo, al listillo! ¡Se había disfrazado de campesino!—gruñó con una voz ronca.

—¿Y dónde está el Sepulturero?—le pregunté.

Miramos alrededor. Los confines del bosque y del prado estaban desiertos. El Rata gritó:

—¡Sepulturero! ¡Sepulturero!

Nadie le contestó. El Rata se acercó al cadáver y recogió un *nagan* que estaba tirado en el suelo. Examinó el revólver y dijo:

—El Sepulturero debe andar muy cerca. Tal vez esté herido, porque si no, se hubiera quedado con la pipa.

Empezamos a registrar la orilla del bosque. En un lugar, vi unos zapatos que salían de debajo de un arbusto. Llamé al Rata:

—¡Ven aquí! ¡Lo he encontrado!

Mi compañero vino corriendo. Sacamos fuera del arbusto el cuerpo, que ya estaba tibio. El Rata lo volvió boca arriba. El Sepulturero estaba muerto. El Rata miró el cadáver de su compañero y después dijo:

—Ha expirado mientras se arrastraba para reunirse con nosotros.

El Sepulturero tenía dos heridas de bala en el pecho. No era nada difícil entender qué había pasado. Había llegado al límite del bosque y, al ver a un campesino que atravesaba el prado, se le había acercado sin sospechar que era un confidente. Cuando se cruzaron, Makárov debió de sacarse el revólver del bolsillo y le ordenó al Sepulturero, en quien enseguida había reconocido a un contrabandista, que levantara las manos. Entonces, el Sepulturero había esgrimido el arma. Makárov le había disparado dos tiros en el pecho y había intentado huir. El Sepulturero, con el resto de las fuerzas, había descargado su *parabellum* y le había dado en la cadera, en la espalda y en la cabeza. La última bala fue mortal. Entonces, el Sepulturero empezó a reptar en dirección a nuestra guarida. Consiguió arrastrarse hasta los matorrales y falleció.

—¡Bueno, bueno! ¡Hoy es nuestro día de suerte!— dijo el Rata, contemplando el cadáver de nuestro compañero.

Le lancé una mirada estupefacta y dije:

—Lo llevaremos a la guarida.

Agarré el cuerpo del Sepulturero por debajo de los brazos, mientras que el Rata le levantaba por las piernas. Lo transportamos despacio a nuestra guarida. Acostamos el cadáver sobre unas ramas de abeto cortadas. El Rata empezó a vaciar la hondonada donde ardía la hoguera de leños encendidos, ascuas, ceniza y tierra. Lo hacía con prisas, febrilmente.

—¿Qué piensas hacer con esto?—le pregunté.

Mi compañero levantó la cara sudorosa y cubierta de ceniza donde brillaban salvajes un par de ojos.

—Una tumba para él... ¿Qué otra cosa puedo hacer? Si lo dejo aquí, lo arrastrarán por el suelo y lo descuartizarán. Ya ha sufrido lo suyo en vida. ¡Por lo menos, que tenga un poco de paz ahora! ¡Será una tumba de aúpa!

Tuve la sensación de que el Rata se había reído, pero esto difícilmente podía ser verdad. Más bien, profirió un gemido. Seguía cavando. Arrojaba gruesos terrones a la superficie. Trabajaba a toda prisa con las manos o con un palo acabado en punta. Finalmente, había excavado una fosa profunda. Entonces, salió del agujero, se secó el sudor de la cara con la manga de la blusa y dijo:

—¡Échale un vistazo! Coge el dinero y las armas. El dinero se lo mandarás a su madre, a Rubieżewicze. Te daré la dirección. Vuelvo ahora mismo.

Se adentró en el bosque, y yo vacié los bolsillos del Sepulturero. Encontré dos revólveres, nueve cargadores de recambio, un buen puñado de cartuchos, cuatro granadas de mano, una linterna, una cartera con dinero y muchas fruslerías. Lo puse todo sobre un gran pañuelo.

El Rata volvió. Cargaba con una fajina de ramas de abeto. Las utilizó para forrar el fondo de la tumba. Después, salió y dijo con una voz ronca:

—Bueno. ¡Acabemos de una vez!

Bajamos los restos del Sepulturero a la tumba. El Rata se metió dentro y los colocó mejor. Le estiró los brazos a lo largo del cuerpo, y me dijo:

—¡Dame su pipa! ¡Que le haga compañía!

Puso el *nagan* cargado al alcance de la mano derecha del Sepulturero y cubrió atropelladamente el cadáver con

ramas de abeto. Después, salió de la fosa y dijo, inclinándose sobre el cuerpo:

—Bueno, ¡adiós, Janek!

Deprisa y corriendo, cubrió la hondonada con tierra.
La rastrillaba con las manos y con los pies. Pronto la fosa estaba tapada. El Rata holló la tierra.

—¿Qué te parece si ponemos unas piedras encima?
—le pregunté.

Meditó un rato, después frunció el ceño, hizo un gesto de indiferencia con la mano y dijo:

—No es necesario. Le basta el peso con el que ha tenido que cargar en vida... Tú no tienes ni idea...

Se calló.

Improvisé una hoguera. Volvió a llover. Por arriba, el
viento silbaba, lloraba y plañía. Arrancaba de los árboles
las hojas amarillentas y hacía con ellas una colcha para la
tumba.

El Sepulturero, nuestro compañero fiel, murió en las
postrimerías de la temporada de oro. Igual que Saszka
Weblin. Y todo nuestro alrededor se había vestido de
oro. El oro colgaba de las ramas de los árboles y el oro le
cubrió la tumba. Se acercaba la noche. Avivé el fuego. El
Rata se despabiló. Sacó una botella de la mochila. Se lim-
pió con alcohol la cara y las manos manchadas con la sangre de su compañero. Se las secó con el pañuelo. Después, encendió un cigarrillo, se sentó junto a la hoguera,
clavando en el fuego un mirada pensativa. Escupía a las
brasas y pensaba... Anocheció. La oscuridad arrebujó los
bosques. Las tinieblas los guarnecieron con un crespón
de luto. El viento se recrudeció. La lluvia no amainaba y,
desde lo alto de los árboles, el oro caía al suelo sin tregua.

Ahora, actuábamos sin ningún plan. El Rata no se disfrazaba. Desplumábamos a los «elefantes» a cara descubierta. Trabajábamos con rabia y porfía. Casi no teníamos tiempo de descansar. Los novatos salían cada vez menos. Muchas cuadrillas habían abandonado y las que aún estaban en activo escogían rutas lejanas y daban grandes rodeos. Pero, incluso allí los alcanzábamos. Sólo había un grupo al que no habíamos tocado nunca ni con un dedo, y eso que era muy fácil. El de los salvajes. Ahora, los guiaba Dysiek Magiel, el duodécimo maquinista de la cuadrilla y el duodécimo loco. Bolek el Cometa había sido abatido en una emboscada de los bolcheviques. Una noche, se había puesto en el punto de mira de sus fusiles y murió acribillado. Así desapareció de la frontera el Cometa. El bebedor número uno la había espichado.

Un día me di cuenta de que el Rata se había vuelto majareta. Empecé a observarlo y comprobé que le faltaba un tornillo. Poco después de la muerte del Sepulturero, pillamos a cinco «elefantes». Les quitamos la mercancía que llevaban a la Unión Soviética. El Rata desempaquetó todas las portaderas y amontonó su contenido. Después empezó a colgar de los abetos bufandas chillonas, medias, jerséis, tirantes, guantes y cinturones de charol. Así adornó unos cuantos árboles. Yo contemplaba sus esfuerzos sin estorbarle. Murmurando algo por debajo de la nariz, retrocedió unos pasos para valorar el efecto de su trabajo. Se frotó las manos y me dijo:

—¿Qué te parece? ¿De chipén, verdad?

—Qué quieres que te diga. No está mal.

El Rata cogió el resto de la mercancía y lo tiró a un torrente cercano. Después, cuando estábamos en nuestra guarida, dijo:

—¿Sabes qué hizo un campesino de Kurdunów?

—Dime.

—Era un tacaño. Toda la vida amasando pasta. Y cuando, en la vejez, cayó gravemente enfermo, la guardó en un saquito de piel debajo de la almohada. Tenía miedo de que algún familiar se lo afanara. Poco antes de liar el petate, empezó a tragarse las monedas de oro. Las engullía una tras otra como si fueran caramelos. Se ahogaba con el oro. Acudieron corriendo sus hijos, sus hijas y su mujer. Intentaron detenerlo. Los arañó, les dio mordiscos y los maldijo. En eso, murió.

Yo no sabía a santo de qué me explicaba aquello y qué relación tenía con nuestra vida. Pero él, de vez en cuando, y a menudo a horas intempestivas, me decía: «¿Sabes qué ocurrió en Gierwiele, en Usza o en Dubrowa?», o bien «¿Sabes qué hizo fulano o mengano?» ¡Y venga a contarme historias extrañas! Comprendí que el Rata se había vuelto loco. Pero no podía entender en qué consistía su demencia. No me separaba de él ni un instante. Por regla general, buscábamos escondrijos a la intemperie. Seguíamos con la cacería de los «elefantes», pero a menudo abandonábamos la mercancía en el bosque, donde se estropeaba o se perdía. Algunas noches, nos dejábamos caer por el pueblo. Comprábamos allí las provisiones. El Rata visitaba a sus informadores que le contaban quién seguía cruzando la frontera. De la noche al día, empezamos a andar faltos de trabajo, porque los bisoños dejaron prácticamente de pasar contrabando. Algunos incluso tenían miedo de salir solos a la calle. Los teníamos aterrorizados. El Rata se enteró de que había una cuadrilla de novatos que cruzaba la frontera utilizando como punto de partida Wołma en lugar de Raków. A la ida, llevaban género muy caro y, a la vuelta, pasaban por el territorio que controlábamos nosotros. En cambio, Berek el Ciempiés, el representante de los mercaderes, tras haber pasado dos o tres alijos, regresaba solo y cargado con los dólares que le habían pagado por el matute. Llevaba grandes sumas—entre cinco mil y diez mil dólares, según la cantidad y el valor de la mercancía—. Nos indicaron aproximadamente el punto de la frontera por donde Berek el Ciempiés solía volver de la Unión Soviética. Al cabo de un tiempo, constatamos que Berek el Ciempiés, tras cruzar la frontera, escogía uno de los siguientes caminos: o bien pasaba cerca de un encinar que formaba parte de la heredad de Nowicki; o por el barranco rayano con el granero de Karabinowicz, el administrador de aquella misma propiedad; o junto al mesón que había a la vera del camino que unía Wołma con Raków, o por el bosque que lo rodeaba. Después, recorría uno de estos itinerarios: caminaba a través del prado contiguo al pueblo, por el ala izquierda del bosque o por la vereda que lo atravesaba de parte a parte. Tomamos en consideración muchas circunstancias y le preparamos emboscadas en todos estos caminos. Siempre en balde. Después, el Rata se enteraba en el pueblo de que Berek había regresado otra vez por el territorio que controlábamos. Se ponía furioso.

Empezaron las noches de luna. Cuando se aclaraba el cielo, era fácil hacer emboscadas. Un día, como de costumbre, nos apostamos en dos puntos diferentes: yo en la vereda que atravesaba el bosque y el Rata en el ala izquierda. Sospechábamos que Berek regresaría por uno de estos caminos. Eran las dos de la madrugada. El lugar de la emboscada estaba bastante lejos de la frontera. Yo escudriñaba el terreno que se extendía delante de mí para que el judío no me pasara desapercibido. Cada vez que me parecía vislumbrar algún movimiento, me levantaba para examinar con la mirada el territorio. Me aseguraba de que aquello no era más que un espejismo y volvía a sentarme en el tocón de un pino. De repente, oí un ruido. Me acerqué a toda prisa, bordeando el bosque. Alcancé el lugar donde el Rata estaba al acecho. Lo vi cachear a un campesino. El campesino le suplicaba a grito pelado que lo soltara y le ofrecía diez rublos en monedas de oro. Llevaba una docena de quilos de lana de oveja en un saco y decía dirigirse a casa de unos parientes que vivían en las inmediaciones de Wołma. De golpe y porrazo, se me encendió la bombilla. Cuando el Rata soltó al campesino, le dije que, a mi parecer, Berek el Ciempiés nunca volvía solo de la Unión Soviética, sino que lo hacía acompañado de un hombre y de una mujer que le abrían camino, separados por unas decenas de pasos. Detrás, algo más lejos, caminaba Berek. Le recordé la campesina que habíamos detenido hacía unos días cerca del granero de Karabinowicz. El Rata no dijo nada, sino que desanduvo el camino recorrido por el campesino. Volvió al cabo de un cuarto de hora y dijo:

—Tenías razón. Detrás de él, iba una mujer descalza y, algo más atrás, alguien con zapatos. Hay huellas. Seguro que era el Ciempiés. Nos han tomado el pelo.

Se sentó sobre el tronco de un abedul tumbado por el viento y permaneció inmóvil un buen rato. Encendí un cigarrillo y se lo pasé. Se lo fumó entero sin decir esta boca es mía.

—Tal vez sea hora de marcharnos—le dije.

Levantó la cabeza. A la luz de la luna, vi una cara pálida y flacucha, y unos ojos levemente entornados.

—¿Has dicho marcharnos?

—Sí. ¡No tiene sentido quedarnos aquí sentados!

—No. No nos iremos... Me iré yo solo. Tú no.

—¿Adónde quieres ir?—pregunté, estupefacto.

—Hacia el sur. Adonde han volado los pájaros. Allí están los míos. Conozco Kiev, Jarkov, Rostov, Odesa, Tiflis... Me voy. ¿Qué estoy haciendo aquí? Aquí no tengo a nadie... Mi hermano vive en Rostov, junto a mi madre y a mi hermana. Mi madre es una anciana, mi hermano es mayor que yo, y mi hermana tiene catorce añitos. Quizá estén pasando estrecheces. Iré a ver... ¡Al diablo con todo esto!

Se levantó y se dirigió por la vereda hacia la carretera. Llevaba el revólver en la mano. Se había olvidado de guardarlo. Lo seguí. Sabía que se le había metido en la mollera una idea nueva y que no habría manera de quitársela.

Al atardecer del día siguiente, cruzamos la frontera en Olszynka. Corté el alambre de púas de la barrera con unas tijeras que siempre llevo conmigo. A través del bosque, nos dirigimos hacia la segunda línea. Enfilábamos caminos bien conocidos, por donde habían pasado de este a oeste y viceversa muchos millones en efectivo y en especies. Allí, cada vereda, cada sendero, cada claro, cada barranco, cada riachuelo y casi cada árbol y arbusto nos eran familiares. Visitamos muchos lugares que nos traían recuerdos. No decíamos nada. Avanzábamos sin hacer ruido, bañados en la claridad de los rayos de la luna y en la oscuridad que se derramaba por la espesura. En las manos, llevábamos los revólveres. Nos acercamos al bosque Starosielski. Allí, salimos a la carretera. La seguimos sin escondernos hasta llegar a una encrucijada de caminos. Unos postes indicadores tendían sus brazos a los cuatro vientos. Aquel punto estaba a medio camino entre Raków y Minsk. El Rata se detuvo al lado de los postes. Se sentó sobre un montículo poblado de hierba y se sacó del bolsillo una gran botella. La miró a contraluz y dijo:

—Hace tiempo que no hemos catado el licor, ¿verdad?

—Muchísimo tiempo.

—Pues, echemos un trago como despedida... Porque lo más seguro es que no volvamos a vernos nunca.

Desprendió el lacre del gollete frotándolo contra el poste, e hizo saltar el tapón de la botella dándole una palmada en el culo. Después dijo:

—Bueno, ¡cuídate y no te dejes amilanar por los palurdos! ¡Y sé muy feliz!

Empezó a beber. Vació la mitad de la botella y me la pasó.

—¡Que la suerte te acompañe!—le dije.

Apuré el resto del licor y lancé la botella muy lejos. Encendimos un cigarrillo.

—¿Sabes qué?—dijo el Rata.

—Dime.

—Tienes que pillar a Berek el Ciempiés... Por lo menos una vez. Yo no puedo quedarme Tengo que irme lejos..., pero tú, ¡hazlo por mí! ¿Lo harás?

—Seguro, ¡si él no abandona antes!

El Rata se levantó. Miró alrededor y me dijo:

—¿Sabes una cosa? Cerca de Kamieniec vivía un campesino. Tenía negocios con el terrateniente. Una vez, el terrateniente le hizo una jugarreta. El campesino decidió tomarse la revancha. Un día, el perro del terrateniente entró en el patio de su casa. El campesino tenía la guadaña en la mano. Tomó impulso y le cortó una pata al perro. Esto es lo que pasó. ¿Lo has entendido?

Yo no sabía cómo y con qué se comía todo aquello, pero le dije:

—Sí que lo he entendido.

—Pues, ¡adiós! ¡Ya es hora de que me marche!

Me apretó la mano con fuerza y se fue con pasos precipitados por el camino que conducía a Stare Sioło. Yo miraba tras él por si volvía la cabeza. No la volvió... Pensé que podía ocurrirle algo malo. En Stare Sioło vivían o solían pasar temporadas confidentes, aduaneros y chequistas. Nosotros siempre intentábamos evitar aquel lugar. Esperé un largo rato: ¿quizá se oigan disparos? ¿Tal vez necesite ayuda? Pero sólo se oía el silencio... Di media vuelta y, lentamente, me dirigí hacia el oeste. Me había quedado solo, completamente solo en toda la zona fronteriza. La caminata era triste. Me vinieron ganas de echar un trago, pero no tenía vodka. Había dejado unas botellas de alcohol en la destilería, pero quedaba muy lejos, al otro lado.

Al rayar el alba, me encontré cerca de la frontera. En Olszynka, me tumbé en una cuenca formada por dos islotes de hierba que crecían en una ciénaga. A mi espalda, murmuraba un gran pinar y se oía el chapoteo de un arroyuelo. Delante, más allá de una larga faja de alisales, estaba el camino de la frontera cortado longitudinalmente por las barreras de alambre espinoso en las que la noche anterior yo había abierto una brecha con las tijeras. Era imposible salir al camino. Si había allí una emboscada—y era casi seguro que había alguna—, podían coserme a balazos incluso a gran distancia. Tenía que verlos antes de que ellos me vieran a mí. Estaba tumbado dentro del nicho húmedo. En las manos, dos pistolas a punto de disparar. Escudriñé por entre los árboles el espacio que me separaba de la frontera. Vislumbré la barrera y la brecha. De repente, oí a mi espalda un leve rumor. Me volví. De un grupo de abetos, salió corriendo un gran lobo. No era un lobo gris, sino rojizo, viejo y algo acaballado. En cuatro saltos atravesó media ciénaga y se tendió de cara a la frontera sobre el gran islote de hierba. Estaba a unos veinte pasos de mí. «Estará acatarrado», se me ocurrió. «Si no, seguro que me hubiera venteado.» En aquel mismo momento, el lobo torció rápidamente la cabeza a la izquierda. Se le erizaron los pelos en los gruesos repliegues de la nuca. No huyó. Dio una dentellada al aire.

En el camino de la frontera, resonaron unos pasos. Primero, silenciosos, y después cada vez más audibles. Por debajo de las ramas inferiores de los alisos, como por el resquicio de un telón, vi las botas y los abrigos grises de tres soldados rojos. Arrastraban los pies lentamente, desganados. Se detuvieron. Husmearon el humo del tabaco. Me aferré a las armas. Pasaron de largo. El lobo se levantó de un brinco y alcanzó el camino en cuatro saltos. Me precipité en pos de él. Delante de mis ojos, apareció el espacio abierto del camino enmarcado por dos paredes tenebrosas de espesura. El lobo corría hacia la alambrada. Se coló por la brecha que yo había abierto la noche anterior y desapareció en el bosque del otro lado. «¡Tendrá algo muy urgente que hacer!» Crucé el camino de la frontera siguiendo su rastro y me hallé en el bosque. Después, me dirigí hacia el oeste.

XV

Vago solo por bosques, campos y prados. Por la noche, rondo por la zona fronteriza. La soledad y el silencio misterioso de los campos y de los bosques me han enseñado muchas cosas. Me han enseñado a comprender mejor a los hombres, incluso a los que no puedo ver, a los que están en el otro mundo... La soledad me ha enseñado a pensar y a querer. De modo que, quiero al bosque como lo quieren un lince o un lobo. Quiero a mis armas como se quiere al mejor amigo, y quiero apasionadamente a la noche, la más fiel de mis amantes. Saludo cada noche nueva con alegría, maravillado. Cuando las noches son oscuras, cuando el cielo se emboza con las nubes, me cuelgo en el pecho la brújula y, guiado por la claridad viva y suave de su aguja, doy vueltas por la frontera. Cada anochecer salgo de mis escondrijos diurnos para zambullirme en las tinieblas. Del extremo del cañón de los revólveres cuelgo un retazo de un pañuelo blanco para poder apuntar mejor en la oscuridad. A veces, las noches son tan negras que ni siquiera se ven las manchas blancas de los colgajos que penden de los cañones. Entonces, empuño la linterna con la mano izquierda y coloco el índice de la derecha estirado a lo largo del cañón de la pistola. De esta manera, se puede disparar a ciegas, sólo de oído, con bastante precisión. Lo he comprobado: el índice tiene una sensibilidad propia. Los nervios auditivos y el cerebro le señalan la dirección de donde procede el ruido mientras que, con la mano entera, no tienen una comunicación tan perfecta. Y el gatillo puede apretarse con el dedo corazón.

Casi todos los días me cuelo en el otro lado de la frontera. Camino en silencio como un gato. Las noches sin viento, camino descalzo. Más de una vez, me he acercado a una emboscada y no me han visto. He aprendido a salvar la alambrada con gran rapidez y conozco muchos métodos de hacerlo. Con un palo en la mano, que me hace de percha, la salto por encima. O me apoyo en dos palos y traspaso las barreras poniendo los pies directamente sobre el alambre. Y a veces, cruzo las barreras a cuatro patas, deslizándome sobre los palos. También corto el alambre con tijeras. O me arrastro por debajo de la barrera. Para ello, suelo hacerme con un buen haz de ramitas cortas y ahorquilladas, apuntalo con ellas los alambres y repto por debajo hasta llegar al otro lado.

Una noche, tras salvar la barrera, caminaba completamente a oscuras hacia unos arbustos. Rocé ligeramente las ramas con el cañón de la *parabellum*. En los arbustos había una emboscada. Debían de estar muy atentos, porque aquel roce ligero los alertó, aunque no habían oído mis pasos. Por poco me descerrajaron un tiro en la cara. Abrí fuego con mi *parabellum* a ciegas, apuntando hacia delante y saltando a un lado. Restallaron unas descargas, pero no respondí. Si hubiera querido, habría podido rodearlos y acercarme por detrás para lanzarles una granada de mano o acribillarlos a tiros. Otro día, avanzaba por un camino vecinal hacia la frontera. La arena amortiguaba el ruido de mis pasos. De repente, oí un rumor justo delante de mí. Me puse en cuclillas. Al cabo de unos segundos, me rozaron los faldones de unos abrigos. Los soldados rojos pasaron por mi lado sin sospechar que yo estaba acurrucado entre ellos. Seguí adelante. Esto me hizo gracia. Por la noche, bajaba algunas veces al pueblo. Vagaba por las calles sin que nadie me reconociera. Me dejaba caer por la casa del Mamut y bebíamos vodka sin decir esta boca es mía. Le di la caja con el dinero del Sepulturero—la había sacado de nuestro «banco»—. Contenía casi mil dólares y más de seis mil rublos en monedas de oro. Metimos la caja en un saquito de lona, que cosimos por la parte de arriba. Sobre el paquete, puse la dirección de la madre del Sepulturero y le pedí al Mamut que se lo mandara al día siguiente. Lo hizo. Una tarde, visité a Josek el Ansarero. Cené con él y caté su vodka de ciruelas. Hablamos de muchas cosas. De sopetón, el Ansarero me preguntó:

—¿Por qué lo haces? ¿Por qué no permites que los muchachos crucen la frontera?

—Porque me da la gana. Y porque son unos contrabandistas sin escrúpulos.

—He hablado de ello con los nuestros... Bueno, y con los mercaderes. ¿Sabes qué?—dijo el Ansarero—. ¡Ellos harían lo que fuera! Llegarían a un acuerdo con la policía y con los Alińczuk... Les obligaríamos a retirar la denuncia. ¡Los Alińczuk tienen miedo de salir a la calle! Y tú podrías ganar una millonada. Si quieres, puedes montar tu propia cuadrilla y guiarla como socio de los mercaderes, cobrando un tanto por ciento. ¿Sabes qué significaría esto? Conoces la frontera y todos los caminos como la palma de la mano... Todos los alijos pasarían seguros y con cada uno te ganarías por lo menos dos mil dólares. ¿Sabes cuánto sería al cabo del año?

—De acuerdo—le interrumpí—. Pero ¿para qué diablos los necesito?

—Necesitas ¿qué?

—Bueno..., miles de dólares.

—¡¿Para qué necesitas miles de dólares?!—repitió el judío, boquiabierto, haciendo el gesto de contar los billetes con los dedos—. A todo el mundo le gustan.

—A mí no. Y no hablemos más de ello.

Enseguida me despedí del Ansarero. Su mente práctica era incapaz de comprenderme. Sin duda, consideraba que me había vuelto loco. Cada noche, preparaba emboscadas para pillar a Berek el Ciempiés. Me alejaba de

Raków unos diez kilómetros en dirección a Wołma y me ponía al acecho en uno de los caminos que solía tomar. No tenía ningún informador que me pasara noticias de él, de modo que, si quería cumplir la palabra que le había dado al Rata, tenía que actuar a ciegas.

Finalmente, conseguí atraparlo. A medianoche, el cielo se desencapotó y salió la luna llena. Yo estaba apostado algo más allá del camino que une Wołma con Raków, en los confines de un robledal. Me sentía solo. Me calentaba el «sol gitano». El viento me cantaba canciones. La espesura murmuraba. A las tres de la madrugada, vi una silueta gris que atravesaba el campo en mi dirección. Me escondí mejor. El hombre—ahora lo veía claramente—se dirigía de prisa hacia el bosque. Era un campesino con zuecos y casaca. Llevaba un saco a cuestas. Se detuvo en el límite del bosque, miró a su alrededor, carraspeó unas cuantas veces y siguió adelante. Pasó a mi lado. Al cabo de un rato, vi que una mujer vestida con una zamarra y tocada con un gran pañuelo de lana se alejaba del camino a campo traviesa. Iba descalza. Llevaba la falda arremangada por encima de las rodillas. Caminaba a buen paso, barriendo con la mirada el terreno. Llevaba un paquete debajo del brazo. También la descarté. Al pasar, rozó con la zamarra los matorrales donde yo estaba escondido. Ni por un instante quité el ojo de la frontera. Más tarde, vislumbré una tercera silueta que se dirigía hacia el bosque. Era un hombre con una chaqueta negra y unas botas altas. Me latió el corazón. No cabía en mí de felicidad. «Los dos primeros hacen de anzuelo, y éste debe ser el Ciempiés.» El desconocido se me acercaba. Se apoyaba en un bastón. Cuando estaba junto a los matorrales, salté a la vereda y le planté cara.

—¡Manos arriba!

Se precipitó a levantar los brazos. El bastón se le cayó de las manos.

—Suelta la pasta. ¡Venga!

El Ciempiés se volvió los bolsillos del revés y cayeron al suelo unas monedas de oro y de plata. Me las entregó.

—Tome. Cójalas...

—¿No hay más?

—Esto es todo, señor.

—¿Y si encuentro algo más?

Jugaba con él. Era una lástima cerrar tan de prisa el trato con el hombre a quien yo y el Rata habíamos esperado tantas noches. Seguro que nunca nadie había esperado a una amante con tanto celo como yo a aquel judío.

—¿Qué puede encontrar? No tengo nada.

—Si encuentro algo, aunque sólo sea un dólar, aunque sólo sea un céntimo, ¿sabes qué te voy a hacer?

El Ciempiés abrió los ojos de par en par y se lamió los labios. Le vino un sofoco.

—Yo... nada... nada—susurró con una voz quejumbrosa.

—¿Nada? ¡A ver! ¡Desnúdate!

Dejé de hablarle con delicadeza y le tiré de la chaqueta con tanta fuerza que le saltaron los botones.

—¡Venga! ¿A qué esperas? ¿Quieres que te ayude?

El judío se estremeció. Se zafaba de la chaqueta y la americana atropelladamente.

—¡Señor! ¿Qué quiere de mí?

—Quiero ver si eres atractivo.

Acabó de desnudarse. Entonces, me dirigí a él:

—¿Sabes qué, Berek?

Al oír su nombre, se sobresaltó y me miró con ojos desorbitados.

—¿Estás dispuesto a jurar por tu vida y la de tus padres que no llevas más dinero?

—¡Que mal rayo parta a mis padres si tengo un céntimo más!—Berek se golpeó el pecho desnudo con el puño.

—¡Ahora sí que me lo creo, Berek!

El Judío se puso de mejor humor y se agachó para recoger su ropa.

—¿Puedo vestirme?

—¿Qué? ¿Quieres vestirte? ¡Ya te tengo, tramposo! Me has jurado que no tenías nada porque estabas desnudo. ¡Los dólares están en la ropa!

Empecé a revisar su ropa minuciosamente, pieza por pieza. En las prendas interiores no había nada. En la americana, en los pantalones y en el chaleco tampoco. En cambio, en la caña de las botas encontré casi mil dólares. Del cuello de la chaqueta saqué quinientos más. En la visera de la gorra, otra vez nada. Aquello era demasiado poco. Sabía que solía llevar por lo menos cinco mil dólares, el equivalente de dos o tres remesas de mercancía. Volví a registrar sus botas y esta vez las descosí del todo. No había nada. Tampoco encontré nada en la chaqueta, a pesar de sacar toda la guata. Hubiera podido pegarle, forzándole a golpes o con simples amenazas a confesar dónde tenía escondido el resto del dinero. Pero aquel método me repugnaba. De repente, se me ocurrió una idea: «¡Aja, el bastón con el que se ayudaba a caminar!... ¡Allí debe estar el dinero!» Entonces, fingí renunciar a la búsqueda.

—¡Vístete, Berek!

El Ciempiés se vistió a toda prisa. Di unos pasos hacia el camino, después me volví y le dije:

—¿Qué haces aquí como un pasmarote? ¡Ya puedes irte!

Berek recogió del suelo el bastón e hizo ademán de marcharse. «¡Sí, el dinero está dentro del bastón: no se ha olvidado de recogerlo!» Entonces, le dije:

—¡Espera!

—¿Qué más quiere, señor?

Me acerqué a él y le pregunté:

—¿Qué hora es?

—No lo sé. Tal vez las cuatro...

—¿Las cuatro? ¡Qué tarde!... Bueno, dame tu bastón. Me duele el pie... Ya puedes irte...

Le arrebaté el bastón y me dirigí hacia Duszków. Berek se quedó petrificado en el límite del bosque, siguiéndome con la mirada durante un buen rato.

¿Qué estaría pensando? Probablemente, que yo no sabía que hubiera un dineral escondido dentro del bastón, y que lo tiraría por el camino. Yo no lo había sacado de este error. Aquella era mi venganza por tantas y tantas noches esperándolo a la intemperie. Lástima que el Rata no estuviese conmigo, y que yo no tuviese ninguna posibilidad de comunicarle que había saldado las cuentas con el Ciempiés.

La añoranza me dio un pinchazo en el corazón. ¿Por dónde andaría ahora? ¿Qué estaría haciendo mi pobre amigo chalado que, de vez en cuando, tenía un gran corazón?

Después, al partir cuidadosamente el bastón con un cuchillo en el escondrijo de la destilería, encontré en su interior hueco sesenta billetes de cien dólares. En total, le robé al Ciempiés siete mil cuatrocientos dólares. Este aumento de capital no me alegró en absoluto. Con mucho gusto hubiera dado todo este dinero a cambio de la posibilidad de ver al Rata, aunque fuera unos minutos.

Sigo vagabundeando por la zona fronteriza. Todo el

mundo me ha abandonado. No tengo ni un solo amigo. Un día, fui a la guarida del bosque Krasnosielski, donde tiempo atrás me había escondido con el Sepulturero y el Rata. Estaba desnuda, vacía y fría. La había cubierto una capa gruesa de hojarasca. No había nadie, ni siquiera mi viejo amigo... el gato pelirrojo de la cola cortada. Pululo por la frontera. Me consume la tristeza. Me carcome la inquietud. Salgo al camino. El viento empuja las hojas amarillentas. Los postes de telégrafo se elevan apesadumbrados, oscuros y empapados de lluvia... Se acerca el invierno. Husmeo su hálito en el aire. En pocos momentos, las rutas se cubrirán de nieve blanca...

Pasé aquella noche en las profundidades del bosque, cerca de la segunda línea de la frontera. Levanté las ramas de un abeto—enormes, pesadas y bañadas en plata por la vejez—, y me metí debajo... Olía a resina y a moho. Encontré una yacija hecha del alhumajo acumulado por los años. Un lugar como aquél solía ser cálido y seco, incluso en los inviernos más inclementes. No pegué ojo en casi toda la noche. Vi cosas extraordinarias. Oí las voces de los vivos y de los muertos... Aquella noche medité y entendí muchas cosas que no sabría expresar con palabras, pero que viven en mis entrañas y que no suelen aparecerse en los sueños de los que duermen en una cama. Aquella noche decidí abandonar la frontera. Al día siguiente, era el aniversario de la muerte de Saszka Weblin. La alborada fue hermosa. La contemplé desde lo alto de un cerro escarpado que estaba en la segunda línea.

Un día más tarde, bajé al pueblo. Quería despedirme de Józef Trofida y de Janinka. Pero no los encontré en casa. Allí vivía una gente desconocida. Me dijeron que Józef había vendido la casa y se había ido con su madre y su hermana a vivir bajo el techo de unos parientes que tenía cerca de Iwieniec. Entonces, fui a ver al Mamut. No estaba en casa. Había ido a la estación para recibir un transporte de mercancía para la tienda que había puesto en el pueblo. Me hallé cerca del mesón de Ginta. Desde nuestro salón, me llegaban los sonidos de un acordeón, gritos de júbilo y carcajadas. Entré. Cuando me planté en el centro de la sala con las manos apoyadas sobre las culatas de los revólveres que llevaba en los bolsillos, vi a una docena de bisoños. Conocía a algunos personalmente. Había pillado a muchos con la mercancía. De repente, se oyó un rugido:

—¡Muchachos, es él! ¡Es...!

Todos los rostros se volvieron hacia mí. Antoni dejó de tocar la marcha que interpretaba. Ginta, sorprendida y desconcertada por aquel silencio repentino, entró como una exhalación. Al verme, empezó a retroceder hacia la puerta.

—¡Ah..., es el señor Władek!

—Sí, soy yo. ¡Tráeme ahora mismo una copa de aguardiente y algo para matar el gusanillo.

En un periquete trajo el vodka y los entremeses. Lo dejó todo en un extremo de la gran mesa donde se agolpaban los bisoños. Unos de ellos quiso despedirse a la francesa. Saqué la *parabellum* y le señalé con el cañón un rincón de la sala.

—¡Andando! ¡Y vosotros—me dirigí a los demás— quedaos en vuestros asientos y mantened la boca cerrada!

Me eché al coleto un vaso de vodka. Piqué algo. Después, me acerqué a Antoni y le di un billete de cien dólares.

—¡Toca *La manzanita*!

Antoni tocó con ardor. Apuré el resto de vodka y encendí un cigarrillo. Acto seguido, me despedí de Antoni con un gesto de cabeza y salí del salón, que me había producido una impresión agobiante. No había encontrado a ninguno de mis viejos amigos o compañeros con quienes tantas veces había estado allí de jarana.

A altas horas de la noche, enfilé el camino de Pomorszczyzna. Cogí de la destilería el resto de las armas que tenía escondidas. Después, me dirigí a la frontera. El «sol gitano» lanzaba a la tierra unos rayos tenues tamizados por la cortina de nubes. Me detuve al pie de un pequeño montículo. Era la Tumba del Capitán. Me encaramé a la cima. Desde allí, veía los fuegos reflejados por las ventanas de las casas de Wielkie Sioło, en el lado soviético. A mis espaldas, tenía Pomorszczyzna. Cerca de allí, pasaba el camino que unía Raków con la frontera. Me dio por ver qué aspecto tenía el canal que pasaba por debajo del terraplén. La noche que crucé la frontera por primera vez, estuve allí dentro con Józef Trofida y otros compañeros. Y precisamente en aquel canal, el Rata, el Sepulturero y yo les quitamos la mercancía a los Alińczuk. Me acerqué al terraplén. Iluminé con la linterna la entrada del canal. Vacío y silencioso. Lo recorrí hasta el otro extremo. Me senté en la desembocadura para contemplar la frontera. Encendí un cigarrillo. No ocultaba la brasa. «¿De qué puedo tener miedo? Tengo cuatro revólveres cargados y once granadas de mano... Todo un arsenal.» De repente, en el calvero dividido por el cauce de un torrente seco en esta época del año, divisé una silueta oscura. Me puse en pie de un brinco. La silueta avanzaba de prisa. «¡El fantasma!», pensé. Sin hacer el menor ruido, seguí a la silueta. La perdí de vista cerca de la Tumba del Capitán. Casi me eché a la carrera, intentando no hacer estrépito. Poco a poco, subí a cuatro patas la ladera del cerro. En la cima, vi a una mujer arrodillada. Escondía la cara entre las manos. La observé sin hacer ningún movimiento. «¿Qué está haciendo? ¿Reza?» Avancé despacio y vi a una muchacha joven vestida con un paltó negro. Debió de intuir mi presencia, porque se levantó de un salto. Se puso a caminar a reculones. Entonces, dije:

—No tenga miedo, señorita.

Se detuvo. La luna salió de detrás de las nubes y, cual si fuera un reflector, le inundó la cara con una lluvia de rayos. Reconocí a la mozuela que paseaba con Pietrek por los aledaños de Duszków, la misma cara que, tiempo atrás, había visto en este mismo montículo cuando, tras haber huido de la Unión Soviética, perdí la conciencia. Entendí que había sido ella quien había avisado a Pietrek y a Julek de que yo me encontraba allí. Y entendí algo más: que tenía alguna relación con el fantasma y con el relato sobre la Tumba del Capitán que me habían contado. Le dije:

—Soy un amigo de Pietrek. Usted me salvó la vida cuando yacía aquí, enfermo. Recuerdo su cara... Se llama Irena, si no me equivoco.

—Sí.

—¡Qué extraño que la haya encontrado precisamente hoy!

—He venido a despedirme de mi padre. Cayó muerto aquí...

—Y yo he venido a despedirme... de la frontera. Querría preguntarle algo relacionado con este lugar.

—Adelante.

—He oído la leyenda de un fantasma que se aparece por estos andurriales. Lo vi con mis propios ojos...

—¿Qué vio exactamente?

—Una mancha blanca sin forma que se movía en todas direcciones. Alzaba el vuelo, caía en picado...

Una ligera sonrisa afloró en los labios de la muchacha.

—No era ningún fantasma. Era Mosca. La perra del
amo de la casa donde vivo. La llevaba conmigo las noches sin luna para no extraviarme y para que me avisara
de los peligros. Hoy he venido sola...

La muchacha se calló. Se quedó un rato pensativa y
dijo:

—Adiós, señor. Hoy me marcho a Vilnius, a la casa
de Pietrek. Él y su familia me han invitado.

—¿Vuelve ahora a Wygonicze?

—Sí. Y esta misma tarde me voy a Olechnowicze.

—¿Quiere que la acompañe al pueblo?

—No. No tengo miedo de nada. He paseado por aquí
muchas veces. ¡Hasta la vista!

—¡Buen viaje!

Bajó corriendo del cerro, ligera y ágil. Se volvió una
vez más, me hizo una señal con la mano y se dirigió al
oeste. Me quedé un buen rato mirando el lugar por donde había desaparecido. Se había fundido en la claridad
de la luna... A paso de buey, me dirigí a Wielkie Sioło.
Pronto me encontré cerca de los mojones. Seguían allí,
lóbregos. Se miraban con hostilidad como dos comba-
tientes de lucha libre que miden en silencio sus fuerzas...
A la izquierda, retumbó un disparo de fusil. Después, se
oyeron algunos más. Despertaron el eco de los barrancos
y de los bosques cercanos.

«Los salvajes habrán cruzado la frontera.» Miré a mi
alrededor... Silencio, vacío...

La luna vertía sobre la frontera rayos pálidos y fríos.
Las estrellas brillaban, neblinosas. En lo alto, desfilaban

las nubes. Se colaban a través de unas barreras que los hombres desconocemos. Y, en el noroeste, resplandecían magníficas las joyas de las estrellas que forman la magnífica Osa Mayor. Era el aniversario de la muerte de Saszka Weblin, el rey sin corona de la frontera. Era el fin de mi tercera temporada de oro.

Era mi última noche en la zona fronteriza.

Cárcel de Święty Krzyż
14 de octubre-29 de noviembre de 1935

ESTA REIMPRESIÓN, QUINTA,
DE «EL ENAMORADO DE LA OSA MAYOR», DE
SERGIUSZ PIASECKI, SE HA TERMINADO
DE IMPRIMIR EN CAPELLADES EN
EL MES DE NOVIEMBRE
DEL AÑO
2023

Colección Narrativa del Acantilado

Últimos títulos